剑来

③

清梦压星河

◎烽火戏诸侯 著

浙江文艺出版社
Zhejiang Literature & Art Publishing House

一行人吃过早餐即将动身,阿良牵着毛驴,突然让所有人稍等片刻,然后喊了句"出来吧"。很快,年轻俊美犹胜女子的棋墩山土地爷便从山巅石坪钻了出来,手里捧着一只长条木匣,弯下腰,对阿良满脸谄媚道:"大仙,小的已备好了车驾,余下两百里山路保管畅通无阻,如履平地。"

阿良与昨天那个一刀制敌的家伙判若两人,和颜悦色道:"辛苦了辛苦了,东西劳烦你先拿着,等到快要离开棋墩山辖境再交给我。"

年轻土地受宠若惊:"大仙如此客气,折煞小的了。"

阿良上前一步,拍了拍这位一地神灵的肩膀,将白色驴子的缰绳交给他:"那就不跟你客气了。还有那匹马,一并由你带去边界。"

年轻土地大义凛然道:"应该的,为大仙担任马前卒,实乃小人的荣幸。"

阿良转头看着李槐。小兔崽子方才吃饭的时候,为了跟他争抢一块酱牛肉,一哭二闹三上吊,无所不用其极,卖了他娘他姐不说,如果阿良愿意收卜的话,小兔崽子指不定连他爹都能卖。当然了,阿良没有心慈手软,最后气得李槐张牙舞爪就要跟阿良决斗,到现在一大一小还是剑拔弩张的敌对关系。

阿良伸出拇指,指向自己身后溜须拍马的年轻土地,意思是:你小子瞧见没,大爷我在江湖上是很混得开的,以后放尊重点。

李槐翻了个白眼,扭头往地上吐了一口唾沫。

阿良没好气道:"动身动身。"

　　言语落地片刻之后,就有三只背甲大如圆桌、色如火焰的山龟依次登顶,当手持绿竹杖的年轻土地望向它们时,它们同时缩了缩脖子。一物降一物,作为棋墩山名义上的山大王,年轻土地之前碍于修为束缚,数百年间一直无法收拾两条蛇蟒,但是其余气候未成的飞禽走兽在他跟前,无异于市井百姓圈养的牛羊鸡犬。

　　每只山龟背甲皆可容纳三人落座,年轻土地心细如发,在背甲边缘用坚固硬木钉了一圈低矮栏杆充当扶手,以防那些贵客颠簸摔落。

　　李宝瓶、李槐和林守一陆续爬上背甲,陈平安被李宝瓶喊到她挑中的山龟背甲上,阿良陪着李槐、林守一,朱河、朱鹿这对父女自有一块清净地。

　　山龟动身时,众人的身形仅是微微摇晃,丝毫不显颠簸,竟是比那牛车马车还要舒适许多。虽然看似笨拙,可是山龟下山的速度并不慢。

　　李槐大乐,使劲捶打阿良的膝盖:"我的亲娘咧!这辈子头一回坐在这么大的乌龟背上。阿良,你这个缺德鬼总算做了件善事啦!"

　　阿良用怜悯的眼神看着李槐:"你能长到这么大,看来小镇民风很淳朴啊。"

　　李槐转头望向林守一:"阿良是不是说我坏话了?"

　　林守一正在闭目养神,好像在默默感受暮春时节徐徐而来的山风,对李槐的问话置若罔闻。李槐便贼兮兮望向阿良,试图从他的眼神当中找到蛛丝马迹。

　　阿良板着脸正色道:"是好话。"

　　李槐瞥了眼阿良横在腿上的绿鞘长刀,又看了眼他腰间的银白色小葫芦,问道:"阿良,竹刀给我耍耍?"

　　阿良摇头道:"你不适合用刀。"

　　李槐皱眉道:"那我适合啥兵器?"

　　阿良脸色严肃:"你可以跟人讲道理啊,以理服人,以德服人。"

　　李槐叹息一声,垂头丧气道:"不行的。"

　　本来只是逗孩子玩的阿良真正有些奇怪了:"为何?"

　　李槐抬起头望向别处,轻声道:"我嗓门太小。我娘说过,吵架的时候谁的嗓门大谁就有道理。可是在家里,我爹不爱说话,一棍子打不出个屁来,我姐也是扭扭捏捏的软绵脾气,闷葫芦得很,所以家里出了事情的时候,只要我娘不在,爹和姐两个人就只会大眼瞪小眼,能把人急死。其实我也不喜欢跟人吵架,可是有些时候,坐在墙头看着娘亲跟人粗脖子红脸,就很怕哪天我娘老了,吵不动架了,咋办?我们家本来就穷,连屋子破了个洞也没钱修,我爹没出息,我姐长大后又是注定要嫁人的,到时候如果连个吵架的人都没了,我们家岂不是要被外人欺负死?"

　　林守一神意微动。

　　阿良打趣道:"啧啧,屁大年纪,就想这么远?"

李槐无奈道:"没办法啊,我娘总说家里就只有我是带把的。齐先生也教过我们,人无远虑必有近忧啊,所以我必须未雨……那个啥了。"

阿良笑着帮忙说出那两个字:"绸缪。"

李槐摇头:"林守一,齐先生说过君子是要如何的?"

林守一睁开眼睛,缓缓道:"藏器于身,待时而动。"

李槐指了指阿良:"阿良你啊,就是半桶水瞎晃荡。"

林守一有点想要坐到陈平安、李宝瓶那边去,至少耳根清净。

阿良摘下酒葫芦喝了口酒,笑呵呵道:"我呢,昨天就跟那个棋墩山土地爷谈好了,分别之时,作为补偿,他和那两头孽畜会拿出一份临别赠礼。之前看到那只长条木匣了吧,江湖人称横宝阁,跟竖立起来的百宝架有异曲同工之妙,里头装着的全是值钱宝贝。本来说好给你们人手一件,你李槐当然也不例外,不过现在嘛,没了。"

李槐不为所动,只是一板一眼说道:"阿良,我知道你肚子里有一百条大船!"

阿良愣了愣:"什么乱七八糟的。"

林守一看似随意道:"宰相肚里能撑船。"

阿良一巴掌拍在李槐脑袋上,爽朗大笑。

山龟一路拣选僻静山道跋山涉水,轻松惬意,使得一行人优哉游哉。到了一些风景秀美的地方,阿良便让陈平安略作休憩。在此期间,陈平安路过一片竹竿碧绿如玉的小小竹林,就提着那把剩半截的柴刀去砍了两棵竹子,分成一截截长短不一的竹筒装入背篓。李槐知道缘由,高兴得乱蹦乱跳,嚷着"要背书箱喽"。而趴在远处的三只山龟,拳头大小的黄色眼珠子里充满了钦佩。

阿良在旁边喝着酒,看着手脚利索的忙碌少年,乐呵道:"眼光倒是不错,只可惜狗屎运……还是没有。"

再次启程之前,李宝瓶跟朱河提出,要跟朱鹿单独坐在一起。朱河自然不会拒绝,只是叮嘱女儿一定要照看好小姐,见朱鹿点头,他便去和陈平安坐在同一块龟背上。

陈平安将一节节翠绿欲滴的竹筒劈剖削成竹片竹篾,如今欠缺麻绳,所以让竹箱真正成形,最早也要等到了那座红烛镇之后了。

朱河拈起一片竹子,发现入手极轻,却颇为坚韧,想起棋墩山年轻土地手中的那根绿竹杖,顿时心中了然。方才那片不过一两亩大的竹林里头长的肯定不是寻常竹子,说不定正是棋墩山灵气所聚的泉眼地带之一。

朱河是打心眼里喜欢自家小姐的,忍不住提醒道:"这些竹子大有来头,如果是一般的柴刀,早就崩出缺口或是砍到卷刃了。所以等到这两只书箱做成之后,我家小姐说不定会郁闷的,因为到头来反而是她的小竹箱最普通。"

陈平安愕然,转头望向身后坐在另一只山龟背上的阿良,试探性问道:"那片竹林是不是跟棋墩山土地有关系?"

阿良点头道:"算是他的老底子,汲取山地灵气,百年才能生出这种翠绿沁色,再过四五百年才有希望凝聚出一点点青木精华。不过没事,你砍掉的两棵竹子只有两百来岁,还不至于让那家伙心头滴血,最多一阵肉疼而已,屁事没有。"

陈平安叹了口气,打消了返回再砍一棵绿竹的念头。

阿良问道:"怎么,嫌两棵少了? 要不要帮你挑几根好点的竹子?"

陈平安摇头道:"算了。"

朱河好奇问道:"来回一趟不到半个时辰,又不麻烦。"

陈平安看了眼脚边的背篓,里面簇拥着一根根竹片、一条条竹篾,犹有挺大的余地。不过他仍是摇头道:"赶路要紧。"

朱河对此不以为意,笑道:"习武一途,重在'磨砺'二字,不跟人过招,没有人喂拳,练不出大名堂,所以有空的时候,我们切磋切磋。丑话说在前头,说是切磋,可我除了保证不会打伤你之外,出手绝不含糊,所以你要做好鼻青脸肿的心理准备。"

陈平安满脸惊喜,咧嘴笑道:"朱叔叔您只管使劲揍。"

不到正午,山龟就已经走了小半程山路,众人在一条瀑布下的水潭旁停下,熟门熟路地烧火煮饭。等吃过了饭,阿良把陈平安喊到幽绿深潭的水畔,两人并肩前行。

阿良犹豫了一下,问道:"按照你之前的说法,你如今在龙泉县西山一带拥有落魄山、宝篆山、彩云峰、仙草山和真珠山总计五座大小山头?"

陈平安疑惑点头,没有任何隐瞒,缓缓道:"其中落魄山最值钱,宝篆山也不错,其余三座很一般,尤其是真珠山,就是个不起眼的小山包。"

阿良手心轻轻拍打刀柄,思考片刻后,说道:"如今这些山头的真正价值在于灵气蕴藉远胜外方天地,所以我们这一路行来,不单单是那五个化形妖物循着铁符河试图进入你们家乡近水楼台汲取灵气,其实还有许多刚刚懵懂开窍的山魅精怪正向那边飞奔而去,不过最终有哪些幸运儿能够成功占据一隅,得看它们各自的造化了。"阿良说着喝了口酒,"也别以为有了精怪入山就是家里遭贼,就像这座气势不俗的棋墩山,那土地为何任由两条蛇蟒在他眼皮子底下一点点成长壮大? 原因很简单,他被摘去正统身份后,棋墩山想要留住灵气,就需要有人站出来帮着他坐镇山头、压胜阴煞和吸纳气数。"

陈平安问道:"阿良,你的意思是要我邀请那位棋墩山土地爷或是两条蛇蟒去往我的山头? 有点像是⋯⋯帮我看家护院?"

阿良蹲下身,随意捡起一颗石子丢入水潭,笑着摇头:"你只说对了一半。敕封山水正神是近期大骊朝廷的重中之重,涉及王朝气数,绝对不容外人染指,所以你家乡那些山头的山神必然是大骊皇帝御笔钦点的某些死人,准确说来是英灵。棋墩山的土地去你的山头,名不正言不顺的,算怎么回事? 再说了,即便你的落魄山或是宝篆山运气很好,得到朝廷敕封的山神落户,建立山神庙,竖立起泥塑金身,有资格享受香火,但是这里的一方土地未经钦天监严密审查,他无论如何也做不成落魄山的山神,只有留在棋墩山还有几分希望,毕竟这几百年来,他没有功劳也有苦劳,更没有闯下什么祸事,说不定大骊皇帝会对他网开一面,在将棋墩山升格的同时,也顺理成章地将他一并提拔为山神,所以就算你求他去,他也不会答应的。香火神位一事,对于这些山水神灵而言,就像是凡夫俗子的性命,甚至更重要,因为这条道,只要走出一步,就没有回头路了。"

陈平安蹲在阿良身边,试探性问道:"是要我拉拢那两条蛇蟒?"

阿良丢着石子,笑道:"是有些难以抉择。那两条畜生虽然出身不差,但是这些年来作孽不少,传出去名声也不好听……"

陈平安问道:"如果我准许它们去落魄山或是宝箓山,它们能够保证不吃人吗?"

阿良愣了愣,揉了揉下巴说道:"吃人?一般情况下,有那么充沛的灵气,修行还来不及。不过蛇蟒终究属于蛟龙之属,生性冷血,偶尔吃饱了撑的,吃人尝尝鲜也说不定。比如什么山野樵夫之类的,运气不好的话,遇上出洞觅食的它们,就难说了。"

陈平安又问:"那能不能一开始就跟它们说好,在我的山头修行可以,但是不准吃人。阿良,这样行不行?"

阿良反问道:"你就不怕它们嘴上答应,回头进了山,见着了人,一口就是一条人命?反正你近期又不在山上。"

陈平安神采奕奕,缓缓说道:"阿良你不是说红烛镇有驿站嘛,驿站可以传递书信,我可以写一封信给阮师傅,将宝箓山在内三座山头多租借给他五十年,万一阮师傅嫌少,我可以再加五十年,然后让阮师傅帮我盯着那两条畜生,只要它们敢伤人,就一拳打死算了,省得留在这棋墩山害人。当然,这是最坏的情况。

"到时候我让那条有望成为墨蛟的黑蛇去落魄山待着,年复一年帮我积攒家底。阿良你说过,如果一条蛇蟒成功走江化龙,那么它最早走江的发源地冥冥之中也会得到很大的福运,对吧?我甚至还可以厚着脸皮恳求阮师傅答应我,让它借住在宝箓山。你想想看,万一连白蟒也能走江的话,那我可不就是赚大了?正好我买了山头之后心里一直没底,如果有了黑蛇白蟒入驻,估计就会觉得这些山峰没白买,每天都像是有大把铜钱落进自己的口袋,哗啦啦的……"

阿良一脸呆滞地看着滔滔不绝的少年,有些哭笑不得,心情复杂地问道:"陈平安,你就这么喜欢赚钱啊?"

陈平安满脸震惊,反问道:"天底下难道有不喜欢挣钱的人?"

阿良扶了扶斗笠,不想说话,省得对牛弹琴。而后叹了口气,笑道:"本来还以为你小子会义正词严拒绝的。"

陈平安一头雾水:"为什么会这么觉得?"

阿良掬水洗了把脸,转头笑道:"比如会说'那两条孽畜杀都来不及,我陈平安虽然穷,但是我老陈家的家风很正,怎么可能愿意让它们进自己家门……'噼里啪啦一大通。我原本已经做好挨训的打算了。"

陈平安神色安静下来,捡起一颗石子轻轻抛入水潭,沉默片刻,突然转头拍了拍阿良肩膀:"阿良,你还是太年轻啊。"

阿良挑了挑眉头:"哟,看来心情真是不错,都会开玩笑了。"

陈平安也学他挑了挑眉头,竟然给人感觉也挺贱兮兮的。

阿良哈哈大笑,站起身。陈平安跟着起身,突然想起一事,忧心问道:"阿良,关键是那两条蛇蟒真的愿意挪窝吗?"

阿良笑呵呵,就是不说话。陈平安看到他的手心抵住了刀柄。

阿良拍了拍刀柄,玩笑道:"所以你也赶紧武练习拳,以后再学剑。因为你喜欢讲道理,可是别人不讲道理的时候,就得用这个了。"

陈平安不置可否。

两人一起走回原地,阿良好奇问道:"之前为什么不多砍几棵竹子? 这样的好东西,过了这村就没这店了,以后你有钱也买不着。"

陈平安随口答道:"以前有人说过,人要知足,见好就收。"

阿良哭笑不得:"就这么句屁话,你还真听进去了?"

陈平安双手抱住后脑勺,脑袋摇摇晃晃,如山林修竹随清风微晃,难得这么懒散闲适。少年轻声道:"因为我从小到大就没听过什么大道理啊,所以好不容易听到一两句,想忘记都难。"

远处朱河突然喊道:"陈平安,咱们找个空地搭搭手?"

少年撒腿飞奔而去:"好嘞!"

竹子一旦抱团成势,只要不经受太多的天灾人祸,很容易成为竹海。

可棋墩山这片不为人知的小竹林,千百年来始终长势缓慢,哪怕一代代山君和土地小心呵护,始终无法迎来丰年景象。

此时棋墩山年轻貌美的土地爷将那根绿竹杖插入脚边的地面,蹲在那两棵被砍断的绿竹旁边,欲哭无泪,悲哀颤声道:"没这么欺负人的,再大的客人那也是客人啊,哪有这么欺负主人家的,一刀破开阵法,露出这方风水宝地,这跟你们登门做客,眼见那主人家的小闺女长得亭亭玉立、容颜秀美便剥去她的衣裳有何两样,有何两样啊?"

黑蛇白蟒盘踞在竹林外围,两双阴森眼眸之中浮现出一些通人性的幸灾乐祸。

一个嗓音在不远处响起:"那你家的闺女也太多了,以后嫁妆都要赔死。"

年轻土地悚然起身,哪里还有半点悲苦愤恨神色,跟那斗笠汉子作揖赔罪道:"让大仙见笑了。小的是在这一亩三分地穷苦惯了的，眼窝子浅，比不得大仙游历天下，饱览山河。以大仙的眼力，一定看得出这片竹林对小人而言，实在是压箱底的可怜家当了，所以哪怕只是少了两棵青竹，仍是情难自禁，悲从中来，想来也是人之常情，还望大仙恕罪，原谅小人的无心冒犯。"

去而复还的阿良斜靠一棵翠绿修竹，抬头看了眼茂盛竹林，收回视线，问道："这片竹林最早的那棵老祖宗，是不是从那座竹海洞天移植而来，然后被你做成了这根绿竹杖，因此惹恼了某位仙人，一气之下，摘掉了你原本身为棋墩山土地的金身神位？"

年轻土地这次是当真震惊了，脸上的谄媚讨好之意不浓反淡，悄悄站直腰杆，堂堂正正作揖行礼道："棋墩山土地魏檗，被前朝神水国末代皇帝敕封为山神，负责棋墩山周围千里地界。后来大骊宋氏崛起，吞并了神水国，在下因为某事惹恼了宋氏开国皇帝，从山神之位被贬为一山土地，统辖之地减少到三百余里，如今仍算是戴罪之身。"他提了提手中灵气盎然的绿色竹杖，苦笑，"福无双至，祸不单行。那桩风波之中，我被迫砍伐出自竹海洞天的绿竹做了这根山杖，不承想没过多久，又惹恼了种竹之人的仙家朋友，谈笑之间，就把我这个从土里来的小小土地重新打回土里去。"

阿良斜靠绿竹，换了个自认为更潇洒的姿势，啧啧道："听上去有点惨。"

魏檗悻悻然。

先不理会这位身世悲惨的土地爷，阿良转头望向竹林外边，视野当中，随他一起回来的陈平安站在山坡上。蛇蟒识趣地远远避开，尤其是那条心有余悸的白蟒，眼神极为警惕。阿良笑道："我这个朋友要跟你们谈笔买卖，你们自己商量价格，谈妥了以后就是朋友，谈不妥也没关系，买卖不成仁义在……"说到这里，他扶住了腰间竹刀，而后又从两条庞然大物的身躯上收回视线，有些好奇，"那两条畜生终究不是真正的蛟龙之属，尤其是黑蛇，怎么就成就了墨蛟雏形，生出四趾龙爪？它们是不是有奇遇？"

魏檗小心翼翼回答道："确有奇遇无误，只是具体为何，小的并不清楚，只猜测与那座骊珠洞天有些关系。它们定是无意间吞食了什么古怪东西，而这种东西对蛇蟒鲤鱼之流肯定大有裨益。棋墩山边境临近的红烛镇是水路接通三江汇流之地，其中有条大江叫冲澹江，江中有一条鲤鱼生出了两缕货真价实的金色龙须，让人艳羡不已，而这条锦鲤在百年之前曾经顺着河流、溪涧和山泉一路逆流而上来到棋墩山，我亲眼见过它。照理来说，便是再给它四五百年光阴，也绝无可能生出如此品相惊人的龙须。"

阿良点点头，恍然道："这么说的话，那我有点头绪了。"

魏檗瞥了眼阿良的腰刀，试探性问道："大仙是如何晓得这根绿竹杖的根脚的？"

阿良脸色古怪，打了个哈哈，顾左右而言他："我年轻的时候，游览过一趟竹海洞天，与那竹夫人有些许交情……"

听到竹夫人的名号，魏檗露出满脸神往之色。须知这位夫人是竹海洞天唯一一位山地神灵,极少露面,外界传言她体态修长,犹胜男子。诸子百家当中小说家的祖师爷曾经立志要走遍四个天下,记录全天下的风土人情,其中专门就点名写到了这位竹夫人"美姿容,喜赤足,鬓发绝青"。

虽说同样是作为山神地灵这一脉的神祇,可魏檗与竹夫人相比,无论身份还是修为都相差太远,让他连自惭形秽的心思都生不出来,内心深处唯有敬仰。

十大洞天之下,有三十六小洞天,之前悬浮在大骊王朝上空的骊珠洞天便是其中之一,它虽拥有千里山河的辽阔版图,却只是所有小洞天中最小的一个。

小洞天往往被练气士俗称为"秘境",用以区分大洞天。秘境内往往灵气充沛,但是相比十大洞天,其辖境地界残缺不全,前身可能是由旧址废墟或是龙宫古战场等地构成,来历驳杂。甚至还有名为岛屿洞天的秘境,拥有许多在历史上神秘消失的上古仙岛,竟是在一条远古巨兽吞岛鲸的腹内。

而竹海洞天,在三十六小洞天当中名列前茅,盛产各种妙不可言的竹子,为历朝历代的仙家修士所器重,以此制成的种种法器风靡天下。

洞天之内,只存在一个地位超然的仙家势力,便是历史悠久的青神山。相传开山老祖曾经向儒家那位至圣先师请教学问,携带有一棵年幼的功德竹作为赠礼。之后它在儒家圣地"道德林"茁壮生长,反而是竹海洞天日渐消亡。又相传,此竹能够记载君子的功德、过失,是市井俗语"功德簿"的来源之一。

在阿良和魏檗闲聊的时候,陈平安坐在一块山石上,手里拿着那把半截柴刀,不远处是两颗惊悚恐怖的巨大头颅。在与少年对视的头颅后面,蛇蟒的身躯如两条山路弯曲蔓延出去,最终消失在山野树林之中,时不时传来树木被尾巴扫中崩裂的声响。

陈平安一路行来,除了跟着李宝瓶读书认字,还学了大骊官话,进展不错,咬字发音虽然还带着浓重的小镇乡音,可寻常的交流,大致意思还是能够说个五六分明白的。他就把自己在大骊龙泉县拥有五座山头的情形跟原本如临大敌的蛇蟒说了一遍,希望它们能够搬家去往落魄山。当然,他没有忘记把圣人阮师傅跟自己借山三座一事也跟它们交代清楚。

很明显,蛇蟒对骊珠洞天坐镇圣人这个身份的轻重远比陈平安有概念,就连始终漠然的黑蛇在那一刻也变了变眼神。一开始白蟒仅是在听闻大骊龙泉县这个县名后微微有所意动,之后又听说大骊朝廷已经派遣了钦天监青乌先生和礼部官员共同勘察六十余座山头,大骊皇帝准备敕封不止一位正统山神,白蟒双眼终于流露出无法掩饰的兴奋激动,忍不住狂吐蛇芯,被黑蛇用头颅狠狠撞了一下才安静。

陈平安看蛇蟒并未当场拒绝提议,松了口气,继续说道:"我虽然对于修行一事了解很少,但是无比确定棋墩山的灵气比起我家的那些山头肯定远远不如,你们在我家地盘上修炼一百年,说不定比得上这里的好几百年。而且阿良在来的路上跟我说了些蛇蟒鲤鱼走江化龙的内幕,这条水路会走得很艰险,许多山神江神会故意刁难拦阻你们,所以我相信如果你们能够早早跟阮师傅还有大骊当官的人搞好关系,以后那条路说不定能顺畅许多。"这些话,前半段是陈平安自己琢磨出来的,后半段则是阿良自诩为泄露天机的锦囊妙计。

陈平安沉声道:"有个教我烧瓷的老人曾经说过,山精鬼魅、山河妖怪,未必就能比人更坏。我看到你们之后,觉得这句话好像没什么道理。但你们是阿良降伏的,跟我关系不大,那么阿良愿意放过你们,我不好说什么。如果我有阿良那本事,你们敢惹上我,敢当着我的面胡乱吃人……"陈平安提了提手中半截柴刀,死死盯住那条白蟒,"那你就不是只少一半飞翅了,昨天晚上我们的夜宵就是一大罐子炖蛇肉。"

白蟒失去了飞翅,修为折损严重,本就心疼至极,此时被少年伤口上撒盐,勃然大怒,高高抬起头颅,骤然间绷紧身躯,就要向前扑杀这个碍眼可恨的少年。

陈平安无动于衷。

黑蛇随之而动,不是帮着白蟒对付陈平安,而是对着白蟒张开大嘴,迅猛咬住对方的脖颈往后一甩,将它狠狠摔了个七荤八素。

魏檗吓了一大跳,正要出手让白蟒黑蛇安静下来,以免陈平安被误伤,自己也被殃及,却听阿良摇头轻声道:"别插手。"

魏檗有些疑惑,忍不住看了他一眼。只见他依然斜靠着绿竹,一只脚尖点地,站姿慵懒,双手环胸,神色平静。

本是同类的蛇蟒展开凶狠对峙。陈平安站起身,紧握柴刀。

不知是相互交流了什么,白蟒终于逐渐安静下来,但是望向陈平安的眼神依然凶悍异常。陈平安就这么跟白蟒直直对视:"如今有成千上万的人在山里开山修路,你们进入山头修行后,不可为了饱腹而杀人。当然,如果是出于自保,比如有修行之人进山捕杀你们,另当别论。如果你们得了好处却坏了规矩,那么阮师傅就会出手。你们之前做了什么跟我无关,但是如果答应进山,那么你们之后做了什么就跟我有关。所以我先把丑话说在前头。"

白蟒以腹部缓缓摩擦着地面,浑身散发出急躁暴戾的气息。

远处竹林内,阿良不知何时坐在了一棵竹子上,韧性极好的绿竹硬生生被他压成了拱桥模样。恨不得用双手托起绿竹的魏檗瞥了眼陈平安与蛇蟒的暗流涌动,解释道:"黑蛇虽然生性更加残忍凶狠,但是开窍更多,甚至已经学会懂得看形势,知道进退。那白蟒平时看起来伤人的念头不重,但是交流起来反而比较麻烦,因为更顺从本心。这跟它们当时在棋盘上的位置形势有关,白蟒只是一颗闲子,黑蛇却是屠大龙的关键所在,所以它们在棋墩山占山为王这么多年,白蟒喜好四处逛荡游走,许多风波多是它的出行动静惹起,倒是黑蛇更专注于修行,每天勤恳吸纳日精月华,因为志向远大,野心勃勃。"

阿良"嗯"了一声。

魏檗犹豫了一下，说道："这少年的话是不错的，都是实实在在的道理，只不过仍是不够了解那对蛇蟒的习性。对于踏上修行之路的它们而言，本心本性是大道之基石，除此之外，开窍的蛇蟒大抵上知道颜面一事了，在棋墩山作威作福惯了，会觉得去了那少年的山头就是寄人篱下。尤其是少年搬出一位圣人来，扬言敢吃人就要打杀它们，更会让蛇蟒觉得少年气势凌人，不好相与，难免愤懑，毕竟一旦点头答应，就是动辄数百年的'街坊邻居'了，会担心自己遇人不淑……"

阿良打断他的絮絮叨叨："你不用变着法子帮你邻居求情，我既然说过不会插手，那你还怕什么？归根结底，蛇蟒不愿早早低头，是觉得那武道二境的少年根本没资格跟它们平起平坐罢了，所以哪怕少年提出的要求都很合情理，它们也会难以容忍。如果换成我，你觉得蛇蟒会怎样？"

魏檗讪笑道："大仙看人看事，洞若烛火。"

阿良淡然道："回答我的问题。"

魏檗一瞬间噤若寒蝉，酝酿一番措辞，认认真真回答道："它们会二话不说直接搬家，连心怀怨恨也不敢！"

阿良脸色如常望向那边，点了点头："很好，你保住了半片竹林。"

两人四周的竹林突然一阵阵噼啪作响，竟是约莫半数绿竹好像被人一刀拦腰斩断，悉数摔落在地面。魏檗跪拜在地上，战战兢兢颤声道："大仙息怒。"

阿良根本懒得理睬这个家伙，脸色冷漠，缓缓道："看吧，哪怕出过手吓过人了，就只是因为太好说话，都会被一个小小土地当傻子糊弄。所以说啊，当个好人，很难的。"

魏檗大气也不敢喘。

阿良突然笑呵呵道："起来说话，跪着不像话。我跟你打个赌，赌那财迷少年愿不愿意做一笔亏到姥姥家的买卖，你赌他愿意，我赌他不愿意。你赌赢了的话，就可以保住剩下一半的竹林；赌输了的话，你不是刚刚恢复土地之身吗？我把你打回原形好了。"

魏檗此刻想死的心都有了，喃喃问道："敢问大仙，小人的赢面有多少？"

阿良伸出一根手指，魏檗面无人色——只有十分之一的胜算。

却见阿良咧嘴笑道："是百分之一。"

然后他望向少年，大声喊道："陈平安，只管狮子大开口，条件怎么过分怎么开，有我阿良盯着呢，别怕惹火了那两条畜生。放心，我会帮你看着局势的，适当的时候肯定会出手。先前你不是跟五境高手朱河切磋过吗？交手之后，你小子分明是有所领悟了，干脆趁热打铁，说不定就能百尺竿头更进一步了。"

魏檗呆若木鸡。

阿良笑道:"不好意思,你现在连那一点胜算也没了。"

魏檗心死如灰,反而生出了一些额外的胆识气魄,转头苦笑道:"阿良前辈,你的赌品真的不太好。"

阿良说了一句古怪言语:"折腾来折腾去,就为了一个必赢的局面?你觉得我阿良有这么无聊吗?"

魏檗细细咀嚼这句话,再次看向名叫陈平安的少年,既有羡慕,也有怜悯。

片刻之后,一道足以撼动山岳的剑气白虹冲天而起,魏檗吓得一屁股摔坐在地上。阿良的身影瞬间从拱桥形状的绿竹上消失,来到棋墩山高空,腰间绿鞘竹刀迅猛拔出,将白虹一刀劈断,不让其继续升空而去。

又片刻之后,阿良坐回到那棵尚未绷直的绿竹上,随手丢掉那柄普通材质的竹刀。竹刀虽未折断,但整把刀的刀身却已破烂不堪。

黑蛇往棋墩山密林深处疯狂逃窜。陈平安身前不远处,那条毫无征兆扑杀向他的白蟒此时此刻已经失去了整颗头颅,露出血肉模糊的残断脖颈,触目惊心,惨绝人寰。而他却脸色平静,甚至咧了咧嘴,眼神跟当初在小巷击杀云霞山蔡金简时如出一辙。

阿良忍住笑意,摘下腰间小葫芦,狠狠灌了口酒,低声笑道:"有点意思了。"

那棵绿竹猛然绷直,原来是阿良跳落地面,伸手将魏檗拉起,啧啧笑道:"我的赌品不好,可是你的赌运很好。"

魏檗脸色雪白,愁眉不展。虽说劫后余生,总算保住了仅剩的半片竹林,可当他看到远处那条头颅被斩掉的白蟒就不由得百感交集。数百年来,蛇蟒与他毗邻而居,虽是恶邻,摩擦不断,但大体上还算相安无事,至少从未有过生死搏杀。今天白蟒本该即将踏上修行的阳关大道,偏偏被人以凌厉剑气炸碎头颅,这带给他的震撼可想而知。他叹息一声,颓然作揖,轻声道:"就如前辈所认为的,我这般市侩小人,是三天不打上房揭瓦的低贱性子,不过如今委实是挨一顿揍就饱了,还望阿良前辈可怜可怜小人,实在是吓破胆子了,再无半点心气,接下来阿良前辈只管发话,小人一定照办。"

阿良没有故弄玄虚,低头看了眼空落落的绿竹刀鞘,点头道:"你拣选一根好点的老竹,我要换一把竹刀,就当是你的赠礼了。再就是这么多莫名其妙掉在地上的竹子,老大一堆,浪费了总归不好。"

魏檗嘴角抽搐,只敢在心中腹诽:阿良前辈你这是丧尽天良的良啊。

阿良揉了揉下巴:"我那朋友做了笔亏本买卖,间接帮你赢下了半片竹林。做人要厚道,有恩就报恩,你意下如何?"

魏檗苦笑道:"理当如此,天经地义。"

陈平安拿着半截柴刀跑去白蟒尸体旁,砍下了剩下的一只飞翅。飞翅晶莹剔透,与人手臂等长,摸在手里冰凉如雪,日光照耀下不断闪现出一阵阵流光溢彩。阿良之前闲聊说过，这条白蟒身上最值钱的物件除了蛇胆便是飞翅，价值连城，且有价无市，其余蟒皮筋骨等物，虽然也稀罕值钱，但比起前两者的珍贵程度，有天壤之别。

陈平安将柴刀系挂在腰间，一路小跑向竹林，结果看到魏檗正在弯腰半蹲，双手将一棵绿竹倒拔而出。地底下碧青色的竹鞭盘根交错，牵一发而动全身，随着绿竹被拔出泥地，附近土壤纷纷被竹鞭牵带着溅射而起。

看到"杀人越货金腰带"的陈平安后，满头大汗的魏檗下意识咽了咽口水，然后将怀中的绿竹轻轻放回土中，低头四处张望，最后选中了一段粗如稚童手臂的幽绿竹鞭，叹了口气，抬起头望向陈平安，笑容牵强问道："能不能把柴刀借我一用？"

陈平安走近，将半截柴刀递给他。他手握柴刀，深吸一口气，砍下那截竹鞭递给阿良。阿良摇头笑道："你照我之前竹刀的样式做一把，回头离开棋墩山边界的时候，连同那头白驴一起给我就是了。"

魏檗自然不敢不答应，把柴刀还给陈平安的时候由衷感慨道："好锋利的刀刃。"

陈平安接过柴刀，想了想，说道："你想要的话，我可以送你，反正这半截柴刀不适合开山带路，我拿着也没什么大用处。"

魏檗干笑道："君子不夺人所好。"

阿良笑呵呵道："想要又不好意思白要，那可以买嘛，童叟无欺，公平买卖，对不对？"

魏檗一脸"恍然大悟"，站起身后搓掉手上泥土，对陈平安笑着说道："若是经常进山的山民樵夫就会知道，如果一片竹林过于茂密，反而不利于竹子的生长，疏密得当，竹林才能壮大，所以必须砍掉一些。而且这片竹林真正值钱的部分是在地下与山根相连的竹鞭，而不是在地上的竹竿，方才便趁此机会跟阿良前辈借了竹刀一用，砍下一些多余竹竿，原本想着是搭建一座小竹楼，作为闲暇时分的休憩赏景之用。"他越说越顺畅，"现在阿良前辈的竹刀被我砍坏了……要不然我竹刀也做，竹楼依旧搭建，回头竹刀可以早早交给阿良前辈，只是小竹楼恐怕会晚一些才能落成。黑蛇前往龙泉县落魄山的时候我会一并随行，既是避免它一路北去惹出什么麻烦，同时可以让它驮着这些竹子。我到了落魄山后，便找一处山清水秀、风景宜人的地方，为你搭建竹楼。"

陈平安望向阿良，阿良笑着解释道："竹海洞天有十棵最重要的仙竹，竹有十德，仙竹与之对应。这片竹林的老祖宗是其中'奋勇竹'的子嗣，此处竹林里的这些徒子徒孙也沾了光，若是搭建成一栋竹楼，常年身处其中修行打坐，对于纯粹武夫或是兵家修士都大有益处。"

魏檗连忙附和："对，此处竹林皆是那棵奋勇仙竹的子嗣，史书记载'兵威已振，譬如破竹，数节之后，迎刃而解'，暗合此意。故而在竹楼之内修行，必然极其滋养魂魄。"

陈平安正要说话，阿良快步上前，搂住少年肩膀就往竹林外走去："盛情难却，客随主便，走了走了。"

陈平安小声道:"柴刀还没给人家。"

阿良大大咧咧道:"回头连背篓里的那半截刀刃一并给他。"

之后还不忘回头提醒魏檗:"那颗尚未成形的白蟒之胆就不要了,鲜血淋漓的,太吓人,连同蟒肉一并交给黑蛇吞食便是,如此一来,哪怕没了一对飞翅,依然能够让它增长两三百年修为,就当是我们的诚意了。记得让它到了落魄山落脚后,老老实实修行。"阿良伸手凌空虚点,指了指失魂落魄的魏檗,"好自为之。"

魏檗站在竹林边缘,望着两人的背影。林间山风穿过一棵棵绿树一丛丛红花,带着沁人心脾的花木清香。貌美如尤物的年轻男子手持象征身份的山君绿竹杖,白衣飘飘,大袖飘摇,先前的震惊、畏惧、焦躁和彷徨随着清风一扫而空,取而代之的是与一地神灵身份相符的庄重肃穆。他环顾四周,轻声感慨道:"福祸相依,不过如此了。感谢阿良前辈的无心提点,帮我解开心结,破去魔障。"

魏檗闭上眼睛,嘴角含着温煦笑意,呢喃道:"自古名山待圣人,圣人不来又何妨,我自可潜心成圣。"等到睁眼之时,他的耳畔多出了一枚淡金色耳环。精致圆环随着山风微微摇晃,将他衬托得恍如山岳正神。

阿良和陈平安两人按原路返回水潭。不同于来时的飞快奔走,此时两人默契地选择散步闲聊。

"阿良,黑蛇真的会吃掉白蟒残余尸体? 它们不是相依为命几百年的伙伴吗?"

"那志在成蛟化龙的黑蛇当然下得了嘴。不光是蛟龙之属,其实一切山精鬼怪魑魅魍魉皆以食为天,只不过栖息在山林大泽的蛟龙蛇蟒尤为同类相残,这跟一山不容二虎是差不多的道理。黑蛇之所以留着白蟒,是开了窍,灵智增长,未尝没有等它结丹再饱餐一顿的想法。对了,你要是想看黑蛇吞吃白蟒的景象,咱们可以回头。"

"这就算了吧。"

"话说回来,别怪我替你擅作主张,答应让黑蛇吃掉那颗蟒胆。既然它接下来要去落魄山帮你坐镇气运,那么无论你将那颗蟒胆卖得多贵,也不如黑蛇早点成为墨蛟来得划算。我其实很好奇你为何要杀掉白蟒,为何不等我出手阻拦? 驯服了白蟒,随便让它去宝箓山或是彩云峰都是不错的买卖。难道你是怕我阿良见死不救?"

"怎么可能,阿良,我信得过你。"

"那你……"

"阿良,回答你的问题之前,我也想知道,你是不是在我和朱河切磋的时候就看出我当时找到了……那三座窍穴,以及窍穴之内的真相?"

"说实话,我一开始就知道那三座窍穴内大有玄机,但说出来比较丢人,就连我也看不真切,只能猜出是蕴藉有三种道意的丝缕剑气,至于具体为哪三种,则不敢确定。

当然,我如果想要强行观看气府里边的景象,不惜伤害你的体魄气机,丝毫不难,只是那么一来就很下作了,我阿良身为绝世高手,自有高手的风范气度。"

"明白了。阿良,你知不知道我们小镇有座牌坊,上面有四块匾额?"

"知道有这回事,齐静春当年跟我提起过,但是我没记住内容,早忘了。"

"其中有一块匾额上写着四个字:莫向外求。我隔壁有个同龄人,读书很多,他说这是佛家的禅机,意思是告诫所有人要专修佛法,不要去跟那些佛法之外的旁门外道求什么。我一开始觉得很有道理,但是后来我在山上烧炭,没事的时候,反正就是一个人无聊了瞎琢磨,觉得对我来说,烧香拜佛也好,礼敬菩萨也罢,都要自己先做到力所能及的事情,如果仍是达成不了心愿,实在没办法了,再去求,菩萨才会点头答应,要不然人家菩萨凭啥帮你啊。对吧,阿良?"

"求佛先求己。"

"对对对,我就是这么个意思!"

"嗯,这么解释的话,勉强说得通。但是我得跟你说明白一件事,我阿良从指甲缝里抠出一点来,也比你的家底厚实。所以你觉得很麻烦我,便宁愿损失一道剑气?事实上对我阿良来说,只是一次随随便便拔刀出鞘的小事情。这个账,你得这么算。"

"不能这么算!"

"嗯?"

"教我烧瓷的姚老头很少愿意跟我说话,但是有两次把话说得特别重,我记得很清楚。第一次是我当窑工学徒,他说跟他学烧瓷可以,但我只要敢偷一次懒,就要滚出龙窑。第二次是我头回跟他进山,他说跟他进山找土可以,但不管是摔断腿了还是怎么着,我只要敢当着他的面哭一次,以后就别再进山。"

"这是哪跟哪啊,陈平安你啥意思?"

"那我换个说法。阿良,你喜不喜欢睡懒觉?"

"废话,你不喜欢?"

"我也喜欢啊,但是说出来你可能不信,我从当窑工学徒的第一天起,直到今天,就没有睡过一次懒觉。该什么时候起床,我睁眼就起床,所以一次懒觉也没有睡过。"

"绕这么大圈子,你到底想说啥?欺负我阿良不是读书人?"

"我的意思是,任何自己觉得不好的事情,就干脆不要有第一次,一小步也不能走出去,要不然回头来看,吃亏吃苦的还是自己。就像我,如果偷懒一次,肯定就做不成窑工学徒,更进不了大山,那么哪里能有今天的光景?说不定我现在跟那小镇几千青壮差不多,进山开路、伐木搭桥,每天领一些铜钱,就这样了,怎么可能有五座山头?五座山头有多值钱,阿良你知道吗?阿良,以后有机会你一定要去我的山头看看……"

"打住打住!陈平安,你跟我兜这么大个圈子,就为了显摆自己阔绰有钱啊?"

"阿良,你果然没读过书。"

"……"

"阿良,以后我的落魄山如果真的多出一栋竹楼,你帮忙取个名字吧?"

"'阿良很猛楼'如何?气势够不够?怎么,嫌弃喧宾夺主,压过你这位山大王的风头?行吧,那我换一个含蓄些的,就叫'猛字楼'。我阿良牺牲很大的,还不满意?"

"阿良,我突然觉得竹楼没有名字也挺好的。"

阿良翻了个白眼,陈平安哈哈大笑:"放心,就叫猛字楼好了。"

阿良突然转头问道:"你想不想学剑?"

陈平安摇头道:"暂时不想。"

阿良会心笑道:"是怕分心,耽误了练拳?"

陈平安叹了口气,点点头。

阿良知道少年为何叹息。当初在棋墩山山巅,少年为了阻拦白蟒扑杀朱鹿,将原本一路走桩练拳辛苦积攒下来的本钱全部挥霍一空了。打个比方说,原本像是手头有点余钱的小门小户了,结果一下被打回原形,再度家徒四壁,从屋门到窗户都是破败漏风的惨淡光景。所幸走桩是健壮身躯体魄,是迫在眉睫的活命之举,而立桩剑炉则能够滋养魂魄,在那石坪一役当中有所突破,为之后跟朱河切磋武学的时候少年能够顺势精准找到三座剑气所藏的窍穴做了铺垫。

阿良打趣道:"少了一缕这么厉害的保命剑气,心疼不心疼?"

陈平安毫不犹豫道:"不心疼,我之前积攒在心里头的一口气总算出了,现在痛快得很。"

阿良笑道:"说说看。"

陈平安望向前方:"我愿意跟人讲道理,又能够让别人听我讲道理,这感觉,很好!以前我练武是为了强身健体,或者说就是为了活命,但现在我觉得目标可以再远一点,再高一点!"

在棋墩山土生土长的灵物山龟自然熟悉山道捷径,加上翻山越岭的脚力远胜驴骡,驮着一行人很快就来到棋墩山边界地带,再往南走上二十数里下山的驿路,就能够进入红烛镇。虽说如今这条北上的驿路因为骊珠洞天的突然下坠而阻塞断绝,但是陈平安一伙人仍是小心起见,不希望三只巨大山龟惊扰到樵夫猎户或是行脚商贾。

他们在小山之巅小坐休憩。李槐翘首以盼,他对魏檗厌恶至极,但是阿良说那横宝阁里藏着宝贝,人手一份,他对此很是期待,心想着以后见到姐姐,一定要眼馋死她。

魏檗很快如约而至,身后还跟着阿良的白驴和李家马匹。也不知道这位土地爷施了什么法术,不但跟上了大队伍,驴子马匹竟然看不出半点疲惫。

魏檗横抱长条木匣,先向阿良作揖行礼,后者点头还礼。城府深沉的一地神灵,玩世不恭的奇怪剑客,在这一刻给人的感觉竟然如出一辙。

大道同行。

魏檗将不知什么材质的鲜红木匣递给阿良,李槐赶紧过去摸了一下,手心满是暖意,像是骑龙巷一家布店作为镇店之宝的上好绸缎。去年年关跟随娘亲、姐姐一起去买布料裁剪新衣,他只不过是偷偷摸了一下那块绣有花鸟的漂亮锦缎,就被气急败坏的店家轰了出去。于是他抬头问道:"阿良,跟你商量个事,分过了盒子里的宝贝,最后这盒子能不能送给我?"

阿良反问道:"你算哪根葱?"

李槐认真道:"你娶了我姐,我是你姐夫啊。"

阿良一巴掌甩过去:"那叫小舅子!"

李槐却突然道:"我不要做小舅子,我喜欢当姐夫,天底下最坏的人就是小舅子。"

阿良望向魏檗,问道:"盒子值钱吗?"

魏檗讪讪笑道:"还好,是娇黄阴沉木打造的物件,在土里埋了有些年头,不腐反香,色泽也由黄变红。东西不算值钱,就是不常见而已。"

阿良低头看着满脸希冀的李槐:"既然东西不值钱,就送你了。"

李槐火急火燎就要拿走木匣,又被阿良一巴掌打得晕头转向:"想独吞?"

阿良环顾四周,伸手招了招,然后蹲在地上,打开名为"娇黄"的长条木匣,高声喊道:"陈平安、小宝瓶、林守一、朱河、朱鹿,都过来都过来,坐地分赃了! 先到先得,过时不候! 没其他规矩,就一条,每人只能拿走一件,拿到哪样是哪样,不许反悔。"

陈平安望向魏檗,后者察觉到他的视线,有些疑惑:"你不去争夺机缘吗?"

陈平安笑道:"让他们先拿就是了。"

他正好有事情要跟魏檗商量,是关于黑蛇在落魄山的定居事宜,以及魏檗离开此处地界前往龙泉县辖境的情况。回来的路上,阿良大致说过关于山水正神的讲究,不可轻易离开朝廷在山河谱牒上敕封的版图,这有点类似许多王朝订立的"藩王之间不可相见"的规矩,一旦有谁犯了忌讳,那些神灵轻则被朝廷申饬、减少香火供奉,重则被降低神位、在多少年间彻底断绝民间香火。历史上还有许多逾矩的山水神祇下场更加凄凉,金身神像被朝廷拉出神龛、拽下神台,衙役以威武棒棒打以儆效尤,或是地方官员亲自鞭打,甚至直接派遣民夫抡锤打烂。

所以魏檗说要亲自带着黑蛇去往落魄山,还会用那些奋勇竹在山上搭建出一栋竹楼,陈平安当然不会拒绝这份好意,但也不希望魏檗因此而遭受重罚。其实少年对于神道香火、山川风水和王朝气运一事,之前始终无法深刻理解,这跟阿良没读过书也有关系,这家伙踩着西瓜皮说到哪里是哪里,说得十分云遮雾绕,为了显摆还喜欢卖关子,本来没什么古怪玄机的粗浅事情也能被他说得玄之又玄。后来是李宝瓶举了个例子，陈平安才豁然开朗。小姑娘说那些香火气数什么的就像是小镇外的龙须溪，水源就这么一条，百姓为了各自庄稼地的收成就会争水，几乎每年都会出现大规模斗殴。

李宝瓶跑到陈平安身边，着急道："小师叔，你怎么不去拿宝贝？你看连林守一那种性子的人都跑得飞快，李槐更是恨不得把脑袋塞进去。"

陈平安随口说道："没事，我最后一个选好了。"

李宝瓶转身就跑："没关系，小师叔，我帮你选一件。"

陈平安正要说话，李宝瓶已经杀到阿良身边，一手抓住李槐脑袋向外一搂，一手推开林守一肩膀。

李槐委屈道："李宝瓶，你欺负人！"

李宝瓶转头理直气壮道："我给小师叔挑东西！"

李槐想着尚未到手的小竹箱，叹了口气道："那你挑吧。"

林守一被推开也不恼，伸手指了指横宝阁内一本卷起的泛黄古籍。它被一根金黄色丝线捆绑，刚好露出云篆写就的书名："我挑中了这本道家书籍，叫《云上琅琅书》，我只要它，不跟你们抢其他的东西。"

李槐身体前倾伸长脖子，微微绕过李宝瓶，问道："守一，你怎么不挑那把刀，多漂亮啊，要是我就选它。"

林守一费了很大的劲才将眼睛从占据横宝阁最大地盘的一把狭刀上挪开，轻声道："我又不是习武的料，自己也不喜欢练刀学剑。"

李槐见林守一不愿意更改初衷，就开始劝说李宝瓶："这把刀一看就是天下无双的神兵利器，吹毛断发算什么，我估计它连咱们小镇铁锁井的铁链也能一刀砍断。李宝瓶，这么好的东西，你真不要？再说了，你的小师叔如今不是没有称手的兵器吗？我看这刀给他用挺好。退一步说，拿它来进山开路，多威风，总比拿着一把破柴刀好吧？"

那把狭刀，如大家闺秀藏身绣楼，安安静静地躺在白色刀鞘内，弧度漂亮到让人惊艳的地步。

阿良笑着弯腰抽出狭刀。锋芒毕露，刀身就像一抹滞留人间的白虹，其上并无铭文，却有一缕缕天然纹路，如道家仙人用心篆刻的祥云符篆。

阿良微微讶异，屈指一弹，并非浑浊的嗡嗡作响，反而颤音清越悠扬。他侧耳聆听片刻，点头道："不错，应当是那把垫底的'祥符'。"

而后收刀入鞘，把它递给李宝瓶，笑道："收下吧，这把刀适合你。以后再寻一只养剑葫，与这祥符刀一左一右悬挂腰间，找一匹高头大马，穿一袭红衣，独自策马行走江湖，纵马饮酒，谁见到谁喜欢。"阿良开怀大笑，"谁会不喜欢这样的姑娘呢？"

李宝瓶怔怔拿着入手沉重的狭刀。

朱河也蹲在附近,朱鹿原本不想过来,还撂下一句赌气话,说她不稀罕这份嗟来之食,但是被父亲一个严厉眼神瞪住,之后便被他强行拉来。这是朱鹿第一次见到她爹生气,她有些害怕,可始终不愿像朱河一样蹲下身,而是倔强地站在那里,脸色清冷。

李槐趁着李宝瓶不注意,一把抓起一只手掌长短的彩绘木偶,做工精美绝伦,栩栩如生。这才是他一见钟情的物件。

林守一轻轻拿起那本卷起的道家古籍,握在手心后,性情内敛的少年破天荒流露出满是欢喜的神色。

朱河挑中一本武学秘籍《紫气书》和一颗泥封丹药,然后满脸震撼地抬头望向阿良。后者笑呵呵道:"怎么,刚好是你和你家闺女用得着的东西?别谢我,要谢就谢魏檗和那蛇蟒千百年来辛苦积攒下来的家底够雄厚,拿得出一部仙家秘籍和一颗出自真武山的独门丹药。"

朱河掌心托着那颗丹药,颤声道:"阿良前辈,真是传说中的'英雄胆'?"他此时就如一个久旱逢甘霖的幸运儿,笑得怎么也合不拢嘴。英雄胆能够帮助服药之人凝聚四散于窍穴气府的魂魄,最后结出一颗方便阴神栖息的"宅子"。朱河不是练气士,更不是兵家修士,但是英雄胆的昂贵珍稀,恰恰在于它同样适用于纯粹武夫,尤其是在第五境巅峰停滞不前的武夫,取得一颗英雄胆,简直等于多出半条命。

朱鹿虽然不情不愿,仍是收下了那本《紫气书》。

阿良不再理会欣喜若狂的朱河,抬头望去,陈平安和魏檗并肩走来。看到横宝阁内仅剩的一粒淡金色种子以及李宝瓶手中的狭刀,魏檗神色平静。然而当他看到其余人手中的书籍、丹药时却愣了愣,不由得望向阿良。后者视而不见,对陈平安笑道:"就剩下这么一粒玩意儿了,不过估计你小子早到晚到都一样,只会拿这么颗莲子。"

看到那颗孤零零的淡金色莲子,陈平安蹲下身,笑着拿起来收入袖中口袋。

李宝瓶轻声道:"小师叔,我跟你换。阿良说这把刀可好了……"说到这里,小姑娘赶紧闭上嘴巴,满脸后悔。显而易见,她觉得后半句话是不该说的。

果不其然,陈平安摸了摸她的脑袋:"好就收下啊,小师叔又不练刀,进山开路用柴刀就足够了。"

阿良打趣道:"对嘛,陈平安是一名剑客,佩刀不合适。"

陈平安没好气道:"那你还用竹刀?"

阿良耍无赖:"你管我?"

李槐轻声道:"阿良,这匣子归我了,对吧?"

阿良问道:"你要这盒子干啥,你有那么多宝贝家当放吗?"

李槐还以颜色:"你管我?"

阿良轻声问陈平安:"跟土地爷聊得如何?"

陈平安笑道:"挺好,那袋子东西也送出去了。"

阿良啧啧道:"你倒是不含糊,说送就送,我之前不过是随口一说。再者,如果在商言商的话,你其实应该当一笔生意来做的,相信以那黑蛇白蟒的家底,再吝啬小气,都会心甘情愿送你一件真正的好东西。"

陈平安道:"肥水不流外人田,以及春种秋收的道理,我还是懂的。"

阿良点了点头,扶了扶斗笠:"很快就要到红烛镇了。"然后这个男人抹了抹口水,"新酿杏花春,胭脂小画舫,我阿良又回来啦!"

对于阿良心心念念的红烛镇,陈平安突然有种不祥的预感。

魏檗望着那一行人下山的背影,叹了口气,脚尖一点,掠向一只山龟的背甲顶部,盘腿而坐。行出数十里后,与山龟遥遥结伴而行的黑蛇腹部鼓鼓,虽然体态臃肿不堪,可是气势暴涨,凶悍异常。

魏檗忽然一笑,丢出一只袋子,凑巧落在黑蛇的行进路线上。黑蛇小心翼翼垂下头颅,嗅了嗅,并无异样,又转过头颅望向山龟上的那位神仙中人。

魏檗笑道:"算是那少年送你的乔迁之礼。"

黑蛇略作犹豫,最终用牙齿扯破袋子,袋子里滚出十数颗陈平安从龙须溪中拾取的蛇胆石。这些石头在小溪之中浸泡过,色泽皆已褪去,乍一看与普通的鹅卵石没什么两样。黑蛇近距离凝视一番后,眼神灼热,同时充满了忐忑,生怕自己下一刻就要迎来失望。它缓缓吐出蛇芯,试探性卷起一颗石子放入嘴中。

魏檗看着这一幕,驾驭山龟继续前行,自言自语道:"一桩善缘善始,就是不知道能否善终。"

片刻之后,身后黑蛇四爪抓地,仰头望天,嘶吼声响彻山峰,惊起无数飞鸟振翅远去,让魏檗都有些羡慕:"听说如今除了骊珠洞天,此物在东宝瓶洲几乎已经绝迹,蛟龙之属,食之可生出真龙之筋骨须鳞。"

临近红烛镇,白色毛驴在青石板驿路上踩踏出清脆声响。阿良在依稀听到那声嘶吼后笑道:"看来还真有用。"

陈平安小声道:"我留下了最值钱的一颗蛇胆石,没舍得送出去。"

阿良哈哈大笑:"倒是鸡贼。"

队伍最后边,与李槐、林守一拉开距离后,朱河一边牵马,一边低声对女儿说道:"千万千万要收好那本《紫气书》,如果顺利的话,这本书能够让你一路走到第五境! 到时候再配合那颗英雄胆,你就能稳稳跻身第六境了!"

朱鹿愕然:"爹,丹药给了我,那您怎么办?"

朱河轻声笑道:"爹还年轻,心气也回来了,说不定就能够自己破境,向前走出一大步，便是第七境的高处风光……如今爹也敢想一想了。"

原本一直心情郁郁的朱鹿笑逐颜开，道："还年轻？那爹您要不要在红烛镇找个小媳妇美娇娘啊？爹，您放心，我可不拦着。"

朱河脸色尴尬，瞪了闺女一眼："胡说八道！"

朱鹿想了想："爹，那颗丹药您还是自己留着吧，我如今才二境巅峰，距离第五境还早呢。"

朱河爽朗地笑道："留着也行，就当是你将来压箱底的嫁妆了。"

清秀少女似乎想起了某人，满脸涨红。朱河心情大好，豪气纵横道："以后到了咱们大骊京城，看看哪位有福气的世家俊彦能够娶到我女儿。"

朱鹿跺脚娇羞道："爹！"

朱河赶紧摆手道："不说了，爹不说了。"

黄昏里的驿路上，阿良踮起脚尖，不断搓着手，望着那座红烛镇的柔和轮廓，急匆匆道："陈平安，事先说好了，你要借我一颗金锭的。"

陈平安点了点头，不过有些疑惑："阿良你会缺钱？"

阿良咧嘴笑道："你不懂了吧，行走江湖，借钱的是孙子，还钱的是祖宗。我这一路，被李槐、朱鹿这些小屁孩给寒碜得太惨了，一定要过过祖宗的瘾，补偿补偿自己。"

陈平安无奈道："那我送你一颗金锭，我不借，只送。"

阿良一巴掌拍在少年肩头，大笑道："就这么说好了，金锭白送我！"他目视前方，抬臂握了握拳，"能够从你这财迷手里白白要到一颗金锭，我阿良果然猛啊！"

陈平安安静地望向越来越近的红烛镇，熟悉的市井气息扑面而来。他转头对身边的李宝瓶道："到了镇上，等到购置完路上一切吃用，我们就去找找看有没有糖葫芦卖。"

李宝瓶高兴地蹦蹦跳跳前行，轻轻颠着背后那只碧绿小书箱："小师叔，咱们买两串小糖葫芦就行！小的好吃！"

可没想到发生了意外。红烛镇围有高墙，墙北门处有披甲执锐的士卒戍守，所有人需要递交户牒关文才可进入，这让陈平安呆滞当场，他连户牒关文是什么都不晓得。

然而早早到手一颗金锭的阿良笑嘻嘻地从怀里掏出一张皱巴巴的公文，通过勘验后，这家伙连毛驴也不要了，大摇大摆独自入城，到了墙门洞那边，还不忘跟这边面面相觑的众人挥手告别，惹来李槐的破口大骂，扬言要将白驴宰了。阿良大笑而去。

朱河同样束手无策，离开小镇之前，老祖宗并没有专门交代此事。虽然年纪摆在那里，但朱河对于外边世界的了解丝毫不比陈平安多多少，至于跋山涉水风餐露宿一事，更是远远不如窑工出身的贫寒少年。朱河灵机一动，想着有钱能使鬼推磨，就要偷偷给一名戍守士卒塞银子，却竟然被那士卒直接拿矛头抵住胸口厉声训斥，这让饶是好脾气的朱河也有些火气：说起来我也是个五境武夫，若是投军入伍，说不得连手握数千精锐的中层武将也做了。他正要跟那人理论，朱鹿轻轻拉住他的胳膊，轻声提醒道："爹，咱们大骊军法赏罚分明，而且有个特点，要么极轻，要么极重，所以不要跟这些当兵的家伙起冲突，咱们老百姓占不到便宜的。"

朱河皱了皱眉头，冷哼一声，终究还是选择民不与官斗。

朱鹿小声安慰道："爹，以后让老祖宗帮你寻个官家身份，有了护身符后，再加上你的身手，相信很快就可以崭露头角，哪里还需要受这气。"

朱河点点头，大步离开，又回头瞥了眼那守门士卒，嗤笑道："真是应了那句老话，阎王好见，小鬼难缠。"

所有人下意识地望向陈平安。陈平安想了想，缓缓道："实在没办法，只能绕过红烛镇了，今夜在外边露宿，我们可以雇人帮我们购置一切所需物品。真正的大麻烦，是我们去不了小镇内的水运码头，既定的行程就要修改。原先是想走两百多里水路，沿着绣花江乘船南下，会比我们步行要轻松很多，还不用绕路。"

就在此时，一名身穿青色官服的中年男子快步走出城门，仔细打量着陈平安一行人，最后望向朱河，抱拳问道："在下程昇，如今忝为红烛镇枕头驿的驿丞，敢问阁下可是来自龙泉县城的朱河朱先生？"

朱河默不作声，神色戒备。

程昇爽朗笑道："你们家主曾经一封书信直接寄到了我们县令大人手上，大略说过了你们的行程安排，让我们县令大人尽地主之谊。除此之外，你们各有书信家书，已经送到了我们枕头驿。我在一旬前便为各位专门腾出了屋子，绝不敢说有多好，只能说还算干净素洁，还望各位贵客包涵，莫要在县令大人那边告状，要不然县令大人一个不高兴，恐怕我明天就要丢了饭碗喽。若是朱先生不信，我可以马上去驿馆喊来一人，此人就来自龙泉县福禄街。他自称是督造官衙署的老衙役，有一封来自大骊京城的家书正是他亲自帮衙署上司带来，说是要亲手交给一位叫林守一的公子。"

林守一向前走出数步，脸上充满世家子弟的自负倨傲，问道："我便是龙泉县林守一，敢问程驿丞，那人名叫什么？"

朱鹿有些发愣，此时的林守一，与印象中那个沉默寡言的冷峻少年不太一样。

李宝瓶和李槐视线交汇了一下，各自轻轻点头。

程昇言语没有丝毫凝滞："如果我没有记错的话，应该名叫唐树头，四十来岁，说咱们大骊官话说得不是很顺畅。嗯，此人尤其喜欢喝酒，就是酒品……"

林守一点了点头，随口问道："程驿丞这些日子就一直候在这北门等我们？"

程昇笑道："虽然很想点头，但委实是没这脸皮。一来枕头驿在红烛镇北边，离这儿不远；二来小镇附近的山头高处建有烽燧，我与燧长关系不错，便让他帮忙盯着北边的下山驿路，只要一看到林公子、朱先生的身影，就让他手底下的烽子入城通知我。"

林守一恍然，不再说话，转头望向陈平安，后者点点头。

朱河笑着感谢道："程大人费心了。"

程昇连忙摆手道："可当不起大人的称呼，不过就是个鞍前马后的小人，整天做着伺候贵人的活计，实在难登大雅之堂。先不聊，我去跟戍守士卒知会一声，相信很快咱们就可以进入小镇。"

驿丞隶属于大骊朝廷，只不过称不上朝廷命官，这类胥吏不入流，不属于品官。

程昇带领众人走向城墙门道，守城士卒虽然放行，但脸色依然不太好看。过城墙门洞时，程昇转头压低嗓音跟朱河解释："都是边境战场上退下来的老兵痞，本事不大，脾气倒是死犟，有些时候连咱们县令大人都拿他们没辙，朱先生不要跟他们一般见识。"

朱河再没有江湖经验，可交浅言深的道理还是懂的，就没有答话。

他们路过一间寒气森森的铺子，不断有青壮男子出入，铺子内时不时亮起一抹白光。李槐看得挪不开脚步，朱河也忍不住多看了两眼，但很快就失去了兴趣。

程昇说道："那是一间刀剑铺子，其余兵器也偶有兜售。"

林守一好奇问道："官府不管吗？就不怕市井百姓持械斗殴？"

程昇笑道："官府不太管这些，但只要出了事情就会管得很严，若是县衙人手不够，县令大人能够调动辖境内所有江湖门派帮着解决纠纷。"

大骊尚武成风，有很多仗剑佩刀游历四方的游侠儿，其中既有眼高手低的市井无赖，也有为气任侠的世家子弟。大骊朝廷虽然禁止一切兵器售卖，但是对于铸造工艺平平的寻常刀剑，大多睁一只眼闭一只眼，主要看地方官的态度。若地方官是纯正读书种子出身，多半要严令禁止；如果是沙场武人出身，十之八九会网开一面。当然，强弓硬弩、精良甲胄等国之重器，肯定任何地方都不许贩卖。

红烛镇大街上行人如织，比起陈平安他们家乡小镇要繁华喧嚣太多。街道两边各色铺子让人眼花缭乱，吆喝声此起彼伏。

众人一路闲聊，一炷香后就来到枕头驿，很快就有杂役牵走白驴和马匹。

程昇果然给他们安排了驿舍，甲乙两等皆有，他没有擅作主张，而是把五间驿舍丢给朱河，让他们自己安排。

在陈平安的安排下，李宝瓶和朱鹿住一间甲等驿舍，朱河住一间甲等，他自己和李槐、林守一各住一间乙等驿舍，如果阿良回来，可以随便选一间驿舍合住。当然，以阿良的脾气，肯定会问能不能选朱鹿那间，估计到时候少不了朱鹿一顿白眼剐。

暮色里，所有人各自放好行囊包裹后，聚集在朱河那间宽敞的甲等驿舍。程昇很快送来一叠书信，之后便笑着告辞，说有事只要喊一声就可以，还说红烛镇的夜市在大骊南边小有名气，有机会一定要见识见识。

这叠家书有一封是写给林守一的，李宝瓶最多，有三封，就连陈平安也有一封。李槐两手空空,最后找到差不多光景的朱鹿,笑道:"还好咱俩同病相怜。"

朱鹿置若罔闻,走到窗口附近独自远望。

小小枕头驿曲径通幽,竟然营造出几分庭院深深的世家园林意味。靠近窗户有一片给人感觉不过巴掌大小的湖,养着一条条臃肿肥胖的红黄锦鲤。

林守一的家书只有一张信纸,没有几个字。少年深吸一口气,将所谓的家书放回信封,脸色阴沉地离开驿舍。他用五指死死攥紧那信封,除了三十余个字迹潦草敷衍的行书,信封内还有一张三百两银子面额的大骊最大钱庄的银票。

陈平安挑了个僻静位置坐下,见李宝瓶跑过来,一副欲言又止的模样,笑道:"我如果有不认识的字,会问你的。"

李宝瓶这才返回桌子那边开始拆信。三封家书,分别来自父亲、大哥和二哥。

李宝瓶一封封拆过去,父亲李虹在信上说着嘘寒问暖的言语,一如既往,毫无严父的架子,都是叮嘱一些鸡毛蒜皮的小事,比如天冷多穿衣、出门在外别怕花钱,再就是每次经过驿站一定要给爹娘寄家书,絮絮叨叨,五六张信纸就这么翻没了。李宝瓶叹息一声,望向坐在桌对面喝茶的朱河,忧愁道:"爹娘什么时候才能不把我当小孩子啊?"

朱河忍俊不禁。

李宝瓶浏览第二封信,是大哥写的,说他如今正在家里研读经籍,准备明年参加科举。信上端端正正的楷体字仿佛充满了先生夫子正襟危坐的韵味,每个笔画都透露出浓重的谨小慎微。内容简明扼要,满篇说的都是圣贤大道理,要她不可怠慢了朱河、朱鹿这对父女,不可以家生子视之,要她多听陈平安的话,要能吃苦耐劳,少给别人添麻烦。只是在信的最后,自幼恪守礼仪规矩的大哥告诉她,她小时候从溪里抓回家的那只螃蟹,如今已经被他养出了心得,要她只管放心。

李宝瓶扬起手中的信纸,跟朱河告状道:"大哥最不心疼我。"

朱河忍住笑意,心想:小姐你就得了吧,谁不知道李家上上下下就属大公子最心疼你。那么一个说起道理来连老祖宗都头疼的书呆子,第一次喝酒,竟然是因为妹妹偷偷把他的茶水换成了自家酿的桃花春烧,这下把大公子给气得差点崩溃,就连老爷夫人见之后都犯怵,根本不敢劝说什么,只敢跟在跑去找妹妹兴师问罪的儿子身后,生怕这个略显迂腐的儿子一气之下会动手教训小女儿。

不承想,当大公子看见妹妹站在院门外,双手叉腰,一副视死如归的样子,又被自己不舍得骂她一声给结结实实气到了,转头就走,生了好几天的闷气。那年他便在院子里埋下了一坛桃花春烧,等到妹妹问起,就说要把她嫁出去,吓得小女孩偷偷离家出走,一个人在龙须溪边逛荡了一整天,还差点躲到山里头去了。等到李家察觉,老祖宗勃然大怒,才出动所有人去找寻。最后还是这位大公子将功补过,在溪对岸的一座小庙里找到了睡在长木凳上的可怜孩子,背着她回了家。

李宝瓶突然笑道:"不过我还是最喜欢大哥。"

最后一封信,厚厚一大摞,是李家二公子寄给妹妹的,讲述了他去往大骊京城的经历,或是亲眼所见或是道听途说的奇闻逸事,措辞优美如散文,极富功底,宛如文采天授的诗词大家。这位二公子在福禄街李家远比大公子更受欢迎,英俊儒雅却言谈风趣,喜读兵书,自幼就爱让府上丫鬟仆役结阵"厮杀"。逢年过节,二公子见人就会随手丢出一只小绣袋的赏钱,沉甸甸的,若是谁的吉利话说得好,他就会多给一绣袋。相比古板沉闷的大公子,府上下人更喜欢与性情开朗的二公子打交道。

李宝瓶翻得飞快,看到倒数第二张信纸的时候,抬头望向朱鹿:"我二哥说到你了,说他有次夜宿山巅,亲眼见到了之前跟你说过的大骊烽燧的太平火。这种边境向京城报平安的烽燧信号,极目远眺,像是一条火焰长龙,很是壮观。"

朱鹿快步走回桌旁坐下,问道:"小姐,还说了什么?"

李宝瓶干脆就将这摞信纸全部递给朱鹿。反正二哥都是在讲风土人情、山鬼志怪,没什么不可告人的事情。

朱鹿接过了信,问道:"可以拿回去慢慢看吗?"

李宝瓶点头道:"别丢了就行。"

朱鹿满脸喜悦,笑着离去。

程昇敲门而入,端来一盆新鲜瓜果,后头还跟着一个斗笠汉子。

李槐火冒三丈,跑过去,就要把这个没良心的王八蛋推出屋子。

阿良一边跟李槐较劲,一边一屁股坐在桌边凳子上,一脸坏笑问道:"朱鹿咋回事,满脸春风的娇俏模样,好像比平时还要漂亮几分。"

朱河黑着脸不说话。林守一重新返回,坐在陈平安附近。阿良将银白色小葫芦抛给林守一,少年拔出酒塞,喝了一口酒。

阿良转头问程昇:"红烛镇是不是有个敷水湾,离着水运码头不算太远?"

程昇脸色古怪,点头道:"有的。"

阿良啧啧道:"销金窟,销金窟啊。"

红烛镇有一座月牙状河湾,漂着一种红烛镇独有的精致画舫,长不过两三丈,四周垂挂名贵紫竹或是寻常绿竹,里边装饰的豪奢程度,以画舫主人的财力而定。每艘画舫一般有两到三名女子,琴棋书画茶酒至少精通一两种。画舫中除了观景雅座,还有一间卧室,其功用不言而喻。

那些船家女是世世代代的大骊贱户,相传曾是前朝神水国的亡国遗民。大骊皇帝下过一道圣旨,让他们永世不得上岸,生生世世子子孙孙做那无根浮萍。

红烛镇的百姓则代代相传,不远处的那位棋墩山土地爷忠义无双,偷偷庇护这些姓氏的先祖,因此让大骊皇帝龙颜大怒,将他从山神贬为土地。皇帝还下令让那几个姓氏的后裔亲手打碎土地金身,沉入江底。

　　程昇小心酝酿措辞,挑选了一些无伤大雅的小镇典故说给这些贵客听。

　　红烛镇谈不上大骊的南北枢纽,却也是一座舟船如梭的繁忙水运码头,各地物产汇集。它是冲澹江、绣花江和玉液江三条江水汇合之地,但是只有绣花江和玉液江畔皆建有江神祠和泥塑金身神像,两位江神都是战死于那场水战的大骊功勋水军统领。唯独冲澹江不立江神不设祠庙,江畔曾短暂出现过一座香火鼎盛的娘娘庙,供奉一名为证清白投江自尽的小镇烈女,结果很快就被大骊朝廷定为淫祠,如今只剩下一堆废墟,残砖碎瓦,唯有蛇鼠乱窜。

　　居然听到了魏檗的事迹,李槐小声唏嘘道:"没有想到,那么一个大坏蛋,在红烛镇的口碑这么好。"

　　林守一脸色淡漠:"家家有本难念的经。"

　　陈平安收起那封阮秀寄来的书信。信上说落魄山成功获封一位大骊新晋山神帮助坐镇山头聚拢灵气,仅次于不参与售卖的披云山和她爹手握的点灯山。

第二章
无不散的筵席

程昇告知众人红烛镇不设夜禁,在小镇西边有坊市,麻雀虽小五脏俱全,五花八门的杂货应有尽有。得知陈平安一行人要去购置游学所需物品,程昇就主动提出担任向导,说是能够免去许多麻烦,至少那些商家不敢漫天要价。陈平安望向来过一次红烛镇的阿良,对方点点头,说他只对河两岸风光比较熟,没去过坊市。

程昇望向阿良,两个老男人会心一笑。

敷水湾近百艘大小画舫每晚都会驶出,沿着河水进入红烛镇,兜一圈后返回。其间不断有男子登上那些画舫,既买醉也买笑。在红烛镇,敷水湾船家女和其他青楼女虽然皆为大骊贱籍,但前者一向是京城教坊司直接负责户牒管理,就连身为一方父母官的县令都没有资格将她们的身份由贱转良。所以红烛镇一直有传闻,敷水湾那五姓的祖先曾是神水王朝的皇室子弟和功勋世族。

在程昇的带领下,陈平安他们去往小镇西边的集市。得知红烛镇乘船南下两百余里,沿途都有城镇驿站可以补给,陈平安就没有过多购买大米、腌肉等食物,只是在一家药铺添置了诸多药膏药材以应付风寒中暑、跌打损伤一类的小病小灾。到了付账的时候,陈平安才知道这里与家乡小镇差不多,一整颗银锭是稀罕物,所以将那两锭雪花纹银折算成了大骊通用铜钱——天华元宝。因为手上是品相最好的银子,仅是溢价就高达两百文钱,这让陈平安很是感激铁匠铺子的那位秀秀姑娘。

因为有程昇在旁,一切顺风顺水。在郡县小镇,还真别把胥吏不当官,尤其是程昇这种一年到头经常跟豪绅巨贾、羁旅官员打交道的,在小镇百姓眼中,那就是手眼通天的大人物了。所以陈平安他们走入的每间铺子里的人，全部殷勤地喊着"程大人"，恨不得将这位驿丞大人当菩萨供奉起来。

一路上，李槐拘谨得很，只敢躲在阿良背后探头探脑。阿良打趣他是胆子小，只会窝里横。李槐刚扯开嗓门要跟阿良骂战三百回合，可一看到四周投来的好奇的视线，就立即耷拉着脑袋，病恹恹地跟在阿良身后，把阿良乐得不行，时不时就一巴掌拍在李槐脑袋上。李槐敢怒不敢言，憋屈得很。

林守一依旧是事不关己高高挂起的冷淡模样，估计他走在京城御道上也是这个德行。唯独李宝瓶背着她那个碧绿竹箱，螃蟹横行似的，仰着脑袋挺起胸膛，恨不得路边随便拉上一个人就告诉他，自己的小书箱是小师叔亲手做的。

坊市由两条南北向的大街构成，逛完了观山街，陈平安他们就要穿过巷子，去往下一条观水街，结果路过巷子里一间生意冷清的书铺时，陈平安停下了脚步，跟程昇打了声招呼后，对李宝瓶三人笑道："一人可以买一本书。再贵也没问题，只要我们买得起。"

店铺很小，店门宽不过两丈，走入之后，左右就是两排高高的书墙。店铺最里边，一个身穿黑色长衫的年轻人坐在小竹椅上，跷着二郎腿闭目养神，手拿一把折扇，轻轻敲打手心，哼着小曲。他有一张英俊阴柔的出彩脸庞，没有之前那些店铺商贾的铜臭气。朱鹿第一眼看到后，愣了愣，大概是没想到会在红烛镇的市井坊间遇到气质如此脱俗的风流人物。就连朱河都一肚子狐疑：此人该不会是家道中落的豪阀子弟吧？比起自家那两位公子半点不差。

年轻人没有睁眼，懒洋洋道："店内书籍一概不还价，回头是买赚了还是买亏了，全凭各位客人的眼力。"

程昇轻声跟朱河道："这间铺子在我们红烛镇小有名气，途经此地的读书人大多喜欢来这里逛一次。只是这位店主脾气古怪，性情清高，不谙庶务，所售书籍全部远远高于市面价格，而且谁敢开口还价，他就敢当场撵人。曾经有一位微服私访的户部官老爷相中了一本标价三百两银子的什么孤本，不过是还价五十两银子就被赶出了铺子，半点颜面也不留，气得他差点让县衙封了这间小铺子，后来估计是觉着传出去名声不好听，才让这铺子躲过一劫。"

朱河心中了然，此人多是个不谙世事的腐儒，是自家二公子最喜欢讥讽的那种人，称他们"平时袖手谈心性，临危一死报君王"。二公子还笑说说不出两百年，大骊也会如此，所以朱河对于外边的读书人一向观感不佳。

经过红烛镇的这条驿路，是大骊南方边境通往京城的三条主要驿路之一，小富小贵的商贾仕宦若是北上大骊京城在内的重镇大城，多选此路，因为其余两条驿路虽然更为宽阔，但是几乎每一座沿途驿站都拥挤不堪，没有足够分量的官府勘合、兵家火牌，别说下榻，就是大门都别想进去，每年都有很多不谙此道的官员豪绅因此丢尽脸面。

进京赶考的南方士子由于尚未有官身,同样喜欢拣选这条驿路。他们往往是三三两两结伴而行,既可相互照应,也能一同探幽访仙。

而贬谪南方的官员,抑郁不得志,喜欢题诗于驿站、旅舍的墙壁,也喜欢走这条南下之路。一来二去,红烛镇的枕头驿墙壁上便写满了文人骚客发牢骚的羁旅诗词。

李宝瓶仰着脑袋开始找书,这里瞄一眼那里瞥一眼,全看心情。偶尔抽出一本书,随便翻开几页,不感兴趣就放回去。小姑娘最后找到一本山水游记,标价三百文钱,有些心疼,可又实在喜欢,便转头望向小师叔,陈平安笑着点点头。

林守一的视线在书墙上缓缓掠过,最后看中一本不署撰写人的风水书,标价四百文钱。林守一望向陈平安,后者依然点头。

李槐进了店铺后,立即恢复顽劣本性,就跟脱缰野马差不多。他年纪最小个子最矮,死活要坐在阿良肩膀上挑书,阿良答应了,但是扬言李槐如果不选中一本,等下出了铺子,就把他一个人丢在大街上。李槐硬着头皮挑了一本最高处的崭新书籍,一看价格,九两二钱,吓得他鬼鬼祟祟就要将书丢回去,只是手忙脚乱,那本书没被成功塞回书架,反而掉在了地上。

轻敲折扇的年轻店主睁开眼睛,看着那本摔落地面的书籍,没好气道:“买定离手,一本最新版的《断水大崖》,九两二钱。”

李槐根本不敢跟陌生人还嘴,只得哭丧着脸,小心翼翼望向陈平安。后者问道:“买了会不会看?”

李槐使劲点头,陈平安便也笑着点头道:“那就买了。”

阿良问道:“陈平安,你自己不买一本?”

正在掏钱的陈平安连忙摇头道:“我字还没认全,买书做什么。”

朱河转头问自己女儿:“有想要的书吗?”

朱鹿始终站在店门口不挪步,斜瞥一眼书墙,摇了摇头。

用一支乌木簪子束发的年轻店主站起身准备收钱,视线掠过李宝瓶和林守一,最终望向那个怯生生捧着《断水大崖》的孩子,笑意玩味。

阿良咧嘴一笑。

离开书铺,走向观水街,朱河心神一动,回头望去,发现那名相貌不俗的年轻人斜靠门柱,正在目送他们离去,看到朱河后,那人还笑着点头致意。

朱河转过头,皱了皱眉,出了小巷后,快步走到阿良身边:“前辈,那书铺主人是不是有古怪?”

阿良扶了扶斗笠,说了句货真价实的古怪话:“相比这个家伙,真正的麻烦还在后头,不过跟你们没关系。”

冲澹江水流最为湍急,多暗礁险滩,有奇景蜚声朝野,其中一段河流,大小石柱多突出水面,被誉为雨后春笋,只有一叶扁舟能够穿梭于石林间隙,大船难渡,哪怕是在河畔长大、熟悉水性的舟子船夫也不敢轻易乘舟下水,除非是慕名而来的文人雅士花重金雇用才会出行,所以又有白纸小舟铁艄公一说。每年都会有船夫和外乡人丧命于冲澹江这段石林水路,只是今夜暮色里的冲澹江,游人不少。

汹涌的江水冲击着一根根出水石柱,有个袒胸露腹的汉子坐在一根石柱顶端,轻轻将一只空荡荡的酒壶丢入江中,身边则还有三只尚未打开的酒壶。

远处,有一粒红光愈来愈近,原来是一个佝偻老人手提一盏大红灯笼,以石柱为涉水之阶,蜻蜓点水,长掠而来。

骤然之间,一道雄壮身影从天而降,踩在一根石柱顶端,脚下坚石不堪重负,瞬间化作齑粉,他便顺势站在江水之中。

另一名中人之姿的妇人也在江水之中逆流而上,闲庭信步。她头顶三尺悬浮着拳头大小的雪白珠子,映照得江底亮如白昼。妇人慵懒无聊道:"足足走了一百多里水路,半件宝贝也捡不着啊,谁跟我说冲澹江底下有花头来着?"

石柱顶端坐着喝酒的男人看了眼水底,淡然道:"大人已经在红烛镇了。"

佝偻老人晃着鲜红灯笼,嗓音沙哑笑道:"大人竟然亲自出马了?那还需要我们四个做什么,端板凳看戏啊?"

男人喝了口酒,沉声道:"希望如此吧。"

逛过了观水街,该买的物件都已购置妥当,陈平安准备打道回府。不料阿良提议要乘舟夜游冲澹江,响应者寥寥,只有林守一点头答应。

陈平安倒是不介意放完东西后去见识见识那段险滩,但是李宝瓶扯了扯他的袖子,他心领神会,掂量了一下钱袋,零散的铜钱足够买下糖葫芦。

朱鹿拉着朱河去逛兵器铺子。李槐嚷着肚子饿,阿良就让程昇带他返回枕头驿吃夜宵。一行人就此分道扬镳。

林守一与阿良并肩而行,轻声问道:"前辈说李槐最有福缘,那本貌似崭新刻就的《断水大崖》是不是最值钱?"

阿良轻轻点头:"只是看着新而已,有些年头了,书上写的东西不值钱,乱七八糟的水法修行,故意用来误人子弟的。但是书籍材质比较珍贵,存放个几百年都不会有虫蛀。"阿良摘下小葫芦,灌了口酒,"而且如果我没有看错的话,这本书里已经生出了几只蠹鱼。当然,你们肉眼是见不到的。此物属于世间精魅之一,极其细微,游弋于字里行间,恰似江河活鱼。蠹鱼以书本文字蕴含的精气神为饵料,长成之后,最大不过发丝粗细。世间蠹鱼种类繁多,那本书里的品种普通,可若是卖给喜好猎奇的达官显贵,怎么都该有个三千两银子吧,所以是那家书铺最值钱的几本书之一。"

林守一听得咂舌不已。连瞧都瞧不见的蠹鱼转手就能赚到三千两白银,难道小镇以外的世道,钱才是最不值钱的?

阿良像是看穿了他的想法,笑道:"等你以后真正踏足修行,就会明白市井百姓眼中的黄金白银,任你堆积成山,开销起来,不过弹指一挥间的事情,说没就没了。话说回来,既然必须花钱如流水,就说明俗不可耐的黄白之物反而是顶值钱的。"

林守一点点头。阿良笑道:"跟陈平安说这些,他就未必懂。"

林守一摇头道:"事关钱财,他肯定懂。"

阿良哈哈大笑,带着林守一来到红烛镇河畔。此处人声鼎沸,林守一习惯了家乡小镇夜间的冷清,有些不适应,尤其是每次呼吸仿佛都能嗅到脂粉气,一开始会觉得香气扑鼻,可闻多了,就觉得有些腻人。

河水两岸全是厚重的青石板路,许多美艳女子斜倚路旁高楼栏杆,露出白藕似的粉嫩胳膊,面容在一连串灯笼的映照下显得愈发妖冶动人。

大小不一的画舫沿两岸缓行,垂挂竹帘,两名女子分坐于小船首尾,外加一人划船。比起青楼女的恣意姿态,那些船家女虽然也是穿着暴露,只是神态间多了几分娴静。

时不时一些高楼女子还会讥讽谩骂那些争生意的船家女,并丢掷蔬果。后者习以为常,多不计较,除非被当场砸中,否则极少起身与之怒目对骂。

一旦船家女与青楼女起了冲突,必然惹来一阵男子齐声叫好,唯恐天下不乱。

林守一有些头皮发麻:"阿良前辈,我们不是要去冲澹江赏景吗?"

阿良耍无赖道:"既然是三江汇流,那么这里当然也算冲澹江。"

林守一无言以对。

阿良蹲在河边,望着咫尺之外缓缓行驶而过的一艘艘画舫,每次有船家女暗送秋波,或是用软软糯糯的言语打招呼,他都会默默喝一口酒,自顾自碎碎念。

林守一蹲下身,竖起耳朵偷听,断断续续听到什么守身如玉、正人君子、色字头上一把刀等,这让林守一忍俊不禁:得嘞,敢情阿良前辈比自己好不到哪里去。

阿良稍稍转头,望向不远处的一艘小画舫。一名姿色平平的妇人坐在船头大大方方环顾四周,不像做皮肉生意的女子,反而像是夜游的豪门贵妇,倒是妇人身后划船的二八少女容颜娇艳。

阿良站起身,等到这艘画舫临近,猛然掏出一枚扎眼的金锭:"够不够?"

妇人笑意柔和,不点头不摇头,划船的少女则眼神发直,恨不得替妇人接下这桩买卖。

妇人眼神绕过阿良,伸出手指点了点林守一:"这位小少爷,你可以独自登船。"

阿良迅速收起金锭："这小子是穷光蛋，没钱！身无分文！"

妇人柔声道："我可以不收他银子。"

少女顺着妇人手指的方向，看到了一个满脸涨红的少年郎，唇红齿白，风度翩翩，一看就是个读书种子，她亦是羞赧一笑。

可怜有钱也花不出去的阿良被晾在一边，满脸匪夷所思，心想这婆娘是眼瞎还是胃口刁钻，竟然看不中如自己这般英俊潇洒且值当打之年的汉子，反而相中了瘦竹竿似的林守一？要是按照这个调调，把更瘦的陈平安拎过来，她还不得倒贴银子？

阿良喃喃道："伤感情了啊。"

妇人笑望向林守一，不知为何，平平姿色的她竟有几分狐媚意味："不上船吗？"

林守一摇摇头。

阿良坐在台阶上喝了口闷酒："小子，赶紧登船吧，大不了以后就是没葫芦酒喝而已。天底下有什么酒的滋味比得过花酒？你可千万别错过啊。"

林守一纹丝不动，朝阿良的背影翻了个白眼。

后边的同行已经开始催促，画舫只得继续前行。

妇人犹然转头，对林守一回眸一笑。林守一无动于衷，冷冷与她对视。

不断有画舫从两人身前游弋而过，环肥燕瘦的船家女，如一幅幅仕女图铺展开来。

林守一轻声问道："阿良，你是专程在等她？"

阿良扶了扶斗笠，摇头笑道："一时兴起而已，只是想知道这张渔网到底有多大。"

林守一坐在他身边，大大方方望着那些脂粉女子。河畔沿岸青石板路上，有挽着篮子的稚童跑来跑去，一声声叫卖杏花的清脆嗓音，东边响一下，西边起一声。

朱鹿想给自己挑一把傍身的匕首，希望刀刃锋利的同时，外观也能够好看一些。不承想兵器铺子已然关门，她闷闷地站在门口，一言不发。

朱河安慰道："明天再来便是。"

朱鹿背靠铺子外边的一根拴马桩，抬头望向夜空。

朱河轻声问道："有心事？"

朱鹿摇了摇头。

朱河又小心问道："离开棋墩山的最后一段路程，小姐主动要求跟你乘坐同一只山龟，是找你说了什么吗？"

朱鹿"嗯"了一声，无精打采道："小姐要我对所有人都客气礼貌一些。"

朱河松了口气，笑道："小姐又没有说错，出门在外，是应当和气生财的。"

朱鹿低声道："那个阿良也就算了，毕竟来自风雪庙，虽然一点不像我之前想象中的神仙，但神仙就是神仙，再惹人厌，我也能忍。可那林守一和李槐算什么，不过仗着跟小姐是几年同窗，就一点不把自己当外人。一个贱婢所生的私生子、一个窝囊废的儿子，凭什么跟我们小姐平起平坐？尤其是那个……"

见她不愿继续说下去，朱河接过话："陈平安？"

朱鹿抿起嘴唇。

朱河叹了口气："这里没外人，爹接下来说的话，可能有点不中听……"

朱鹿蓦然神采焕发，打断朱河的话："爹，公子在寄给小姐的那封家书后边，专门给我写了好些篇幅的随笔，公子的行书和楷书越来越炉火纯青了。他说他亲自随人追杀一伙马贼的跌宕境遇，说认识了一位陈氏上柱国的嫡长孙，还说了那太平火的景象，说大骊京城无奇不有，大街上竟然有人骑乘着蛇蟒、仙鹤招摇过市，而京城百姓早就见怪不怪了。公子还说大骊京城的皇城北门左右各有一尊活着的金甲门神，据说是一座道家宗门赠送给大骊的开国之礼，身高有四五丈呢。爹，您说好玩不好玩？"

朱河无奈道："称呼二公子，稳妥一些。"

朱鹿笑逐颜开："大公子又不在，何况大公子那么憨厚，就算听到了也不会生气。"

朱河轻喝道："不得无礼！"

朱鹿眉眼低敛，睫毛微动，而后小声道："公子……嗯，是二公子曾经对我们这些下人说过，命好的人，躺着也能享福；命不好的人，来这世上走一遭，就是来遭罪的。李槐命好，林守一命也好，成了山崖书院的学生，以后多半会扬名立万。退一步说，做个腰缠万贯的富家翁，绰绰有余。"少女缓缓抬起头，"那个陈平安的命其实也不差的，至少他不用喊别人小姐、公子。"

朱河有些不敢正视女儿的视线。家生子，之所以是家生子，在于打从娘胎起就是了。他欲言又止。

朱鹿眼神坚毅，语气坚定道："爹，没有关系。二公子说了，到了大骊京城，有的是法子脱离贱籍。况且大骊边境军伍愿意招收女武夫，若是攒够了军功，说不定还能成为诰命夫人呢。"

朱河看着眼前这个别样神采的少女，有些陌生，又有些欣慰，点头道："到时候我们父女二人一起投军便是，还能有个照应。二公子如今在京城站稳脚跟，争取让他帮我们选一支好一点的边军，恶仗不至于太多，战功别太难获得。总之在脱离贱籍之前，不可辱没我们龙泉李家的家风，以后哪怕真的自立门户了，也要对李家心怀感恩……"

朱鹿笑了起来，快步上前，挽住朱河的胳膊，拉着他一起返回枕头驿，调侃道："知道啦知道啦，爹您什么时候话这么多了。"

朱河揉了揉女儿的脑袋，犹豫片刻，仍是决定说出口："有机会，跟陈平安说声对不起。棋墩山山巅一战，不管初衷是什么，一件事情做错了就是做错了，那么该道歉就要道歉，该弥补就得弥补。"

朱鹿沉默片刻,兴许是今晚心情绝佳的缘故,笑容灿烂道:"好的!"

红烛镇依循大骊礼制,设有文武两庙,即规模不小的文昌阁和武圣庙,分别供奉着一尊手捧玉笏的文官神像和一尊披甲悬剑、脚踩狸猫的武将神像。

红烛镇两庙建在城南,双方相隔不远,五六百步而已。夜色深沉,两尊神像几乎同时摇晃起来,身上灰尘簌簌落下,一阵阵淡金色涟漪在神像表面荡起。与此同时,绣花江和玉液江两岸江神祠里的两尊泥塑金身神像亦是差不多的光景。

红烛镇北方的棋墩山一脉,一个袒胸露腹的男子手里拎着酒壶,腰间还悬挂着三只酒壶,虽然满身酒气醉醺醺,脚步踉跄,但是每一步跨出都长达五六丈,行走山路如履平地。他很快来到棋墩山的山巅石坪,打了个酒嗝,重重一跺脚。

棋墩山土地爷魏檗出现在不远处。

汉子瞥了眼手持绿竹杖的俊美青年,笑道:"可喜可贺,总算打破了身上的那道术法禁锢,恢复土地真身不说,还有望自成山神,看来最近得到了天大的机缘。"

魏檗脸色阴沉:"有话直说。"

汉子抹了抹嘴,直截了当问道:"那个叫阿良的,有多强?"

魏檗沉默不语。

汉子淡然道:"事关重大,我没心情更没时间跟你耗,你不开口,我就打烂你的金身,让你连死灰复燃的机会都没有。"

魏檗问道:"在回答之前,我能否知道缘由?"

汉子点头道:"那人杀了我们大骊两名顶尖死士——武夫第七境的李侯和练气士第八境的胡英麟,此二人皆是那位娘娘麾下竹叶亭的甲字高手。陛下得知消息后很不高兴,觉得此人破坏规矩在先,因此大骊要跟他讨要一个说法。"

魏檗心情沉重。

汉子语气森森,冷笑道:"劝你别掺和,能把自己摘干净是最好,摘不干净的话,说不定就要再去冲澹江洗河澡了。可是我敢确定,这次再不会有人愿意拼着魂飞魄散的危险,仍要帮你从江底捞起碎片,一块一块拼凑起金身,最后偷偷给你带回棋墩山。对吧,神水土朝的北岳正神?"

魏檗惨然一笑。

大骊边境的野夫关城门大开,为数不多的驻城轻骑罕见地选择夜行军,虽然不过千骑,但是当整齐的战马铁蹄踩踏在地面上的时候,大地仍是为之震动,如密集急促的擂鼓声,让人热血沸腾。

驿路旁边,一骑武将勒缰停马于旁,脸色凝重。

一名脸上疤痕狰狞的年轻副将快马赶至，放缓马蹄后，与主将并肩，轻声问道："韩将军，这趟北上奔袭意图为何？我大骊野夫关以北广袤版图，怎么可能会有大股马贼流寇？再者，就算出现，也轮不到咱们这支骑军出马吧？"

身材敦实的主将嗓音低沉："不该问的就别问。"

年轻副将咧咧嘴，果真不再追问。

主将犹豫了一下，大概是自己也憋得有些难受，斟酌一番后，小声道："不但是我们野夫关这点兵马，南方边境的所有关隘军镇都抽调出了将近半数的主力野战轻骑，在今夜全部倾巢出动。"

年轻副将愣了一下："四年一轮的春蒐夏苗秋狝冬狩？可时候不对啊，咱们去年才参与的春蒐，今年就算有这等规模的大演武，也该是放在夏季才对。"

主将下意识摸了摸胯下坐骑的柔顺马鬃，道："到达临时驻地后，朝廷兵部自会有下一步指令下达，咱们不用胡思乱想了。"

红烛镇往西两百多里，江面辽阔的绣花江上游地带，水中央有一座小孤山，被当地百姓粗鄙地称为馒头山。山上有一座孤零零的土地庙，香火不绝，相传极其灵验，求子得子，求财得财，远近闻名，是文人骚客必须泛舟游览的形胜之地。可是本地百姓几乎从不来此祭拜烧香。

暮春夜色肃杀清冷，江水滚滚逝去，浪花四溅。江水中有一条三尺长短的青色鲤鱼飞快地从岸边游向小孤山，出奇之处在于它的背脊之上坐着一个朱衣童子，不过巴掌高度，双手使劲攥紧青鲤的两根鱼须，好似骑士拉住缰绳。朱衣童子随着鲤鱼和江水起起伏伏，浑身湿透，脸色苍白，骂骂咧咧。

青鲤游到了岸边，骤然停下，直接把朱衣童子给甩到了岸上。小家伙打了一连串滚，灰头土脸，对着江水里晃晃悠悠返回对岸的那条青色鲤鱼破口大骂："上梁不正下梁歪，你家主子是个骚婆娘……"

鲤鱼猛然转身，死死盯住岸上的朱衣童子。后者吓得屁滚尿流，撂下一句"好男不跟女斗"，往土地庙飞快跑去。

小庙未关门，小家伙好不容易爬过门槛，翻身落地后，抬头对着那尊掉漆严重的滑稽泥像叉腰怒喊道："大爷差点淹死在江水里，你还不赶快跪下领旨？信不信大爷治你一个大不敬之罪，把你的脑袋咔嚓一下？"

砰然一声响，朱衣童子被人一脚当石子踢出土地庙。

有个五短身材的汉子一屁股坐在门槛上，骂骂咧咧道："你一个这破庙里诞生的香火童子，还敢跟大爷我自称大爷？"

不是一家人，不进一家门。

那朱衣童子气喘吁吁地一路跑回来,艰辛地爬上门槛坐着,龇牙咧嘴,眼神哀怨。

汉子皱眉问道:"什么事情?"

小家伙嘀咕道:"有点饿。"

汉子抬起手臂作势要打,朱衣童子抱住脑袋,嚷嚷道:"我刚从城里城隍阁那边偷听来的消息,说是朝廷礼部和钦天监下了两道秘密旨意,要求红烛镇四周千里之地的一切山水神灵全部就地待命,不得擅离职守,不得闭关,必须随叫随到,若是点卯之时无法准时出现,斩立决!你大爷的,要不是我给你递消息,就你那惫懒性子,早就给人借刀杀人……哦,忘了你不是人……"

小家伙这次是被一巴掌打得摔进土地庙内的。

汉子站起身,望向红烛镇方向,神情肃穆,不忘提醒道:"香炉里给你留了点伙食,记得省着点吃。"

"算你有点良心。真不知道你是怎么混的,不仅是一州之内在土地庙任职时间最长的可怜蛋,而且跟同僚们的关系也差。这就算了,连绣花江里那些个虾兵蟹将都敢不把你放在眼里,你说我怎么就这么倒霉,在你的炉子里生出来?唉,下辈子应该找个好一点的炉子投胎的……"朱衣童子嘴上不断埋怨着,可不耽误他熟门熟路地爬上香案,一头扑入零零散散插有七八支香的黄铜香炉。

返回枕头驿的路上,程昇发现身旁的孩子一下子咬牙切齿,一下子长吁短叹,像是在做一个生死攸关的抉择。

李槐终于停下脚步,鼓起勇气问道:"老程,我身上有三十文钱,能不能去先前的书铺买本书?那儿最便宜的书是多少钱?还能不能给我剩下点?"这些是李槐偷偷攒下的所有余粮了,大半是从舅舅家偷出来的,小半是姐姐李柳的私房钱。

程昇有些哭笑不得,思量一番后,认真回答道:"难。那间铺子的书是我们红烛镇公认的不实惠,若非爱好搜罗善本孤本的读书人,一般没有人去那边买书。你要是真想买书,我知道东边有两间大书坊,儒家经典、诸子文集、志怪小说皆有,在那儿我还能帮你还价。"

根筋的孩子摇头道:"不行,就得是方才的书铺!"

之前在书铺,那个一年到头穿草鞋的穷酸家伙既不是打肿脸充胖子地二话不说就买下一本将近十两银子的破书,也不是不愿为他花费这么多银子就当场拒绝,而是问他会不会看那本书,这让李槐很意外。虽然当时他说会看,事实上买下之后,看当然会看,随手翻阅打发时间而已,他对这本《断水大崖》其实没太大兴趣。

但是有人愿意为自己掏出十两银子,这让李槐觉得很开心。

李槐不傻。别人对他是好是坏,他心知肚明。

一双双草鞋，还未打造好的书箱，加上这本《断水大崖》，欠了人家这么多，所以李槐觉得要是不为陈平安做点什么，自己会过意不去，心里堵得慌。

其实李槐不喜欢朱鹿，甚至连患难与共的林守一也不怎么喜欢，反而觉得在学塾就经常欺负自己的李宝瓶还不错。他最喜欢的是吊儿郎当的阿良，至于那个来自泥瓶巷的穷光蛋，李槐有些怕他。

此时，程昇低头看着满脸认真的孩子，心想，不愧是那家伙所谓的仙人资质，有些事情确实福至心灵。他忍住笑，想着刚好顺水推舟，能够帮这孩子一把，指不定就结下一桩天大的香火情。所谓与人为善，事实上与一千个凡夫俗子为善远远不如与一位仙人结下善缘，这是他亲眼所见、亲耳所闻，千真万确。

程昇带着李槐走向两街之间的小巷，那个年轻店主正坐在门槛上望向他们，满脸笑意，好像就是在等待他们的到来。

就在此时，小巷另一端走来一个手提灯笼的佝偻老人，与李槐二人相向而行。

年轻店主缓缓起身，对程昇摆摆手："今天书铺关门打烊，回头再带这孩子来。"

程昇二话不说，拉着李槐掉头就走。

年轻店主在确定二人离开小巷后，便不复见之前的恬淡闲适，略显恭敬局促，抱拳轻声道："冲澹江李锦，拜见郎中大人。"

老人点了点头，径直跨过书铺门槛，李锦紧随其后。

老人随手将灯笼握柄插入书墙高处的书籍底端，转头看着面如冠玉的年轻人，感慨道："四十年前你我初次见面时你就是这般容颜，如今再见，依然如此，羡煞旁人啊。"

李锦握紧折扇，微笑道："对我们这些异类而言，能够生而为人，才是天大的幸事。"

老人点点头，并未反驳。

李锦好奇地问道："那拨人能够住在枕头驿，是大人的安排？"

见老人默不作声，李锦识趣地不再询问。

他在百年前开了这间小书铺，冷眼看世事，见多了人情世故和宦海风波，对于大骊官场并不陌生，想要在枕头驿腾出这么多甲乙驿舍来，差不多该是六部侍郎的本事了。当然，三位郎中除外。大骊朝廷六部衙门尚书、侍郎之下，郎中为各司主官，员外郎为副官。虽官职不显，但其中三司郎中的权柄之大超乎想象。

这便是吏部考功司、兵部武选司以及礼部祠祭清吏司。这三司主官可谓位卑权重，朝野瞩目，一旦外放地方，必然破格提为封疆大吏。

一位职掌王朝所有四品以下地方官员的升迁考察；一位负责为王朝军方筛选、审核武人升迁，尤其还掌握着江湖人士的招安大权；一位具体负责一国祭祀大典，许多时候君王都要问策于此人，而此人往往是儒家学宫、书院出身。

眼前这位貌不惊人的老人，正是其中之一。

李锦在四十年前作为这间书铺的主人曾经赠予一名进京赶考的寒酸士子两本典籍,没有想到之后那名寒士一路升迁,成了大骊礼部祠祭清吏司的郎中,清贵且权重。但是对不在庙堂远在江湖的李锦而言,礼部祠祭清吏司还有另外一层意义——据说许多京城官员连这座小衙门的门都找不到,它却暗中掌管着天下山水正神的筛选评定,虽无最终的勘定权,却有至关重要的举荐权。

李锦通过路过红烛镇的官宦商贾得知老人坐上这个位置后,寄去数封书信,无一不是泥牛入海,杳无音信。李锦不敢造次,只得遗憾作罢。他百年来苦心孤诣,竭力谋求冲澹江江水正神的位置,用了许多门路香火,全部无功而返。

老人突然说道:"冲澹江之所以不设江神之位,你应该是知晓缘由的,所以你悄悄寄去我府上的书信,我只当没有看到,并非不愿帮忙,而是实在有心无力。"

李锦笑容苦涩,点头道:"理解。只要皇帝陛下不点头,恐怕礼部尚书开口发话都不顶用。"

老人笑了,凝视着眼前这个年轻人。每过二三十年,此人就会更换脸皮容貌。老人眯眼道:"但是现在有个机会摆在你面前,就看你敢不敢争取了。"

李锦没有流露出激动神色,反问道:"听说曾是骊珠洞天的龙泉县境内,大骊皇帝敕封了一位龙须河河神和一位铁符江江神,披云山、点灯山和落魄山则各自敕封了一位山神。一次性给出三山两水总计五个席位,这就已经用掉了皇帝陛下的许多家底,怎么可能在这个快要捉襟见肘的时候,再对冲澹江丢出一个宝贵名额?"

老人笑道:"放心,不是什么针对你的阴谋,说句难听的,你还不至于让我亲自出马。"

李锦起先有些羞恼,随即又有了寄人篱下的无奈之感,不再说话。

老人收敛笑意,道:"以红烛镇为中心,方圆千里之内,所有大骊朝廷敕封的山水正神以及候补的土地、河婆,近期全部需要待命,随时准备参与一场围剿。除此之外,包括大骊野夫关在内的南方边镇出动了大量精锐骑军,撒出了不计其数的斥候侦骑。至于你,若非当年那点赠书的情分,我绝不会将这个消息告知于你。有你没你,毫无差别。"

李锦被震撼得无以复加:"在大骊境内摆出这么大的阵仗,到底是在围剿什么?"

老人直言相告:"一个人。"

李锦望向老人的眼眸,见他不似作伪,缓缓问道:"郎中大人需要我做什么?"

老人笑道:"一点力所能及的小事情,只需要帮忙盯住一个刚到红烛镇的男人。我知道走出冲澹江后两百余年,你在红烛镇上经营得很好,比城隍他们更熟悉水路,比两位江神又更熟悉小镇的风吹草动。而且如果京城档案没有记录错误的话,你豢养有几尾珍稀的青冥鱼,来自古书,最适合小范围内侦察、传递消息。"

李锦脸色不太好看。老人讥讽道:"放宽心,青冥鱼确实百年一遇,可我还不至于下作到见财起意的地步。"

李锦自嘲笑道:"是我以小人之心度君子之腹了。不知那人是?"

老人缓缓答道:"一个戴斗笠的汉子,腰间别有一只银白色小葫芦,身边跟着一群孩子。那些孩子来自曾经的骊珠洞天,如今的龙泉县城。至于汉子的真实身份,大骊谍报尚未获悉。"

李锦瞠目结舌:"那人之前来过我这铺子。"

见老人目光如电,李锦又小心道:"巧合而已。"

老人摆摆手,叮嘱道:"无所谓了。从现在起,切记不要露出马脚,哪怕无功,也好过有过。如果因为你的纰漏不小心打草惊蛇,你也不用担心,因为你那个时候肯定已经死了,那个人不杀你,我也会亲自动手。但是如果这件事情成了,我不敢保证你成为冲澹江江神,但是我可以让皇帝陛下先记住你的名字。"

李锦自嘲道:"这算不算简在帝心?"

老人停下随手抽书翻阅的动作,转头问道:"怎么,不愿意?"

李锦哈哈笑道:"富贵险中求,更何况又不需要我亲自陷阵,稳赚不赔的买卖,做了!"他打了一个响指,肩头附近浮现出两条尾巴极其纤长的玲珑小鱼。它们与他神意相通,鱼目所见,即是李锦目之所及。它们摇曳长尾,瞬间消失。

老人离去之前,笑着感慨道:"你铺子里的书,价格还是这么贵啊。"

李锦只有在这一刻,才觉得老人依稀有几分当初那名年轻寒士的风采。

老人取回灯笼,离开铺子,走出小巷。拐角处站着一个双臂环胸的魁梧男子,两人并肩而行,后者问道:"就不怕画蛇添足?"

老人随意道:"其实这场围猎,收网到了这个地步,那李锦就算突然失心疯,跑到那个叫阿良的男人面前说破一切真相,都无关紧要了。"

男人没好气道:"归根结底,还是要还他当年的赠书人情?"

老人笑眯双眼,流露出几分自负,轻声道:"我欠下的人情,多少还是值点钱的嘛。"

朱鹿说要吃糖葫芦,朱河虽然有些好奇自家闺女怎么突然喜欢上了甜食,可这点要求根本算不得什么,就带着朱鹿一起去找摊子。

有扛着一大串糖葫芦的小贩走街串巷大声吆喝,朱河不喜此物,朱鹿却一口气买下三串。朱河有些疑惑,朱鹿笑着说她自己吃一串,其余两串可以给李宝瓶和陈平安。朱鹿还说,她想今晚就跟陈平安道歉,好歹跟他说一声对不起才能安心。

朱河如释重负,开怀至极。

父女二人回到驿站,得知陈平安和李宝瓶也已经返回。

朱鹿一串糖葫芦还未吃完,挑了甲等驿舍后边的院子,让父亲帮她给陈平安捎句话,说跟陈平安约在那里见面。朱河大步离去,心里有些好笑:这丫头脸皮子也太薄了些,跟人低头认个错而已,有什么丢人的。

没过多久,陈平安出现在彩绘廊道那一头,看到坐在另一端长椅上的朱鹿后,微微加快步伐。

朱鹿身侧的长椅上散落着十五六颗糖葫芦,她笑着站起身,双手放在身后,姿态看似娇憨,向陈平安走去。

陈平安看着她走来,脚步轻盈,走在灯火朦胧的廊道上,像夜色里的年幼麋鹿。

朱鹿再没有平时的颐指气使,仿佛一个邻家少女,巧笑盼兮。

陈平安有些不敢置信,放慢脚步,瞪大眼睛凝视着那张有些陌生的清秀脸庞。

朱鹿从背后抽出左手,朝陈平安挥了挥,边走边道:"陈平安,棋墩山石坪上的事情,我多希望我能够跟你说一声……"

五步之隔,二境巅峰修为的少女猛然发力前冲,刹那之间就来到了陈平安身前。朱鹿脸庞上带着狰狞、愤怒和快意、解脱之色,复杂至极;陈平安的眼神除了黯然之外,更多的是凌厉,视线中带着那种用斩龙台磨砺出来的柴刀锋芒。

朱鹿左手一拳直击陈平安额头,此举作为障眼法,她甚至故意稍稍放慢了出拳速度。真正的杀手锏在右手,她手握三根锋利竹签,直直捅向陈平安的心窝。她之前未曾说完的那句话也顺势脱口而出:"对不起!"

此刻少女哪有什么娇憨神态,唯有狠厉。

但是下一刻,朱鹿满脸惊愕,心知不妙,就要后撤。

陈平安右手迅猛抬起,不但格挡掉少女的左拳,还借着她胆敢示敌以弱的机会,手臂顺势向前,一把掐住朱鹿的脖子。与此同时,他的左手死死握住朱鹿暗藏杀机的右手手腕,向外一扯,不让三支糖葫芦竹签刺中自己的心窝。攥紧她脖子的手骤然发力,将她往自己这边一扯,一记膝撞狠狠撞在朱鹿腹部,势大力沉,撞得她差点吐出胆汁苦水,身躯情不自禁地弯曲起来,整个人顿时失去了战力。陈平安没有掉以轻心,犹不罢休,当头一锤猛敲下去,以额头撞额头。朱鹿踉跄后退。

陈平安一脚蹬去,朱鹿如断线风筝般重重摔在两丈之外的廊道青石板地面上,挣扎了两次仍是无法起身,嘴角渗出血丝,面如金纸,花容惨淡。

一气呵成,毫不留情。

朱鹿用手肘抵住地面,忍住撕心裂肺的疼痛,竭力让身躯向后倒退,尽量远离那个草鞋少年,哪怕多出一寸一尺也好。

陈平安环顾四周,见并无异样,这才走向战力几无的狼狈少女,浑身肌肉紧绷,依然小心谨慎。

朱鹿陷入莫大恐慌,顾不得擦拭嘴角的鲜血,带着哭腔解释道:"不要杀我,陈平安,我只是跟你开一个玩笑。真的,我不骗你,如果我要杀你,我怎么会用这几支糖葫芦竹签? 再说了,我为什么要杀你啊……"

陈平安一针见血道:"之前在观水街分开,你拉上你爹说要逛兵器铺子,是不是想挑选匕首之类容易隐藏在袖口之内的称手兵器? 我猜应该是铺子关了吧,所以只好用竹签代替。"

朱鹿蓦然笑起来,胸膛剧烈起伏,咳嗽得厉害,捂住嘴,猩红鲜血仍是不断从手指缝隙渗出。她松开手,仿佛认命一般,仰头望着那个居高临下俯视自己的少年,视线从上往下,最后看到一双粗糙低贱的草鞋。朱鹿再次抬起头,好似魔怔失心疯了,不哭反笑,死死盯住越来越靠近自己的少年,沙哑笑道:"没想到你没我想象的那么蠢,但是我很奇怪,你是怎么看出我要杀你的?"她提高嗓音,原本清秀可人的脸庞扭曲而癫狂,"陈平安,在杀我之前,可不可以让我死个明白?"

陈平安脚步不停,反问道:"为什么?"

朱鹿刚要尝试着坐起身,就被陈平安一脚踩在额头上,后脑勺重重撞上青石板,嘴里呕出一大口鲜血,彻底放弃了挣扎起身的企图。此时她内心深处最大的耻辱便是这样一个穿着草鞋的陋巷少年居然能站着跟自己说话,而自己却只能躺着,连坐起身都成了奢望。

朱鹿用手背抹去鲜血,笑道:"还记得我家二公子寄给小姐的那封家书吗? 我家二公子琴棋书画无所不精,尤其擅长行书,就像二公子的为人性情,潇洒不羁。但是我家二公子在离家赶赴京城之前突然说要学习楷书,因为他说要学会懂得遵守外边世界的规矩,他要开始约束自己的心性了。"

陈平安蹲下身,掰开她的五指,取出那三支竹签握在自己手心,然后坐在廊道长椅上,面无表情地盯住她,不让她有任何折腾出幺蛾子的机会。但是显而易见,朱鹿杀他杀得毫不含糊,一点犹豫都没有,可要陈平安反过来杀她杀得心无芥蒂很难,因为这中间夹着那个红棉袄小姑娘,还有性情爽朗的朱河,以及这个什么李家二公子。

陈平安在看到朱鹿从廊道远远走来的第一眼起,就知道她不怀好意了。他的眼力极好,她的隐藏掩饰却远远不够精湛——颤颤巍巍的睫毛,咬住牙根鼓起的腮帮,低敛视线的狠辣——陈平安一目了然。

但是陈平安怎么都没有想到,她真的会杀人。当她提起那个李家二公子,整个人的气态就摇身一变,看向陈平安的眼神就像是人在看狗。

"当时小姐在枕头驿跟我第一次提及家书内容,二公子说大骊烽燧点燃的太平火绵延千万里,一直从边关传递到京城。但是小姐并不知道,你们所有人都不知道,二公子在这之前,从未跟我说过这'边境以太平火向君王报平安'的事情。二公子跟我说了什么趣闻逸事,自我懂事起,就记得一清二楚!

"所以我当时就觉得事情不对劲,向小姐索要了那封家书。果不其然,我看出了玄机,这个世上,也只有我朱鹿能够看得出来!"

陈平安低头看着满脸狂热的少女,一言不发。

朱鹿沉浸在自己的世界里,这一刻,她又变成了倨傲自负的李家婢女、初出茅庐的武道天才。她继续说道:"然后我仔细看了两遍,只用了两遍,我就找出了正确答案,解开了我家二公子故意留给我的这道谜题!"

她看着陈平安那张冷漠的黝黑脸庞,哧笑道:"小姐是心性不定的跳脱孩子,当然领会不到二公子的良苦用心,所以二公子一开始就没把希望寄托在小姐身上,而是选中了我。那封家书洋洋洒洒两千余字,几乎全部以行云流水的行书写就,唯有七个字,是楷书!"少女几乎要笑出眼泪,"大骊上柱国姓氏,陈氏嫡长孙,杀马贼,太平火,报平安,得诰命。那七个字,正是'杀陈平安得诰命'!"

书生杀人不用刀。陈平安皱了皱眉头。

朱鹿捂住绞痛不止的腹部,满头冷汗,可嘴上仍是讥笑道:"是不是连'诰命'这两个字你都没听过?"

她挣扎着背靠陈平安对面的长椅,这次陈平安没有阻止她。

"知道我除了杀你之外,最想做什么事情吗?你不是认识很多字了嘛,我就想把那封家书交到你手上,说不定你还会自惭形秽呢,觉得世间怎么会有这么好看的字。如此好的文采,任你陈平安翻来倒去看十遍百遍也不会知道真正的学问竟然只是那七个字,是不是很好笑?我觉得很好笑,都快要好笑死了!"

陈平安安安静静坐在长椅上,身边刚好散落着那些糖葫芦,一颗颗无人问津。他看着朱鹿,扯了扯嘴角:"如果不是朱河,你今天就真的要好笑'死'了。"他站起身,缓缓道,"我知道,这些话你其实是说给你爹听的,而且你这次挣扎起身,是为了引诱我对你出手,你要让朱河没有选择的余地,要么我杀你,要么他杀我,对不对?"

朱鹿脸色阴沉,不再说话。

朱河不知何时站在了廊道之中,望向两人,双拳紧握,手背青筋暴起,满脸痛苦。一个是自己心爱的闺女,一个是自己欣赏的晚辈。

朱鹿伸出大拇指,使劲抹掉嘴角的血迹,微微低头,眼睛却盯着草鞋少年。她缓缓转头,破天荒脸色平静,对那个熟悉的身影说道:"依我们小姐的脾气,如果知道了这一切,我就算不死也要脱一层皮,这辈子就算是毫无希望了。爹,我求您了,不要心慈手软,趁着阿良还没有回来,赶紧动手!二公子说过,当断不断,反受其乱!"

陈平安突然转身弯腰,随手捡起一颗糖葫芦,放入嘴里咀嚼起来。

然后站在廊道中央,与朱河对峙,同时对朱鹿轻声道:"你会死的。"

朱鹿心一沉。她爹和陈平安相距约莫十五步。陈平安虽然武道境界不高,但是身形矫健。她爹就不应该这么光明正大地出现在那么远的地方。生死之争,讲什么高手风范?

朱鹿扭头朝地上吐出一口血水:"有本事你就试试看。"

她又望向父亲,提醒道:"爹,今天您要是不出手,我就死给您看!不管如何,先把陈平安拿下再说!"至于拿下之后,她爹不愿出手杀人,她来便是。

朱鹿早已强提一口气,随时准备应对陈平安拿她要挟父亲。

她爹曾经无意间说过,一旦对上这个出身泥瓶巷的低贱坏子,若是点到即止的武学切磋,她有胜算,但是生死搏杀,她必死无疑。起先她是半点不信,但是那场发生在棋墩山石坪的风波,她与白蟒对峙时被吓得毫无斗志,只能束手待毙,反观陈平安,无论是胆识气魄还是对时机的把握全在她朱鹿之上,这其实已经让她的习武之心几乎绝望了。一旦心境崩碎,武道之路就算走到了尽头。

所以哪怕在进入红烛镇之前的棋墩山边界,魏檗送给他们人手一份临别赠礼,她在朱河的强硬要求下拿到了那本所谓的仙家秘籍、无数山下武夫梦寐以求的武道宝典《紫气书》,她也并未提起多少心气。

心气一事,自古易坠难提起。这一切,醉心于武道攀登的纯粹武夫朱河又如何晓得?

但是那封书信的到来,宛如自家公子在面授机宜,就像一场雪中送炭,让悟出其中玄机的少女重新燃起希望,告诉自己一定要习武,至少要成为爹那样的武道宗师,一定要在沙场立下汗马功劳,让那个"诰命夫人"来得天经地义。

尤其是他们父女二人如今拥有了真武山英雄胆和《紫气书》,就像朱河亲口所说,如今他连第七境的风光也敢去想一想了。那么她朱鹿,为何不敢去想一想自己以前不敢想的风光日子?

只是所有的锦绣前程和所有的阳关大道都建立在一个小小的前提上——

陈平安必须死。

所以自知正面搏杀不是他对手的朱鹿,需要一场暗处的袭杀。如陈平安揭穿的真相那样,她需要一把匕首。不凑巧,兵器铺子关门歇业,买不到。

刚好她爹说到让她向陈平安道歉一事,而陈平安与李宝瓶,又提过要买糖葫芦。

匕首能杀人,糖葫芦的竹签子用在二境巅峰的武夫手里,也可以。

担心一根竹签容易折断,她便借口要带给陈平安和李宝瓶。三根竹签握在一起,她不信还插不穿少年的心窝。

环环相扣。朱鹿之机敏急智,可见一斑。

那个从未露面的李家二公子,识人之明、用人之准,同样显而易见。

因为朱鹿真正的厉害之处,还在于她既给自己找了一条退路,又给身为五境武夫的朱河——她爹——选择了一条没有回头的路——她死,或者陈平安死。

朱河望向那个束发别玉簪的贫寒少年,说了本该由他女儿诚心诚意说出口的三个字:"对不起。"

陈平安笑道:"没关系,路都是自己选的。"

他那不合常理的笑意,给人森寒之意。

这种荒诞感觉,不远处的朱鹿感受尤为明显。

当初在棋墩山辖境内,与朱河切磋之后,陈平安察觉到自己体内的三座气府竟然让那条横冲直撞的气机火龙都只敢过门不入,直到那个时候,他才意识到那三处藏有三缕极小极小的剑气与他心意牵连,使用起来毫无门槛。

之后炸烂那条白蟒的头颅,陈平安用掉了一缕剑气。

为了活命,再用一缕剑气,陈平安觉得不亏。

但是少年觉得下一次动用剑气必须要有赚才行,总这么不亏也不是个事啊。

这场用心险恶的陷阱,朱鹿说了很多很多。

陈平安不过开口数次,加在一起也没几个字。所以他觉得要说点什么,为自己,也为那个需要自己活着她才能活着的神仙姐姐,否则心里有些不痛快。

陈平安一脚向前踏出,一脚向后挪去。双膝弯曲,身形下坠,双指并拢,直指廊道远处的男子,嘴唇微动。

不知是心有灵犀还是祖荫庇佑,朱鹿没来由地满怀惶恐,尖声喊道:"不要!"

朱河更是头皮发麻,堂堂五境小宗师竟是心神陷入泥泞,四肢动弹不得。

陈平安默念道:"剑来!"而后肩头一沉,气息随之凝滞,那缕原本即将离开气府的剑气已是箭在弦上,不得不发。可被人在肩头突兀一拍后,如大蟒出山却遭逢挡住去路的河蛟,先前势不可当的气焰自然为之停顿,暂时选择了按兵不动。

"打住打住。"阿良站在陈平安身旁,搂住他的肩头,嬉笑道,"相亲相爱的一大家子,打打杀杀成何体统。"

陈平安抬起头,神出鬼没的阿良对他笑了笑:"相信我,我是阿良啊。"

陈平安叹了口气:"暂时听你的。"

阿良只是看了眼朱河,甚至懒得瞥一眼朱鹿,懒洋洋道:"这么珍贵的剑气用来杀一个朱河,太暴殄天物了,你不心疼,我都替你心疼。何况……算了算了,不说这些大煞风景的话,总之,我阿良的良心会过不去。这一式十八停的运气方式,你就当是补偿吧。"

陈平安原本正准备收起双指并拢的姿势,就在此时,阿良松开搂住他肩头的手,后退一步,摇头笑道:"这姿势也太不高人风范了,我教你一个厉害的。站稳了!"

阿良轻喝一声后,弯曲手指,先是在陈平安肩头一叩,之后出手如飞,在少年心口点了七八下。与此同时，使出比那聚音成线更上乘的仙家神通，直接在少年心湖之上激起涟漪，响起一连串心声："记住体内这股气的起始，记住所有气府名称和运转路线：气若龙脉绵延，起于万山之祖凛冲，此乃世间养剑的头等气府，此处为一停；快速过三山六关，至此扶乩穴为二停；又急掠六洞九府，至此纯阳府，作第三顿……此为最后一停，总计十八停。这些窍穴气府如今说法迥异，乃是上古无数剑修披荆斩棘，付出巨大代价得出的珍贵心血，你记清楚没有？"

陈平安额头渗出汗水："记住了七七八八。"

阿良笑道："差不多可以了，之后如果撞得头破血流，不用怕，这是每一名剑修必须要走的道路。等以后熟悉了路线，你可以尝试着慢行气机，这才是十八停最有意思的地方。嗯，这是阿良我琢磨出来的学问，有人佩服得不行，使劲夸我，说光是这一点，就将剑道高度拔高了很多。哈哈，有点难为情啊。"

陈平安突然觉得这个所谓的"十八停"，多半是比《撼山谱》好不到哪里去了。

阿良仿佛看穿了少年的心思，一本正经道："我像个信口开河的骗子吗？我阿良这辈子就不知道吹牛是什么事情！"

朱河心神已经从泥泞当中勉强拔出，但是四肢比先前更加僵硬，一动即死。这是朱河脑海中唯一的念头，这就是阿良带来的无形震慑。

当那个腰佩绿刀别葫芦的家伙与你是朋友的时候，你会觉得他怎么看怎么不像高手；可当这个家伙成了敌人，朱河整个人吓得汗流浃背，当真是要魂飞魄散。

远处的朱河已是心神失守，近处的朱鹿只能听到陈平安在自说自话。

阿良又以心声告知陈平安："轻舟已过万重山，气机流转一瞬百里千里万里是很好，可若是能够做到缓行，如山岳百年累土不见丝毫增高、海川千年积水不见半点抬升则更好！以后运气，可以专心练习这条道路，做到睡觉的时候也能自行运转。"

陈平安疑惑道："我怎么知道睡了后有没有运转这十八停？"

阿良双手环胸笑道："行到水穷处，坐看云起时。到时候你自然而然会知道答案。"

他一屁股坐在长椅上，只是刚坐下，脸色就有点不对劲。陈平安捂住额头。

阿良不露声色地抬起屁股，用手拍掉那些粘在屁股上的糖葫芦，挪了个位置坐下，双手摊放在栏杆上，重重呼出一口气，终于第一次正视朱鹿："你和你爹除了要把真武山那颗英雄胆和《紫气书》一并还给我，还需要拿出那叠李家传承下来的符箓。但是这些符箓只能救下一个人，朱鹿，我现在让你来选择，是你活着离开枕头驿，还是你爹？"

不等朱鹿说话，朱河已经沉声道："恳请阿良前辈让朱鹿离开，我愿意自尽谢罪，甚至不用脏了前辈的竹刀。"

阿良只是笑眯眯看着朱鹿，根本不理睬已经掏出丹药和黄纸符箓的朱河："朱鹿啊，你希望谁能活下来？"

朱鹿已经哭成一个泪人，只是用手使劲捂住嘴巴，不敢哭出声。另外一只手在身后攥紧，指甲刺破手心，满手鲜血。

朱河在远处廊道重重跪下，磕头颤声道："阿良前辈！"

阿良望向陈平安，问道："你觉得呢？要不然一起放了？你要是怕朱河报复，我可以废掉他的武道修为，怕意外的话，我可以随便打断朱河的长生桥。嗯，朱鹿的也行。"

陈平安不去看朱河，只是看着朱鹿："我说过，你必须死。"

朱河猛然抬头，怒吼道："陈平安，朱鹿还是个孩子！"

一直心态相对平静的陈平安在听到这句话后，莫名其妙就气得脸色发白。

他迅猛向前，就要一拳打烂朱鹿的胸膛。此时她气机紊乱，比起寻常少女的孱弱体魄好不到哪里去。只是不知为何，出拳之后，陈平安的拳头不由自主就变成了巴掌，路线倾斜向上，一记耳光狠狠甩在朱鹿的脸颊上。

阿良再次按住少年的肩头："可以了。有些惩罚，比一死了之残酷多了。"

陈平安坐回长椅，怔怔出神。之后阿良如何处置朱氏父女二人，他们如何离开的枕头驿，以后去往何方见何人，他一概不知。

陈平安突然抬头问道："阿良，有没有酒喝？"

阿良笑了："酒有的是，我那只小葫芦能装下千斤酒。可是我必须告诉你一件事，一个人在伤心的时候千万不要喝酒，容易变成酒鬼。快意的事情可以喝酒，说不定喝着喝着就成了酒仙。"

枕头驿大门外，林守一独自站在街道上。少年不知为何被阿良留在外头，说让他等一个人的出现，再由他自己决定是不是要跨过驿站的门槛。

哪怕百无聊赖，少年仍是站如山巅孤松，腰杆挺直。

借着枕头驿门口悬挂的大红灯笼，少年从怀中掏出那本道家典籍《云上琅琅书》，开始浏览那些拗口难懂的文字，可谓佶屈聱牙，盲风涩雨。但是每当读到会心处，或是悟出些许真意后，就犹如雨后天晴，拨开云雾见青天，让少年欣喜不已。可是身世坎坷造就出的冷漠少年，不愿与人分享这份由衷的喜悦。

少年从不惮以最大恶意揣测这个世道的人和事。

远处走来一个姿色平平的妇人，望着少年，目露惊艳，感慨道："果真是个修道的好坯子。"

妇人走到距离少年七八步外的地方，微笑道："你好，林守一。之前在水边我们已经见过面了，我在画舫你在岸上。我的真实身份，是大骊长春宫的太上长老。非是自夸，我确是市井百姓眼中的山上神仙，货真价实，可一挥袖呼风唤雨，一跺脚地动山摇，尤其擅长一手五雷正法，覆掌镇杀妖魔邪祟……"说到最后，妇人自顾自笑起来，挥挥手，"不行不行，这套措辞实在是太让人难堪了，下次得让人换些素淡的。"

林守一却点头道："我相信你。"

妇人笑道："虽然不知你爹在那封家书上是如何跟你说的，更不清楚那个阿良的想法，但是他既然明知道我尾随你们，还把你留在驿站之外，那么我觉得可以试试看能否说服你随我一起返回大骊京城，与你父母道别之后，再跟我去长春宫修行道法。"

林守一脸色淡漠道："我爹要我乖乖留在红烛镇，然后会有高人接我去大骊京城。要不然我不明不白死在外头，他不会帮我收尸，因为一个死人是不值那些路费的。我爹提了一句，如今大骊京城物价很高，家里开销很大。"

妇人叹了口气："你爹说话是难听了点，可这难道不是大实话吗？"

林守一嘴角满是讥讽之意。

妇人犹豫了一下，向少年伸出手，神色庄重肃穆："虽然你会觉得太过儿戏，不够玄之又玄，少了许多跌宕起伏的机锋和考验，可我还是想告诉你，林守一，向前走出一步，你就走上长生桥了。"

林守一收起那本道书放回怀中，摇头道："感谢仙长好意。生在什么门户，姓什么，全由不得我。可该走什么路，我心里有数。"

"可惜了。"妇人唯有叹息一声，并未强人所难，"林守一，那就有缘再会，希望到时候你不会后悔。"

林守一作揖行礼，一板一眼："恭送仙长。"

妇人一闪而逝。

驿馆廊道。陈平安和阿良此刻一人一边，对坐在廊道长椅上。

陈平安轻声问道："阿良，你是不是要走了？"

阿良点点头，提起小葫芦喝了口酒，一看就知道是想到了什么伤心事。所以之前口口声声说的"伤心之时不喝酒"，纯粹就是这斗笠汉子的客套话。

阿良怔怔望着对面的少年，看着他那双干净的眼眸，就好像很多很多年前看到的那双眼眸……

"阿良，我想好了，读书没用，烦得很！我齐静春要跟你去闯荡江湖，我要快意恩仇，喝最烈的酒，用最快的剑，骑最好的马。嗯，我钱都备好了，十几两银子呢！不够的话，我可以回去跟先生再借一些。先生通情达理得很，跟我说真不想读书的话，也可以出去走走，千万里的大好河山，都是学问。"

被人揍得鼻青脸肿的青衫读书郎，眼神清澈而坚定。

书院大门处，有个老秀才躲躲藏藏不敢见人，只露出一颗脑袋，朝阿良使劲使眼色，见阿良不搭理自己，就干脆横移几步，走到门槛边，卷起袖管，摆出你敢拐骗我学生我就跟你拼老命的架势。

"去去去,毛都没长齐,净说些大话。等哪天你毛长齐了,我再带你去见识外边的花花世界。"

"阿良,一言为定啊,我等你。"

最后,阿良背对着少年,一手握住剑柄,吊儿郎当地敲打肩头;一手扬臂,握紧拳头,与那少年告别。

游侠儿阿良,与憧憬江湖的少年郎齐静春挥手告别。

最后,阿良转过头,看到那个老头子已经牵起少年的手,边聊天边走回书院。

"静春,先前忘了问,到底是谁打你的啊?"

"那个姓左的。"

"啊? 他啊,下手这么没轻没重啊,我回头就去说他,君子动口不动手嘛。不过为什么要打架啊,是不是他讲道理讲不过你,恼羞成怒?"

"不是。"

"嗯?"

"他辩论输了之后,倒也愿意认输,可他故意说我读书再多,这辈子学问也没希望超越先生您。我觉得这怎么可能嘛,先生您学问虽大,可如今一翻书就犯困,经常看着看着就打盹。我年纪还小,总有一天,我看的书会比先生您看的多得多。可他还在那里念叨,说我有本事明天学问就大过先生您,我气不过,就率先动手了。打不过他,我也认了,之前找到先生我就没告状,对吧,读书人这点骨气当然要有。先生您在这方面就不太好,跟人吵架赢了打架输了,就只说自己学究天人,说那场辩论如何前无古人后无来者;若是跟人吵架输了打架赢了,便只说打架打得如何惊天地泣鬼神……先生先生,您拧我耳朵作甚? 哎哎哎……君子动口不动手啊。"

"什么君子! 先生我是圣人!"

看到这一幕的阿良,终于潇洒转身离去。经此一别,竟是再无重逢。

在那段漫长的峥嵘岁月里,听到的那些个从倒悬山遥遥传来的小道消息,就没一个是喜讯,全他娘的是噩耗。那时候,阿良会坐在那座长城上,一口一口喝着酒,后悔当年没带上那个少年,会埋怨那个老头子连自己的得意弟子也照顾不好。

此时,看着对面的陈平安,阿良突然笑了:"曾经,我和一个跟你差不多大的少年说过一句话。我跟他说:'相信我,你读书比练剑更有出息。'现在我觉得应该对你也说一句:'相信我,你练剑比练拳更有出息。'"

斗笠下,阿良那张脸庞笑得眉眼都挤在了一起,可陈平安仍然认为他是在伤心。陈平安从来没有见过这么伤心的阿良。

阿良不再喝酒,系好银白色小葫芦,不过仍是跷着二郎腿,那柄魏檗新打造的竹刀就横放在他的膝盖上。他双手轻轻拍打刀柄和刀鞘顶部，一上一下，说道："一路走来，我其实一直在试探你，很多次了。你的选择，会决定我护送你到哪里。简单来说，就是我能陪你走多少路，取决于你能跨过多少个坎。"

陈平安点头道："到后边我也琢磨出一点意思了，但只是觉得阿良你肚子里憋了很多想法，具体想什么，我一直没想明白。"

阿良对此并不觉得意外，开诚布公道："第一次是在龙须溪边上，如果那次你让我觉得你是个不谙世事的小屁孩，是个靠着一腔热血意气用事的滥好人，我可能只会留给你一头驴子，拍拍屁股就走了，至于你能不能熬到风雪庙魏晋出关，关我屁事，反正早死晚死都是死，浪费我感情。"

阿良一边回忆细节，一边娓娓道来，听得陈平安目瞪口呆，完全没有想到阿良的心思如此细腻，更无法想象在自己的人生当中，曾经出现过那么多个稀奇古怪的考题。

"倒数第三次，是棋墩山石坪一战。如果不是我的故意引诱，魏檗和两条蛇蟒不会那么莽撞行事。倒数第二次，是引诱你返回竹林多砍几棵竹子。这一次，如果不出意外，是最后一次了。原本还想着护送你们到野夫关再离开，现在有些意外状况，不得不提前离开了。

"有些考验，是刻意为之；有些试探，则是顺势而为。在这期间，你做的有些事情让我很不以为然，迂腐得很；有些事情，又做得让我觉得很痛快。这才是对的，这不是齐静春、崔瀺他们读书人的科举制艺，首重真实。我做了这些，然后冷眼旁观你的一言一行，跟某些宗门老神仙收取关门弟子是一个路数，重心性轻天赋。

"是不是觉得我阿良是吃饱了撑的，或是人心鬼蜮，一肚子坏水？呵呵，我哪有那份闲心啊，我阿良这么大的一个人物，很忙的好不好。"

陈平安把双腿放到长椅上，懒洋洋盘腿而坐，双手托着腮帮，问道："阿良，是不是我跟齐先生认识的缘故，所以你才会对我这么上心？"

阿良收敛玩笑神色，沉声道："修行路上，诱惑太多了。李槐的那本《断水大崖》及林守一的修道天赋都可以用来卖钱，换成你陈平安的踏脚石。齐静春的弟子，不该如此凄惨。尤其是李宝瓶，那么好的一个小姑娘，我一想到她被自己信任的小师叔伤透了心，我阿良的心都快要碎了。"阿良才正经没多久，很快就又露出狐狸尾巴，"唉，我们这些老男人啊，什么家国破碎、山河陆沉，都扛得住挑得起，唯独最受不得这些小小的美好了。"

陈平安从身边捡起一颗没被阿良屁股坐过的糖葫芦缓缓嚼着，含糊不清地问道："阿良，你现在觉得我咋样？你要是觉得我不行的话，不然你找朋友送宝瓶他们去大隋，可以吗？我倒不是怕吃苦，这个真不骗你，我就是怕齐先生会失望，怕我护不住宝瓶他们的周全。"

阿良笑骂道:"你小子别想跑路,这门差事,还真的就是你最合适。齐静春别的不行,眼光是真好,除非换成老头子亲自带他们游学才行……不说那老头子了,胆小怕事的缩头乌龟,抠抠搜搜的穷酸秀才,说起来就是一肚子火气……"

阿良扶了扶斗笠,仰头望去,啧啧道:"哟呵,这大骊皇帝倒也有趣,厉害厉害。趁着还有点时间,跟你聊一点最没用的东西,顺便解释为何我愿意把大把时间放在你小子身上。"他跟陈平安一样盘腿而坐,横刀在膝,"不管是习武还是练气,修行路上,最忌讳拖泥带水,所以顺从本心为人处世是一条捷径,可难就难在多想了一个为什么。兵家修士是不会作'退一步想'的;世间武夫大抵难逃此窠臼,只觉得逆流而上就是勇往直前,拼的就是一个勇猛精进,独步登天;道家喜欢扪心自问;佛家喜欢看前生来世;儒家喜欢讲规矩画框架;墨家比较奇怪,喜欢兼济天下,最讲侠义,不太喜欢谈长生;小说家眼高手低,希冀着自己捣鼓出一个纸上世界。人心此物,脆如琉璃,经不起推敲。齐静春是既迂腐且自负的君子,不愿试探,那就由我来替他做。涉及文脉香火的传承岂能儿戏?你陈平安若是个绣花枕头或是个经不起诱惑的,到时候咋办?齐静春是死了,可我阿良还活着呢,到时候齐静春眼不见心不烦,我不得被恶心死?要知道,能吃苦耐劳与经得起诱惑是截然不同的两回事。"

阿良叹了口气,道:"这大概算是皇帝不急太监急?"

陈平安一本正经道:"阿良你放心,我虽然喜欢钱,但我只喜欢我双手挣来的钱,别人的钱财,哪怕掉在地上,我遇见了,也只会寻找失主,绝对不会放在自己兜里。"

阿良笑道:"不能说你错,但你若是真有急需急用,可以先用了,解燃眉之急,这笔账记在心头就行,以后有能力偿还的时候,多偿还一些便是,双方皆大欢喜。这才是真正的好人,要不然你还真守着那点钱饿死自己?"

陈平安问道:"那如何判断我是否急需?"

阿良指了指自己心口,再指了指自己脑袋:"这两关都过去了,那笔钱就能用了。"

陈平安眼睛一亮,有所了悟,使劲点头道:"阿良你虽然没读过书,但到底是走过很多路的人。你这么一说,我就想通了。"

阿良揉了揉鼻梁:"怎么感觉比李槐的马屁还不如。"他靠着围栏,望向廊道外的清朗月夜感慨,"知道吗?你那种迂腐,其实换成齐静春他们读书人的说法,叫止直。对,是真的正直,心与行相合,正人君子的正,直道而行的直。"

阿良大笑起来,指着一脸懵懂的少年:"哈哈,你小子自己是晓得这些的,泥腿子,小财迷,吝啬鬼。但偏偏是这样,你很像很像老头子年轻的时候。其实齐静春跟你这么大的时候,脾气差得很,反而是公认大器晚成的老头子跟你一样,从小就心思重,脾气也好,跟泥捏的菩萨差不多,天生就是坐在神坛上的……"阿良本来越说嗓音越低,只是说到这又骤然拔高,"当然了,我阿良是随心所欲惯了的,不是很喜欢你这种风格,当年就是因为这种感觉,让我拒绝了那个少年的请求。我经常会想,如果当初带着他一起走走江湖,会不会比现在更好一些。"斗笠汉子咧咧嘴,"所以这趟来大骊,我想跟有些人唠唠嗑。我想告诉他们,齐静春不在乎的事情,有人在乎。"

阿良莫名其妙伸手随意一弹指,观水街那条小巷的书铺里,李锦的额头如遭重锤撞击,整个人倒飞出去,直接破墙而出,跌入隔壁店铺,把那个站在柜台后头打盹的店伙计给吓得噤若寒蝉。

阿良嘀嘀咕咕道:"神仙打架,看戏就好。小小锦鲤,真以为什么大江大浪都见识过了?我阿良见过的大江大河比李槐吃过的米粒还多,真以为这句话是吹牛?我阿良这辈子就不知道吹牛是什么。"他继而向身侧凌空一抓,远处院墙边一条青色游鱼模样的袖珍精魅如上钩之鱼拼命挣扎。阿良手掌往回一扯,这尾青冥鱼便被它拘束在掌心大小的方寸之地。更加出奇之处,在于斩断它与主人的神意牵连后,本该奄奄一息的灵物反而比先前更加灵气充沛,悠然自得,扭尾游弋。

阿良解释道:"回头让李槐豢养在那本《断水大崖》当中……咦,怎么感觉这个小王八蛋每天都有狗屎运?李槐在小镇是不是天天踩到狗屎,从不擦鞋底板?"

远处有个稚嫩嗓音响起:"阿良你才天天踩狗屎!"

陈平安望向阿良,后者低声笑道:"没事,三个家伙都是先后赶来这里没多久,不知道朱浒、朱鹿的事情,关于他们的'不告而别',回头你自己找个借口对付过去就行了。"

阿良招手道:"别偷听了,来来来,分赃了分赃了。"

李宝瓶、李槐和林守一先后来到廊道。李宝瓶坐在陈平安右手边,林守一则默默坐在阿良身边。李槐坐在陈平安左边,结果跟阿良的遭遇如出一辙,骂骂咧咧摘下屁股上的东西,一看是糖葫芦,又立即眉开眼笑,二话不说就丢进嘴里。

阿良转身交给林守一那一摞黄纸符箓:"好好研究,不要轻易浪费了。齐静春说过,你们小镇的福禄街和桃叶巷大有玄机,至今还隐藏着一桩不小的机缘。"他拍了拍冷峻少年的肩膀,"不管怎么说,你林守一如今是所有人当中第一个名副其实的修行中人了,要更加珍惜自己的前程。"

林守一点点头,郑重地收起那叠符箓,与《云上琅琅书》一样藏在怀中。

阿良转头望向贼头贼脑的李槐,没好气道:"你那本破烂书呢?拿出来。"

李槐怒骂道:"你惦记它干吗?除非你先给我十两银子!"

阿良打了个响指,那条原本隐匿踪迹的青冥鱼浮现在几人眼前。除去陈平安,其余三个孩子都瞪大了眼睛。

阿良一脸嫌弃地道:"拿出那本破书,随便翻开一页,将这条鱼夹在其中就可以了。至于如何饲养,自己琢磨去,老子不伺候。"

李槐蹦跳起身,掏出那本《断水大崖》,摊开之后,脚步飞快地追上那条青冥鱼,之后猛然合上书本,书页之间隐约传来细微的哀鸣之声。

阿良揉了揉额头:"剩下那头毛驴,谁要?"

李槐立即举起手:"我我我! 能卖了换钱不? 或者饿惨了,能不能杀了炖肉?"

阿良不想说话。李槐突然放低嗓音,怯生生问道:"阿良,你该不会是要死了,在跟我们交代遗言吧?"

阿良翻白眼道:"滚你娘的,有多远滚多远。"

李槐叹了口气,重新坐在陈平安身边:"我爹娘,还有我姐,如今离这里已经够远了。所以阿良,你别走好不好? 以后我不骂你就是了。"

阿良欲言又止,摘下银白色的酒葫芦抛给李宝瓶:"接住喽,这只小葫芦是世间最好的养剑葫之一,寻常养剑葫根本无法媲美。"

之后阿良便站起身,伸了个懒腰:"无事一身轻啊。"他低头看了眼绿色竹刀,抬起头笑问,"小宝瓶,能不能跟你借用一下那把狭刀祥符?"

李槐灵光一现:"阿良,是不是要干架? 我帮你……"

阿良向他投去怀疑和询问的目光,他干笑道:"帮你摇旗呐喊!"

李宝瓶车辘辘似的飞奔,很快就一个来回,双手把狭刀递给阿良。

阿良悬佩好那柄名为祥符的名刀。

不知何时,陈平安、李宝瓶、李槐、林守一,四人并排站在了他的对面。

阿良伸出两根手指,拈住斗笠边沿,大笑道:"以前跟你们说我阿良有多强,剑术有多高,你们总是不信,还嫌弃我吹牛。你们啊,真是太年少无知了,我是怕吓到你们,还故意挑一些芝麻绿豆大的事情,比如什么出剑快到泼水不进的,讲给你们听。"

而后阿良又望向暗处,吩咐道:"护住他们。"

暗处有人点点头。

接着,这个初次相逢便头戴斗笠的汉子终于第一次摘下斗笠,随手扔掉,只是不等坠地,斗笠便化作齑粉,烟消云散。

与此同时,以悬佩双刀的男人为中心,方圆千里之内,地牛翻身一般,轰然震动。

阿良下意识去扶斗笠,才意识到已无斗笠了,便挠挠头,咳嗽一声,笑道:"我叫阿良,善良的良。"

第三章
强者阿良

提着灯笼的老人，那位礼部祠祭清吏司的郎中大人，拣选僻静街道，最后来到红烛镇城隍阁。一脚跨过门槛之前，老人手中灯笼率先进入门内的时候，如同穿过一阵水纹涟漪——用以隔绝阴阳、井水不犯河水的涟漪转瞬即逝，只是老人的大红灯笼内出现了一缕缕四处飞掠撞壁的流萤，流光溢彩。

这盏灯笼，有人以朱笔写就了四个古朴小字：魂去来兮。

这座与县衙分掌阴阳庶务的城隍阁内，一个面如红枣的儒衫老者向来者作揖，朗声道："红烛镇城隍，拜见郎中大人。"

这位城隍爷身后还站着两人：手捧玉笏的文官及披甲佩剑、肩上蹲着一只狸猫的武将，俱是可以划入阴物范畴的神祇英灵。这三人的身姿容貌与此处城隍爷的泥塑神像以及文昌阁、武圣庙供奉的文武两个神像一模一样。

灯笼老人点头还礼，脸色凝重道："想必你们三位已经收到朝廷的密令，方圆千里之内，大大小小的山水正神、土地、河婆，以及城隍阁和文武两庙供奉的神祇，都要截杀一个名叫阿良的佩刀男子。如果有任何人胆敢畏敌不前，或是故意隐藏实力，事后一律打碎金身。水神碎片埋于山根、山神碎片沉入江底，你们一阁两庙出身的也差不多是这个下场，到时候要全部从地方县志除名。"他露出一丝笑容，缓和一下气氛，"不是要你们争相赴死，只是全力拦阻而已。陛下亲自运筹帷幄，所以也是各位建功立业的大好时机。如今我大骊铁骑的南下脚步势不可当，一旦版图扩张，亡国的疆土上便会空出许多更好更高的位置来，对于你们来说意味着什么，你们久居神位，想来都明白。"

三位地方神灵分别慷慨出声：

"属下绝不敢敷衍了事！"

"定当全力以赴！"

"生前就已为大骊战死过一次，如今得享香火数百年，自当拼了金身碎裂，也要让那狗胆恶獠授首于此！"

灯笼老人欣慰点头："南边的大好河山，大骊以后肯定需要仰仗各位帮着坐镇山河气运。总之，我们勠力同心，共襄盛举。"

稍稍靠近红烛镇的玉液江神祠内，曾经和灯笼老人一起出现在观水街的魁梧汉子，其真实身份是兵部武选司郎中。可以说，这个壮汉掌管着大骊王朝大部分江湖人士的生杀大权，只不过比起跟神仙中人笑谈长生事的礼部祠祭清吏司，兵部武选司被形容成是跟泥塘里的杂鱼王八打交道的衙门。

江神祠内，站着两位气势不俗的江水正神，一位手持黑黝黝铁枪，时不时有金色铭文闪烁亮起；一位青蛇缠绕手臂，灵动青蛇间歇性张开小嘴，吐出一口口雪白色的气息。

魁梧汉子沉声道："一旦收网，那刀客多半是要往南方逃窜，所以要你们在这边碰头，到时候我会第一个出手拦阻。死道友不死贫道的事情我倒是想做，可如今皇帝陛下说不定就盯着咱们呢，所以借给我十个胆子也不敢做，希望你们两位同样不要让皇帝陛下失望。"

魁梧汉子说完话便大踏步走出江神祠，面向北方的红烛镇，干脆脱去上衣，露出一身雄健肌肉和狰狞的文身——前胸是一条寻常草莽武夫绝对不敢文的过肩龙，背部则文有一头出林虎。月色之下，魁梧汉子双臂环胸，不动如山，气势高涨。

通向枕头驿大门的那条长街上，那名试图劝说林守一随她一起返回长春宫的妇人并没有远去，而是挑了街旁一家酒肆落座。酒肆里，年轻貌美的女掌柜沽着酒，面不改色地与客人说着粗鄙不堪的荤腥笑话，她那个畏畏缩缩的丈夫只是埋头做事。

这位长春宫的太上长老身边坐着当初画舫上划船的少女，她是世代贱籍的船家女出身，只是这次得到天大的福缘，被身边这个师父相中，要被带去长春宫修行传说中的仙术。按照这个天上掉下来的师父的说法，少女天赋不错，估计是世代依水而居的关系，又与冲澹江孽缘纠缠，故而天生亲水，属于有望跻身中五境的不俗资质。

少女不知道什么叫中五境，此时此刻，正学她师父小口喝着烈酒，不是因为怕醉，而是师父身上那种浑然天成的气度，让少女不由自主就想要去模仿。

少女轻声问道："师父，那少年为何不愿随我们去往长春宫啊？"

妇人淡然一笑："倒也不能说他不知好歹，只能说缘分未到吧。修行当然是在修力，这就像是建造房子，需要夯实地基，可是最终高度有多高，仍是看修心修到了什么地步。那个林守一，心性坚定，是个天生修道的好坯子，哪怕不入我长春宫，一样可以走得很远。所以你要努力，才有机会在下一次重逢之时，不用再觉得自惭形秽。"

少女"嗯"了一声，低头喝了口酒。

不得不说，这位仿佛青春永驻的妇人，气度胸襟相当不错。

正在此时，红烛镇突然开始震动。好在虽然气势很大，但没有什么实际影响，只是岸上桌椅摇动、河中画舫晃荡而已。

妇人脸色微变："果然是上五境的练气士。"她心情沉重，轻声道，"只希望不要是传说中的十二境，或是十一境的兵家练气士。"

她对少女道："等下我离开之后，不管发生什么，不要惊慌，留在原地就是了。"

碰上他们这个境界的神仙打架，哪怕能预知灾祸临头，也未必跑得掉。

实在无法想象，如果天下没有七十二座书院坐镇一方，没有三教之外最强势的兵家修士依附王朝，没有那么多山水神祇帮着王朝君主盯梢、掣肘山上势力，这个天下会乱到什么地步。

阿良来到廊道外的空地，衣袖猎猎，双手分别按住绿色竹刀和狭刀祥符，大口呼吸了一下。好像没有了斗笠遮蔽天机，没有了某种刻意为之的压制，这个男人终于能够舒展身姿，不用再束手束脚。

阿良似乎不太放心，望向某处，又叮嘱道："你虽是一尊修道有成的阴神，但是大骊如今国势蒸蒸日上，每座雄关大城往往阳气刚烈，先天克制你们这类鬼魅阴物。你可以先让林守一尝试着炼化那叠符箓里的几张纯阳符作为你的通关文牒。"

廊道不远处，在阿良出声后，有一人缓缓浮现，出现在了陈平安四人的视野中。黑雾缭绕，一颗清晰可见的头颅，其上五官分明，只一双没有瞳孔的雪白眼眸诡异瘆人，高大的身形隐隐约约、模模糊糊，如一条入云蛟龙，见首不见尾。

这尊所谓的阴神点了点头。

阿良笑道："那我就把这些孩子交给你了，最少护送到大骊野夫关，之后就看他们自己的造化了。总这么老母鸡护崽子，终究不是个事。千人之诺诺，不如一士之谔谔，我相信你。"

那尊阴神用地地道道的小镇方言沙哑开口问道："前辈为何愿意相信一个来历不明的阴物？"

阿良乐了，直白道："看你的面相啊，长得这么不近人情，一看就是面冷心热的。"

阴神犹豫了一下："是因为像前辈吗？"

阿良给这句话噎得不行："你这个不人不鬼的王八蛋……说话挺逗啊。"

阴物咧咧嘴,不说话了。

李槐早已躲在李宝瓶身后,扯了扯她的袖子,胆战心惊道:"宝瓶宝瓶,是鬼,真的是鬼!"

林守一满脸好奇,但还是尽量克制,以免太过直接的打量眼神惹到那尊阴神。《云上琅琅书》里粗略介绍过,阴物成神亦有道,一是凭借信徒的香火愿力,二是寄生于兵家的胆魄之中,三是如练气士修行。第三条道路最为崎岖难行,但是一旦成势,阴神魂魄也最为稳固,便是烈日曝晒、罡风吹拂、梵音沐浴等等,都能够反过来成为砥砺自家修为的捷径法门。

那尊阴神看了眼陈平安,然后望向躲在最后边的胆小鬼李槐。

李槐哭丧着脸:"你别一个劲看我啊,看林守一,看陈平安,要不然看阿良也行。"

那尊一路尾随却将分寸拿捏得恰到好处的奇怪阴神缓缓散去身影,阴气森森的廊道随之恢复正常。

阿良举目眺望了一眼北边的远方,没有急于离去,嘿嘿笑道:"有点小意外,所以咱们还有点时间可以聊聊。大伙儿有什么想说的话,赶紧的,麻溜的。阿谀奉承、溜须拍马尽管来,以后再见面,就不知道是猴年马月喽。"

李宝瓶第一个开口:"阿良,如果刀坏了,就不用还我,因为我跟你是朋友!"

阿良开怀而笑,朝小姑娘伸出大拇指,道:"这话暖心窝,我喜欢!可是回头肯定把祥符原封不动还你,放心好了。"

林守一认真问道:"阿良,我以后的体魄淬炼需不需要比纯粹武夫或是练气士当中的兵家修士更加坚韧?"

阿良摇头沉声道:"不用。有些人适合这么做,比如我;有些就不适合,比如你。你林守一的修行之路只能在'精深'二字上下苦功夫,不可在'驳杂'二字上浪费气力。"

阿良这番话说得很严肃认真,林守一轻轻点头,示意自己明白了。

李槐嘀咕着"阿良你一天不吹牛就浑身不舒服",就要跑到阿良身边说话,却被神出鬼没的那尊阴物用一只手掌重重按在了肩膀上:"不要乱走,阿良前辈实在……太强大了,若非前辈故意为我们留出地盘,仅凭他一身凝如实质的气势,数丈之内就能够让我这等阴物形神俱灭。何况一场大战在即,阿良前辈的心神已经远在千万里之外的北方,不好分心照顾我们这边。"

李槐愣了愣,大概是这些话太过惊悚荒诞,使得他对身旁的阴物都没那么畏惧了:"你在开玩笑吗,他是阿良啊,连我也能撵着他打。你该不会是欠了阿良很多银子吧?"

这尊几乎就要凝聚出一点金身苗头的阴物笑容僵硬,对着这个口无遮拦的小王八蛋皮笑肉不笑道:"你能长这么大,真不容易。"

阿良悠悠然收回些许心神,望向陈平安、李宝瓶、李槐、林守一,突然觉得这场甚至称不上行走江湖的相逢,净是一些狗屁倒灶鸡毛蒜皮的短暂相聚,临了感觉还不错。这个已经尽力压抑那股向外流泻气势的男人笑道:"好了,差不多了。"

他磅礴的气势如瀑布直坠,根本无法完全掩盖起来,之前专门找人特制那顶竹篾斗笠便是为了能够镇压住这股汹涌澎湃的狂躁气势。

世间练气士,只恨法宝器物增长修为不够多,唯独阿良不是这样。

在剑气长城,他可以无所顾忌,因为那里自有沉积了万年的剑气剑意帮忙压下他身上这股凶悍至极的精神气。

斩杀那名大妖后,先在城墙上刻下了一个字,再通过那座倒悬山来到这方天下,阿良便不得不戴着斗笠"低头做人",以免太过耀眼,被天外天的人上人俯瞰人间的时候一眼就捕捉到了动向。他不是怕打架,而是怕麻烦。

阿良这辈子就没怕过打架。在那方无比蛮夷荒凉的天下,十八尊远古大妖雄踞一方。阿良最喜欢做的事情,就是一人仗剑远游,深入腹地,与其中的十一尊面对面打生打死。最长的一场架打了整整两个月,东西纵横千万里,打得最后剑气长城不得不出动四位大剑仙联袂而去,配合阿良对付六尊大妖。

阿良豪迈地笑道:"你们四个一定要记住,每一个强者的自由都应该以弱者的自由作为边界! 真正的强者,他的对手,是天地间无形的规矩,是世俗力量的强大惯性,是人皆有生老病死的铁律,是这些看不见的存在。从来没有一个强者因为践踏弱者而强大,必然是遇强则强,愈挫愈勇。"阿良伸出大拇指指向自己,"比如我阿良,打完大骊这拨,就要去别的地方,打遍那些个最强者。"

李宝瓶扬起拳头,神采飞扬:"阿良,好样的!"

李槐哭得一把鼻涕一把泪。

林守一满脸涨红,少年的人生终于有了追赶的目标和方向。

陈平安看着阿良,离别之际,竟是说不出话来。

阿良最后对他眨了眨眼:"小小年纪,心思这么重可不好。陈平安,你是翩翩少年郎啊,来,给阿良大爷笑一个。"

陈平安挤出一个笑脸。

"要打就打大的,小鱼小虾没意思。走了!"

大笑声中,阿良身形刹那间拔地而起,天空之中响起一阵阵轰隆隆的炸雷声响。

雷声响起一次,高空就随之出现一团巨大的云雾。

整座红烛镇轰然巨震,扬起一阵遮天蔽日的尘土。

那尊阴神眼神恍惚,站在廊道顶端,仰头望向那些奇异景象,喃喃道:"实在太强了,不讲道理的强啊……"

大骊京城，一个身穿明黄色衮服的中年男子在司礼监两大貂寺屏气凝神的领路下来到一座祭祀社稷的高台。高台底下站着一名身材高大的白袍男子，正是从骊珠洞天赶赴京城的大骊军神——藩王宋长镜。

桀骜不驯如宋长镜此时微微低头，抱拳道："陛下。"

大骊皇帝见到宋长镜后，笑着伸手在他肩头拍了两下，欣慰道："第十境了啊，不错不错，不愧是我的弟弟。啥时候跻身第十一境？到时候我亲自给你放爆竹庆祝庆祝，你要是觉得场面不够大，我可以下旨让朝野上下一起放爆竹。嗯，如此一来，我可以先偷偷囤积爆竹材料……"

宋长镜看着眼前这位神游万里的大骊皇帝陛下，有些无奈，换了一个称呼："皇兄，是不是可以做正事了？忙完正事，咱们再闲聊？"

大骊皇帝笑着点头："哦对，正事要紧，赚钱可以靠后。"

他撂下宋长镜独自走向高台，拾级而上，突然转头笑问道："要不要一起？"

宋长镜没好气道："不耐烦跟那两个怪脾气老头相处，怕一言不合就打起来。"

大骊皇帝哈哈大笑，一边继续登高，同时扭头打趣道："说好了，小打小闹我肯定帮你，真要跟他们搏命，我可不帮你。"

宋长镜收敛笑意，正色问道："皇兄，这次一定要闹这么大？如果我更早一点知道，那人根本就不是风雪庙魏晋，而极有可能是一个十一境甚至是十二境的危险家伙，我一定会阻拦你摆出这么大的阵仗。"

大骊皇帝已经转过身去，淡然道："我大骊需要告诉整个东宝瓶洲，十三境之下，皆可杀。"说完这句话，他踩上最高一级台阶，一步跨入高台，身形随即消失不见。

一栋高达十数丈的突兀高楼出现在大骊皇帝眼前。此楼不是大骊京城随处可见的木制建筑，而是由不计其数的白玉雕砌而成，底层梁上悬挂匾额，上书"白玉京"三个金色大字。

高楼大门自行缓缓开启，大骊皇帝走入，只见一柄雪白电光疯狂萦绕的大剑悬浮其中，整栋楼层皆是丝丝缕缕的游走电光。皇帝无视那些孕育着凌厉剑意的电光，大踏步往楼梯行去，电光如庙堂群臣遇见一朝首辅般纷纷退避。

二楼亦是相似场景，楼内如溪涧绿水缓缓流淌，唯有一柄飞剑悬停中央，通体呈现出晶莹剔透的幽绿颜色，只是相较于一楼飞剑宽阔的剑身，此飞剑剑身纤细如初春柳叶。

三楼既无气势惊人的飞剑悬停，也无光怪陆离的养剑环境，可是之前一步不停的大骊皇帝却在这一楼稍作停留，眯眼仔细环顾一周，低声笑着说了句"找到你了"，便走到不远处的墙壁下，身体微微前倾，视线之中出现一柄绣花针似的袖珍飞剑，可如此之小的飞剑竟然还配有灰白剑鞘，铭刻有"砥柱"二字——这把不起眼的小玩意儿，倒是有一个大气夸张的名字。

四楼是一把剑身布满符箓篆文的古朴长剑。

五楼是一把大到匪夷所思的剑,与大骊男子等高,刻有"镇嶽"二字。

大骊皇帝依次登楼,最后来到十楼才停步,楼内站着一老两小。

老人面目黧黑,肌肤皱起,身材高大,穿一袭白衣,头戴高冠,一双深沉眼眸之中不断有旁人肉眼可见的紫气快速流转。

老人身边一双少年少女竟是骊珠洞天那座小镇的泥瓶巷主仆:宋集薪和婢女稚圭。宋集薪锦衣玉带,已是大骊头等风流的少年郎了,唯一美中不足的是肩头趴着一条土黄色的四脚蛇。好在细看之下,蛇的额头隆起,峥嵘初露。

稚圭好像比在泥瓶巷的时候个子长高了寸余,容颜更胜一筹,整个人光彩四射,给人一种久旱逢甘霖的玄妙感觉。

老人此时正站在十楼窗口位置,伸手指向大骊京城某处,为宋集薪授业解惑。发现大骊皇帝的到来,不过是点头致意而已。大骊皇帝对此全然不以为意,走到宋集薪身边,想要摸一摸他的脑袋。宋集薪却不露声色地侧过身,躲过了那只手掌。

大骊皇帝脸色如常,收回手后,笑问道:"宋睦,你跟随陆先生学习望气之术已经有一段时间了,可曾发现咱们大骊京城山河大阵的阵眼所在?"

宋集薪脸色冷漠,生硬语气里透着一股疏离隔阂:"尚未发现。"

陆先生笑道:"堪舆一途,哪有这么简单。不过宋睦已经算是出类拔萃了,丝毫不逊色于其他大洲的年轻俊彦。关键是宋睦后劲很足,因为精通术算和推衍,学什么都事半功倍。楼上栾长野何等眼界,依然对宋睦不吝美言,称赞为'瑚琏也'。"

大骊皇帝哈哈大笑:"我的儿子嘛。"

稚圭悄悄后退几步,皱了皱鼻子,嗅了嗅。

大骊皇帝转头笑骂道:"你这小毛贼,真是不客气。"

稚圭一脸茫然无辜,大骊皇帝伸手指了指她,打趣道:"有借有还再借不难,可别只进不出,小心我把你送回那口锁龙井。再说了,离京城最近的仙家门派长春宫就有一口水井,到时候让你搬到那里头住去也未尝不可。"

大骊皇帝不过说了一句玩笑话,却让稚圭脸色苍白,赶紧微微张嘴,吐出一丝丝金黄之气。这些宛如一条条金黄小蛇的缥缈气息迅速依附在大骊皇帝衮服的团龙图案之中,如鱼得水,在丝线之中欢快游走。那件龙袍随之微微颤抖,泛起一阵阵光彩,龙袍下摆处的海水江崖当真激起了些许水花。

大骊皇帝哈哈笑道:"胆子这么小,为何当初还敢一次次跟齐先生发脾气?"

稚圭脸色黯然,挪步去往别的窗口,视线一路南下,离开高楼,离开宫城,离开京城,试图看到那遥远的南方家乡。她不太喜欢这里,这座名为升龙城的大骊京城。

大骊皇帝收敛笑意，问陆先生："栾巨子当真有把握将这白玉京建造出第十三楼？"

陆先生沉声道："若非如此，他栾长野来大骊做什么？"

大骊皇帝点了点头，双手撑在窗台上，望向繁荣兴盛的京城，自嘲道："那就好。我虽然是朝野公认的勤俭天子，还被东宝瓶洲那么多君主私底下嘲笑为一个勤俭持家的妇人，可有些花钱的地方，我确是砸锅卖铁也愿意出的。"

陆先生会心一笑，感慨道："勤勤恳恳数百年，大骊宋氏经营骊珠洞天的收入，如今全部砸在这座白玉京里，若是这还小气的话，东宝瓶洲再找不出第二个大方的君主了。"

大骊皇帝问道："虽然很不洒脱，但我仍然想最后跟陆先生确认一遍，只要是在东宝瓶洲观湖书院以北地带，针对一个胆敢与大骊敌对的十境修士，此楼只需祭出十剑即可。按此理，十一境修士需十一剑，那么，如果十二剑全部飞掠出楼，一样可以瞬间斩杀十二境修士于千万里之外？"

陆先生豪气干云道："小小东宝瓶洲而已，绝无意外！"随后补充，"观其气象，加上各方谍报的汇总，那名用刀的斗笠汉子肯定是上五境的练气士了，十一境的可能性居多，十二境也不是没有可能。说到底还是距离太远，那人又刻意隐藏气机，无论是我的占星推算，还是掌上河山的远观神通，依然有些模糊。"

他轻轻随意一挥袖，笑道："但是事先说好，目前白玉京总计十二层楼，一楼一飞剑，虽然神通广大，杀力无穷，足以震慑一洲练气士，可每一次飞剑出楼皆是巨大的耗费，哪怕大骊刚刚吞并了富甲北方的卢氏王朝，一旦一次性全部祭出十二剑，二十年内，想要再来一次，仍是力所未逮，除非陛下愿意承担飞剑尽毁的代价。"

大骊皇帝点点头，心中了然。

宋集薪突然开口问道："当下栾巨子尚未搭建出白玉京第十三楼，那名挑衅大骊的不速之客如果是十三境修士，那怎么办？"

大骊皇帝笑着不说话。

陆先生放声大笑，柔声解释道："十三境的练气士？在天底下最大的那个洲——我陆某人的家乡，亦是凤毛麟角的存在，更何况……天机不可泄露，不说了不说了。你只需知晓，便是十一境的风雪庙阮邛，已是足够开宗立派的大人物了。'宗'一字，是极有分量的说法，唯有上五境修士坐镇方可称为某某宗，否则就算僭越礼制，儒教那帮最讲规矩的老家伙可是会气得吹胡子瞪眼的。"

大骊皇帝缓缓道："阮邛虽然脾气不太好，行事杀伐果断，稍显不近人情，已经惹来大骊本土仙家的许多非议，可此人性情很对我大骊的胃口，我自然愿以礼相待。这样的修士，我大骊不但来者不拒，我身为大骊国主，甚至愿意与他们平起平坐。再说了，千金买马骨的浅显道理，只要是坐龙椅的人，都会懂。"

宋集薪犹不罢休，固执己见："万一是十三境的练气士呢？"

陆先生笑着摇头。上五境最顶层的两大境界早已失传，故而十三境就是天底下最大最高的传说了。不见于俗世王朝的任何典籍密档，即便是"宗"字头的山上仙家，对此也讳莫如深。他自己因为出身于世间最顶尖的千年门阀，是大洲的高门子弟，曾经又是被寄予厚望的修行俊彦，所以才能通过长辈们零零碎碎的言谈，勉强拼凑出一些内幕，距离真相应该不会太偏太远。

上五境中的飞升境已是"天下"的巅峰，就像纯粹武夫的第十境，是真正的止境了，前方再无有迹可循的道路可以行走。而且一旦跻身此境，就会被虚无缥缈的天道所察觉，被判定为窃取天地根基的大盗巨寇，为天地所不容，必须除之而后快，绝不留给此境修士立锥之地。因此这个境界的练气士比起世人眼中的神仙圣人，比起那些十境修士更加隐世不出，否则就要被迫飞升。至于到底飞升去往何处，届时肉身神魂如何安置，他也全不知情，只是私自猜测，兴许和早已崩塌的神道有一定牵连。

大骊皇帝微微低头，看着那张犹有稚气的年轻脸庞，反问道："万一？"

宋集薪点头："对！"

大骊皇帝收回视线，笑道："万一真被你小子乌鸦嘴说中了，那也无所谓。"

宋集薪毫不掩饰地嗤笑出声。对于父亲的话，他一点也不当真。他如今踏上修行之路，身边两位前辈本就是当世最顶尖的练气士，自己也顺风顺水得到了白玉京的莫大机缘，所以愈发清楚一位十三境的练气士对于一国一宗的巨大威慑力。

大骊皇帝视线柔和，凝视着少年，轻声道："我大骊王朝，历代皇帝，正是靠着这个万一，才能从昔年卢氏王朝的附庸小国一步步走到今天，吞并了卢氏王朝不说，马上就要以举国之力攻伐大隋，胜算极大。再接下去，没有了后顾之忧，就会真正南下，而且前期注定会是势如破竹的大好局面。所以我对于'万一'这个说法从不反感，我甚至一直告诉自己，真正有资格在后世史书上被誉为雄才伟略的帝王，就是能够将那些有利于敌方的万一 一个一个打破碾碎。至少至少，也要能够承受这种万一。"他神色从容，"宋睦，这才是一方雄主，一国之君，该有的气度。"最后又笑，"这些道理，宋煜章应该早点教给你的，只不过他不敢罢了。"

宋集薪脸色阴沉。大骊皇帝不理会他的那点小心结，抬头望向天空："天上白玉京，十二楼五城。真想知道天上那座真正的白玉京到底是怎么个巍峨法。"

他弯曲手指，轻轻敲了一下宋集薪的脑袋，宋集薪躲避不及，有些愤懑。

大骊皇帝快意而笑，毫不忌讳还有两个外人在场，直截了当说道："你娘亲看好你弟弟，不过我更看好你。虎毒尚且不食子，真是最毒妇人心。"他有些伤感，自言自语，"恶紫夺朱。"随即又展颜一笑，"那位齐先生，是我有愧，是大骊对不住他。可你是他的弟子，就很好。"

宋集薪憋了半天，总算憋出一句题外话："你身为大骊皇帝，为何不自称寡人？"

大骊皇帝轻轻将手掌放在少年肩头："大骊被视为蛮夷之地近千年，我就是希望以此自省，让自己不要忘记这份奇耻大辱！"

宋集薪愣了愣。

大骊皇帝收回手，忍俊不禁："骗你的，我只是嫌弃'寡人'这个说法不吉利。"

陆先生骤然出声："来了！"

大骊皇帝问道："面对围剿，不是逃跑，而是杀向我们这里？"

陆先生心神剧震，瞪大眼睛望向窗外南方，颤声道："十境，十一境，十二境！已经是十二境巅峰了！"

大骊皇帝神色平静，吩咐宋集薪："宋睦，该你出手了。"

宋集薪深吸一口气，转身面向南方站定，双手掐诀，咬牙道："我宋睦，奉大骊皇帝敕令，命你们十二位坐镇山河气运的正神，接剑！"

大骊京城风起云涌，这栋高楼瞬间剑气冲天。

一楼一剑率先破空而去，电光乍起，大骊京城内，无数人惊骇举头望向那条悬挂头顶的电光。片刻之后是二楼、三楼飞剑，一直到第十二剑。

其中半数飞剑并非直直南下拒敌，而是选择绕路向其余三个方向。而且飞剑离开高楼之时就已变得无比巨大，离开京城之后更是再度暴涨。哪怕是那柄在楼内小如柳叶的小巧飞剑，在远离大骊京城百里之后，也变成了一把长达十数丈的巨大飞剑。

以这栋仿造天上白玉京的十二层高楼作为起始之地，四面八方皆有神灵听从敕令，露出一尊尊威严法身。其中在最南边的大骊南岳之巅，一尊高达百丈的金身正神屹立于山顶，高高举起手臂，高声大喝道："南岳奉旨领剑！"

大骊版图各地，其余十一尊显露出巨大法相的山河正神纷纷接住离开高楼的飞剑，然后踏空而行，凌空一步就是数十里之遥。

无一例外，矛头直指那道从南往北破空飞掠的长虹。

那尊南岳正神的金身法相率先迎敌。砰然巨响后，法相与飞剑一并支离破碎。

京城内，白玉京顶楼传来一声惊叹，充满疑惑，以及无奈。

陆先生喃喃道："不可能，不可能……"

宋集薪嘴角渗出血丝，大骊皇帝眉头紧皱。

唯独稚圭趴在窗台上，没心没肺地四处张望。

第二尊金身神祇如出一辙，轰然炸碎。

每隔一段时间，就传出一声响彻大骊疆域的雷响。

宋集薪已是七窍流血的惨淡光景，面容狰狞，但仍在强自坚定心神不动摇。

当远处第六声响起时，顶楼的栾长野苦笑道："怕了你了。老夫给你让路还不成吗？"其余六尊原本从北到南一线排开的金身法相开始各自左右偏移，让出正中间的那条道路。

似乎觉得有些意犹未尽，那抹白虹微微凝滞些许，不过很快打消了找那些神祇麻烦的念头，继续笔直向前。

最终，这道身影一头撞入大骊京城，落在那座隐藏有白玉京的高台下方。

宋长镜的额头上早已渗出汗水，但仍然站在从天而降的男人之前，拦住去路。不过他很快又露出笑容，只觉得若是能与此人酣畅一战，虽死无憾，不枉此生！

广场上，一个相貌平平的男人站在那里，滑稽的是，此人小腿上还绑着便于行走山路的缠脚，手里拎着把破碎的绿色竹刀。这汉子转头看了眼京城城头，有些纳闷地"咦"了一声，这才转头望向那个十境武夫，微微点头，流露出一点赞许之意，最后抬起视线，望向暗藏玄机的高台之顶。

他丢了那把竹刀，轻轻一跺脚，高楼白玉京顿时被迫显现出真容。

他拔出腰间另外一把狭刀祥符，随意抬臂举起，刀尖指向高楼，高声道："里头五个，哪个是大骊皇帝？我赶时间，赶紧自己出来磕头认错！我数十声，十！一！"

直接从十跳到一，阿良对着那座高台和高楼猛然间一刀劈下。

两者之间出现了一条极其细微的金色丝线，如一线潮向前迅猛推进。

宋长镜不退反进，大步向前，气势瞬间攀升到武道之巅，怒喝一声，双臂交错格挡在身前。脚底地面被他重重踩踏之后，崩裂出一张巨大的蛛网。

于生死之间砥砺武道，这绝不是一句空话。宋长镜当初以大骊皇子身份毅然投身军伍，戎马生涯二十余年，大大小小的胜仗败仗、苦战死战不计其数，最终能够从整个东宝瓶洲的武夫当中脱颖而出，就是这一次迎难而上的底气。

那条金线触及宋长镜的胳膊，所着白袍的袖子瞬间被划破，如铁线切割白嫩豆腐一般轻而易举。要知道，宋长镜身上这一袭袍子可是大骊仙家首屈一指的道家法宝，名为"流水袍"，曾是一位上五境陆地神仙的珍贵遗物，号称能够抵挡住上五境修士之下的所有术法神通，可是对上那条罡气凝聚成实质的金色丝线后，竟是如此脆弱不堪。

虽然没了外物的倚仗，可宋长镜仍是执意不退。他想要试一试，自己这副传说中可以媲美金身罗汉的武夫体魄，到底能不能挡得住这一记货真价实的神仙刀。

答案很快就水落石出——能，但只能支撑一眨眼的工夫。

宋长镜仍是不愿就此退去，一声怒喝，满脸焕发出异样的金色光彩，体内气机流转，从之前的洪水滚滚气势汹涌，变成了一瞬间水面冰冻的大千气象。

宋长镜的修长身形连退数丈，双臂皮肉已经被割出一条细小的沟壑，却不见丝毫鲜血。与此同时，那条势不可当的金色丝线即将刻入他的骨头。

"让开！"

一尊高达数丈、身披青甲的道家符箓将宋长镜撞飞出去数步。

铭刻有无数道家金字符箓云纹的符甲武将浑身宝光流转,双手死死攥紧那根与它雄壮身躯不成正比的金色丝线。

一退再退。最终这尊道家大宗精心造就的山字诀符将整个身躯被一切为二,只是略显暗淡几分的金色丝线依旧向高楼白玉京推进。

符将被分尸之后轰然倒塌,但是它身后又出现了一个身穿朴素麻衣的老人。老人伸出一只手掌,挡在那一线之前。

他一身迟暮腐朽之气,却分明面若稚童,给人的感觉古怪至极。老人满脸苦笑,以别洲雅言沙哑问道:"阿良,能否就此收手?"

阿良皱眉道:"栾长野?你不是因为争夺巨子候补之位失败,被流放到北边去了吗?"

栾长野一边抵挡住那条金色丝线,手心已经渗出血丝,一边无奈道:"一言难尽。"

阿良恍然道:"我就奇怪东宝瓶洲怎么有人能建造出这么一个拙劣的小号白玉京,原来是你啊。"

栾长野犹豫了一下,低声道:"我曾向齐先生请教过建造此楼的问题。"

阿良斜瞥了蠢蠢欲动的宋长镜一眼,后者一番天人交战,最终还是选择放弃再战的念头。

阿良望向栾长野这个墨家的熟人,手腕轻抖,手中狭刀祥符微微摇晃,显得尤为慵懒轻敌。事实上,先前一刀劈下之后,他若是执意痛打落水狗,宋长镜会死,栾长野挡不住,这座白玉京注定要倒塌,大骊国势至少会后退四五十年。也就是说,齐静春当年建造山崖书院为大骊国运带来的神益,阿良会全部收回,无非是再加一刀劈砍的事情而已。诸子百家当中,墨家势力不小,分为三支脉,其中一支几乎全是游走四方的豪侠,多是练气士当中的剑修,而阿良多年游荡江湖,是一个名震数个大洲的游侠。准确说来,阿良与这个栾长野有过一面之缘,但跟此人不熟,而曾经距离墨家巨子只差两步的栾长野,对阿良那是真正钦佩敬畏的。

可是栾长野这句跟齐静春有关的话让阿良有些气不打一处来,再次提起祥符,刀尖指向那个被墨家除名的老人,笑道:"齐静春人都死了,还能拿来当你们大骊和这栋白玉京的护身符?你栾长野啥时候脸皮比我阿良还厚了?"

栾长野的脸庞泛起一丝促狭笑意,使劲摇头道:"跟阿良前辈没法比。齐先生说起阿良前辈,也是阿良前辈您此时的表情。"

前边那句话,阿良将信将疑。后边这句,阿良相信。他仰头看了眼天空,缓缓收起祥符,瞪了栾长野一眼:"别以为你这缓兵之计我看不穿。"

当阿良收起祥符之后,大骊皇帝才在陆先生的护送下出现在栾长野身旁,宋集薪也紧随其后。

大骊皇帝想要上前,被陆先生一把抓住袖子,轻声道:"不可唐突。"

大骊皇帝笑着摇摇头，挣脱开陆先生的手掌，继续向前，走出十数步，抱拳道："大骊宋正醇，见过阿良前辈。"

阿良眯起眼，猛然间握住刀柄。

一瞬间，所有人都心生绝望。宋正醇更是笑着闭上眼睛，坦然赴死。

阿良身后有人苦苦哀求道："阿良！不可以杀他！"

阿良没有转身，怒意更甚："你这个不争气的王八蛋玩意儿！从小就喜欢跟齐静春争这争那，争不过就争不过，有什么好丢人的，为什么要玩弄这些上不了台面的伎俩，真当我阿良会念那点旧情，不敢把你活活打死？"

阿良身后站着一个身材修长却脸颊凹陷的憔悴老人，青衫佩玉，气质极好，如同一位教化百姓的儒家圣人。

老人神色复杂，轻声道："阿良，齐静春后半生的心血都在大骊啊。"

阿良转过头，脸色阴沉："放你个屁！崔瀺，山崖书院都没了，你还有脸跟我说这个？"

崔瀺眼神坚定："我说的是事实。齐静春是真的希望大骊能够走出一条不一样的路。哪怕到最后只有失望。但是不管如何，阿良你不能否认，他选中的人，正是如今我们大骊龙泉的孩子！阿良，是你当年亲口说，我崔瀺可以走自己的路的。"

阿良嗤笑道："跟你这种钻牛角尖的聪明人讲道理，我还不如去跟李槐那个小王八蛋吵架。"他松开握住刀柄的手，"老头子这一生，惊天动地的壮举多了去了，最后却不得不自囚于功德林，倒是寂天寞地的可怜下场。一生大起大落，烂泥滩里打滚的岁月都不短。可老头子给人的感觉，依旧是洁净和温和，洁净在外，温和在内。齐静春也一样，你崔瀺就不行。当年齐静春是一根筋，你崔瀺学什么都快，哪里想到最后，齐静春都能跟那些老王八打得惊天地泣鬼神，你崔瀺却沦落到不人不鬼不神不仙的下场，你咎由自取啊。我最后一次见到老头子，他说你的想法不错，但是你做得不对。他最后还说，你的字帖写得真好，《小园韭菜帖》和《天下黄花帖》真是漂亮，早知道是这么个师徒反目的光景，当初就该多跟你讨要几张。"

崔瀺眼眶通红，颤声道："先生也觉得自己是有错的，不是全对的？"

阿良翻白眼道："我阿良的脸皮是跟谁学的？老头子嘴上不认错，你们做学生的，蹭吃蹭喝那么多年，就不能揣着明白装糊涂？再说了，老头子的通天本事和为难之处，别人不知道，你崔瀺还不知道？算了算了，懒得跟你废话，你闭嘴，滚远点，我不想看到你这个尿样。"

崔瀺摇摇晃晃、跟跟跄跄转身离去，呜呜咽咽的古怪苦笑声在空旷的广场上回荡，倍感凄凉。

阿良再次望向天空，骂骂咧咧道："知道了知道了，催催催，催你娘的催，你们又跟崔瀺那混小子一样姓崔！有本事下来打我啊，来啊！"

骂归骂，事要做。阿良摘下祥符，想了想，高高抛给宋长镜，话却是对宋正醇说的："这把刀，我留下来，你们大骊替我还给一个名叫李宝瓶的小姑娘。记得对小姑娘客气一点，她是我的朋友。"

　　宋正醇笑着点头道："没有问题。"

　　阿良自言自语道："啧啧啧，策马饮酒佩刀别葫芦，好俊的画面，美不胜收哇。将来你们人间有眼福喽。"

　　宋长镜握住那柄狭刀。虽是一把刀，却是剑气满溢的骇人气象，如江海深广。

　　阿良犹豫了一下，没有将那绿竹刀鞘一并摘下，伸了一下懒腰，甚至还轻轻蹦跳了两下，抬头笑问道："来来来！天上的，告诉我，是佛法远，还是道法高？到底是谁的本事更大，拳头更硬？"

　　天外有天，有人微微一笑，有人佛唱一声。

　　阿良大笑："那就容我阿良跟你们打过再说！"

　　这个自诩从不知道吹牛为何事的男人，气势骤然暴涨，从之前的练气士十二境巅峰，转瞬就攀升到了十三境巅峰，整个人如一道璀璨光柱从人间拔地而起，直接破开浩然天下的天幕穿顶，最终消逝不见。

　　宋集薪久久不愿收回视线，最后发现站在最前边的他爹背后全是汗水。他忍不住再次抬头望去，这一刻，少年才知道原来人间有这么猛的家伙。

　　棋墩山之巅，之前那个腰间挂满酒壶的粗犷汉子奄奄一息地躺在血泊中。

　　当那道虹光从红烛镇往北而去的时候，参与这场围猎的秘密高手当中，距离最近的大骊练气士是那个在枕头驿附近酒肆喝酒的妇人——长春宫的太上长老。可惜她根本来不及出手，或者说念头刚起就放弃了，根本拦不住，也不敢拦，就这么简单。妇人那颗清澈如琉璃的道心蒙上一层灰尘，于是喝酒真正成了喝闷酒。

　　第一位出手阻拦阿良的人物，正是这粗犷汉子，他毅然决然撞向了那道虹光，然后便被随意一巴掌拍回原地。

　　魏檗叹了口气，蹲下身按住汉子的心口，帮忙护住心脉，让这个悍不畏死的可怜男人不至于被自己的紊乱气机震死。

　　很快，魏檗身边就出现了一个其貌不扬的年轻男子，蹲下身给浑身浴血的下属喂下一颗通体朱红的丹药，再抓起汉子的滚烫手腕，感觉到脉象终于趋于平稳，他轻轻吐出一口浊气，转头对魏檗说道："魏檗，老刘的命是你救下的，这份救命之恩我心领了。大骊朝廷事后如何跟你计较，我没办法改变，关于神位一事，更不适合开口帮你求情，一旦开口，说不定只会让大骊皇帝反感。不管如何，我个人欠你和棋墩山一个人情。"

　　魏檗面无表情道："顺手为之而已。"他缓缓站起身，才发现这个气势内敛的年轻男子虽然是被大骊视为京城看门人的顶尖剑客，腰间却不佩剑，而是将那柄相依为命的长剑随意横挂在腰后。

魏檗犹豫了一下，仍是忍不住问道："你身在红烛镇，为何不出手阻拦刀客阿良？"

年轻男子将老刘小心翼翼地背在身上，起身后笑道："刀客？他是剑客，是我心目中天底下最潇洒的剑客。我年少时之所以选择剑修这条道路，就是因为仰慕这个人。"

魏檗无言以对。

年轻男子本想带着下属就此离去，突然脸上有些追忆往昔的稀罕笑意，没来由有了点聊天的兴致，就站在原地，望向灯火辉煌的红烛镇，轻声道："嗯，对于我曾经待过的那些大洲而言，你们东宝瓶洲算是个与世隔绝的小地方，有些犯忌讳的趣事说了也无所谓，我不妨跟你说件事好了。你应该知道儒教有三大学宫，此人当初为了齐静春先生一事，愤懑不平，便一人仗剑硬闯进两座，打得那叫一个鸡飞狗跳。要知道，阿良游历各大洲的江湖，素来奉行他那句著名的口头禅，叫'你们这里有没有能打的，我阿良只打大的和老的，不打小的和弱的'，可是那两次，阿良竟是半点也没收手，谁跟他讲道理，谁拦住他的去路，他就当场打得对方长生桥全部断裂，毫不留情。你知道有多少位高高在上不可一世的君子、贤人因此而沦为真正手无缚鸡之力的凡夫俗子吗？只不过这两桩惨剧被最重礼数规矩的儒家视为逆鳞，谁也不敢胡乱提及罢了。"

魏檗咽了咽口水，战战兢兢问道："阿良前辈如此跋扈行事？真正的圣人呢？"

年轻男子脸上浮现出一副与有荣焉的神情，呵呵笑道："所以啊，最后惊动了文庙最正中三尊神像的某一位，悄然从天而降，站在了阿良面前，阿良才收手，胜负未知。反正那位大圣人隔绝出了一方天地——据说是一块棋盘，也有人说是一部书籍——作为两人捉对厮杀的战场。反正外人无从得知过程，只知道在那之后，阿良才离开学宫，跨过两座大洲，通过倒悬山，去了另外一方天下的剑气长城。倒悬山是道教圣人在浩然天下亲手布置的一块飞地，也算是儒家门生的禁地，所以很多注定会惊世骇俗的消息一样被彻底隔绝了。"

魏檗仿佛听天书一般，眼神恍惚。

武夫横行的江湖上，有句话叫"不是修行人，不知山上事"。

但是修行路上，也有一句话：已是山上人，不知天外事。

年轻男子虽然意犹未尽，还有一肚子传奇故事想说，可仍是决定作罢，只道："你的事情我不好掺和，但是那名少女，我会让她和长春宫倾力栽培，前提是你魏檗不觉得冒犯的话。"

魏檗笑道："我岂是那种不知好歹的蠢货，谢了。"

年轻男子松了口气，看着这位大骊礼部密档榜上有名的刺头神祇，微笑道："那我回去跟她说一声，让她们返回大骊京城的时候，先步行走过棋墩山，之后再御空北归。"

魏檗神色复杂,叹了口气,微微低头道:"无以为报,那我只能再谢你一次了。"

年轻男子小声问道:"以前我是不信礼部档案记载的内容的,如今亲眼所见,不得不信。魏檗,你为了她,已经耽搁了证道不朽金身这么多年,如今还不愿意放下吗?"

魏檗摇头道:"既然拿得起,就没有放不下的道理。"

年轻男子摇摇头:"不懂。"

魏檗记起一事,有些为难,问道:"算是和阿良前辈订立的约定,我打算近期去一趟龙泉县的落魄山,把此处的黑蛇带过去。虽然我会按照你们大骊礼部的既定流程走,层层通报上去,但是哪怕最后不答应,我也会快去快回,麻烦你跟龙泉县县令打声招呼,行不行?"

年轻男子洒然笑道:"些许小事,不值一提。更何况这本就是你主动跟大骊缓和关系的举动,是好事,放心便是。大骊宋氏历代国主虽然一个个雄心壮志,总给人咄咄逼人之感,但真正相处下来其实还好,要不然我和栾师伯也不会留在大骊这么多年。"

魏檗突然又问道:"阿良前辈气势汹汹去往北方,是找大骊的麻烦?"

年轻男子点点头,笑意苦涩道:"麻烦得很。"

魏檗震惊道:"按照你的说法,阿良前辈在去往倒悬山之前,就已经能够让儒教前三圣之一的大佬出手,那么他这次真要出手,大骊京城会不会就此从东宝瓶洲版图上消失?"

年轻男子想了想,开门见山道:"如果换成是我,那么有望成为一洲之主的大骊王朝,说不定就要亡国了吧。"

魏檗一脸古怪表情,像是在说:所以这才是你选择不出手的真正原因吧,大骊经此一役,鼎盛国势被打回几十年甚至百年前原形,你是不是要良禽择木而栖?

年轻男子是真正心性豁达之辈,并不在意魏檗以小人之心度君子之腹,摇头道:"不是你所想的那样。你要知道,我不是阿良,我这辈子也做不成阿良那样的剑客。阿良的道理总是跟别人的不太一样。很奇怪,那些寻常练气士眼中的仙家豪阀一旦跟阿良起了冲突,在知晓他的身份后,往往怕得要死,以为要迎来灭顶之灾了。可是阿良几乎从不大打出手,点到即止,给了教训就走人。当然了,传说他还喜欢调戏年轻貌美的仙子,不过这件事,我一直没机会当面询问。可惜,估计以后再也没机会了。"

年轻男子运用修为竭尽目力望向远处,伴随着一声声巨响,一次次绚烂炸裂,身为大骊扶龙人之一的他,既叹息,身为同道中人的剑客,则又神往。

他有一事没有告诉任何人。阿良在红烛镇找到过他,问了他一些问题:

大骊,到底是怎么样的一个大骊? 大骊皇帝,到底是怎么样的一位君王?

以及齐静春这么多年,在山崖书院,在骊珠洞天,到底做了哪些事情?

大事小事,他都想知道。

两人坐在红烛镇最寻常的酒肆里,一边喝酒一边聊天。结果到最后,满怀激动的年轻男子光顾着回答问题了,等到阿良拍拍屁股走人,才发现自己那些个憋了无数年的小问题一个都没来得及开口询问。比如:阿良你剑术如今到底有多高了?在那座以一堵城墙抵挡下一个天下的妖族攻势的地方,你有没有刻下一个属于你阿良的字?妖族之中,到底有没有漂亮的尤物祸水,让你阿良心动过?

到最后,他只好这么安慰自己:天底下有几个人能请阿良喝酒呢?

一想到这个,已是成名剑修的他就挺开心了。

年轻男子就要离开的时候,魏檗突然爽朗大笑道:"那我魏檗能够挨上阿良前辈一记竹刀,结果还没死,算不算了不起的壮举了?我才不管是不是阿良前辈手下留情。不行不行,咱俩下次有机会一定要喝酒,我好跟你详细说一下过程。那一战真是荡气回肠,来来去去几百个回合还不止啊……"

年轻男子冷哼一声,身形轰然冲天而起。

魏檗伸手拍散那阵扬天而起的尘土,收敛笑意,望向如夜幕中一盏灯火的红烛镇,眼神温柔,怔怔无言。

昔年的神水国北岳正神,这一看,就是百年千年。

看着她一次次在冲澹江畔的那片水湾呱呱坠地、风华正茂、白发苍苍。

他始终不愿承认,她终究早已不是她了。

大骊京城,高台之上失去阵法遮掩的白玉京可谓劫后余生,仍旧屹立不倒。

但是在那道白虹破开天地屏障的同时,原本短暂打开禁制的京城阵法转瞬便恢复了正常,而栾长野和陆先生也几乎同时遮蔽了白玉京的景象,只留给潜伏在京城内的那些别国谍子类似惊鸿一瞥的震撼和惊艳。

栾长野一屁股坐在高台台阶上,满是无奈。

陆先生是想要跳脚骂人,却如何也不敢,只是修身养性的本事全部不见,原地打转,气呼呼地嘀嘀咕咕:"祸从天降,难道真是大道无常?没理由啊,大骊运势在东宝瓶洲独一无二,我陆家一家之学即占据阴阳家的半壁江山,我虽然不敢说学到了十之八九的本事,可这么大一桩风波,怎么会算不准、算不到?"

栾长野叹了口气,疲惫不堪道:"因为那个阿良来自最不受天道天机影响的剑气长城,之前又故意以外物遮蔽气象,莫说是你了,恐怕连你们陆家的老祖宗也要最开始就竭尽全力才有希望查探出一点端倪。所以今天此事,非战之过,你我不用太过自责。"

宋长镜单膝跪地,低头望着那具被一分为二的道家符箓傀儡。这个铁石心肠的男人破天荒地流露出一丝悲伤,将那柄狭刀祥符插入脚边的地面,小心翼翼掬起一捧"水花",收入身上那件流水袍的大袖之中。

宫城外的两尊武将傀儡是大骊宋氏称帝之时某座道家大宗赠送的开国之礼,心智早已与常人无异。这两尊东宝瓶洲俗世最大的"门神"代代守护宫城,若是某一代宋氏皇族有人能够获得青睐,门神就会愿意庇护其一生。在宋长镜这一代,就是他和哥哥宋正醇有此福缘,这在当初被视为大骊将兴的祥瑞征兆,因为在这之前,两尊青甲武将已经有两百年不曾相中一人了。

宋集薪骤然间脸色雪白,怒吼道:"剑呢,我的剑呢?不是还剩下六把飞剑吗,为何一点也感知不到了?"

宋正醇脸色如常,只是眼神中的痛苦之色清晰可见,低声道:"我大骊至少至少二十年国运毁于一旦。行百里者半九十,古人说的真是不错。没了十二把飞剑坐镇,只留下一栋空无一物的白玉京楼,短期之内又有何用?然后又只留给我……"这个有着气吞一洲志向的衮服男人止住话头,不再继续说下去,缓缓抬起头,望向恢复正常再无异象的天空,"你还不如一刀砍掉我的头颅好了。"

他深吸一口气,转头下令道:"长镜,你去亲自坐镇城头,看看有没有鼠辈借机兴风作浪,一经发现,杀无赦。从这一刻起,你有监国之权。"

宋长镜问道:"如果是宋氏自己人,又该如何?"

宋正醇惨淡一笑:"以前是废人可以养,我宋正醇身为大骊国主,这点财力和气度还是有的。只是现在不一样了,他们自己找死,就让他们去死好了。"

宋长镜又问:"那么她?"

宋正醇平淡道:"我来亲手处置。"

宋长镜点点头,大步离去,杀气腾腾。

大骊京城之内,修行之人一律不得凌空飞掠;宫城之内,一律步行。

宋长镜虽然被准许破例,就像那位国师崔瀺一样,可是这位藩王终究是自幼在此长大的人,不愿意打破这点所剩不多的规矩。

宋正醇转身走到台阶那边,坐在名不副实的墨家巨子栾长野身边,陆先生也颓然坐下。两个老人几乎同时露出一副欲言又止的表情。

宋正醇笑道:"我知道,续命一事,已是奢望。毕竟这是阿良的手段,除非是十二境农家练气士出手救治,我才能延长寿命,不用像现在这样扳着手指头数自己还有几天可以活。"

两个老人约好一般点了点头。

宋正醇自嘲道:"只剩下十年,撑死了十五年的寿命,世间国运,从来都是此消彼长的规律,这么说来,恐怕让我艰难打下一个强势崛起的大隋就差不多了。之后呢?好像都跟我无关了。我大骊的马蹄踩踏在观湖书院以南的土地上,我大骊的升龙旗帜将来在老龙城的南海之滨猎猎作响,我都看不到了啊。"他闭上眼睛,双拳紧握捶在膝盖上，咬牙而笑，"问题在于这个决定我寿命长短的家伙是飞升去了别处，有可能继续看着我们人间，甚至有可能重新回来，他不是死了，不是死了啊！"

所以大骊连报复的胆量也不敢有，这才是让这位大骊皇帝感到最憋屈的地方。所以他才会说，为何不干脆一刀砍下自己的脑袋，一了百了，不用受这窝囊气。

大骊京城的城头，身形消瘦的青衫老人始终仰头望着那个男人消失的天穹处。

不知何时，老人身边出现了一个身材矮小却丰腴的宫装妇人，径直问道："崔国师，这场无妄之灾，我该怎么办？"

崔瀺甚至不愿收回视线，随口答道："等死。"

妇人心中悚然，厉色道："国师！你胡说什么？"

崔瀺扯了扯嘴角："运气好的话，等个半死。"

妇人撕破脸皮，伸手指向这位功勋卓著的大骊国师，怒色道："那你崔瀺能好到哪里去？"

崔瀺总算正视这位身份尊贵的大骊娘娘，笑道："不好意思，我已经半死不活了。"

除了寥寥无几的存在，无人知晓，有个家伙正盘腿坐在天上看人间。

两个天下，对这个男人而言，只有一线之隔。

低头望去，无数光点密密麻麻攒聚在一起，脚下就像一条缓缓流动的璀璨银河。其中有的星光骤然爆炸一闪而逝，有的愈发绚烂明亮，有的逐渐暗淡无光，有的死气沉沉，有的朝气勃勃，更有一些最为瞩目的大团亮点选择龟缩原地不动，就像是一些个老乌龟王八蛋。

男人站起身，这回是真的要动身离开了。他嘿嘿笑道："老头子，你说的果然没错，这就是人间，好看得很！"

他在心中对这天下人间撂下的最后一句话很有意思：

"小子，一定要好好练剑啊，以后要跟我阿良一样猛。更猛的话……哈哈，就算了吧，难得很！"

栾长野瞥了眼隔着一位大骊皇帝的陆先生，后者立即站起身，开始施展陆家的阴阳术神通，遮掩天地，让此处更不易被人以心神或是术法远观查探。

栾长野这才语不惊人死不休："这桩泼天祸事，极有可能是'别家'暗中下绊子，至少也是在推波助澜，说不定刚好在齐静春去世没多久阿良就杀到了大骊就是有人暗中传递了消息。诸子百家当中，肯定有人不希望我栾长野身后墨家的这一支和陆家代表的阴阳家这一脉顺风顺水地帮助大骊吞并整个东宝瓶洲！"

宋正醇松开拳头，揉了揉脸颊，脸色冰冷，冷笑道："好一个千年未有的大争之势，乱世格局！"

栾长野轻声提醒道："事已至此，更加不可泄气啊。"

宋正醇闻言一笑，摇头道："不会，我不会的！十年也好，十五年也罢，可以做的事情不少了！回想一下我大骊历代皇帝在这东宝瓶洲所遭受的屈辱白眼，我这点内伤不算什么。"

他强行咽下一口涌至喉咙的鲜血，低下头用手指揉了揉脖子，嘴上虽说得云淡风轻，面上却流露出一丝狰狞和悔恨之色。只是狰狞神色久久不散，悔恨却很快就消散殆尽，到最后，仍是只留下一份无奈。

原来阿良在飞升之前，用了一手无上秘术悄然打断了宋正醇的心脉，使得他的长生桥彻底崩碎，原本一位生机盎然的隐蔽十境修士，如今生机孱弱到了令人发指的地步。不但如此，白玉京犹存，可十二柄飞剑被毁去半数不说，其余六把也不知所终了。

简单说来，就是杀力无穷的白玉京只剩下了一个空壳，沦为了绣花枕头，吓唬人可以，想要斩杀上五境的修士则是痴人说梦。

之前仓皇失态的宋集薪来到三人身前，已经恢复平静，但仍是刨根问底道："栾巨子、陆先生，可以告诉我到底是怎么回事吗？为何我感知不到任何一把飞剑了？"

白玉京十二层楼，有十二柄飞剑。

香火，砥柱，镇嶽，山海，桃枝，雷霄，紫电，经书，梵音，浩然气，红妆，云纹。

这十二柄倾尽半国之力打造出来的飞剑皆是大骊王朝名副其实的镇国重器。其中包括香火在内的六把飞剑已经与那六位大骊正神的金身法相一同被毁掉。但是照理说，其余让出道路的六尊山河正神根本就没有参与拒敌一事，飞剑此时哪怕没有返回白玉京，也绝无可能杳无音信，如同断线的风筝，让身为十二剑共主的皇子宋集薪失去了心神牵连。

栾长野回头看了眼孤零零的白玉京楼，重新转头，重重叹息一声，一语道破天机："六把飞剑已经被飞升途中的那个家伙全部抢走了，虽然没被带去天上，可应该被他丢在了某些不为人知的地方，暂时是肯定找不回来了，就算找得到，能否再拿来为我们所用，还不好说。"

宋集薪终究只是个少年，一夜之间突然就从泥瓶巷私生子变成了东宝瓶洲数一数二王朝的皇子，浑浑噩噩到了京城又莫名其妙被带来这里，吃尽苦头得到十二柄飞剑的点头认可，好不容易觉得可以扬眉吐气了，在那个王八蛋男人面前也能挺直腰杆说话，不承想到最后，就只是竹篮打水一场空？少年的眼泪一下子就流了下来，他死死咬住嘴唇，脸上还有些擦拭不干净的血迹。

栾长野也不知如何劝说安抚宋集薪。

其实这位身世坎坷的老人也有些恍若隔世,不敢置信。

墨家连同游侠这一脉在内,一直恪守首任圣人巨子的祖训,其中就有扶持弱者弱国,不受强者强国欺凌一条。但是到了栾长野这里,他翻阅各朝各代的正史野史,走过无数山河国家,亲眼所见,亲耳所闻,最终得出一个结论:一味扶持弱小,缝缝补补,无济于事。百年乱世,群雄逐鹿,扶持弱国对抗霸主之姿的强大王朝,最终死的人,要远远多于强势王朝一统江山的伤亡。

所以栾长野需要找到一个合适的王朝,一个合适的君主,来施展自己的抱负。

最后他找到了大骊皇帝宋正醇,而且没有失望。哪怕是围剿阿良一事,害得大骊如日中天的强盛国势遭受重创,但是栾长野从没有觉得这件事情本身是错的,错就错在人算不如"天算"而已。跟某些幕后大佬比拼算计,栾长野自认不如,但是他偏偏要赌,孤注一掷,赌赢一个不可阻挡的天下大势!

宋正醇开口笑道:"你们两位能不能去看看白玉京有没有出现纰漏,万一那家伙还留有后手,我就真要一头撞死算数了。刚好我和宋睦也能单独相处一会儿。不过事先说好,两位要保证不偷听啊,我们父子接下来要说些自家话,你们体谅一下。"

两个老人赶紧起身,一人笑着说"不会",一人说"不敢"。

宋正醇抬头望向那个满脸倔强的少年,拍了拍身边的台阶,然后悄悄捏碎腰间悬挂的那枚玉佩,沉声道:"坐下说。从现在起,我是你爹宋正醇,你是我儿子宋睦……还是叫你宋集薪好了。薪火相传,点滴收集,很好的兆头。宋煜章取名字俗气归俗气,还是花了心思的。"

宋集薪老老实实坐在他爹身边。

宋正醇先是感慨了一句:"不得不说,大隋高氏的运气实在太好,再就是你小子的乌鸦嘴实在太臭了。"

当两人单独相处的时候,宋集薪总有些惴惴不安。哪怕表面再不怕这个男人,可是宋集薪从叔叔宋长镜、婢女稚圭以及两位老先生的态度当中,真真切切感受到了这个男人对大骊王朝的掌控力。那种表面上的大度和散漫,实则骨子里满是近乎自负的自信,有点像阿良对东宝瓶洲和整个浩然天下的态度。

宋正醇微笑道:"剩余那六把出楼离城的飞剑,既然没有返回,那就是全部没了。没了就没了,天塌不下来。"

宋集薪冒出一股无名之火:"没了就没了?你怎么可以说得这么轻巧!栾巨子和陆先生都跟我交代过,这十二把飞剑,意味着大骊对于整个东宝瓶洲格局的走向,有着不言而喻的……"

只是少年很快就不敢继续说下去,而且很快就回过神。白玉京和飞剑的缔造者不是自己,而是身边这个"认命"的男人。

宋正醇望着远处一座大殿的屋脊,上有蹲兽依次排开。他轻声道:"对于一国君主而言,不要怕天大的麻烦。出现麻烦之后,只要能够解决,就意味着你和王朝变得更强了。如果无法解决,就说明你治理江山的本事还不够。

"眼下这么个让人措手不及的大门槛,我和大骊都没能有惊无险地跨过去,很遗憾。但是我不后悔。这句话是真的,不骗你。"

宋集薪打死都想不明白,问道:"为什么?"

宋正醇眼神锐利,再无半点先前的无奈和灰心,伸手指向那座大殿的屋脊:"因为这愈发证明我一手订立的大骊国策是对的!

"山上之人,练气修道,无论善恶,都需要被关进一座笼子! 他们做神仙求长生,大骊绝不干涉,甚至会帮衬一二,乐见其成。可一个王朝必须有其底线,至少要让那些人上人在某种规矩之内行事,不能随心所欲,不能仅凭个人喜好就动辄在世俗王朝搬山掀水。随随便便的一场仙人争斗,最后伤亡最惨重的,是那些手无寸铁的王朝百姓。我要让大骊辖境内的所有世俗百姓,之所以愿意礼敬神仙,不单单是出于畏惧害怕。哪怕是一个活在最底层的市井百姓,若是因为神仙打架而无辜死去,那个时候,我大骊就得有底气和本事,为神仙眼中蝼蚁一般的那个死者,讨回一个该有的公道!"

宋集薪被震惊得无以复加,张大嘴巴,一个字也说不出口。

宋正醇伸出两根手指,几乎贴在一起,笑道:"现在我大骊能够讨回来的公道,很小,就这么点大,可是比起东宝瓶洲那些个给山上神仙为奴做婢的王朝,已经是天壤之别了。"他随意甩了甩手腕,最后握紧拳头,对着那座屋脊高高举起,像是在跟谁示威,"我由衷希望以后的大骊能讨还回来的公道,可以这么大,甚至更大!"

宋集薪已经有些麻木了。只是少年第一次觉得自己身边的男子变得有血有肉,不再是跟那张龙椅那件龙袍差不多的死板存在了。

宋正醇转头问道:"知道那个阿良的哪句话最让我生气吗?"

宋集薪壮起胆子说道:"是那人放话要你磕头认错?"

宋正醇大笑起来,摇头道:"我身为大骊江山的主人,可以站着死,绝不跪着活。如果这一点都做不到,大骊还想马蹄南下,吞下这个东宝瓶洲? 人自欺则天欺之,人自强则天予之。你最好记住这句话。还有,那些个神仙嘴里口口声声说咱们东宝瓶洲是天下最小的洲,但是你真的知道一洲之地到底有多大吗? 你去随便翻阅这个天下的任何一本史书,有谁成过完完整整的一洲共主?"

宋集薪脸色坚毅,点头道:"人自强则天予之,我记住了。"

宋正醇有些伤感地道:"真正让我生气的话,是他说大骊就没一个能打的。一个都没有啊。我偷偷摸摸,一步一步走到练气士十境的位置,在东宝瓶洲已经算很了不起了。你叔叔宋长镜,更是夸张的十境武夫了,结果又如何? 在人家眼中,还是属于'不能打'的那一类。不过福祸相依,这正是我能活下来的理由……之一。如果我今天有十二境,让那个家伙觉得有一战之力的话,恐怕已经被一刀毙命了吧。"

宋正醇没来由地放声大笑,却给人一种英雄迟暮的感觉。

宋集薪哪壶不开提哪壶:"一刀?"

宋正醇点头道:"可以确定,就是一刀的事情。那个家伙,是十三境巅峰的剑修,所以才这么不讲道理啊。"

宋集薪满脸纠结,几次张嘴都咽了回去,好像有一个挠心挠肺的问题,却又不方便一吐为快。

宋正醇身体后仰,双肘撑地,就这么姿态闲散地望着天空:"是不是想问那人为何不杀了我们,再飞升去世人不知在何处的那个别处?"

宋集薪用手背狠狠擦了一下脸颊,"嗯"了一声。

宋正醇坦然道:"告诉你答案之前,先告诉你一个不幸的消息。传闻破除十三境之后的大人物是可以重新下来回到我们这天下人间的。虽然次数极少极少,可毕竟有过先例,只是诸子百家,千年豪门,出于某种目的,都故意选择秘不示人而已。"

宋集薪心思敏捷,脸色骇然。

宋正醇唏嘘道:"所以说我们大骊选择的这条路还很长,任重道远嘛,你别气馁。"

宋正醇最后伸手指向宫城某处,笑道:"有个被他娘亲一手调教出来的少年,早年死活不愿意去山崖书院求学,我呢,也懒得计较。这个小家伙,他的性子很有趣,如果路边有条狗作势要咬他,不管最后有没有受伤,他肯定要杀了那条狗炖肉吃,说不定还要把那条狗的七大姑八大姨一并找出来,全部杀了才痛快。那么你呢,宋集薪?"

宋集薪毫不犹豫道:"也是如此!"

宋正醇点点头:"我小的时候曾经也是这样,坐上龙椅之后,脾气稍稍改了一些。因为突然有一天,觉得有点无聊。但是少年时候,有这样的脾气个性是好事,锐意进取,锋芒毕露。人敬我一尺,我敬人一丈;人欺我一时,我欺人一世。大丈夫当如此!"

宋集薪轻声道:"我还以为你会觉得很失望。"

宋正醇拍了拍他的肩头:"不失望。如果你小小年纪,还没学到什么真本事,就已经先学会了对我察言观色,拿出庙堂群臣那套揣摩帝心的东西来,还美其名曰屠龙之术,我才会真的失望。"

宋集薪身体前倾,双手搁在膝盖上,下巴又搁在手背上:"但是我认识一个人,可能会做出不一样的选择。"

宋正醇坐直身体,伸手按在少年的脑袋上:"相信我的眼光,那个家伙比谁都能记仇,他只是从小吃过的苦头太多了,小小年纪就懂得隐忍。这种人成了敌人,才是真正的心腹大患,所以我才会对绿波亭截杀一事选择睁一只眼闭一只眼。"

"不过你放心，他从来没有把你当作敌人。尤其是在你凭借本心做了那两件看似无聊的小事之后，他就更不会了。"

宋集薪满脸涨红。

宋正醇又道："但是当你有一天成为大骊的皇帝，就不好说了。"

"趁着那人才飞升，暂时肯定不会返回人间，我们一鼓作气斩草除根便是，把这个'万一'早早除掉。"宋集薪冒出这个念头后，刚说出口就有些懊恼，自己否定了自己，喃喃道，"不行，万一那人以后回来，大骊就真的亡国了。"

宋正醇乐了，欣慰道："是不是觉得这个问题是无解的？没关系，那是因为你宋集薪的位置还不够高而已。"

宋集薪有些泄气，只得在心中默默安慰自己：人自强则天予之。

宋正醇笑道："人这辈子，需要一两个亦敌亦友的存在才有趣。我很小就有了，你也一样。"

沉默片刻，宋集薪疑惑道："答案你还没说。"

"自己慢慢想去，我的脾气还没好到被人打了个半死还喜欢自揭伤疤的地步。对了，成为白玉京的主人只有裨益没有坏处，这件事，我骗了你娘。相信你在失去飞剑的控制之后，就知道我没有骗你。至于这其中的意义，你自己好好琢磨，凡事多想，总归是好的。"宋正醇刚抬起屁股，打算起身离去，突然又坐回去，拿起宋集薪的手掌，笑呵呵道，"来给你看看手相，我会一些皮毛，以前是没机会用，今天拿你来试试手。"

宋集薪懵懵懂懂递过手去。

宋正醇一边观察少年的手心掌纹，一边随口说道："在十年或者十五年之后，你可以依旧亲近你的叔叔宋长镜，但是绝对不要心生依赖。至于说招徕什么的，让这位武道天才对你一个晚辈心悦诚服，还是算了吧。我这个弟弟啊，对自己的野心都懒得掩饰，哪怕是我这个从小就压他一头的哥哥，也从不敢对他摆出半点驯服猛兽的姿态。

"不管是怨恨谁，在你真正成长起来之前，可以在心里想着报仇，但绝对不要轻易出手。但也别因为我的只言片语，就对你叔叔心怀芥蒂。他啊，的确是一个真豪杰，否则也说不出'世间岂是我大骊独有英雄'的真心话。所以你将来只要有比他更强的地方，他说不定就会认可你。"

片刻之后，宋正醇笑着起身离去。

宋集薪攥紧拳头，继续趴在膝盖上。

那个男人说了一些似懂非懂的客套话，但是在这期间，男人不动声色地在他手心写下了四个字：

寿。三。小心。

宋集薪猛然间抬起头，对着那个大步离去的背影喊道："爹！"

宋正醇转过身，笑望向少年，神情根本不像是一位帝王。而这个男子——真正的志向是与整个天下的山上神仙来讲一讲山下规矩的家伙——毕生心血似乎全已付诸流水，且无声无息。

宋集薪站起身，眼眶湿润，嘴唇被咬出血丝，正要开口说话，宋正醇已经转身，嗓音温醇，撂下两句不搭边的话："千里之行始于足下。以后三餐要准时吃。"

有个风尘仆仆走出棋墩山的老秀才总算到了山脚下，扶了扶身后的行囊，捶着腰哀叹道："我这老腰老骨头哟，遭罪，真是遭罪。"

　　栾长野和陆先生一起走回白玉京内,直接登上十二楼。楼上地面放着两只草编蒲墩,是老百姓也用得起的寻常之物,并非什么能够帮助练气士坐忘凝神的法宝。两人相对而坐后,陆先生笑问道:"你何时跟齐静春请教过建造白玉京的学问了?"

　　栾长野笑着摇头:"没有过。我要是不这么说,天晓得那个脾气古怪的阿良会不会一言不合就一刀砍死我们所有人。"

　　陆先生愣在当场,疑惑道:"这还不至于吧?"

　　栾长野爽朗大笑道:"当然是开玩笑的,阿良应该不是那样的人。不过我后边那些话确实没骗他,这一点,我相信阿良自己心里也清楚。齐静春的心血的的确确留在了大骊王朝,而且对大骊以及东宝瓶洲的未来寄予厚望,否则他也不会建造那座山崖书院,身在大骊,却对所有东宝瓶洲的读书人授业讲课。那些山崖书院走出去的读书人,他们一个个继续对下一代传道授业解惑,都算是承载着齐静春的希望。"

　　栾长野略微停顿片刻,道:"你真以为对齐静春之死,这些读书人没有半点怨气?"

　　陆先生沉吟不语,最后缓缓道:"在那个形势之下,大骊只能两害相权取其轻。"

　　栾长野呵呵一笑,对此事亦是蜻蜓掠水,点到即止,马上换了一个话题:"在我看来,今日这场让你我伤筋动骨的风波,根源其实不在大骊因为想要借机立威,所以针对阿良开展了那场围剿。以阿良的境界修为,以及他当年行走各洲江湖的心性脾气,根本就不在意这种'小事'。"

　　"阿良如何想,我不清楚。"陆先生叹了口气,"但是,你方才没有说出口的心里话,我来说便是：归根结底，那人的心结还是齐静春。在于大骊当初面对那种来自四面八方的压力，没有选择挺身而出为齐静春说几句公道话；加上齐静春一走，山崖书院就撤销了，人走茶凉得实在太快了些，还有趁火打劫的嫌疑。但是你我心知肚明，仅就大骊皇帝而言，这才是真正的明智之举。换成寻常君主，我估计连那点愧疚之心都不会有，只会觉得这难道不是天经地义的事情？"

"话说回来，如果设身处地去想，我们俩和大骊一起兴师动众地主动与他打这一架，在阿良眼里，像不像一个下五境的练气士在那儿耀武扬威，一副要跟他拼命的架势？而且这个小家伙偏偏还胸有成竹，胜券在握。"

陆先生抬手提了提衣袖，略微更换坐姿，苦笑道："让你这么一说，怎么觉得自己有点滑稽啊。"

栾长野哈哈笑道："如果有一天，能够有像我们这样的，嗯，就是还算有那么点身份地位的旁人，聊着我们两人曾经做过的某件事情，能够为之惊叹、喝彩，就好了。"

陆先生唏嘘道："之前白玉京如果顺利搭建出第十三层楼，可能还有点希望，如今难喽。"

栾长野感慨道："不知道大骊这拨孩子里头，将来谁的成就最出人意料。"

陆先生微笑道："我赌宋睦。你呢？"

栾长野笑眯眯，半真半假道："我赌小丫头王朱。你觉得呢？"

陆先生摇头笑道："一枝可以独秀，但难成林。"

栾长野也摇摇头，不置可否，记起一事，问道："齐静春在骊珠洞天不是还收了一些学生吗？比如那个赵繇。好像除此之外，东宝瓶洲兵家跟道家还争夺过一个姓马的孩子。"

陆先生淡然道："拭目以待吧，只希望我们两个糟老头子能够活到乱世落幕的一天。"

稚圭一直留在白玉京十楼不曾走出去，趁人不注意爬上窗台，蜷缩身躯斜靠着，扭头望向南方。她就这么看一眼天上，又看一眼南边，如此反复，乐此不疲。

你就是喜欢跟蝼蚁讲道理，连到了我这里，也喜欢讲你的大道理，活得比谁都乏味，死得比谁都惨。这个好像跟你很熟的家伙就跟你大不一样，他根本就没把我们所有人放在眼里，潇洒得很。可我为什么还是觉得你更好一些呢？

不过我觉得吧，好归好，至于真正为人处世嘛，还是得像这个奇怪的家伙。

稚圭最后眯起那双金黄色的重瞳眼眸，笑道："咦，我好像不是人？"

怔怔出神，许久之后，她伸出一根手指，抹过眉眼下方的脸颊。

京城城头之上，两个昔年的盟友之间，气氛剑拔弩张。

宫装妇人尖声道："崔瀺你根本一开始就认识那个人，对不对？所以你为了讨好他,故意打开京城大门,任由他一路杀到白玉京之前! 你这是死罪! 死一次都不够!你以为我被打入尘埃,你能好到哪里去? 你是不是脑子坏掉了?"

崔瀺淡然道:"如果我不撤去京城大阵,你信不信除了我下场更惨之外,白玉京之前肯定还要死人? 而不是像现在这样,至少没有谁死掉。"他冷笑,"我知道,如今宋集薪的存在意义已经没了,已经不用你另外那个儿子,嗯,也就是我的好学生去做那极有可能人剑俱毁的白玉京楼主,所以估计你巴不得这小子早死早超生。"

妇人嫣然一笑,神情自若道:"国师怎么睁眼说瞎话呢?"

崔瀺也不再在这个话题上纠缠不清,道:"京城里那把名动一洲的符剑,谁也拔不出来的'符箓',原本是按照陆先生的提议,用来当坐镇白玉京十三楼的飞剑。一来栾巨子觉得不妥,让它作为十三楼的压轴之剑不够分量;二来龙泉县需要消耗掉两柄神兵利器作为劈开那块巨大斩龙台的开山代价,皇家宝库实在是捉襟见肘,刚好那柄'符箓'被誉为坚韧第一,运气好的话,能够承受住三次剑仙的出手。"

妇人皱眉道:"崔瀺,你到底想说什么?"

崔瀺自顾自说道:"不料斩龙台过于巨大,两次出剑,剑身上的裂痕就宛如小镇龙窑瓷器的冰裂纹,内里剑元破碎不堪,完全失去了修复原样的可能性。咱们的皇帝陛下心疼归心疼,却也没问责于谁,之后看似临时起意,干脆将它转赠给了名叫杨花的女子,正是娘娘你身边的那个婢女,但是同时下令让那名女子成为铁符江的江神,于是娘娘你就失去了左膀右臂,对吧?"

妇人笑道:"你是想说陛下在对我敲打提醒?"

崔瀺讥讽道:"娘娘果然秀外慧中。"

妇人冷笑连连,崔瀺啧啧道:"不妨想一想咱们五岳正神们的下场。"

妇人原本白皙粉嫩的脸庞唰一下变得苍白。她陷入沉思,如同棋手开始复盘。

崔瀺也不打搅她的思绪。

宋正醇原本希望借着骊珠洞天下坠之事,将那座气运浓厚的披云山一举破格升为大骊王朝的北岳! 但这就出现了一个很尴尬且微妙的局面:现今大骊五座山岳全部位于披云山的北面。

虽然在当时,没有任何一位山岳正神提出异议,但是这些山水神祇所处的位置,如同位于大骊仙家和江湖之间的"半山腰",好似一国之腰脊的雄关要隘,一夜之间,局势变得暗流涌动,许多宗门洞府假扮寻常香客造访五岳,不谈香火大事,只谈风花雪月,而五岳四周低一等的山水神祇不约而同陷入沉默。

最后,那个在某些大事上极其独断专权的大骊皇帝不知为何突然改变了主意,收回了这个事关国祚和气运的重大决定。

不过很凑巧的事情发生了,大骊出现了一个胆敢斩杀两名宗师死士的外乡人。

以宋正醇一贯雷厉风行的铁腕性格,就有了这场声势浩大的狩猎围剿,否则以大
骊王朝在整个东宝瓶洲的固有蛮夷印象,大骊铁骑的滚滚洪流向南涌去,注定会出现
一块块河流砥柱的存在,那些眼高于顶的山上神仙出于各种原因考虑,肯定会来亲自
试一试大骊的刀到底有多快,大骊的铁骑到底有多强大,是否真的有资格与山上的他
们平起平坐了。

大骊当然也有自己的仙家势力,而且在台面上就依附宋氏王朝的就有不少,暗中
的更多,但这依然拦不住那些飞蛾扑火的修行中人。最怕的是那些皮糙肉厚且行踪诡
谲的练气士,专门挑选大骊普通士卒滥杀一通,这里一锤子那里一锄头。关键是他们
杀完就果断跑路了,碰到这种情况,大骊朝廷该怎么办? 于是白玉京飞剑楼应运而生。
最早知道这个天大机密的就是十二尊山水神祇,这拨大骊京城之外的"自己人"。

若说之前大骊宋氏要将披云山作为北岳,而把原先五岳全部撤去封号,哪怕大骊
皇帝私下给过五位山神隐晦暗示,外加一份各不相同的明确承诺,确实还是有过河拆
桥的嫌疑,五位山神默不作声的姿态勉强还算合情合理,毕竟涉及香火金身和大道根
基,谁敢轻易相信口头上、纸面上的东西? 可是出手拒敌杀敌一事,那十二位本就与大
骊国祚荣辱与共的存在没有任何可以推诿的理由,否则就会被视为无情无义。

这一切,在真正与阿良交手之前,其实挑不出任何毛病。恐怕就连已经元气大伤
的六尊法相留在山河的真身也根本没觉得有任何问题,因为当初大骊皇帝给他们的密
旨上清清楚楚说的是杀一个第十境、有可能第十一境的修士,仅此而已。

最终的结局,表面上显而易见,极为惨淡难堪,大骊王朝从皇帝陛下本人,到白玉
京的打造者,再到六位山河正神,全是输家。而这一切,是因为包括大骊皇帝在内,没有
任何一人预料到这个敌人如此强大。

但是此时站在城头的崔瀺,委实有些细思极恐。

因为在输局的结果之中,那位大骊皇帝实现了一部分他想要达成的目标。

五岳正神之中,只有一向死忠于大骊宋氏的中岳和之前处境最为难堪的北岳两位
法相真身得以完整保全,其余三位全军覆没,修为大跌,几乎沦为寻常山神,苟延残喘,
失去了在更换山岳名号一事上再去跟大骊皇帝掰手腕的心气和底气。

真正可怕的微妙处还不是这个,而是崔瀺在早年与宋正醇一场相谈甚欢的棋局
中,在皇帝陛下的询问下,一向言谈无忌的国师大人就说起过一些心得,其中就说到了
君主任用臣子,有些时候,不妨用一用那些犯过错、吃过打的人,甚至可以重用,因为吃
过痛,长过记性,就会格外听话。

所以五岳之中,除去中岳正神不说,其余东南西北四岳,只要有朝一日咀嚼出了这
桩惨案的余味,那么多半都会开始对大骊皇帝心怀怨怼,唯独当年最早站错队的旧北
岳神灵,只会生出更多的恐惧。

假使在今天之前，崔瀺还愿意将这些细微处的先机一一说给她听，但是到了这个时候，他不打算陪着她一起遭殃了。

这个女子所做的一些龌龊事情，他崔瀺可以忍受，毕竟事不关己，盟友越是心狠手辣，自己的敌人就越是难受，崔瀺还不至于傻乎乎去劝说这位盟友要有菩萨心肠。崔瀺能够走到今天这一步，靠的肯定不是什么宅心仁厚。可假设此次围猎成功，那位皇帝陛下兴许只是敲打敲打众神祇而已，但是现在形势大不一样了。

这位当真是全无半点妇人之仁的娘娘让那名卢氏降将摘掉了宋煜章的头颅，并且偷偷放在木盒内，以备不时之需。

针对谁？自然是儿子宋睦，或者说在泥瓶巷长大的宋集薪。

宋煜章当然该死，建造廊桥一事，涉及宋氏皇族的天大丑闻。宋煜章回京之后担任了一段时间的礼部官员，板凳还没坐热，又被皇帝钦点去往骊珠洞天，名义上是为了更加熟悉当地民风事务，利于敕封山水河神一事，事实上宋煜章心知肚明，这是给了他一个相对体面的死法，不是暴毙在京城官邸，更没有被随意安上一个罪名处斩。

宋煜章依旧坦然赴死。饶是身为大骊国师的崔瀺，哪怕觉得宋煜章是不折不扣的愚忠，可不否认，他还是有些佩服这个书呆子的醇臣本色。

崔瀺私下认为，一个王朝的庙堂之上，始终需要两件东西——不起眼的垫脚地砖和撑起殿阁的栋梁廊柱，缺一不可。

宋煜章，属于前者。

他国师崔瀺和藩王宋长镜，还有那些个六部主官，则都属于后者。

但是这个女人竟然"收藏"那颗头颅，第一次越过了皇帝陛下的底线。

所以就有了她那个名叫杨花的心腹大将被强行派任铁符江江神一事。其实那名宫女虽然确实天赋异禀，可是正常情况下，绝对不至于如此仓促上位。以宋正醇的勤俭精明，一定会更好地利用她的潜力。

这位娘娘仍是硬着头皮，费尽心机，让宋集薪成了白玉京的主人，获得十二柄飞剑的认可，一楼一楼走上去。看似是母亲对失散多年的亲生儿子做出补偿，事实上，没有这么简单。宋和才是她真正视为己出的心头肉，是寄予极大厚望的存在。毕竟一个朝夕相处，亲眼看着一点点长大，方方面面都让她顺心顺意；一个远在骊珠洞天，在满是鸡粪狗屎的市井陋巷里摸爬滚打。皇帝陛下的那本密档，她在很早的时候试图偷看过一次，但是被严惩，估计就是从那时候起，她对那个长子由痛心转为死心，加上大骊宗人府簿籍上的"宋睦"后面清清楚楚写着"早夭"，名字被朱笔勾去，触目惊心。

至于她的内心深处是否有煎熬、痛苦，女人心海底针，崔瀺不知道，谁也不知道。

对她为何以及如何将长子宋睦作为弟弟宋和的垫脚石的那些不为人知的血腥细节和心路历程，崔瀺更不感兴趣。

妇人笑道："我已经知道自己错在哪里了,可是你崔瀺知道吗?"

崔瀺一手负后,一手轻拍箭垛墙面,缓缓道："知道啊。我打开京城大阵,开门迎敌,虽然初衷是好的,能够让阿良见识到我们大骊的诚意和退让,可我却还是陷入了一个两难境地。"

妇人用可怜的眼神望着这位国师,幸灾乐祸道："皇帝陛下也是一个扶龙之人,他的性命是你能够擅自放到赌桌上去的?"

崔瀺点头道："确实如此。"

妇人"好心好意"道："堂堂大骊国师,曾经的文圣首徒,这个时候,如果悔恨得泪水涟涟,说不定咱们陛下会对你网开一面呢。"

崔瀺笑道："我是跌倒过很多次的可怜人,吃得住痛,也耐得住寂寞。娘娘你不一样,你出身钟鸣鼎食之家,自幼就过惯了锦衣玉食的神仙日子,怕是有点难了。"

妇人脸色阴沉,终于撕破脸皮,直截了当问道："咱俩这是要散伙了?"

崔瀺坦然道："小人之交甘若醴,以利相交,利尽则散,有何奇怪? 怎么,娘娘该不会以为咱们是那风清月朗的君子之交吧?"

妇人咬牙切齿道："好好好,算你狠! 那你得祈求陛下一棍子打死我,要不然……"

崔瀺摆手道："莫要拿话吓我,我崔瀺是什么性格,娘娘清楚得很。山高水长,将来的事情谁也说不定,只要娘娘能够熬过这一关,崔瀺自然愿意与你结盟。若是熬不过,娘娘且放心,我也不会落井下石。陛下的心思,我还算略懂一二,我绝不会做损人不利己的事情。"

妇人难得说了句真心话："崔瀺,你这个人很可怕。"

崔瀺笑着不说话,只是没来由地想起那个熟悉的身影。

还是少年的崔瀺,曾经在那个老头子门下求学的时候,就经常见到那个仗剑游侠来老头子身边,一个说圣贤道理,一个说江湖趣事,两个人纯粹是鸡同鸭讲。很多年之后,崔瀺一意孤行,不认那个授业恩师,叛出师门,之后更是做出欺师灭祖、师兄弟手足相残的一系列事情,但崔瀺从不后悔,一切只为大道!

只是失去了那个人的友谊,这让崔瀺如此冷漠的人也觉得遗憾,遗憾到有些后悔。

可如果再给崔瀺一个重新选择的机会,结局一样是如此,不会有任何改变。

大道之上,走出第一步之后,往往就再无半步退路了。

崔瀺的话语尚未落地,一只金羽鹰隼就破空而至,骤然停在箭垛之上。

崔瀺后撤一步,微微低头,宫装妇人赶紧侧身施了一个婀娜多姿的万福。

鹰隼死死盯住妇人,一个清脆稚嫩的孩童嗓音响起："宋正醇说了,让你去长春宫结茅修行,什么时候跻身上五境了,才可以离开长春宫返回京城。但是在此期间,不禁止你跟任何人交往。即刻起,你将手中竹叶亭所有档案转交给崔国师,只需要安心修行便是。"

崔瀺弯腰作揖道:"谢陛下隆恩。"

鹰隼扭转头颅,望向这位大骊国师:"宋正醇说让你下不为例,当年与你说过的事不过三,要你珍惜。"

崔瀺点了点头,没有任何多余的言语。

妇人只问了一个问题:"能否让睦儿、和儿时不时去长春宫探望我。"

鹰隼点头道:"当然。宋正醇还说了,宋和要留在养心房继续读书,你若是觉得在山上一人孤寂,可以携带宋睦去往长春宫修行雷法。一切由你自己决定。"

妇人眼神游移不定,鹰隼依旧有些不耐烦:"宋正醇最后要我告诉你,大骊因为那人而国力受损,这件事情是他自己的决定,与你无关,你不用多想。"

妇人泫然欲泣,抬头望向宫城方向,这一刻真是风情万种,娇柔颤声道:"陛下……"

鹰隼骤然间嗓音尖刻起来:"烂婆娘!狐狸精!还不快滚出京城,老子忍你很久了!"

妇人笑问道:"这句话也是陛下说的?"

鹰隼冷哼一声,振翅高飞,转瞬即逝。

等它离去,宫装妇人一个踉跄,双手撑在城墙上,脸色煞白。竹叶亭是她苦心经营出来的谍报机构,是大骊王朝的一根栋梁,几乎是她的第三个儿子。

崔瀺有些兔死狐悲。杀人不过头点地,诛心之痛万万年。

但是崔瀺如今哪怕手握竹叶亭的生杀大权,仍是半点也高兴不起来。因为原本已经恢复心意相通的那副少年身躯好像彻底消失了。就连那个杨老头都选择视而不见,竟是一点消息也不愿传回大骊京城。

冲澹江那段激流险滩,无异于老百姓眼中的鬼门关,故而船夫舟子每次偕客归来,必然收获颇丰,囊中鼓鼓。他们系舟于贯穿小镇的河畔,下船便是莺歌燕舞的青楼酒肆,夹杂有众多贩卖廉价低劣散酒的小酒肆,多是貌美妇人招徕生意,可以一醉方休。船夫若是能够说服乘船的士子顺势去往他们相熟的酒肆青楼,台面下更会有一笔额外的不菲收入。

今天就又有人雇用了一名船夫,去游览那段石林森严如枪戟的河段。

船夫是个身材敦实的汉子,约莫五十岁了,可依旧身体雄健,双臂肌肉鼓胀,且健谈。雇用他的是个老秀才,看上去至少也是花甲之年,满身寒酸气,却还要独自出游。出手倒是凑合,给了不多不少的十两银子,这让船夫有些纳闷。

小船在激流之中随波起伏,不断有浪花溅射到两人身上。船夫看着老秀才侧过身用双手死死抓住船舷的样子,心里有些发笑:读书人不管岁数,好像都这样。他实在不明白那些个水里的石头到底有啥可看的,是会说话啊还是能比我们红烛镇两岸的婆娘更好看啊？掏钱买罪受，读书人脑子真是拎不清。

小船驶出险滩后，船夫大略说了那座娘娘庙的老掉牙故事后，随口问道："老爷子，您是外乡人？哪儿的啊？不过您大骊官话说得还凑合。"

"我啊，家乡在老远的地方，就是喜欢游览风光，走走看看，无牵无挂的，舒坦。"

"您老看着年纪不小喽，可得悠着点。"

"还行还行。"

"老爷子，问您个问题，您走南闯北的，肯定去过很多地方了，那您觉得我们大骊的风光如何？"

"很好很好，人杰地灵。"

"那我们红烛镇的酒好不好喝？"

"好喝好喝，就是稍稍贵了点。"

"那我们皇帝陛下是不是很厉害？"

"厉害的。"

"我们大骊国师的棋术是不是比大隋那些人更高？"

"应该是吧。"

"我们大骊是不是北方最强的？"

"肯定啊，必须的。"

其实除了第一个问题，后边的一连串问题都是船夫故意在逗这个老先生呢，因为他发现老先生真是个老好人，好好先生，什么事情都喜欢点头说对。

快上岸的时候，再次看到满脸诚恳、使劲点头的老先生，船夫实在忍不住笑了："老爷子啊，您这人脾气好，可也太好了点，哪有您这么只说好话的？我以前见过的读书人，大大小小老老少少怎么都有百来号人了，那可都是说话文绉绉酸溜溜的，让人听不懂，让人觉得很有学问。唉，只可惜我悟性不好，又没上过学塾，更没有先生教书指路，便是想要插嘴说话，也难。"

"有心就好，万事不难。"老先生哈哈大笑，然后问道，"对了，你可曾听说过山崖书院的齐先生？"

船夫犹豫了一下，轻轻叹息，最后摇头道："不曾听说。"

老秀才点点头，笑眯眯道："大骊是有点不一样啊。为什么这么说呢？我途经一座只有两个人的边境小烽燧，当时有仙人落下讨要吃食，要是换成别的国家，那还不得跪下磕头双手奉上啊，可你们大骊的边卒不一样，是挺直腰杆跟仙人说话的。当然了，心里打鼓是不可避免的。"

船夫哟呵一声，笑道："敢情老爷子您还看过神仙哪？那这么多路可没白走，比我强。那些个外乡游客，都说我们冲澹江下边有水鬼河婆什么的，可我撑船三十年了，一次也没见着什么古怪玩意儿。"

老秀才笑道:"可不是,我真见过。只是那些仙人的脾气差了点,那两名烽燧戍卒就一人挨了一巴掌,飞了出去,桌子凳子全给砸得稀巴烂了。不过有位仙人吃饱喝足后,临走丢了颗金锭在地上。"

船夫啧啧羡慕道:"那岂不是发大财了,换成我,别说一巴掌,十巴掌也成啊。"

老秀才点头赞许道:"你倒是心大天地宽,好事,好事啊。"

船夫突然担忧问道:"对了,那些神仙没为难老爷子您吧?"

老秀才看着神色诚挚的船夫,开怀笑道:"没为难没为难。"

船夫放下心后,又想逗一逗这个有趣的老先生,问道:"老爷子,想不想喝酒?"他眨了眨眼,辛苦忍住笑,小声道,"是花酒,我可以带路。"

老秀才瞪大眼睛,憋出三个字来:"贵不贵?"

船夫爽朗大笑,打算不再戏弄这个老先生:"老贵了!"

老秀才一番天人交战:"没事,上岸之后你等我,我去跟人借钱去,说不定能借个二三十两银子。"

船夫愣了一下,到底是心性憨厚之辈,自然不忍心带他去那花钱如流水的销金窟:"老爷子,我跟您开玩笑呢。花酒那东西,没劲,想着一杯酒下肚就喝掉了二三两银子,心疼死,喝酒都顾不上滋味了,咱们别去了。您要是真想喝酒,我带您去个岸边的小酒肆,地道的红烛镇自酿土烧,价钱还算公道。"

小船缓缓靠岸,老先生站起身后,拍了拍船夫的肩膀,笑呵呵道:"口言善,身行恶,国妖也。"

体魄雄健的船夫顿时脸色发白,想要后退,却根本无法动弹;想要一跃入水,现出原形迅速远遁,更是奢望。

老秀才继而又笑:"口不能言,身能行之,国器也。希望你能够坚守本心,向善而行。"

船夫好似心胸之间凭空涌出一股莫名其妙的浩然之气,想要说话,却一个字都说不出口。

老先生登岸缓缓离去。船夫热泪盈眶,等到终于能够动弹的时候,立即跃上岸,对着老人的背影扑通一声跪下,行那三跪九叩之大礼。

相传天地有圣人,口含天宪,言出法随。

老秀才一路询问,走到了枕头驿门口,问那个叫陈平安的少年还在不在。

驿卒问他是谁,老秀才想了想,说是那少年的半个先生。结果驿卒让他滚蛋。

不知为何,一个眉心有痣的清俊少年这些天一直老老实实待在一座老旧学塾,每天就是捧着书读。更奇怪的是,少年经常读着读着就哭得满脸鼻涕泪水。

先前龙须溪与铁符河交界处，正是一条水势磅礴的瀑布。只是现如今龙须溪应当称呼为龙须河才对，铁符河亦是改成了铁符江。

夜幕中，有一个怀抱金穗长剑的女子站在江河交界处的青色石崖上，正是那位娘娘身边的贴身婢女，虽然极貌美，却有一个粗俗名字——杨花。

杨花先将那柄本名为"符箓"的东宝瓶洲剑中重器猛然掷入江水，然后深吸一口气，一件件褪去身上衣服，随手丢入水花四起的铁符江之中。最后一步跨出，修长娇躯直直坠落——她要入水成神。

已经获得大骊朝廷敕令的杨花，今夜要成为这条铁符江的一尊江水正神。

大骊王朝的县分三等，河水也是如此。龙须溪如今连升两级，即从溪水升为中等河水。河水之下的溪水为最底层的水运精灵，即便朝廷敕封了神祇坐镇一方水路，一律只赐号为河婆，不得僭越获封为神；河水之上的江水则并无高下区别。

只是铁符江、龙须河这首尾相连的两条江河皆暂时不建江神祠，不塑神像金身。这不禁让人想起此前大骊朝廷一口气敕封的三位正统山神的封神仪式，真可谓声势浩荡，不仅有大骊皇帝的亲笔圣旨，圣人阮师还帮忙宣告开坛、礼部侍郎宣读内容、钦天监青乌先生"埋金藏玉"、龙泉县县令吴鸢为神像揭幕，等等，一系列繁文缛节，半点不差。

东宝瓶洲的山神，总共分五岳正神、一般山神及土地三档，老百姓俗称的土地爷，有点类似官场候补。

一般说来，山脉峰峦哪怕过上百年千年，规模大小终归是个定数，所以土地山神很难原地升迁。但这也不是绝对的，若是地界上出现了一位结茅修行的得道高人，最后被朝廷器重，成为地位超然的国师、真君，就有可能鸡犬升天。毕竟，山不在高，有仙则灵。

三座得封山神的山中，落魄山有一尊山神尤为古怪，只知道姓宋，比起其余两尊通体镏金的泥胎神像，这尊山神像专门打造了一颗金色头颅，其余衣饰则只是彩绘，并不涂抹金粉。据传，这是朝廷下达的密旨。

浑浊江水之中，头顶就是轰然坠落的汹涌瀑布。杨花一只脚的脚尖轻轻踩在那把珍稀道家符剑的剑柄上，金色剑穗如藤蔓，不知何时轻轻缠绕住了她的脚踝。

怀璧其罪。双眼紧闭的女子睫毛微颤，有泪水缓缓流淌出眼眶。然而身处江底，那点泪水自然转瞬即逝。

她天生体质异于常人，自幼就亲近大江大水。年少时有游方道士找到她家，给她测了八字，说她容易招来一切水中阴秽之物，所以最好不要独自靠近水源，尤其是无根之水临时汇聚的地方。杨花逐渐长大，很快就被青乌先生相中，带到了那位娘娘身边修习上乘水法，修为境界一日千里，可能随随便便三年修行就顶得上别人耗费三十年甚至更长岁月修来的功夫。

然而她为何会走上这条"不归路"？要知道，成为河伯河婆、江水神灵一事，从来就被正统练气士视为"断头路"，根本不是什么长生正途。

试想，一座长生桥，明知它半道崩塌，让人根本到不了对岸，那还算什么长生桥？

她心里清楚，这叫怀璧其罪。因为她获得了那柄京城符剑的认可，在风雷园年轻剑修刘灞桥出手之前，成功掌控了"符箓"。

获得这桩天大机缘之后，她的修为更是一路暴涨，就当她觉得上五境也指日可待的时候，接连的噩耗来得悄无声息。先是娘娘需要她拿出符剑交给坐镇骊珠洞天的阮邛去两次劈开斩龙台，然后交还到她手中的符剑就已到了差点支离破碎的境地。但她能如何？一位是恩同再造的娘娘，一位是被大骊奉为座上宾的兵家圣人，她只得咬牙接受这个结果。可是她怎么都没有想到，之后皇帝陛下又一纸令下，临时敕封她成为铁符江的江神。

杨花摒弃一切杂念，开始静心凝神，双手掐诀，不动如山。她的青丝一根根脱落，消散于江水之中，随流而逝。紧接着，身躯的血肉也一点点消融。

剧烈的疼痛不仅仅来自血肉，更多是来自魂魄深处，让以大骊不传秘术隔绝感知的女子仍然颤抖不止。

形销骨立！

到最后，她沦为了一具真真正正的骷髅。

水面沸腾，蒸汽高升。

那柄半毁弃的"符箓"在江底始终纹丝不动，但是依稀可见那具恐怖骷髅开始摇晃起来，如水草飘忽，脆弱至极，好像随时都有可能被江水一冲而走。

就在千钧一发之际，"符箓"的金色剑穗开始散发出金黄色的光芒，不但将骷髅的脚踝捆绑得更加紧密，还不断向上缓缓攀缘，最终在膝盖处停滞不前。骷髅这才得以稳住身形，不至于被江水蕴藉的玄妙神意所鄙弃，彻底沦为最低贱的水鬼阴物一流。

凝聚神性，重塑金身，肉身成就伪圣。

只见骷髅头顶开始生出第一缕发丝。不是之前龙须河婆"老妪"的那头鸦青色长发，而是淡金色的发丝一根根出现在白骨之上，随后愈发茂盛，最终汇聚出一头长达数丈的金色长发，无比绚烂。

这属于百年难遇的"雨师"之象！

天底下的江水神祇，不论大小，终究是依附于大地之上，顺势流淌。而几乎已经在东宝瓶洲绝迹的雨师却能够算是天上神灵，虽然品秩不会高出一江水神太多，但其中差异，就像寻常练气士对上同境的剑修，战力其实很悬殊。

道教推崇的大罗金仙、佛门护法的罗汉金身、世间神祇的一尊尊泥塑金身、俗世王朝所谓的金枝玉叶,都带了一个"金"字。其中神祇的金身法相其实是一个虚指,并非说神祇真正做到了遍体皆金身。龙须河那位河婆的金身其实不过是孕育出眼眸一点金光而已,与象征雨师资质的满头金发有着天壤之别。

杨花开始恢复容颜,白骨生肉。当她再次睁眼,已经犹胜之前的姿色。

一袭江河水精凝聚而成的青色衣裙包裹住她那具诱人至极的娇躯。

她缓缓前行,呼吸自如,比起在灵气充沛的洞府修行更加让她感到酣畅淋漓。

杨花抬手一招,那柄一直不曾出鞘的符剑从江底自行跳出,被她握在手中,横在身前。她轻轻拔剑出鞘,凝视着那些触目惊心的裂缝,如同一位美人脸上的道道伤疤,让人遗憾,让人可怜。

已成大骊江神的杨花手腕一转,将符篆剑锋竖起,低头望去,凝视着唯有锋锐不减当年的它,柔声道:"到头来只有你,对我不离不弃。"

符剑微颤,灵气衰竭,如病榻上的枯槁老人,意气尽无。

"我不会嫌弃你的,断头路也好,我们一起走到最后。"

杨花低下头颅,微微侧过脸颊,用锋刃在自己脸上割出一条条血槽,深可见骨。

铁符江水滚滚流逝,水势愈发雄浑壮烈,杀气腾腾,绝无半点幽怨惆怅。

世间事,怀璧其罪。

世间人,身怀利器,杀心自起!

龙须河畔青牛背,一个老人蹲在石崖上抽着旱烟,石崖边缘小心翼翼坐着一个年轻妇人,长发一直延伸到河水之中。如今成为被大骊朝廷认可的正统河神,她已经能够靠这种方式短暂上岸。不要小看这一小步,河婆河伯之流,任你修行百年千年,依然有心无力。

马兰花怯生生道:"仙长,凭啥我就不能有一座河神庙?哪怕丁点儿大的一座小破庙也行啊。"

杨老头吞云吐雾,嗤笑道:"就你那烂大街的名声,还想有持续不断的香火?怕是只有几大水缸的唾沫口水吧。何况你以为享受香火祭祀就能够旱涝保收了?"

马兰花讪笑道:"仙长,您知道我就是头发长见识短的村野妇人,您老人家给说道说道,免得我又犯了忌讳,惹恼了某位大人物。我倒是不怕挨打,若是给仙长添了麻烦,我这心里就难受得紧。"

说到头发长见识短的时候,她眼角余光瞥了下自己那一头青丝,心中微微自得。

自己的头发可是真的长,小镇上那些阳寿短暂的婆姨愚妇,好些人四十来岁就已经头发灰白了,能跟自己比?论身份,论家底,她们拿什么来跟自己这尊堂堂河神媲美?

杨老头缓缓道:"祠庙一起,神坛一立,香炉一摆,第一炷香点燃之后,你就算是跟这方水土真正相依为命了。例如之前从红烛镇传来两次地震，龙泉县也跟着地动山摇、江水晃荡。你如果有了地盘祠庙和泥塑金身，那么就要遭受这种震动带来的冲击。"

马兰花虽然故作点头附和，可内心有些不以为然。

杨老头面无表情，一手持烟杆，闲着的那只手随意在石崖上轻轻一叩。马兰花浑身血肉瞬间寸寸崩裂，疼得她跌入河水之中，在水底竭力哀号，身躯疯狂扭转翻滚。

杨老头对此视而不见，缓缓道："山水正神为何选择死心塌地跟随山下君王，帮着他们制衡山上人？除了香火来源一事，山上人一场场神仙打架会影响到一地气运的兴衰起落也是关键。谁乐意自己朝不保夕，说不定明天就要金身重创，后天就会消亡于天地间？除此之外，一地的民风、文教、兵戈诸多底蕴和变故也会影响到你们的道行，或是潜移默化，或是突逢变故，皆不以神祇的意志为转移。前者，是钝刀子割肉；后者，是祸从天降。你啊，好好珍惜当下的闲散光景吧，这才是真正的逍遥快活似神仙。"

马兰花缓缓浮出水面，再不敢上岸，求饶道："大仙，奴婢知晓轻重利害了。"

杨老头挥挥手："滚远点。"

马兰花潜入水底，腰肢一晃，身形瞬间穿过那座石拱桥，远远遁去两三里水路，优哉游哉地路过铁匠铺子所处的河段。如今她已经没那么惧怕那个手段厉害的小妮子了，毕竟她如今除了勤勤恳恳为兵家圣人增加流水的阴沉重量，偶尔也会被那个妮子喊去问一些陈芝麻烂谷子的小镇往事，久而久之，她便觉得自己的腰杆已经很粗了。

不过那个小妮子着实古怪，每天不是打铁就是盯着那栋马上修缮完毕的老屋，再隔三岔五帮忙打扫几间宅子，还把那笼老母鸡和鸡崽子全部搬去了铁匠铺子。

马兰花其实完全不理解阮秀的想法。一位兵家圣人的独女，怎么活得跟小镇寻常人家的闺女似的，乏味无趣不说，还没啥远大的志向。不过她可不敢把心里话说给阮秀听。那条火龙的厉害，她成为正统河神之后，感触愈深。

但她如今觉得自己是真正有靠山的！认为自己跟秀秀姑娘算是化敌为友了，还算兵家圣人的半个帮工，而且怎么也算是杨老头的不记名弟子了吧？

这些事情，都让她尤为得意。

其实她也记打，可就是有些忘性大，经常好了伤疤忘了疼。但她乐在其中。

独自坐在青牛背上的老人感慨道："井底之蛙，偶见圆月，便欣然忘忧。"

良久之后，一个眉心有朱砂痣的少年缓缓走上石崖，蹲在老人旁边，唉声叹气。

杨老头笑问道："今天在学塾读书多不多啊？"

少年崔瀺被这句话伤得不行，竟是气得浑身颤抖。

杨老头没有继续在他伤口上撒盐——毕竟两人做过短暂的盟友。他道："袁家文昌阁和曹家武圣庙的泥塑金身都造好了吧，选址一事，却还没敲定？你就不帮帮你那个学生，真愿意看着他的仕途就在这龙泉县折戟沉沙？"

少年崔瀺脸色颓丧道:"搁在以前,我自有后手,现在你觉得我还有这个必要吗?"

杨老头点点头:"惨是惨了点。"

少年崔瀺恼火道:"喂,老杨头,你当时不帮我求情也就算了,还好意思冷嘲热讽?"

杨老头不为所动:"我这顶多算阴阳怪气,不叫冷嘲热讽。"

他想了想,又道:"即便我舍得拉下这张老脸替你求情,有用吗?"

少年崔瀺嘟嘟嚷嚷:"总得仗义执言,说点什么嘛。"

他向后仰去,躺在凹凸不平的青色石崖上,望着高不见顶的深邃夜空,自言自语道:"你和宋长镜是不是跟我一样,有过私底下的盟约?"

杨老头笑道:"有啊,而且没怎么遮遮掩掩,要不然李二就不会跟宋长镜闹出那么大动静来。与其让你们的皇帝陛下费心猜疑,还不如放在台面上,让他自己看见,心里有个数。不过我估计以宋长镜的桀骜性格,到了京城,肯定是当面一五一十说了的。"

少年崔瀺愤愤道:"我只是运气不如宋长镜罢了。我就不该来这个破地方,还洞天福地呢,他娘的,这地方根本就是我崔瀺的殃地!"

杨老头笑道:"对另一半国师崔瀺而言,可未必。"

少年崔瀺坐起身,怒道:"杨老头,你再这么说话,我跟你掰命啊!"

杨老头转头看了眼接连遭受横祸的少年,不再火上浇油:"你有没有意识到,在被断去牵连后,你变了很多?"

少年崔瀺皱了皱眉头,纳闷道:"有吗?"

杨老头点头,神色认真道:"有。心性渐变,魂魄渐稳,虽然修为已经可以忽略不计,但是比较之前的那个国师崔瀺,你总算有一点少年的模样了。"

少年崔瀺脸色铁青,眼神冒火。

杨老头望向远处,打趣道:"看来读书还是有些用处的。"

原本只是寄居于这副宝贵身躯的崔瀺,如今就像是迁徙远方、扎根当地的移民。

崔瀺,一分为二。国师崔瀺失去了一部分魂魄,少年崔瀺神魂居住的身躯既是立身之地,也是一座牢笼。

少年崔瀺不愿在此事上纠缠,生怕自己一个忍不住就投水自尽了,赶紧转移话题:"皇帝陛下先前没有答应将龙须溪和铁符河合并为一条江水划分给河婆,而是一分为二,各自提拔。同时将在此'因病去世'的宋煜章毫无征兆地提拔为落魄山山神,并且命人秘密打造了一颗黄金头颅送往这龙泉县城。如此说来,是将皇弟宋长镜和那位枕边人各打了五十大板。"

杨老头望向西边绵延起伏的山脉和山峰,问道:"崔大国师也需要这么揣摩帝心?"

少年崔瀺愣了愣,喟然长叹:"一是久在樊笼里,马瘦毛长,人穷志短;再就是那位皇帝陛下志向高远,喜欢阳谋,堂堂正正,实在是让人小觑不得。换成别的王朝,宋长镜早就篡位了。至于那个娘儿们，说不定早就尝过女帝的滋味了。

"东宝瓶洲小归小，有一件事情却是别洲没有的，那就是在有据可查的正史上，至今尚未出现过一位君临天下的女帝。不知多少妇人蠢蠢欲动，想要摘得头魁，借此机会混一个流芳千古，哪怕是遗臭万年，估计也愿意。

"就是不知道大骊能否熬过这个坎，就算熬过去，又不知要倒退多少年。

"但是，天底下只有我知道阿良想做什么，猜得到他会做什么。"

说到最后，少年蓦然神采奕奕。

杨老头问道："京城的崔瀺也不知道？"

少年崔瀺叹了口气，神色复杂道："那个我，应该不知道了吧。"他使劲揉了揉脸颊，"那龙尾郡陈氏突然在这里开设学塾，无偿为龙泉县所有蒙童授课，重金聘请了三位先生，无一不是名动州郡的大儒文豪，全是与陈氏关系莫逆的客卿清客。这其中有没有颍阴陈氏的授意？是不是他们这一支儒家文脉在东宝瓶洲有所图谋？"

杨老头呵呵笑道："我知道这段因果，但是不告诉你，反正你马上就要卷铺盖滚出这里了。我能跟你聊这么多，就很仁至义尽了。"

少年崔瀺这次倒是没有生气："走了好。"但他站起身后又瞬间变脸，气得跺脚，暴怒大骂，"好个屁！带着两个天大麻烦的拖油瓶就算了，我忍了！可要我给那小子当弟子是怎么回事？老头子你是咋想的？是不是没了境界修为，没了身份地位，干脆就连学问也丢光了？你要是敢现在站在我面前，我这次保证骂得你狗血淋头！老头子你这叫臭不要脸，耍无赖知道不？做人要讲点良心讲点道理啊……"

杨老头伸出大拇指，啧啧道："少年侠气，英雄胆色。"

少年崔瀺突然止住骂声，小声问道："我可没指名道姓，老头子曾经是有一身通天彻地的本事，可那是多少年前的老皇历了啊，现在就剩下那么一丁点儿了，总不能还可以听到我的言语吧？"

杨老头站起身收起烟杆，拍拍屁股准备走人："那可说不定，毕竟你曾是他的首徒，有可能会有例外呢。"

少年崔瀺一阵干笑，自我安慰道："不可能不可能。"

就在此时，一本本最寻常的儒家蒙学书籍依次凭空浮现在他身前，无人翻动，却自行缓缓摊开了第一页。少年崔瀺呆若木鸡，如丧考妣。

杨老头扬长而去："唉，有人又要读书喽。"

少年崔瀺眼神呆滞地正了正衣襟，挺直腰杆，开始撕心裂肺地大声朗诵道："天地有正气，杂然赋流形。下则为河岳，上则为日星……"他猛然回过神，望向那个老人的背影，"你大爷！是不是你故意泄密，将我的话语传给了老头子？老王八，没你这么欺负人的啊，我不过是说破你的身份而已，一定要这么记仇吗……"

少年崔瀺没来由地手掌一抖，痛得打了个激灵，如有严苛学塾先生站在一旁，以规矩戒尺敲打顽劣学生。

他继续嘶吼道："于人曰浩然，沛乎塞苍冥。皇路当清夷，含和吐明庭……"

红烛镇枕头驿门口，对一个穷酸老秀才恶语相向的驿卒大概是觉得不能跟一个糟老头子动拳脚，所以最后还是骂骂咧咧地跟老人说，那些人在白天就坐船离开了，是顺着绣花江往南去了。

看到老秀才转身离去后，驿卒狠狠朝地上吐了口唾沫，事后才记起是自家驿站门口，又赶紧悻悻然拿脚尖抹掉。

自从那些孩子来了枕头驿，怪事就接连不断出现，最后还害得为人厚道的驿丞大人丢了官身，真是一帮扫把星。

老秀才走在街道上，仔细想了想，临时决定就此作罢，路遥知人心而已。

他悄然一伸手，握住了一根碧玉簪子，随手放回袖中。

那些孩子往南去大隋，老秀才则去往了西边。

大路朝天，各走半边。是否殊途同归，不知道，不好说。

但是脚下的路，到底是要自己一步一步走的。

一艘大船上，因为有一头碍眼碍事的白色驴子，害得陈平安四人只能站在船头，不能舒舒服服地坐在船舱里。好在四人早已习惯了风餐露宿的苦日子，只是李槐有些气愤船主的狗眼看人低。不过很快，他就笑嘻嘻地让林守一帮着牵毛驴，自己爬上驴背。坐船又骑驴，李槐笑得合不拢嘴。

林守一握着缰绳，江风徐徐而来，轻轻吹拂少年的鬓角发丝。少年摸了摸心口位置，那里有黄纸符箓和《云上琅琅书》。

陈平安蹲在一旁，正拿着柴刀动作娴熟地劈砍绿竹，他答应过要给林守一和李槐一人做一只小书箱。

蹲着也不愿卸下翠绿书箱的李宝瓶突然惊讶道："小师叔，你头上的簪子不见了！上船之前分明还在的。"

陈平安愕然，摸了摸头顶发髻，有些茫然。但是这段时间以来，他已经习惯了种种意外，所以虽然心里很失落，仍是笑道："没关系，我记得那八个字，以后给自己做一支，刻上一样的字。"

李宝瓶点了点头。

走在红烛镇街上的老秀才会心一笑，低声道："善。"

绣花江很秀气，绿波荡漾，没有什么疾风劲浪，水面宽阔却给人温婉的感觉。

陈平安四人乘坐的南下之船有两层，多是青衫儒士和商贾旅人。李宝瓶是不怕生的，喜欢背着小书箱往人堆里凑，竖起耳朵听他们高谈阔论。一般文人士子见到是个长得灵气的小姑娘，还背着个远游求学的绿竹小书箱，又是安静站在不远不近的地方，对小姑娘便有些善意笑脸，继续闲聊，言谈无忌。

李槐小心翼翼地控制着缰绳，骑着白色毛驴在船头小范围打转绕圈，如同巡视边关的大将，不可一世。说来奇怪，白驴还真就只愿意让李槐骑乘，这让李槐高兴坏了，至于什么风雪庙的魏晋将来过来牵走驴子时，要狮子大开口跟那人讨要报酬这些真正重要的事情，反而全被李槐当作了耳旁风。

林守一来到陈平安身边，背靠船栏内壁而坐，犹豫了一下，问道："你就不想知道为什么阿良说我是练气士了，又是如何成为练气士的？"

陈平安停下手中的柴刀，笑道："当然想知道，但是没好意思问，怕你多想。"

林守一有些郁闷。学塾三人当中，瞎子都看得出来，陈平安真正在乎的人只有李宝瓶。在他和李槐之中，陈平安应该是更加亲近李槐的，至于是不是因为都出身于小镇市井陋巷的缘故，或是自己太过沉默寡言的关系，林守一不清楚，而且对这些不值一提的琐碎事情，其实他也从不真正在意。但是难免郁闷。

林守一问道："你到底知不知道那只银白色小葫芦的厉害？"

陈平安先是不露声色地环顾四周，然后点头低声道："连阿良都说这是少有的什么养剑葫，当然很宝贵稀有。"

林守一说道："那你知不知道，你当初因为练拳拒绝喝酒，错过了多大的机缘？我之所以能够正式登山，成为一名练气士，就是因为喝过了小葫芦里的酒。喝过酒之后，我感觉得到，无论是血肉筋骨还是视觉听力，还有体魄脚力，都强于从前。原本这趟远游走得最吃力的我到后来甚至可以跟上你的脚步了，你没有看出来？"

陈平安手指下意识摩挲着沁凉的绿色竹片："其实你离开铁符河边后，后边的山路就走得很轻松了。"

林守一脸色不变，轻描淡写道："哦，原来你早就看出来了。"

陈平安笑道："阿良懒散得很，本事大却不愿意管小事。那么我是带路的，当然要照顾到你们每个人的脚力，什么时候停下来休息，要心里有数，需要让大家走得不那么累的同时，还要尽可能让你们靠着走路增长脚力。我们的路还很长，我希望大家以后不用那么吃苦。"

林守一看着陈平安的脸色和眼神，双手环胸，没来由地冷哼道："别人说这话，我可不信。"

陈平安扬起手中的竹片，笑问道："越来越顺手了，不过肯定是最后一只竹箱做得最好看，那么这一只先给李槐？那我就做得小一些了。"

林守一瞥了眼骑在老驴上的李槐，摇头道："算了，先给我做吧。大不了被他念叨几句。"

陈平安笑了："那我尽量给你做得结实一些，多用点绳子。神仙大人嘛，如果以后真能够像阿良那样飞来飞去，不牢固一点，怕是背不了几天。"

林守一叹了口气，觉得自己不算笨，可想要跟上这个家伙的想法，实在是很难。他突然想起一件百思不得其解的事情，好奇地问道："为什么在枕头驿，阿良走了没多久，你就把朱河、朱鹿的事情原原本本告诉了李宝瓶？"

陈平安脸色认真起来，反问："你觉得我跟宝瓶关系好，还是跟那对父女关系好？"

林守一没好气道："废话。"

陈平安点头道："所以我必须要让宝瓶清楚知道，从她们家里走出来的人做了什么事情。朱鹿到底是什么样的人，我大致清楚了，阿良故意给她设置陷阱的时候，她不单单是犹豫那么简单，而是希望她爹朱河……再一次站出来。如果说在棋墩山，因为她的乱来，让我们都陷入危险，可既然事后大家安然无恙，我可以认为是她救父心切，所以我虽然心里有气，可绝不会当面埋怨她半句话。但是在枕头驿廊道里，朱鹿的所作所为实在是不值得被原谅。我觉得只要别人给的好处够多，她会出卖任何人，包括她的小姐宝瓶。"陈平安有些感伤，"如果她还是这样的性子，总有一天，她爹真的会被她害死的。我不希望朱河这么一个不错的人，活着离开红烛镇后，最后还要死在自己女儿手上。为什么明明有爹，却不知道珍惜呢？"

林守一脸色冷漠："你以为世上每个爹娘都很好吗？"

陈平安语气坚定道："别人不管，我的爹娘就很好！"

林守一脸色有些难看，不过陈平安之后的言语让少年脸色稍稍缓和："朱河是个好人，但是好像不太会教子女做人。有些事情，既然对错那么明显，为什么不说不教呢？我想不通。林守一，你人很聪明，知道原因吗？"

林守一神色有些疲惫："可能是灯下黑吧。不过天底下的父母，不是简简单单一句'天下父母心'可以一概而论的。陈平安，家家有本难念的经，你爹娘走得早，有些事情才不用那么纠结。当然，我没有其他意思，如果话难听了，你别往心里去。"

陈平安摆摆手，笑道："当然不会。"

林守一瞥了眼陈平安的发髻："簪子就这么没了，不找找？"

陈平安继续低头打造小书箱，摇头道："找不到的。你以为我这么贪财的人，这么贵重的东西会自己弄丢吗？"

林守一的脸色突然古怪起来："难怪阿良说我的名字应该跟你换一下。"

陈平安好奇问道："这里头有说法？"

林守一已经转移话题，身体微微前倾，对着身为行家的陈平安指手画脚道："书箱这里能不能做出一点弧度来,否则太死板了些,方圆有度更好,远远看着也会舒服。"

陈平安点头道:"我尽力啊,到时候做出来效果不好,我可就不管了。"

知道这家伙是说一不二的性格,说不管那就是雷打不动的真不管了,于是其实对小书箱寄予很大期望的林守一顿时急了,加快语速:"那怎么行,这些棋墩山的竹子很有来头的,用掉一片就少一片。我的书箱必须要赏心悦目,同时兼顾实用牢固。陈平安,你动柴刀的时候可以慢一些啊,搭建竹箱框架的时候多想想,一定要多想想啊……"

陈平安依旧下刀如飞,地上不断坠落零碎狭短的绿竹,然后又一一被陈平安收入背篓,看得林守一惊心动魄。陈平安眼角的余光瞥见冷峻少年的焦急模样,忍住笑:"要不然还是最后做你的书箱?"

林守一怒道:"我叫林守一,我是那种喜欢反悔的人吗?"

陈平安突然知道为何阿良那么喜欢使坏了,感觉不错。

李槐牵着毛驴大摇大摆来到两人身边,大大咧咧问道:"陈平安,你说阿良会不会明天就回来了?"

陈平安抬头道:"忘了?"

李槐赶紧捂住嘴巴,松开之后,贼眉鼠眼地四周张望一番,这才松开缰绳,蹲在陈平安对面,压低嗓音说道:"那就后天,后天也行。反正最晚最晚等我们下船,如果阿良还没回来,那我以后就不认他这个朋友了。陈平安,你说,我这是不是已经很厚道了?到时候阿良跪在地上求我的时候,嗯,你可以适当替他说说好话,到时候我再勉为其难地点头答应,继续跟阿良做朋友。"

林守一干脆闭上眼睛。对于这个同窗,视而不见听而不闻是很好的选择。他就没见过这么欠揍的人,真怀疑有一天李槐闯了祸之后,自己会幸灾乐祸。

一声毛驴的嘶鸣声响起,然后是一名稚童的跌倒哭喊声。

李槐转头望去,有些发蒙。是那头白色毛驴闯祸了,估计是那个倒霉孩子觉得好玩,跑去逗弄驴子。可那头畜生脾气大得很,虽然不会伤人,可绝对要吓唬一下敢在太岁头上动土的小家伙。比如现在,它扬起蹄子,一次次重重踩踏在船板上,吓得那个坐在地上的孩子都不敢哭了。

陈平安猛然放下手中刀和竹,快步走去,小心翼翼搀扶起了孩子,然后伸手作势压了两下白色毛驴。毛驴看到陈平安的手势后,虽然还有些焦躁,可终是停了下来,安安静静站在原地。

孩子穿着一身绸缎衣衫,胡乱挥舞双手,使劲挣脱开陈平安的搀扶,看到家中长辈从大船二楼迅速赶来后,顿时号啕大哭起来。一个身材壮实的黑衣大汉三步作一步瞬间来到孩子身边,蹲下身小声问道:"瑜少爷,怎么了?谁欺负你了,我替你出气!"

陈平安对试图蹑手蹑脚逃离的李槐招了招手,后者缩了缩脖子,与陈平安对上视线后,不敢继续当缩头乌龟,走到陈平安身边,耷拉着脑袋,病恹恹小声道:"我家小白驴绝不会胡乱咬人的,不骗你,陈平安……"

陈平安"嗯"了一声,轻声道:"但不管怎么样,你要跟他们说声对不起。"

李槐抬起头,满脸委屈道:"凭啥?是那个孩子主动招惹小白驴,又没伤着他,我为啥要道歉?那个不懂事的孩子要跟我道歉才对。"

陈平安刚要跟李槐解释什么,李宝瓶一溜烟从远处跑回来,站在陈平安身边。林守一也起身,只不过留在原地,需要帮着陈平安看护背篓。

那伙人中有一声威严怒喝响起:"大胆孽畜!竟敢伤人!"

原来是一个满身官威的中年人。他脸色阴沉,眼神在四人身上一扫而过:"你们长辈呢?出来!"

陈平安脸色平静,轻声道:"李槐。"

已经大半身子躲在陈平安背后的李槐怯生生道:"吓到你们家小孩,是我没管好我家小白驴,对不起啊。"

一鼓作气跟那些陌生人道歉后,李槐哽咽起来。阿良曾经打趣这个小兔崽子只会窝里横,家里当老爷出门装孙子,这倒是没冤枉他。

陈平安轻轻揉了揉李槐的脑袋,然后望向那个中年人:"我们能做点什么吗?"

中年人嗤笑道:"屁大孩子,好大的口气,让你父母长辈出来说话!"

一个满脸心疼的雍容妇人抱起孩子,听着怀中孩子不停告状,说是那毛驴乱撞,见着他就要张嘴咬人,凶得很,如果不是自己跑得快,肯定就要被那头畜生咬掉一条胳膊了。妇人气得嘴角抽搐,眉眼愈发凌厉,冲中年人愤怒道:"你也不管管?在京城坐了这么多年冷板凳,好不容易到了地方,自己儿子还要被一头畜生欺负,你不嫌丢人,我一个妇道人家都替你臊得慌!"

陈平安深吸一口气,望向那个脸色阴晴不定的中年人,缓缓道:"我们长辈没有随行远游,所有事情,我可以做主。"

妇人视线偏移,冷冷望向陈平安,讥笑道:"四条腿的畜生都管不好,两条腿的能好到哪里去?一群有爹生没娘养的贱种!"

李宝瓶气得嘴唇颤抖,满脸涨红出声道:"我家小白驴乖得很,做错了事,我们认!没做错的,不许你们乱泼脏水!有本事你们再问那个孩子一遍,问清楚事情起因和经过再来大放厥词!"

林守一脸色阴鸷,抬臂伸向怀中。

那叠黄纸符箓之中,品秩高低悬殊极大,以林守一如今刚刚踏足修行的体魄和神意,只能驾驭最低的三张符箓,例如那名为"盘中珠"的水符,最适合在此时此地使用。

陈平安快速望向林守一,投去一个隐晦的询问眼神。后者点点头,也以眼神示意那尊阴神离此不远，他已经与之联系上，阴神随时可以出现。

陈平安收回视线后，对男人一本正经道："希望那位夫人能够跟我们道歉。"

中年人似乎觉得跟一群孩子较劲太掉价了，而且多少也晓得自己儿子的脾气，所以先前的怒意重新落回肚子。此时听到那个草鞋少年的荒诞言语，颇觉滑稽，只当是市井少年不知天高地厚，所以不以为然道："既然你们道歉了，又是长辈不在身边的情况，我也不计较什么，但是要防止那头畜生再度伤人，我觉得最好还是将其击毙，否则等到真伤了人，后果就真的很难收拾了，绝不是你们几个孩子担当得起的。"

妇人冷笑道："敬复！主辱臣死的道理都不懂？"

最先出现的那个黑衣汉子神色有些尴尬，赶紧转身向那位一家主妇弯了弯腰。

孩子突然在她耳畔窃窃私语，指了指李宝瓶。妇人点点头，笑道："对了，打死那头畜生丢入江水之后，记得稍稍教训一下那三个小家伙就行了。至于那个红棉袄的小姑娘，我看着挺顺眼的，给我家瑜儿当个贴身丫鬟就不错，也算赐给她一点造化福气。"

李槐惶恐至极，使劲抓住陈平安的袖子："他们打我骂我都没关系，但是小白驴不能死。我再跟他们认错，我可以把那本书赔给他们，你不是告诉我那本书很值钱的，不要丢了吗……"

陈平安伸手重重按住李槐的脑袋，不让他继续说下去："认个屁的错，你现在已经没任何错了。"

李槐愣在当场。

陈平安另外一只手按住李宝瓶的脑袋，轻声道："小师叔试试看能不能帮你出气，现在不好说，但是试过了才知道。"

林守一正要说话，陈平安对他轻轻摇头，最后望向看似通情达理的中年人，问道："是不是道理讲不通，没得聊了？"

中年人有些心烦意乱，眯眼阴沉道："你知道你在跟谁说话吗？"

他一挥袖，对身旁黑衣扈从下令道："杀驴！"

陈平安深吸一口气，气势浑然一变。

阿良曾经教过他一门十八停的运气法门，他尝试过很多次，最多七停就要绞痛得难以自禁。要知道，陈平安对于疼痛一事的忍耐程度是远超同龄人的，这次只支撑到第七停就让他差点满地打滚。不过对于前六停，拥有武道二境体魄的陈平安就能相对顺畅地完成。显而易见，六停与七停之间存在着一道极为关键的分水岭。

陈平安在棋墩山跟五境巅峰的朱河切磋，虽然朱河事先说好就将气机运转压制在三境的地步，但少年与其对战起来犹有一战之力，双方打得有来有回。朱河不曾真正走入过江湖，所以不太清楚这其中的意义。只有当初小镇上那位兵家剑修才能够一眼看出，少年在河边粗朴至极的走桩早已浑身走拳意。

练拳不练真，三年鬼上身。练拳找着真，一拳打死神。

朱河当然知道这两句话，但由于尚未跻身六境，不曾领略到武道更高处的风光，所以并不算领悟其中真相。他甚至不知道，在他坚信的止境便是第九境之上，还有着传说中"山登绝顶我为峰"的第十境。

武道一途，凭借机缘天赋跨过门槛后，能吃多少苦，就享多少福，最是公平。

不管山上修行的练气士再如何瞧不起"下九流"的纯粹武夫，当拳头真正落在这些神仙头上的时候，那可是真的痛。

黑衣汉子大踏步向前，从儒衫家主身边走出，随口道："劝你们最好让开。"

陈平安二话不说，一步向前，船板声响沉闷，外人看来声势平平，最多就是少年有些莽撞气力罢了。

《撼山谱》拳法的走桩总计六步，大小错开，陈平安在死死记住十八停后，自己尝试着去一停一步。他一旦跟自己较起劲来，那真是无药可救的。就像当初只因为宁姚姑娘的一句话，陈平安就决定要练拳一百万次，在那之后每天都不曾懈怠。

身为三境武夫的黑衣汉子虽然对看到一个萍水相逢的贫寒少年走着有模有样的拳桩有些惊讶，可仍是没有半点小心戒备，反而还有些庆幸。毕竟如果只是杀了毛驴之后欺负几个孩子，他的脸面都不知道往哪里搁了，这艘船上可是有不少担任家族扈从的同道中人。

六步拳桩迅猛走完，陈平安最后一步轰然发力，脚底船板吱呀作响，整个人已经如一支箭矢瞬间来到黑衣汉子身前。

目瞪口呆的汉子竟是只能在仓促之间猛提一口气，双臂护在胸前。

汉子的手臂传来一阵铁锤重砸的剧痛，整个人被一撞之下只得踉跄后退，好不容易止住后退颓势，正要让近乎麻痹的双手迅速舒展些许，不料一抹黑影如附骨之疽高高跃起，以膝盖撞在了中门微开的汉子胸口。

这一下汉子当真是受伤不轻，砰然一声倒飞出去。

当鲜血涌至汉子的喉咙，他的头脑彻底清醒过来，心神反而比之前更加清澈。到底是实打实的三境武夫，想着那少年出人意料的狠辣攻势，多半是强弩之末了，只要等到自己借着这股冲劲在远处摔落，应该就可以很快起身迎敌。

但是那个草鞋少年如一阵江心的清风，速度不减反增，已经来到尚未摔落在地的汉子身侧，对着后者脑袋就是一拳抢下。

砰！黑衣汉子的身躯被直直打落地面，由于下坠势头过大，甚至还在船板上微微反弹了一下。

呕出一大口鲜血后，一拳未出一招未使的三境武夫就这么彻底地昏厥了过去。

不幸中的万幸，当看到他晕死过去后，少年几乎要踩在他面门上的那只草鞋骤然收了回去。

一切不过是眨眼工夫。

中年男人来不及转身，只是保持那个扭头的姿势，一脸读书人掉进粪坑里的表情。

妇人脸色雪白，怀中的孩子张大嘴巴，一行仆从丫鬟更是没回过神来。

陈平安瞥了眼脚边的黑衣汉子，确定没有出手偷袭的可能性后，看了眼儒衫男人，最后把视线停留在妇人身上，缓缓开口道："现在道理是不是讲得通了？"

吓破了胆的妇人突然对中年男人尖声道："马敬复是个中看不中用的废物，你堂堂大骊清流官员难道也要当废物？快点亮出你的官家身份啊！"

中年男人转身，伸手指向陈平安，暴喝道："你放肆！本官是这条绣花江尽头的宛平县县令！此时正是在赴任途中……"

陈平安根本不去看那个恼羞成怒的男人，死死盯住妇人。

妇人那句"有爹生没娘养"，还要掳走李宝瓶当丫鬟，他记得很清楚。

陈平安不是不记仇的人，有些别人伤害到自己的无心之举，陈平安熬一熬，也就忍过去了；可有些必须要报的仇，只要一天没报，那么他活一百年，就能记住九十六年！

阿良曾经笑问："剩下四年被你吃掉啦？"

少年一板一眼回答："四岁之前，我有爹娘，又不懂事，可以不算。"

陈平安再次如清风一冲向前，一脚踹得那妇人连同怀中孩子一起跟踉摔倒。

只是比起那个黑衣汉子，他们的惊吓多过疼痛。

陈平安冷冷瞥了眼那个锦衣玉食的孩子。

中年男人破口大骂道："岂有此理，你竟然连妇孺也不放过？匪人竖子！丧心病狂！"

陈平安走向他，说道："只要是个人，到了懂事的岁数，就要讲道理。我管你是大是小，是男是女？"

中年男人步步后退，始终伸手指着陈平安，颤声威胁道："我要治你的重罪，让你吃一辈子牢狱饭！"

就在此时，二楼有人沉声道："小家伙，这就有些过分了啊。教训过那名扈从就差不多了，还不快快收手？如果继续不依不饶，靠着一点本事就敢恃武犯禁，老夫虽然不是官场中人，可要拦下你，帮助那位县令大人将你抓捕归案，还真不难。"

陈平安闻声转头望去，一名青色长衫老者站在二楼船头，身旁站着一个佩剑的白袍男子，正在闭目养神。

陈平安收回视线，对中年男人说道："跟我们道歉。"

中年男人眼见有人仗义执言，无形中胆气大壮，愤怒道："休想！到了宛平县辖境，本官要让你这个匪徒见识一下我们大骊的律法！"

陈平安深吸一口气："道歉！"

中年男人有些畏缩,望向二楼,高喊:"还望老先生见义勇为,在下定会铭感五内!"

老人对此面无表情,望向陈平安的背影:"少年,老夫最后劝你一句,停步,收手!"

陈平安对船头的林守一以眼神示意暂时不要轻举妄动,转身问道:"先前老前辈在做什么?"

老人坦然笑道:"自然是袖手旁观。当然了,若是那位县令大人真敢强夺民女,老夫肯定也会出手阻拦。"

陈平安又问道:"那他们杀我们的驴子呢,您会不会拦着?"

老人哑然失笑道:"老夫又不是救苦救难的活菩萨,自然不会出手拦阻,一头驴子而已。"

陈平安继续问道:"那到底是谁没有道理呢?"

老人愣了愣,破天荒有些犹豫:"道理嘛,大概还是在你们这边吧。但是小家伙,有了道理,不代表就可以为所欲为啊。"

陈平安最后说道:"要他们道歉,就是为所欲为了? 老先生,那咱们的道理还是不太一样。"

老人哈哈大笑道:"那今天老夫还真就要看看,到底你的道理,大不大得过老夫的道理。"

手臂自然垂下的陈平安点了点头,手腕悄然一抖,另外一只手指向那个已经睁眼的白袍男子:"靠他对吧?"

林守一心领神会,嘴唇微动。

老人早已怒意满胸,只是脸上依然笑意如常,点头道:"怎么,不服?"

他笑着转头望向身边的扈从剑客:"白鲸,那个小家伙好像觉得自己的拳头比你的灵虚剑更能讲道理啊。"

白袍剑客扯了扯嘴角,泛起淡淡的轻蔑讥讽。

就在此时,异象突起。还不等船上内行咀嚼出"灵虚剑"三字的分量,仿佛剑仙出世的白袍剑客就像被人抓住脖子,从二楼船头横飞出去,划出一道漂亮的弧线,最终一头狠狠撞进绣花江,溅起巨大的水花,过了很久也没能浮出水面,生死不知。

那个中年男人吓得肝胆欲裂,望向已经开始登楼的少年,赶紧亡羊补牢:"对不起,我错了! 是本官错了!"

陈平安来到老人身边,二楼船头只剩下了脸庞抽搐的他。

看到少年的身形后,老人咽了咽口水。

陈平安轻声问道:"老先生,您活了这么一大把年纪,照理说懂的应该比我多很多,您的道理都跑到狗身上去了吗?"

老人正要说话,一个白影好似一条大白鱼跳出了绣花江,原来是白袍剑客白鲸被抛回了大船二楼。

老人弯下腰，欲言又止。陈平安已经下楼离去。

中年男人让家中所有人乖乖站好，在陈平安走过的时候，人人赔礼道歉。

陈平安对他道："可以了。不过我知道你其实心里恨不得杀光我们。"

中年男人膝盖一软，恨不得给这个少年跪下来。

陈平安不再搭理他们，回到船头原位坐着。

李宝瓶伸出大拇指，林守一依旧背靠船栏内壁，脸色平静。

李槐满心愧疚，攥紧白色毛驴的缰绳，生怕再给陈平安招惹麻烦。

陈平安认真想了想，轻声道："以后我练拳要更加勤快一些。再就是林守一，如果可以的话，你也别偷懒。"

林守一笑着点头："不用你说。"

李槐小声道："对不起，陈平安。"

陈平安抬起头，笑道："你该说的对不起早就说了。如果是因为惹了后边的那些麻烦才跟我说对不起，那不用。只要你没错，就别认错，跟谁都是这样。我们今后去大隋的路上还是像今天这样不惹麻烦，但麻烦找上门了，也绝对别怕麻烦！做得到吗？"

李槐一下子热泪盈眶，挺起胸膛："我可以的！"他又很快破涕为笑，"陈平安，你可以啊，打架好生猛，要不然以后我也喊你小师叔吧。"

陈平安瞥了他一眼，他立即改口道："以后再说！"

陈平安突然加了一句："如果，我是说如果啊，如果真遇上了拼命也打不过的对手，那就赶紧认错认怂，不丢人。活着比什么都要紧。"

李宝瓶双臂环胸，靠着小书箱，气呼呼道："小师叔，这件事，不行的！"

林守一拆台道："我觉得可以。"

李槐嘿嘿笑道："我反正听未来小师叔的。"

绣花江水底，如鱼游荡在水中的一尊阴神，笑了笑。

第五章
狭路相逢

经过这桩风波后，势利眼的大船主人立马跑来，说是给贵客们准备了上好的二楼雅间，便是把驴子一并牵入也无妨，是他这艘小船蓬荜生辉才对。还有一些慕名而来的豪客，多悬刀而不佩剑，显然是来套近乎的。

陈平安应付这些不在行，都是林守一出面帮着婉拒。到底是督造衙署长大的少年，言谈举止滴水不漏，哪怕拒绝了他们，也让那些人仍是面带喜气地离去。

剑客白鲸是大骊南方小有名气的散人修士，佩剑是货真价实的法器，名为灵虚，是道家符箓一脉的神兵利器。相传是一位下山修心的游方高人在荒郊野岭坐化兵解后的遗物，无意间被白鲸获得，凭借一身本就不俗的剑术悟出了剑道真意，从此扬名。只是他生性不喜拘束，才没有被大骊官府和边军招徕，反而喜欢在江湖上仗剑游历。此人在蛟龙四伏、宗师辈出的大骊江湖上能够被记住姓名，实际上已经很不简单了，结果连剑都没能出鞘，从头到尾被人如此玩弄于掌心，说不定连剑心都要蒙尘，剑意亦会沾染污垢，那么草鞋少年一伙人的家底有多深厚，可以借此掂量掂量。船上多是见多识广的文人、商贾和江湖豪侠，不管各自心性是好是坏，蠢人还真不多。

林守一眼见着不再有人过来客套寒暄，揉了揉太阳穴，有些心烦意乱。若非空隙歇息的时候能够亲眼看着碧绿书箱在陈平安手里一点一点显露出雏形，就林守一那种天生寡淡冷漠的性子，恐怕早就忍不住恶脸相向了。

陈平安有些于心不忍，说道："放心，我肯定把这只书箱做得让你满意。"

林守一盘腿而坐，满脸疲惫，破天荒吐露心扉，轻声道："真想找一个山清水秀的地方独自面壁修行，只管我山中一甲子，任由世上已千年。但是阿良说过，这种路数的修心叫枯冢，可行是可行，但独属于境界到了一定高度的练气士。我才刚刚入门，若是现在就这么干，肯定会走火入魔，堕入旁门外道而不自知。"

陈平安点点头："那的确是得小心些。"

李槐托着腮帮蹲在一旁，乐呵呵道："林守一，说不定阿良吓唬你呢。我看棋墩山就不错嘛，适合你去当神仙，无聊的时候，还能跟那个叫魏檗的土地爷聊天打屁，坐着大乌龟，或是骑着黑蛇白蟒，威风得要死。不过这样的话，你既然都不跟我们去大隋了，那就把这只书箱留给我呗？我现在背不动，过几年个子高一些，力气大一些，刚好把小书箱换成大书箱。我会念你的好，大不了将来从大隋游学归来，再还给你。"

林守一斜眼瞥着打小算盘的李槐，冷笑道："我就算留在棋墩山修行长生之法，也不把书箱留给你。"

李槐"哦"了一声："那你还是继续跟我一起去大隋吧。"

林守一揉了揉眉心，觉得还是只有阿良治得了李槐。

不对，李宝瓶也可以。陈平安好像也可以……难道只有自己拿李槐没辙？

心情不太好的林守一盯住李槐，把后者给看得毛骨悚然，赶紧表忠心道："干啥咧，林守一？我其实是想你跟我一起去大隋的啊，我就是有点眼馋你的书箱，没办法，比我的书箱要大嘛，这个我不否认啊，但是你如果真要下船返回棋墩山，我肯定是不乐意的。你想啊，咱们四个人里，就你道貌岸然、一肚子坏水，以后如果碰上没把坏字刻在脸上的家伙，比如包藏祸心的那种，肯定就只有你能一眼看穿啊，对不对，陈平安、李宝瓶？"

李槐左右张望，寻求援手。陈平安低头打造书箱，专心致志，置若罔闻。李宝瓶不知道在想些什么奇奇怪怪的问题，神游万里，心无旁骛。

林守一有些心情沉重："你以为我们这趟去大隋游学很轻松吗？除了山水险阻之外，肯定还有很多我们想都想不到的幺蛾子。"

李槐眨了眨眼睛。

林守一缓缓道："我们大骊以武立国，江湖势力不容小觑，读书人很少有人出名，在先生的山崖书院建立之前，一直被整个东宝瓶洲骂作蛮夷之地。"

李槐点头道："这个我知道啊，咱们齐先生从不忌讳说这些的，又不是没讲过咱们大骊的处境。"

林守一叹了口气："记得我小的时候，督造官宋大人曾经说过一件事情，说早年大骊好不容易有一个读书人靠本事考进了观湖书院，结果受尽了来自四面八方的屈辱。不单单是言语辱骂那么简单，按照宋大人的说法，应该是大隋高氏和卢氏王朝的两名读书人联手设置了一个连环局，害得我们大骊的那名书生心境崩碎，变得疯疯癫癫，多年后好不容易恢复了神志，又在男女情事上被狠狠捅了一刀，最后就投湖自尽了。

"我们大骊因为此事,举国震怒,这才掀起了与卢氏王朝赌上国运的大战。要知道在那之前,对于昔年拥有大骊上国身份的卢氏王朝的诸多刁难,大骊素来是能忍则忍的。当然,如今局面已经变了很多,现在我们大骊的读书人越来越多,山上的练气士也开始下山,他们都在为大骊朝廷效命,在边关奋勇杀敌。

"这就又出现了一个崭新的格局,那就是大骊的文人很清贵,读书人当官就会自视高人一等,比如先前那个自称宛平县县令的人,多半是从京城外放地方的货色,正儿八经的科举出身,所以我现在担心那个男人在宛平县辖境渡口下船后,不管是书生意气还是想着新官上任三把火,会选择对我们下手。好在他是读书人出身的文官,而我们当中也有一位不曾露面的'山上神仙',说不定能够震慑住他。毕竟读书人在大骊再金贵,仍是比不过练气士。但是怕就怕那个县令不够聪明,或者不曾真正见识过练气士的厉害,那我们还会有一连串的麻烦。"

李槐忧心忡忡,转过身对着侧卧在身后的白色驴子就是一巴掌,怒骂道:"惹祸精小白驴!你当自己是黄花大闺女啊,给人摸一下就要性子发脾气?"

李宝瓶突然开口道:"那个老头子肯定是宛平县县令的座上宾,说不定现在正相互吐苦水呢。我相信老人的身份越高,那名剑客的剑术越好,宛平县县令就越不敢明面上出手。我大哥说过,秀才造反三年不成。至于暗中使小绊子,我们可不怕,只要那家伙不敢动用朝廷力量,兵来将挡水来土掩便是了,你林守一怕什么?别自乱阵脚!"

林守一仔细想了想,点头道:"应该是这样了。"

李宝瓶说完之后,脸色认真问道:"小师叔,对吧?"

陈平安无奈道:"我哪里知道这些读书人和当官的弯弯绕绕。总之遇上了麻烦,你和林守一商量着来。"

上次学塾马夫子"托孤"一事,几个孩子能够安然返回小镇不说,还把那名自称大骊谍子的车夫耍得团团转,其实就是林守一起的头,李宝瓶制定大方向,林守一再在细节上查缺补漏,天衣无缝,心志早熟得远远超过同龄人。

陈平安突然停下手中动作,想了想,干脆连柴刀也一并放在脚边。

心不静时,陈平安就会什么都不做,宁可先放一放,也绝不轻易犯错。以前烧瓷是如此,如今练拳更是如此。

李宝瓶和林守一几乎同时察觉到异样,就连李槐都赶紧端正坐姿。

陈平安看到三个疑神疑鬼的家伙,苦笑道:"干吗?我只是想到一件事情,你们这么紧张做什么?"

李宝瓶说道:"小师叔,你说出来听听。"

陈平安笑道:"我刚才就是想,除了跟你们识字之外,是不是也要跟你们学一学书上的学问。"

李宝瓶愣道:"可我们跟先生学到的只是入门的蒙学,没什么了不得的大学问。再说了,我们自己都只是蒙童,如何教得了小师叔?更何况很多蒙学上的语句,我随口问起,连齐先生也答不出来的,我们咋教啊?胡乱回答,不好的!"

李槐嘀咕道:"先生不是回答不出来,只是回答得晚了一些,你就不愿意听了。"

李宝瓶猛然转头,一拳砸在李槐脑门上。

李槐其实没怎么疼,仍是抱着脑袋鬼叫道:"这日子没法过了!李宝瓶的力道越来越大了,我也要练拳,不然将来我肯定会被她失手打死的。"

林守一好奇问道:"陈平安,学书上的东西做什么?"

陈平安缓缓道:"我怕有一天我跟人讲的道理,事后发现其实是没有道理的。所以我希望除了姚老头、阿良他们教给我的道理之外,再从你们读书人的书本上学一些。"

李槐如坠云雾,满脸震惊道:"陈平安,每天练拳那么辛苦,而且你打架已经那么厉害了,难道不是为了能够跟人不讲道理?"

林守一犹豫了一下,摇头道:"陈平安,我觉得不用事事讲道理,毕竟天底下所有人都有自己的道路要走,我们坚守本心即可,否则只会深陷泥泞,过犹不及的。"

李宝瓶满脸严肃:"小师叔,你别急,让我想一会儿。我觉得这件事很大,我必须要认真对待,仔细思考!"

在小镇学塾的时候,齐静春就是这样,每当李宝瓶询问一些个看似浅显至极的问题,反而会陷入沉思,多半要拖延几天才给出答案。

陈平安愈发无奈,仰起头望向蔚蓝天空,片刻之后,收回视线,不知为何突然就满脸笑容了:"我之所以要这么麻烦,是因为我在得到那部拳谱之后就一直有个感觉,说出来不怕你们笑话,就是每当我与人对敌的时候,不管说不说出口,只要觉得我是对的,那么我心底就像有人在不断告诉我,你陈平安可以出这一拳,不管是对谁!"

接下来,三人仿佛都看到了一个陌生的陈平安。

只见这个来自泥瓶巷的贫苦少年神采飞扬,双拳紧握搁在膝盖上,从未如此自信:"而且,这一次出拳,可以很快!"

林守一眼神痴痴,小声呢喃道:"应该不算习武走火入魔吧,挺正气凛然的,还真有点像是先生在学塾……讲述那些圣贤大道最精妙处时的样子。"

李宝瓶正忙着思考先前那个问题,陈平安已经重新拿起柴刀,继续给林守一做小竹箱子了。

李槐有些神色恍惚,很久都没有还魂回神。先前那一刻的陈平安,让他感到似曾相识,好像记起了小时候有一次,吵架本事天下无敌的娘亲让人给挠得跟大花猫似的,回到家就撒泼打滚。他和姐姐李柳跟着娘亲一起哭,那个被街坊邻居骂作窝囊废的爹就只是闷闷地蹲在门槛边。娘亲最后就说自己瞎了眼,才找了这么个没骨气的男人,自己婆娘给人打了也放不出个屁。李槐他爹始终没吭声，气得从小就跟娘更亲近的李槐跑到门口狠狠踹了那个家伙的后背两脚，说以后再也不认他这个爹了。后来他娘亲哭累了，扯着男人的耳朵往门外一甩，说罚他今夜滚院子里睡去。可是才关了门熄了灯，她又让李槐去开门，把他爹喊回屋子睡觉。李槐不太情愿，可熬不过娘亲催促，只得开了门。让他差点气炸的是，他爹依旧老老实实蹲在院子里。

然后那一刻，身材矮小结实的男人缓缓站起身："儿子，爹要连夜出山一趟，跟你娘亲说一声，很快就回家。"

不光屁都不放一个，还这么躲着娘亲和他们姐弟，这算男人吗？李槐气得浑身颤抖，哭喊道："什么儿子，我是你李二的爹！"

男人半点也不生气，笑骂道："臭小子，不愧是我李二的崽儿！"

那一刻，李槐有些痴呆。记忆中他爹是从来不会这么跟人说话的，好像永远都低人一等，除了睡觉打呼跟打雷似的，就是个没出息的闷葫芦，哪怕在他和姐姐面前也从来没有半点一家之主的样子。

的的确确，他爹就是个怕天怕地怕人怕鬼什么都怕的窝囊废。可是那天晚上，他爹走的时候，走得雷厉风行，很像是福禄街桃叶巷那边的富贵老爷。

李槐当时没有多想，只是觉得他爹有可能是大半夜帮着娘亲当街骂人去了。

可第二天李槐就失望得很，因为把他娘亲挠花脸的妇人一大家子见着他们娘仨依旧趾高气扬。之后他爹很长一段时日都没出现，应该是入山烧炭，赚钱养家糊口去了。所谓的"出山"，李槐觉得肯定是他爹的口误。

不过他爹回来的时候仿佛开窍了，不但拎回一只肥腻烧鸡，还给他们娘仨都带了礼物。娘亲一手叉腰，一手点着他爹的眉心说："孬归孬，算你李二还有点良心。"

在那之后，他爹就又是那副"你来骂我啊，我还嘴一句算你有本事；你来打我啊，打死我也算你有本事"的孬样了。

但是不知为何，随着李槐慢慢长大，那一夜在院子里，他爹"出山"之前的笑容、说话的语气和走路的架势，在他的脑海中不但没有模糊，反而越来越清晰。

李槐突然说道："陈平安，我们以后回到小镇，我请你去我家做客。"

陈平安疑惑道："你爹娘和你姐姐不都已经离开小镇了吗？你之前说过，他们以后都不会回来了。"

才记起此事的李槐蓦然红了眼睛，嘴唇颤抖，就要哭出声来。

陈平安只得安慰道："别哭别哭，你不也说了嘛，你爹答应过你，只要真正成了读书人，他就会来探望你的。"

李槐委屈道："可是我又贪玩，又吃不了苦，一读书就喜欢偷懒犯困，比李宝瓶和林守一差太远了，我恐怕当不了读书人了，爹娘就再也不要我了。"

若说林守一和李宝瓶的岁数已算少年少女,还是大门大户出身,见的世面多,胆子相对大一些是理所当然的,可李槐却真的只是个孩子罢了,跟他陈平安一样是穷苦出身,胆子小一些也很正常。所以陈平安从头到尾对李槐都算是最耐心的那个人,哪怕是棋墩山那一次,李槐在泥泞里使劲踩踏,只有被溅得一身泥的陈平安打心底里没觉得有丝毫烦躁。

陈平安笑道:"别胡说,你爹娘如果不心疼你,还会送你去学塾念书?早点让你下庄稼地里干活,帮着家里放牛,不是更好?"

李槐心情略微好转,抹了把脸,哭丧着脸道:"我家穷,买不起牛啊。"

陈平安轻声道:"你现在还穷?不说那本《断水大崖》里的古怪,就书籍本身也值十两银子。"

李槐笑逐颜开,转头瞥了眼白色毛驴,咧嘴嘿嘿笑道:"我还有头驴呢!"

林守一突然神色一凛,压低嗓音对陈平安道:"水底阴神告诉我,有人来了,要见我们。但是那人自称认识阿良,还说阿良之所以提前入城,就是想问他一些问题,所以阴神问我们如何处置,是不答应他们登船,还是……阴神还说那人身边跟着一位江水正神,不出意外,是这条绣花江享受万民香火祭祀的神祇。"

陈平安有些为难,最后沉声道:"让阴神前辈护在我们身边就是了,其实让不让人家登船差别不大。接下来你们几个要小心,还是之前约定的老规矩,一切先由我来应付,实在不行,林守一你再动用那些黄纸符箓。"

林守一点头道:"好。"

他心神微动,细语呢喃。片刻之后,这艘行驶在绣花江水面上的大船微微一震,如果不是陈平安四人事先知情,一般人都不会察觉到其中玄机。

虽然他们肉眼见不到阴神的存在,但是明显感到船头这一块阴气森了几分。

这时陈平安发现船头不远处多了一个盘腿而坐的年轻剑客,长剑横挂在腰后,怀中还抱着用棉布包裹的长条物品,像是一把刀剑。他起身后,走到陈平安这边,对着隐蔽身形的阴神微微一笑,不再向前,开门见山道:"我带来了你们四人的通关文牒,有大骊龙泉县县衙户房的朱印,以及关于你们此行出境远游的许可朱文。至于我是谁,不重要。总之,我认识阿良,所以绝对不会是你们的敌人。至于船上先前的那点冲突,你们不用担心,那个宛平县县令不会耽误诸位的求学之路。"

最后年轻剑客双手递出手中物,望向李宝瓶,笑道:"你就是宝瓶姑娘吧?这把刀是阿良交代我们大骊务必要原原本本交还给你的。"

李宝瓶虽然心情激动,但仍是一动不动。

陈平安独自向前,从年轻剑客手中接过那柄祥符狭刀,说道:"麻烦前辈了。"

年轻剑客开怀笑道:"你们都是阿良的朋友,我可不敢以前辈自居。"

陈平安问道:"阿良还好吗?"

年轻剑客神色不变,点头道:"放心吧,很好。"

这把刀,是大骊藩王宋长镜亲自命心腹送出京城,交到年轻剑客手上的。还过了刀,年轻剑客如释重负:"诸位放心远游便是,接下来一路到达边境野夫关,只要涉及朝廷和官府都会畅通无阻,但是除此之外,我大骊就不会参与了。当然,如果真有了麻烦和意外,只要你们跟边军或是当地官府打声招呼,朝廷一样愿意竭力相助。"

陈平安望向此人的眼睛,点头道:"我们知道了。"

年轻剑客从袖中拿出四份通关文牒交给他,最后把到了嘴边的话又咽回肚子,换了一些客气话,抱拳道:"那就此别过,我去二楼打声招呼就走。"

陈平安有些别扭地抱拳还礼。

二楼一间摆设有精美瓷器的上等雅室里,所有人全部站着。老人和剑客白鲸脸色凝重,即将上任的宛平县县令和妻儿则战战兢兢,大气不敢喘。

只有一名不速之客坐在那里自斟自饮,他身材魁梧,袖上有青蛇盘踞,呼吸吐纳皆是白雾缭绕。男子一身神采,绝不似凡俗人物。

见年轻剑客来,男子立即起身弯腰抱拳,一言不发,却极其恭敬。

年轻剑客摆摆手,看也不看老人和白鲸,对那位宛平县县令说道:"到了宛平县辖境,本本分分做你的父母官便是。今日之事,不要多嘴,到此为止,朝廷可以当作什么都没有发生。但如果稍有风吹草动,我可能不会亲自来找你,但是这位绣花江的水神大人是可以把你的脑袋拧下来的。"

年轻剑客不愿多说什么,只是对那位始终不敢坐下的绣花江神笑道:"你帮忙看着点,我先回去了。"

绣花江神沉声道:"那属下就不送大人了。"

年轻剑客走出雅间后,来到外廊,望向江水,想起草鞋少年的那番言语,颇有感触。

最终,他的身形一闪而逝。

山下纯粹武夫之所以矮山上练气士一头,就在于他们作为立身之本的东西——练拳的拳谱也好,习剑的剑术也罢,十八般武艺十八般兵器,全部被习惯性称为武学,其实在山上练气士看来,跟"道"这个字八竿子打不着。

一旦武学始终不上升到武道的高度,那终究只是在烂泥塘里打滚而已。

恐怕那个陌巷少年自己都不知道,他那番发乎本心的言语,关于如何出拳的感悟,是至少武道六境之上的宗师才会去深思的需要自问自答的问题。

棋墩山,有名姿色平平的妇人在自家大人的秘密授意下,带着一个船家女出身的貌美少女开始徒步爬山,向北方行去。

这是少女第一次出门远行，所以一路上不断回头张望，恋恋不舍。

妇人也不多说什么，人之常情，无须苛责。

何况长春宫她这一脉比较奇怪，修心重情，寻常练气士视为累赘忌讳的拖泥带水，反而是她这一脉的证道阶梯，所以少女才离乡就思乡，反而是好事。

至于为何要带着少女步行穿过棋墩山，那位大人没有明说，她也不方便刨根问底。

一路翻山过水，风景宜人。

少女生性天真烂漫，虽然略显疲惫，可是精神很好，走着走着，顺手折了路旁一根花枝轻轻晃悠，哼起了一支世代相传的乡谣小曲。

长春宫妇人皱了皱眉头，但是始终没有说什么。

远处有一个俊美非凡的年轻人，如同山鬼精魅，同样是在缓缓而行，始终望着妇人身边的少女。少女的嗓音空灵婉转，哪怕乡谣的内容很悲伤，可从她嘴中哼唱出来，就别有韵味，哀而不伤。

年轻人轻声与少女的歌声相和，声韵略有不同，更为醇正，也更为悲怆。

少女如春草里穿梭的黄莺，男子如孤零零站立坟头的老鸦，一个欢快鸣叫，一个低沉呜咽。最后，在山脊用青石板垒砌起来的寂寥驿路上，少女猛然抬头，发现远处走来一名白衣年轻公子，模样好看得不能再好看了。两人在狭窄的驿路上相遇，年轻人却已经低下头，不说话，就这么悄无声息地擦肩而过。

少女忍不住回头望去，发现那人站在远处，不走也不回头，背对着她。

少女有些奇怪，摇摇头，转头继续前行。

之后绣花江两百多里水路，安安稳稳。

陈平安一行人下船的时候，李槐和林守一都背上了书箱，加上李宝瓶，负笈游学变得愈发名副其实，结果就是让陈平安看起来更像一个大户人家的少年仆役。如果不是亲眼所见，实在无法想象他是一名练家子，能够让一个大骊县令身边的武秘书郎毫无还手之力，下船之时，竟然是让人用担架抬下去的。

陈平安下船之前就仔细看过了堪舆图，如果不进宛平县城，那么绕城南下之后要穿过一片崇山峻岭，估计需要大半个月的脚力。陈平安在船上找当地人问过了，有山路可走，但是比起棋墩山的青石驿路要难走很多，不通马车，多是驴骡驮物。

如果不走山路，就必须经过一座郡城。林守一说他尚未悟出纯阳符的法门，无法让那尊阴神遮掩先天而生的阴秽之气，这样的话，它多半无法光明正大进入城内。按照阿良的说法，郡城的城隍阁、文武庙以及一座将军府邸恐怕都会对阴神产生先天排斥，若是有高人坐镇，很容易节外生枝。

一行人一边问路一边前行，其间陈平安还跟乡野村夫、妇人试探性询问那些山岭有没有古怪传说，会不会有山鬼出没。当地百姓看到四个孩子年纪都不大，又背着书箱，便当成了富贵人家跑出去游山玩水的读书郎，笑着跟陈平安说，那边的山山水水连个名儿也没有，哪来的神神怪怪，他们就从来没听说过。最后大多不忘跟四人推荐绣花江的江神祠，说那儿求签拜神很灵验，说不定真有江神老爷，每年县令大人都会带人在江边祭祀，爆竹连天，热闹得很。

正午时分，四人准备入山。李槐站在山脚，弯腰作揖，狠狠拜了三拜，抬头看到陈平安没动静，奇怪地问道："陈平安，上回在棋墩山你都拜了拜，这次咋偷懒了？"

陈平安犹豫了一下，回答道："我以前跟老人经常进山，学了一点点看山吃土的本事。老人心情好的时候，说过些山势走向，什么地方会是山神老爷搁放什么金身的地儿，很有讲究的。大致上一座山有没有山神老爷坐交椅，进山之前你仔细看几眼就能看出一点苗头的。加上之前当地人都说这儿没那些说法，就大致能够确定我们要走的山路不是山神的地盘了。"

林守一心念微动，说道："阴神前辈说了，一个王朝的山水正神名额有限，不可能处处都有神灵，否则就会泛滥成灾，使得地方气运一团乱麻。加上山水之争跟山下争田地抢水源是差不多的光景，反而对王朝不利，所以一般来说，地方县志上没有明确记载山神庙的山头，就不可能出现山神。"

李槐有些失望："唉，我还想多几个彩绘木偶呢。"

原来在棋墩山因祸得福，白白拿了一个栩栩如生的彩绘木偶，这让李槐期待得很，恨不得走过一座山头就拿到一个，那等走到大隋书院，自己的小书箱就能堆满了不是？要不然到头来里面只放一个木偶和一本书，太"家徒四壁"了。

林守一气笑道："你有什么脸皮说陈平安财迷？"

李槐一脸无辜："我没说过啊，我只说过陈平安是君子爱财，取之有道。"

林守一冷哼道："马屁精！"

李槐大怒："如果不是我苦苦哀求，你能有小书箱？林守一你有点良心好不好？"

李宝瓶没好气道："闭嘴。"

陈平安在四下无人的时候就会练习走桩，因为背着大背篓，不敢动静太大，就让自己收着力气和架势，尽量往慢了走，毕竟阿良在枕头驿传授十八停运气方式时就说过一个"慢"字才是十八停的精髓所在。陈平安如今卡在第六和第七停之间，死活迈不过去这个坎，刚好拿《撼山谱》的走桩来练练手。

进山走了约莫两个时辰的山路，李槐已经气喘吁吁，李宝瓶亦是如此。

陈平安知道这就是所谓"一口气"的尽头了，于是挑了一条溪涧边休息。林守一不愧是一只脚登山的神仙了，气定神闲，只是额头微微渗出汗水，比不过陈平安而已。众人各自找地方坐下，陈平安从自己的大背篓里拿出李宝瓶的那把狭刀祥符。虽然当时阿良说到了"垫底"二字,可陈平安又不是瞎子,而是用惯了菜刀和柴刀的人,甚至连宁姑娘的压裙刀也借用过一段时间,知道这把刀肯定名贵异常,所以只要四周没人,就会拿出那块莫名其妙多出来的小小斩龙台,小心翼翼地磨砺刀锋。

拔刀出鞘后,把黑得发亮的斩龙台轻轻蘸水,陈平安就蹲在溪畔开始缓缓磨刀,动作舒缓,不急不躁,像是对待小镇最珍贵脆弱的贡品瓷器。

陈平安喜欢专心做一件事情,尤其是能够做好的话,会让他格外开心。

就像每次到了"会当凌绝顶"的视野开阔处练习立桩剑炉,陈平安会感到最舒心。每当收回心神的时候,他就会感到神清气爽,同时又有一些遗憾,恨不得去将拳谱后边的拳招钻研精深,一下子就融会贯通,一口气全部学会,使得自己的出拳更加有章法,更加迅猛,拥有阿良离开枕头驿之时拔地而起、化虹而去的那种气势。

但是每当这种时候,陈平安就会默默走桩,将这股躁动之气一点点压抑下去,告诉自己不要急,要心静。心不定,一味求快,就会跟烧瓷拉坯一样,反而容易出错,功亏一篑。有一次走桩,陈平安怎么都静不下心来,于是就去翻看那些州郡堪舆图,无意间翻出小心珍藏的三张药方,正是那位陆姓年轻道人的手笔。宁姑娘说这些字写得没滋没味,像什么读书人的馆阁体,最无趣。

可是陈平安如今有事没事就会拿出那三张纸看一看、读一读,心就能静几分。

李宝瓶洗了把脸,缕缕发丝沾在额头上。这么长时间步行远游,小姑娘晒黑了许多,所以此刻没了头发遮掩的额头显得格外光洁白皙。

李宝瓶喜欢看小师叔聚精会神磨刀的样子,狭刀在斩龙台上推移的时候,好像天地之间就只剩下了小师叔一个人,她怎么也看不厌。

当然,陈平安走路练拳的时候,挡在她身前用拳头跟人讲道理的时候,跟他们认字的时候,等等,她都喜欢。只是分喜欢、很喜欢、更喜欢、最喜欢。

当然,也有不那么喜欢的时候,不过李宝瓶一般很快就会忘了。

但是李宝瓶突然想到红烛镇枕头驿,想到自己寄回家里的那封信,心情有些阴郁。

陈平安察觉到小姑娘的异样,笑问道:"怎么了,有心事?"

李宝瓶叹了口气:"不知道家里如何了。二哥人这么坏,大哥以后会不会被二哥欺负呢?"

陈平安认真道:"就事论事,我以后肯定会当面跟你二哥问清楚有关唆使朱鹿杀我的事情。但是话说回来,你二哥对你这个妹妹应该是不坏的。"

李宝瓶苦着脸道:"朱鹿怎么会这样,怎么可以这样!她既然已经是武夫了,还有她爹朱河,只要去边军,谁都会抢着要的,她以后靠自己去争取一个诰命身份,很难吗?为什么我二哥说什么,她就真的照做?"

陈平安摇头道:"这些我就想不明白了。"

不远处林守一脸色阴沉："天下熙熙,皆为利来;天下攘攘,皆为利往。"

李槐哼哼道："屁咧,我看朱鹿这个傻瓜就是喜欢上了你二哥。少女怀春,春心萌动,得到了心上人的承诺,比那诰命夫人的诱惑更让她动心。"

林守一冷笑道："那她就真是又蠢又坏,无药可救了。"

陈平安叹了口气,看了眼身边三人,想起泥瓶巷、杏花巷那边的风景,鸡飞狗跳、鸡毛蒜皮、妇人骂街、背后坏话,什么都不缺,说道："你们是读书人,懂得多,又是齐先生手把手教出来的学生,所以跟我们很不一样。其实像我生活的地方,哪怕很多上了年纪的人,就跟船上那个县令和老人差不多,是不愿意讲道理的,要么只愿意讲自己的道理。"他干脆不再磨砺狭刀,收刀入鞘,有些感慨,"不过别看他们不讲理,可有些人力气大,烧瓷烧炭就能赚钱养家;有些人庄稼活做得比谁都好,所以日子过得其实不差;还有比如给人接生、喜欢烧符水装神弄鬼的马婆婆,人坏得很,可这么坏的人,对她的孙子马苦玄又好得很,恨不得天底下所有的好东西都给自己孙子。"

陈平安笑道："所以我要读点书,想明白到底是为什么。"

李宝瓶突然站起身,在溪水旁边缓缓踱步,脸色凝重。

最后她突然开口道："小师叔,你上次在船上的那个问题,我一直在想,现在我觉得想明白一点点了。你要不要听听看?"

陈平安忍住笑："刚从你们那里学来一个'洗耳恭听',现在正好用得上。"

李宝瓶气呼呼鼓起腮帮,最后有些埋怨道："小师叔!"

陈平安赶紧笑道："你说你说。"

李宝瓶还没开始讲道理,就先为自己做铺垫埋伏笔找退路了："我可能说得比较乱,小师叔你如果觉得不对,听听就好啊,不许笑话我。"

陈平安摇头道："我在船上能跟那么大岁数的老人讲道理,为什么跟你就不可以?你只管说,小师叔用心听着呢。"

李槐撇撇嘴,拎着那只彩绘木偶胡乱挥动,像是指挥千军万马的大将："说说说,说话吵架从来不疼,打架才疼。"

李宝瓶先讲了三个说法,有点类似夫子讲学的开宗明义,提纲挈领："我要讲仁义道德、乡俗规矩、王朝律法。"

李槐立即有些头疼了,把心思放在那个精美绝伦的彩绘木偶上,想着哪天它能活过来跟自己聊天解闷就好了。

林守一笑了笑,单手托着腮帮,望向站在溪边的李宝瓶。

陈平安竖起耳朵,用心听讲。

小时候经常去学塾的墙根处偷听齐先生说书,这让他始终有些怀念。

李宝瓶接着道："这三点分别对应君子贤人、市井百姓、违禁坏人。"

"君子贤人，读书多了之后，懂了更多道理，但是要切记一点，就像我大哥所说的，道德一物，太高太虚了，终究是不能律人的，只能律己！又故而立身需正，身正则名正，名正则言顺，言顺则事成。除此之外，一旦独善其身了，若想兼济天下、教化百姓，大可以将自己的道德学问，像我们先生那样在学塾收弟子、传道授业。

"一般的市井百姓，只需遵守乡俗规矩即可。而王朝律法，就是用来约束坏人的一条准绳，而且是最低的那根，也是我们儒家礼仪里最低的'规矩'。"

陈平安觉得这些话虽然都听得懂，只是其中的道理始终没有成为自己的道理。

难怪阿良说要多读书啊。

林守一不知何时已经正襟危坐，皱眉道："那是法家。"

李宝瓶面对三人，斩钉截铁道："法必从儒来！"

林守一愕然。

李宝瓶看到心不在焉的李槐，气不打一处来，轻喝道："李槐！"

李槐仿佛回到了乡塾蒙学，被齐先生在课堂上一次次温声点名的岁月，本能地答道："到！"结果发现齐先生已经换成了经常揍自己的李宝瓶，便有些悻悻然，觉得挺丢人现眼的，只得继续低头摆弄木偶。

李宝瓶不理睬李槐，继续说道："各有各的规矩，相安无事，世道清明，天下太平！君王垂拱而治，从而圣人死大盗止！"

林守一又开口道："圣人不死大盗不止，这是道家的说法吧……"

李宝瓶眼神熠熠，大声道："一法通万法通，天底下最根本的道理，必然是一致的！"她好像记起了什么，在三人面前缓缓踱步，"我在学塾的最后一堂课，是先生单独跟我说起'天经地义'四字，经义是我儒家立教之根本……"

李槐终于开口道："先生没跟我们讲这个啊。林守一，你呢？"

林守一摇摇头。

李宝瓶双臂环胸，气道："你们一个是先生讲道理不爱听，一个是先生讲了东西不爱问，难道非要先生把他的学问塞进你们脑袋里去啊？"

李槐嬉皮笑脸道："如果可以的话，我是不介意的。先生那么大学问，分我一点都够用一辈子啦，这样省心省力，还能少走弯路。"

林守一自言自语道："一法通万法通……若真是如此，确实需要自己找到那个'一'，阿良说的'求精深而弃驳杂'也能对上了。"

被李槐这么一打岔，李宝瓶像是又想到了别处，遇到了瓶颈。她有些难为情，对陈平安说道："小师叔，我再想想啊，又有问题跑出来难住我了。"

陈平安微笑着抬手伸出大拇指。

李宝瓶雀跃道："讲得不坏？"

陈平安没有收回大拇指,大声道:"很好!"

四人并不知道,原本暗中守护在不远处的那尊阴神,如同一个从油锅里爬出来的可怜人,浑身剧颤。

但是福祸相依。这尊阴神先是漫不经心地听着那些稚嫩的"讲学",然后就是一系列匪夷所思的反应,心神摇荡,魂魄分离,一身浑厚阴秽之气如同被一阵阵强劲罡风如刀削去。阴神一开始还不信这个邪,始终不愿后退一步,到最后实在是经受不住,一退再退,竟是退了数十里才略微好转。阴神不愿就此作罢,顶着那股无形的罡风浩然气一步步前行,如一叶扁舟在江水滔滔之中逆流而上。

相传浩然天下九大洲,儒家七十二书院里的那些正人君子,胸中一点浩然气,天地千里快哉风。

与此同时,在这片山岭人迹罕至的百里之外,有一处辉煌如王侯宅邸的所在,一名身形曼妙却脸色雪白的红衣女子本想点燃一盏白纸灯笼高高挂起,可是灯火点燃一次就自行熄灭一次,这让她的脸色变得有些狰狞。

整栋恢宏宅邸,鬼蜮横行,阴风大振。

她丢弃手中灯笼,缓缓升空,最终悬停在比屋檐更高的地方,环顾四周。

陈平安一行人从北向南入山,与此差不多时候,凑巧也有一行人由南往北而行。为首的是一个背负桃木剑、腰悬一串银色铃铛的老道人,道袍老旧,脚踩草鞋,仙气没有几分,寒酸气十足。他身后跟着个神色木讷的跛脚少年,除了背负着大包裹,肩膀斜斜扛着"降妖捉鬼、除魔卫道"的幡子。估摸着幡子是清洗的次数太多,布料早已泛白,八个字也墨色浅淡。还有个七八岁的圆脸小姑娘,瘦瘦小小,伸手搀扶着不知为何始终闭眼的老道人。

老道人猛然抬头"望"向连绵逶迤的青黑大山,惊讶道:"咦?此山距离绣花江的江神祠并不算远,竟然还有这么明显的妖气冲天而起,这其中必然有隐情。虽说山水有界,互不干涉,可此处古怪,大有古怪。"

圆脸小姑娘闻言,忧心忡忡问道:"师父,那咋办?上回您在三枝山捉妖失败,出钱雇用咱们的人最后气得连盘缠也不给。如今咱们可真没钱了,不然咱们绕路?"

老道人冷哼道:"绕路?若是贫道没能遇上也就罢了,算那妖物邪祟走运,如今既然被贫道遇上了,岂有放过的道理!幡子上写着的'除魔卫道',岂是给外人看的……"

圆脸小姑娘叹气提醒道:"师父,这里没外人。"

老道人讪讪笑道:"顺嘴顺嘴。师父还没从三枝山那边缓过来呢,委实是太气人,没有功劳也有苦劳,竟是半枚铜钱也不愿给,世间竟有如此厚颜无耻、为富不仁的家伙,活该他们祖坟被山鬼侵占,子孙横祸连连……"

圆脸小姑娘又提醒道:"师父,您不是常说我们修道之人要有平常心吗?"

前一刻还慈眉善目的老道人勃然大怒,伸出双指拧住圆脸小姑娘的胳膊,满脸厉色道:"谁给你的胆子教训起师父了? 还敢没完没了!"

圆脸小姑娘痛得放声大哭,赶紧求饶道:"疼疼疼,师父,不敢了不敢了……"

老道人并未转身,伸手重重一拍腰间铃铛,狞笑:"小杂碎,还敢对你师父起杀机?"

跛脚少年神色默然,很快就有鲜血从耳鼻渗出。可是他始终一言不发,纹丝不动。

圆脸小姑娘哭得更加伤心:"师父,您就放过师兄吧,他肯定是无心之举。我答应师父,接下来三天之内,争取多给师父一斤符泉!"

老道人眉开眼笑,使劲揉了揉她的脑袋,力道不轻,使得她的纤细身躯左右晃荡。老道人说:"不是争取,是必须。"

他总算收回干枯如老树枝丫的手,大笑道:"入山! 马无夜草不肥,说不定就是一笔横财。还别说,自从有你们两个小杂种在身边,虽然混吃混喝,可师父修道就修得安心许多了。如此一想,师父觉得以后是要对你们好一些,哈哈。"

圆脸小姑娘搀扶着老道人开始登山,跛脚少年默默擦去鲜血,习以为常。

圆脸小姑娘偷偷转头笑了一下,跛脚少年咧咧嘴,示意自己没事。

师徒三人入山之后,竟是兜兜转转,无法准确找到妖气的来源。老道人能够感受到细微的妖气弥漫在附近的山野草木中,可始终不得其门而入。老道人心知那大妖的道行肯定不弱,否则也没本事使出遮天蔽日的障眼阵法。不过他仍是不愿死心,就让扛着幡子的跛脚少年去探路,自己则带着圆脸小姑娘在靠近山路的地方休憩,时不时察看手中的一块木制罗盘。此罗盘俗称"颠倒盘",是道门修士和阴阳术士常用的款式,并不出奇,只不过天池海底的朱红细针偶尔有金光流泻,显现出此盘暗藏玄机。

天色阴沉,雾气弥漫,随时都有可能下雨。老道人此时蹲在路旁,低头"凝视"着罗盘,神神叨叨念着:"颠颠倒,二十四山有金山银山。倒倒颠,二十四山有龙潭虎穴。"

老道人收起罗盘,转头向山路远处,轻声笑道:"财路来啦。天无绝人之路,看来到了宛平县能够小酌几杯喽。"

圆脸小姑娘顺着老道人的视线,看到一行人缓缓行来。为首一人是个背着大背篓的草鞋少年,手持柴刀,偶尔将山间狭窄小路旁的枝丫劈砍掉,以防勾连刺破衣衫。他身后还有三人,年纪都不大,一个身穿红棉袄的小姑娘,一个鬼头鬼脑的男孩,还有一个神色冷漠的少年,三人都背着可爱至极的翠绿小书箱。

这些人身后居然还跟着一头驮着行囊的白色毛驴。

圆脸小姑娘压低嗓音道:"师父,不像是有钱人家,要不还是算了吧?"

老道人一挑眉:"蚊子腿那也是肉啊。你是半个当家人,兜里还剩下多少铜钱,心里没数? 就你师兄那个饕餮肚子,吃掉师父多少银子了? 若不是师父可怜你们,你们以为这个世道,能容你们活几天?"

懂事的圆脸小姑娘赶紧给老道人敲肩膀,笑容真诚,感恩道:"所以我和哥哥给师父做牛做马,从无怨言的。可是师父如果以后生气,能不能在哥哥不在场的时候才教训我啊? 那么哥哥也不会生气,师父就不用拿师门家法惩罚他了。"

老道人缓缓起身,圆脸小姑娘立即束手立于一旁。

一行人正是南下大骊边境野夫关的陈平安他们,陈平安其实早就看到笑呵呵的老道人和拘谨的圆脸小姑娘了。

老道人在陈平安他们走近后抚须而笑,以稍显拗口的大骊官话语不惊人死不休道:"如果贫道没有看错的话,诸位此行远游有过血光之灾。可千万别以为大难不死必有后福,在贫道看来,你们接下来还有一场真正的灾祸,这个坎过去,才有真正的后福。"

陈平安心头一沉,不露声色。

李宝瓶打量着那个脸色微白的圆脸小姑娘,后者羞赧笑了笑,李宝瓶也笑了笑,两人立即就相互喜欢上了。

李槐到了嘴边的那句"老道儿你不是瞎子吗,怎么看这看那的"差点就要脱口而出,只是绣花江船上的风波让他铭刻在心,立即捂住嘴巴,坚决不惹事。

老道人好像察觉到了李槐的心思,哈哈笑道:"你们有所不知,我道门有十大神通,其中便有'心眼洞开,天地清明,鬼祟退避'一说。贫道正巧掌握了这门神通,不敢自夸已经炉火纯青,却也算小有气候,看人不以眼看皮囊,只需以心观望各位的气象即可。"

林守一脸色淡然道:"我儒门圣人有教诲,萍水相逢,不语怪力乱神。"

老道人略有讶异,很快叹息道:"罢了罢了,佛家不度无缘人,道门亦是不救蒙蔽汉。去吧,希望此行路上你们自己小心便是。若是真有麻烦,不妨大声呼喊,贫道如果侥幸听闻,必然反身相助;可若是路途相隔遥远,贫道就算有心,也无力了。"

说完这些话,老道人侧身让过小路。

陈平安笑道:"我们会小心的,感谢道长提醒。"

双方擦身而过,李宝瓶朝干干瘦瘦的圆脸小姑娘大方挥手,小姑娘怯生生举起小手在胸口轻轻晃了晃,作为无声的告别。

老道人等到陈平安一行人的身影在山路消失,嘀咕道:"一路行来,大骊人要么是粗鄙武夫,要么是无知百姓,贫道这一套百试不爽,怎么今天失灵了? 晦气晦气,诸事不顺。看来这次降妖更不能失败了,山野大妖必有雄厚家底,这次……"

他眼皮子微颤,止住话头,拍了拍身边恋恋不舍望向山路的圆脸小姑娘的脑袋,和蔼可亲道:"酒儿,只要此事成功,师父的雷法修行就有了保障,再不用为钱财担忧,那么以后师父对你们兄妹一定会更好的。"

名叫酒儿的小姑娘扬起脑袋笑道:"只要师父以后不经常拍打铃铛就很好了!"

老道人不置可否，猛然抬起头，手指掐诀，神色不惊反喜："变天了！好重的妖气，竟然能够惹来一地山水气候的变换！好好好，总算引蛇出洞了。小酒儿，准备随师父一起除魔卫道！"

酒儿使劲点头，即将面对山下百姓人人闻风色变的妖物鬼祟，竟是丝毫不惧。

她掏出一把长不过寸余的银色小刀，撸起袖管，准备用刀在手臂上划，问道："师父，现在就要符泉吗？"

老道人点头道："虽然师父还有些，不过小心起见，先来一些，让师父以备不时之需，免得被妖物打个措手不及，到时候反而是害了你们兄妹。"

酒儿深吸一口气，用小刀在手臂上划开一道口子，顿时鲜血涌出，赶紧抬起手臂："师父，好了。"

老道人熟门熟路地伸出一根右手手指，左掌摊开，迅速用手指蘸血在掌心画了一个符，然后指掌互换，右手掌心也画了一张符。

脸色愈发苍白的酒儿仍是认真问道："师父，够不够？"

老道人哈哈笑道："暂时够了，师父这就让那头盘踞此山的大妖尝一尝五雷轰顶的滋味！"

距离师徒二人约莫一里山路外，陈平安突然停下脚步，举起柴刀示意后边三人注意。只见远处有一个手持奇怪幡子的少年，身形矫健如山野猿猴，从密林深处一跃而出，背对陈平安他们，落在山路上。少年使劲摇动幡子数次，然后就想沿着利于奔跑的山路去跟老道人会合，结果一转身，就看到山路上多出了陈平安一行人。他有些着急，略作思量，一咬牙改变主意，选择绕路撤退，继续往山下逃窜，同时不忘对陈平安他们做了一个快走的手势。

李槐目瞪口呆："这是在干啥？"

林守一皱眉道："应该是有邪祟在追逐少年，我感觉得到有股阴秽之气。"

果不其然，一抹模糊身影裹挟着滚滚黑烟，看到陈平安一行人后，停滞片刻，散发出瘆人阴森的气息，不过最终仍是追着那手持幡子的跛脚少年迅猛离去。

陈平安对林守一说道："问一下阴神前辈怎么说。"

片刻之后，林守一答道："阴神前辈让我们继续前行，不要逗留，他会随机应变。但是他也说了，自己只是护送我们去大骊边境，提醒我们此行目的只是远游求学，不是当捉妖除魔的大善人，他不希望我们主动惹是生非。"

陈平安点点头："跟阴神前辈说一声，我们会见机行事，如果能帮忙就帮忙，不能也不强求。还有，林守一，你也准备好那三张符箓，然后你来带头领路，我在队伍最后。宝瓶、李槐，记得如果真的遇到了传说中的鬼怪精魅，不要怕，更不要慌，千万别学……算了，我们赶路！"

陈平安原本想说千万别学棋墩山石坪上的朱鹿，明明有武道二境巅峰的修为，遇上妖物白蟒，竟是连出手都不敢。但是又想到阿良随口说的那句"背后说人是非者，必是是非人"，陈平安便把话咽回了肚子。

林守一神色自若。那一叠小镇李氏珍藏的压箱底符箓中三张品秩最低的黄纸符箓如今他已能够勉强驾驭，分别是水符"盘中珠"、火符"火雨"，还有一张五岳破障符，属于山气符范畴。

但是林守一真正的凭仗，不是三张不知威力大小的符箓，而是自身，是那部《云上琅琅书》所记载的秘传雷法。不过林守一当然不会因为想要验证这一手雷法的威力就去自找麻烦，而让所有人置身于险境。

一行人快步而行，李槐边走边举起手，纳闷道："这就下雨了？也不事先打声招呼啊？"

阴雨绵绵，不大，却让山林间的寒气浓郁了许多。

陈平安从背篓里拿出四顶斗笠，全都是在红烛镇购置的，就是为了在这种风雨之中匆忙赶路。

每人戴上一顶斗笠后，脚步不停，陈平安时不时回头张望。

远处，老道人面向朝自己一路狂奔而来的跛脚少年，大笑道："来得好！小小邪祟，自寻死路！给贫道去死！"

他脚踏罡步，手心画符的一掌拍出后，才对跛脚少年出声提醒道："趴下！"

跛脚少年一个前扑，在泥泞山路上打滚。

老道人掌心里的金光熠熠生辉，符箓每一笔皆有金光亮起，掌心隐约有雷声响起。

这一抹璀璨金光，在风雨如晦的荒郊野岭之上格外引人注目。

跛脚少年身后那团黑烟骤然停止，刚想要逃窜就已经被金光砸中，像是被一团金色大网笼罩全身，滋滋作响。黑影哀嚎不已，很快烟消云散。

跛脚少年一路弓腰跑到老道人身后，气喘吁吁，将招魂幡子往地面上一插，看到酒儿的担忧神色，仍是咧咧嘴，摇摇头，示意自己没事。

老道人欢畅大笑："枯骨而生的末流阴物，也敢在贫道面前露头？"

有一缕灰色像是被人拉扯进了那杆幡子，老道人身形在原地腾空而起，扭身就是一掌挥出："来来来，尽管来，全部化作贫道的无量功德！"

跛脚少年和酒儿后方的一个阴物又被起于老道人手心的雷法一掌轰散，很快就又有一缕灰色飞入幡子。

山路上，老道人身形辗转腾挪，双手快速互换，一掌掌挥出，一次次亮起金光，雷声轰隆隆，声势惊人。

老道人痛快大笑，阴雨天气中，雷光映照得那张苍老脸庞气势凌人。看来这老道人确实有几分斩妖除魔的真本事,几招得手,豪气冲天:"贫道雷法何等浩荡,岂是你们这些阴物能够抗衡的。那头鬼鬼祟祟藏在幕后的大妖,你还要让这些喽啰来送死吗?赶紧束手就擒,交上一半家底,说不定贫道悲天悯人,还会放你一马!"

雷法之术,千年以来,始终雄踞于道家万法之首的高位,一旦使出,公认威力浩大,势不可当。只是所谓的五雷正法,东宝瓶洲除了寥寥无几的道家宗门能够真正领略其精髓,其余很多传承,皆是体系并不完整或是只得形似不得神意的旁门,这对于施法之人必有反噬,长年累月,生机衰竭,便就成了夭寿之源。

所以这个老道人目盲眼瞎,未必是天生的。

原本在山路四周的树林之中快速游弋的一道道滚滚黑烟逐渐减少,那些呜咽、哀嚎、低吼汇聚在一起的恶心声响彻底恢复平静。

酒儿轻声道:"师父,后边,有很多灯笼挂起来了。"

老道人转头"望去",感知到一盏盏白纸灯笼在北边山路凭空出现、凭空点燃,像是一条长达千百丈的火龙,缓缓游走于山野大泽。

老道人神色凝重,搓了搓掌心,以女徒弟鲜血作为朱漆的手心符箓已经消耗得差不多了。他伸手从背后抽出桃木剑,如临大敌。

一名身穿鲜红嫁衣的女子姗姗而来,手持一柄油纸伞,分明嘴唇未动,却有阴恻恻的嗓音响起于师徒三人耳边:"这位道长只管继续画符,便是画满全身也无妨,妾身可以等。之后妾身就会邀请三位去府上做客,亲自为你们三人洗脸、抽筋、锥心。"

手持纸伞的嫁衣女鬼似乎对酒儿最感兴趣,她伸手覆住自己那张小小的雪白脸庞:"比如洗脸,便是这般。"

下一刻,酒儿吓得赶紧闭上眼睛。

原来那红衣女鬼抬手遮住自己的容颜后,轻轻向下一抹,就像整张脸皮被剥离"洗"掉了,露出一张鲜血淋漓的恐怖面目。

老道人手持桃木剑,剑尖直指嫁衣女鬼:"到底是妖是鬼?"

嫁衣女鬼轻轻拧转伞柄,独自站在远处山路上,给人茕茕孑立之感。她一路行来,裙摆已是泥泞不堪,不知为何竟是没有使用妖术,以那无形的山野瘴气凝聚成能够不沾尘垢的衣衫。她身上这一袭艳红嫁衣显然是真材实料的绸缎,说不定还是出自山下店铺有名裁缝之手。

嫁衣女鬼先前往下一抹,剥掉了整张面皮,此时手掌又缓缓往上,重新覆上了一张苍白无色的容颜,如山下那些待字闺中的美娇娘,年轻秀美,若非脸色病态,其实与世俗寻常女子并无两样,近在咫尺,就连老道人也感受不到她身上的妖气。

这种修行有道的大妖行走人间城池早已无碍,只要不主动靠近城隍阁和文武两庙,都不会惹来世俗势力的镇压。当然,前提是这类大妖愿意收敛气息,压抑杀戮本心,不去为祸世间。

嫁衣女鬼扯了扯嘴角，依旧嘴唇未动声音自起："道长一心斩妖除魔，积攒无量功德，于是妾身来了。道长所谓的五雷正法，妾身更是拭目以待。"

老道人心中越来越震惊，袖中那块内外总计四层的颠倒盘，分别针对妖怪、精魅、阴物鬼祟、山水神祇。除去精魅一层，其余三层皆是旋转大震，这说明眼前此物身份复杂，极有可能生前是一头修道有成的大妖，死后化作横行一方的厉鬼，但是彻底堕入邪道之前，已经拥有晋升为山水神灵的资格。

老道人心中叫苦不迭，这比起三枝山的那头阴险山鬼棘手难缠了何止一筹两筹？他竭力面不改色心不跳，以免被嫁衣女鬼察觉到自己心虚，缓缓倒持木剑以示善意，朗声笑道："这位小姐虽然妖气磅礴，有坐镇一方通天彻地的气象，但贫道以心眼观之，小姐身上分明杀气极少，罪孽不多，便是有一些萦绕不去的怨气，那也是很多年前的残余，不值一提。贫道身为一介山野散修，与这位小姐可算半个同道中人，大水冲了龙王庙，惊扰了小姐修行，罪过，罪过。"

一直仰起头望着油纸伞的嫁衣女鬼猛然收回视线，死死盯住擅长雷法的游方老道人，这一次直接张嘴说话："小姐？没看到我的衣饰吗？喊我夫人！"

最后四个字，嫁衣女鬼几乎是咆哮而出。

刹那之后，滂沱大雨，山风呼啸。

啪一声，嫁衣女鬼收起油纸伞，一手持伞，一手轻抚伞面，动作轻柔地抹去雨水，但是望向师徒三人的脸庞不断扭曲："果然是瞎子，老瞎子！你能以心眼观象是吧，妾身刚好带你回府，让你这个居心不良的牛鼻子老道晓得什么叫作锥心之痛！"

老道人试图缓和气氛，叹道："夫人何必如此咄咄逼人？事情又不是没有回旋余地。"

嫁衣女鬼开始缓缓前行，一步一步踩在小路泥浆之中，一手持伞，一手提起衣裙，露出一双湿透的脏兮兮的绣花鞋，微笑道："道法不精，胆敢居心不良，死了好，死了好，省得以后耽误了郎君读书，耽误他考取功名……"

说到最后，女鬼细语呢喃，眼神温柔，那些仿佛在窃窃私语的细碎言语，在疾风骤雨之中被遮掩得一干二净。

老道人冷笑道："这位夫人，当真要与贫道玉石俱焚？"

眼见是不死不休的境地了，数十年游历四方，小半个东宝瓶洲都走过了，老道人倒也不是什么怕事之徒，轻喝道："小跛子，只要这次能联手退敌，贫道答应你，让小酒儿一整年不用上缴符泉。"

跛脚少年点点头，伸手握住那杆写有"降妖捉鬼、除魔卫道"的招魂幡子，沉声道："可以了。"

老道人一脚重重踏地，双手食指中指并拢，作道家法剑之势，快速默念一连串剑诀,最后以"急急如律令"收尾。

只见那杆插在地上的招魂幡子原本裹卷在一起的幡面突然之间变得好似迎风招展,猎猎作响,幡上八个字变成惨白色,像是八个身披银色甲胄的沙场小卒开始听从军令,在幡面上跑动起来,排兵布阵。其中"降妖捉鬼"四字沿着幡面、木杆子、跛脚少年的手臂、肩头,一路迅猛推移,最终分别流窜跑入少年的耳鼻四窍。

少年的眼眸瞬间变成纯白之色,每一次呼吸吐纳,面目七窍皆有黑烟缭绕。

跛脚少年双拳紧握,仰天怒吼,全身上下黑烟滚滚,黄豆大小的雨点竟是在他头顶三尺附近就瞬间蒸发为水汽。

跛脚少年相比阴气内敛的嫁衣女鬼,显然更像一个择人而噬的阴物鬼怪。

嫁衣女鬼一直在打量酒儿,等到跛脚少年开始朝她狂奔而来,这才望向如释重负的老道人,淡然道:"太让妾身失望了,竟然连旁门左道也算不上,只是不入流的歪门邪道而已。贼喊捉贼,不该死,应该生不如死。"

跛脚少年转瞬之间就来到嫁衣女鬼之前,高高跃起,一腿扫向后者头颅。

嫁衣女鬼既不躲避,也不格挡,始终一手双指拈住衣裙,身姿婀娜,直线向前。

砰然一声,嫁衣女鬼整颗头颅被"连根拔起",飞向山下不知何处。

只是无头女鬼继续前行。

落地后的跛脚少年又是鞭腿横扫,这一次扫向了嫁衣女鬼的腰部。

嫁衣女鬼持伞的那只手,只以手背便轻轻挡住他力重千钧的斩腰横扫。

跛脚少年那一腿竟是没能让嫁衣女鬼手背出现丝毫移动。

借助那股巨大的反弹之力,跛脚少年滞空身形拧转一圈后,一掌推向嫁衣女鬼的心口,沉声道:"降妖!"

银色"降妖"二字浮现在他手背,然后一笔一画自动拆散,汇聚成了一柄杀气腾腾的银色短剑,蕴含青白之光。短剑脱手而出,飞掠直刺嫁衣女鬼心口。

嫁衣女鬼以双指捏住那柄即将刺破鲜红嫁衣的凌厉飞剑。

长不过一尺的飞剑颤抖不已,嗡嗡作响。

嫁衣女鬼的嗓音悠悠然响起:"头颅不要便不要了,这身衣裳可不能破损。脏了,可以清洗,但是破了之后缝缝补补就不美了,不然郎君怎会笑话我的女红……"

跛脚少年一掌递出之后,几乎同时一拳上勾,却没有喊出那"捉鬼"二字,拳头之上,同样掠出一柄由幡面符字凝结而成的飞剑,显然看似木讷,少年并不是真的痴呆。

出手杀敌,正奇相合。

一声大喝炸响:"贱婢鬼物,贫道这次就替天行道,没了头颅,一样要你五雷轰顶!"

山路离地十数丈的空中,一道白雷轰然砸下。

嫁衣女鬼依旧一手持伞,另外一手先以食指拇指拈住了第一把"降妖"飞剑,又轻轻抬臂,以无名指和尾指接住了第二柄"捉鬼"飞剑。然后一肘轻描淡写地砸中跛脚少年额头,后者整个人倒飞出去,摔在泥浆小路后,又倒滑退去一丈多。

嫁衣女鬼抬起持伞之手,啪一声轻轻打开。白雷轰落在油纸伞顶,绚烂炸开。

站在伞下的嫁衣女鬼四指微微加重力道,两柄飞剑被硬生生从中折断,跌落地面后,化作两摊水银白浆,很快就与泥泞混在一起。

一招手,头颅飞掠而回,重新落在脖颈之上,血肉生长,很快就恢复原样。

嫁衣女鬼抬起空闲的手臂,摘去头上的一两根青草。

"再来!"老道人心一颤,视死如归,彻底放开手脚,重重呼吸一口气后,面容威严,笼罩着一层淡黄色彩。

他一脚离地,一手握拳于腹部重重捶打,一手掌心向天,袖管滑落,胳膊上露出一连串朱红色符箓。

老道人沉声道:"嘘为云雨,嘻为雷霆!云上琅琅,仙人指路!"

嫁衣女鬼手持油纸伞,嘴角扯了扯,路过重伤不起的跛脚少年,嫌他挡路,随便一抬脚,少年身形在空中就消逝不见了。

酒儿发疯一般,用小刀割破手掌手臂,胡乱涂抹在脸上,冲向女鬼。

但是她忘了此时大雨滂沱,她又没有老道人留住符箓灵气的仙家手腕,等到她冲到嫁衣女鬼身前时,其实早已面目清爽,只剩下不断滑落的雨水而已。

嫁衣女鬼随手一拍,打在她脸颊上,她娇小干瘦的身躯立即腾空而起,横飞出去,与跛脚少年一样,很快就一闪而逝。

之后嫁衣女鬼每走一步,就有一道粗如水桶的白雷砸下落在油纸伞面上,然后电光四溅,白雷碎裂。若是有人此时从远处眺望此山,就会看到有一条条如白蛇的雷电一次次从不高的半空落下,然后在山林之间绚烂迸溅开来。

一场本来头戴斗笠就能撑过去的绵绵阴雨,毫无征兆地变成了滂沱大雨,实在是难以前行。当陈平安提议寻找地方躲雨的时候,林守一伸手扶住斗笠,以免被急促的雨水砸得歪斜,沉声道:"不对劲。"

李槐扯住李宝瓶的袖子,大声喊道:"我有点怕。"

李宝瓶教训道:"阴神前辈不就是鬼吗,那你还怕什么?"

李槐眼前一亮:"对哦!"

反过来转头教训林守一身后的白色毛驴:"小白驴,可不许跟丢了。"

驴子打了个响鼻。

那尊阴神出现在陈平安身边,沙哑出声:"这里有一只女鬼坐镇周边山水,现在她正在跟那老道人交手,不出意外,女鬼稳操胜券。她来历不明,道行不低,若是平时和别处，我可以将其擒拿，但是此时此地，很悬。"阴神小心翼翼环顾四周，解释，"在山海谱牒上，只要是有名有姓的山水正神，都会有自己的山头地界，或者说是辖境。在自己地盘上与人厮杀，就会拥有天时地利的显著优势。除此之外，朝廷并未指定神祇的山脉河流，即便有实力超群的妖魔鬼怪和各种精魅能够脱颖而出，但是想要拥有类似儒家的学宫书院、道家宗门府邸的道场福地、兵家修士的古战场遗址，比登天还难。这不单单是修为雄厚就能有的，还需要莫大的机缘。可天道对于我等阴物从来不喜，想要正大光明占据一块地盘，无异于世俗王朝的藩镇割据，谈何容易？"

李槐怯生生自言自语道："这位阴神前辈生前肯定也是读书人。"

阴神语气深沉，指了指所有人的脚下山路："一个很不好的消息，就是此处领袖群邪的女鬼身份已经不亚于一地山神了，说不定同时还兼任着河婆，从头到尾都透着古怪。再就是你们脚下一开始就被那女鬼施展了术法，走在了她暗中铺设的'黄泉路'上。我是阴物之身，能自由进出，可是一旦想要强行带你们走出这条路，说不定就会重创你们的肉身和魂魄。"

林守一淡然道："阴神前辈，既然你跟她打架打不赢，我们走又走不掉，怎么办？"

阴神沉声道："等她现身再说。放心，我绝不会让你们受伤。"他有些愧疚，后悔自己先前在浩然气之中一意孤行地逆流而上，虽然事后对于修为大有裨益，甚至可以说是好处不可估量，可问题是当下，自己的道行折损到只剩下七八成，又落入那名女鬼的算计，她极有可能一开始的目标就是陈平安一行人，而非目盲老道那师徒三人。

那些长达几里山路的白纸灯笼根本就是引诱他去一探究竟的障眼法。

阴神心情复杂。那老道人修为不高，但那张胡说八道的嘴巴是真的毒。

阴神说道："你们全部站到我身后。"

很快，这尊阴神便站在小路最前方，陈平安和林守一靠后一左一右站着。

陈平安已经将柴刀换成了那把祥符，林守一双手下垂，袖中各有一张符箓。

李宝瓶和李槐则站在更后面。

最后面的白色毛驴有些暴躁不安，蹄子重重踩踏在地面上，溅起泥泞。

嫁衣女鬼手持油纸伞从远处缓缓行来，手中拽着老道人的一条腿，在跟陈平安他们相距数丈之外的地方终于停步。

山路之上亮起一盏盏灯笼，哪怕陈平安身后也不例外。

嫁衣女鬼随手将不知死活的老道人丢到双方之间，一脸很不意外的"惊喜"表情，伸出手指点了点，道："这么多贵客呀！一、二、三，有三个读书人呢，到底哪一位是儒门君子呢？我家郎君就曾经立志，此生一定要成为贤人君子，好为社稷苍生谋太平。没想到你们这么小的年纪就早早达成了我家郎君的夙愿呢。"

陈平安想要向前走出一步，阴神摇摇头，低声道："不急。"

嫁衣女鬼歪了歪脑袋，左看右看，打量着那三个背着小书箱的小家伙："郎君以前总说说品行端良的读书人才能被称作读书种子，所以每当我想念远游未归的郎君，就会让人邀请一些路过此地的读书人来我家做客，赠予他们妙龄美婢、孤本古籍、千年古琴。我喜欢听他们说那些海誓山盟的动人话语，世间唯有饱读诗书的读书人才能将那些情话说得如此柔肠百转。"

嫁衣女鬼最后把视线聚集在阴神身上，微笑道："这位阴神前辈真是时运不济，如果放到几年之后，妾身这次肯定就不敢亲自露面了。"

她自说自话，微微低头，掩嘴娇笑，秋波流转："妇道人家，抛头露面，确实不好。"

可是哪怕在灯光映照之下，那张仍是惨白无色的脸庞太过让人毛骨悚然。李槐只是探出脑袋看了一眼，就吓得两腿打摆子。

嫁衣女鬼笑问道："我实在是太久没有跟人说话了，情难自禁，你们不介意吧?"

她想起一事，轻轻收起油纸伞。

几乎同时，大雨骤然停歇，空中一滴雨水都没有了。

林守一笑问道："敢问这位夫人，那些被邀请去府上做客的读书人，最后是怎样的下场?"

嫁衣女鬼继续向前走去，笑意不见："他们啊……这些违背誓言的读书人，最后一个个都被我拦腰斩断，种在了我的花园里。因为我想知道，郎君嘴里的读书种子，会不会在泥土里开出花来，会不会有一天就硕果累累了。

"可是我很失望，他们只是化作了一具具枯骨。不过可能是那些读书人还称不上读书种子吧，所以你们的出现让我高兴坏了。"

林守一脸色铁青，李宝瓶气得浑身颤抖。

李槐干脆就双手捂住耳朵："我不听我不听……"

"我以前最喜欢读书人了，可我最恨负心郎!"

嫁衣女鬼缓缓抬起头，有血泪从眼眶中流出。

人间头等痴情，从来被辜负。

山路两边悬空的一盏盏白纸灯笼全部从顶部滑落一道道鲜血，最后淹没烛火。

"到头来，我才知道天底下就没有一个读书人不是负心人啊。"

嫁衣女鬼满脸鲜血，随手丢了那把昔年与她郎君作为定情信物的油纸伞，双手捂住脸庞，苦苦压抑的呜咽声从指缝之间渗出。

"郎君，妾身不怪你了，你回来吧。"

山间小路两侧，无高枝可依的白纸灯笼早已变成了大红灯笼，悬空而停，随风摇曳。鲜血如沸水翻滚，四溅的血珠不断撞击灯笼，发出噼里啪啦的瘆人声响。

嫁衣女鬼自顾自鸣咽抽泣，始终不愿放下双手，根本就不将那尊阴神放在眼中。

阴神心神微动,以心声秘术告知林守一,要少年有机会就使用隶属于山气符的破障符,接下来他会尽力缠住女鬼,一旦破开"黄泉路",让林守一带着陈平安只管赶路出山,不用管他,记得不要再走脚底下这条山路了,要陈平安用那把祥符开出一条新路来。

林守一答应之后,试探性询问,需不需要给他留下那把祥符。阴神摇摇头,说自己根本拿不起来,剑气太重了,用来开路最好。草木沾上了光明正大、日月辉煌的剑气,先天克制阴物,不利于对手继续使用鬼蜮伎俩。

嫁衣女鬼双手向外一抹,露出一张没有半点血色的惨白容颜,狞笑道:"先是不请自来,然后不告而别,非君子所为啊。"

阴神面目模糊起来,如蜡烛迅速融化,最后化作一团漆黑如墨的滚滚浓烟,冲向嫁衣女鬼。

嫁衣女鬼抬手挥袖,长袖摊开,大如鸟翼,护在身前。

但她仍是瞬间被倒撞出去七八丈,倒退路上的鲜红灯笼,一盏盏砰然炸裂。灯笼内的鲜血并未溅射散落在山间,而是飞向被阴神撞退的女鬼,如燕归巢,情形类似老道人的招魂幡子吸纳阴物残余魂魄的精华。

林守一沉声道:"准备跟在我身后,先岔出这条山路再说。陈平安,接下来我们要在树木之间劈开一条新路出山,阴神前辈要你用祥符刀来开路。"

陈平安点头道:"我去背上老道人,总不能见死不救。"

老道人就躺在十数步外,奄奄一息。

陈平安飞奔过去,背起可怜的老道人转身就跑。

林守一站定,双指拈出一张黄纸符箓,正是山水符之一的破障符,低声念诵。

按照那尊阴神的解释,山水符有千百种之多,是练气士远游之时进山入水的必备符箓之一,以防出现老百姓嘴里所谓的鬼打墙。其实是担心深陷同行暗中设置的护山阵法,或者害怕道行深厚的山鬼精魅使坏。尤其是进入古战场遗址、乱葬岗之类的地方,寻常修士若是没有几张破障符、阳气挑灯符、三清静心符傍身,简直就是自投罗网。

林守一蓦然睁眼,眼神深处闪过一抹金光,沉声道:"我们跟随符箓走。"

只见少年指间的破障符飘浮起来,悬在一人高的空中后,开始晃晃悠悠,像是一个正在认路的醉汉,而后来到靠近山墙的那侧路旁,静止悬停。

李槐问道:"这是要我们一头撞进去吗?"

林守一率先一步向前,身形突然就此消失。

李宝瓶、李槐陆续走入,陈平安最后背着老道人、牵着毛驴,在山路上消失不见。

那张黄纸符箓原本想要跟随进入,但是好像被人悄悄一拽,灵气褪尽,颓然坠地。

一行人出现在密林深处,面面相觑,哪怕是亲手使用破障符的林守一也有些茫然失措。

陈平安先让林守一帮忙背着老道人,他则攀上大树,在最高处环顾四周,发现他们此时似乎位于一片三面环山的山坳里,哪怕是以陈平安的眼力也看不真切,只有一个模糊的大概景象。

离开山路之前,那条山路的远处,阴神和嫁衣女鬼大战正酣,灯笼爆裂的声响源源不断,不绝于耳。

凭借破障符走出山路后,周围死寂一片,毫无声息。这巨大的落差,非但没有让李槐觉得心安,反而更加惶恐。

陈平安深吸一口气,手持祥符狭刀,道:"不管怎样,往南边走,只有那边没有高山阻挡。"

第六章

陆地剑仙

　　一片古树参天的山坳之中，有高楼建筑鳞次栉比，宅邸辉煌，规格犹胜人间的将相公卿府邸，恐怕只有郡王府邸才能与之媲美。

　　这座府邸高挂"秀水高风"金字匾额，笔力遒劲，如仙人执笔。大门之外两侧有一对巨大石狮，皆有两人高，一狮伸爪按住真人大小的石雕稚童，姿态威严。

　　空中涟漪阵阵，有一名身穿青衫的老人手提大红灯笼从中走出，正是那位大骊礼部祠祭清吏司的郎中大人。他叹了口气，愁眉不展，显然觉得此次登门会很麻烦。他将手中灯笼插入一尊石狮子脚底下，几乎一瞬间，原先阴沉沉不见半点光亮的冷清府邸大放光明，府内高高低低、远远近近将近千盏灯笼同时亮起。

　　又有无数扇房门被推开，走出不下百个管事、马夫、厨子、丫鬟、家丁模样的人物，像是同时得到了家主指令，要开始劳作。只是这些人全都脸色惨白，两眼无神。

　　一处花园内，跛脚少年和圆脸小姑娘酒儿相互依偎，靠在墙根。

　　跛脚少年七窍流血不止，已是身负重伤，就算是让他离开，估计也走不了几步。先前为了对付道行惊人的嫁衣女鬼，少年牵引幡子让"降妖捉鬼"四个银色符字进入自己面目窍穴之内，是极其折损神意魂魄的阴毒手段。而酒儿数次划破肌肤，鲜血流失严重。加上多少沾染了一些女鬼的阴秽气息，因此当下依旧有些头脑晕沉，恶心作呕。

　　当灯笼亮起之后，跛脚少年脸色愈发难看，赶紧伸手捂住了酒儿的眼睛。

　　跛脚少年视线之中，地面上四五十具腐朽枯骨只露出半截身躯，密密麻麻，像是被栽种在菜园子里的蔬菜。

他有些绝望。因为其中一具尸骸的脊柱和肋骨竟然呈现出淡金色,而四肢的骨头则洁白如美玉,已经彰显出"金枝玉叶"的中五境修士气象。按照老道人的说法,只有中五境当中的大练气士才能有这等开枝散叶的气象,像老道人那样堪堪摸着中五境门槛的野修练气士,就连金枝也没有修炼出来,更别谈玉叶了。

难怪会输得一败涂地,实力太悬殊了。

府邸门口,中门大开,以隆重大礼迎接大骊最有权势的三位郎中之一。

青衫老人却没有跨过门槛,而是坐在门槛上,望向府邸之外的宽阔街道,轻声道:"楚夫人,能否听我一劝,不要为难那些少年少女?"

门外横放在石狮脚下的那只大红灯笼开始剧烈摇晃起来,其上"魂去来兮"四字随着灯笼的大幅度摇荡,荡漾出一丝丝鲜红流光。

青衫老人加重语气,提醒道:"楚夫人!那些孩子一旦在你的地界出了事情,到时候别说是你这座府邸,就是我们大骊都要跟着一起遭殃。"

可仍旧没有任何回音,青衫老人有了些怒意:"楚夫人!"

一个管事模样的老者站在门内,头戴毡帽,双手负后,弓腰咳嗽,轻声笑道:"大骊将这山山水水划入我家小姐的领地已经无数年了,一直相安无事,甚至在老朽尚未担任管事之前的漫长岁月里,我家小姐还曾有恩于你们大骊某位先祖,如今我们府上还放着那块'山水永睦'金书铁券呢。那件不幸之事发生之后,从你们先帝到现任皇帝,都默许了我家小姐的泄愤之举,怎么今天就不行了?"

青衫老人站起身,望向那个老管事,缓缓道:"不但今天不行,残害过路书生一事,以后也不行了!其中缘由,我自会当面告知楚夫人,但是如果楚夫人既不愿收手,又不愿见我,那就别怪我大骊不念旧情!"

老管事拍了拍胸口,止住咳嗽,笑道:"大骊如今山岳动荡,除非是那位阮师亲自出手,否则我家小姐还真不怕谁。哪怕打不过你们大骊朝廷的一些秘密供奉,可是小姐真想要躲起来,你们难道真有魄力一口气挖断这数百里山根,同时截断绣花江?就不怕如此一来,牵连了棋墩山和那座落地的骊珠洞天?"

青衫老人脸色阴沉:"我们大人可不是那些架子比天还大的大骊供奉,他从来最反感别人得寸进尺。"

大门缓缓合上,老管事站在门槛内眯眼笑道:"我家小姐发话了,说让你们大骊出手试试看。"

"那就试试看!"青衫老人也是一个爽利人,不再言语纠缠,直接走下台阶,取回大红灯笼向天空一抛,身影消逝,那盏灯笼如红月升空。

府邸门口的大街上,陈平安一行人站在原地,心情沉重。

谁也没有想到会从山野密林之中突然就走到了这栋豪门大宅之前。

陈平安一路负责披荆斩棘，以祥符开路，此时也有些气喘。他体力损耗不大，更多还是心头负担的关系。

林守一背着的老道人突然不再装死了，正自己打自己耳光，老泪纵横道："没想到这女鬼道行如此恐怖，贫道竟然主动招惹她，还想着要斩妖除魔，真是瞎了狗眼啊，这双狗眼没有白瞎啊……"

林守一吓了一大跳，赶紧把老道人从后背放下。

李槐躲在李宝瓶身后，李宝瓶脸色微白，扯了扯陈平安袖子，小声问道："小师叔，你怕不怕？"

陈平安抬起手背擦了擦额头汗水，点头道："当然怕，不过没关系，有我和林守一在呢。"

林守一苦笑道："先前觉得可以试试看，现在我觉得自己的那点斤两也就够人家小指头勾一勾的吧。"

陈平安将祥符归鞘，递还给李宝瓶。看到她和林守一一脸纳闷，就解释道："等下让我试试看。"

李槐天真地问道："那女鬼不怕祥符刀，不怕林守一的符篆，反而怕拳头？"

陈平安没有说话，开始屏气凝神。

身受重伤的老道人大概是自觉死到临头，失心疯一般胡乱说话。

林守一袖中双手各拈"盘中珠"和"火雨"两张符篆，尽人事听天命而已。

陈平安默默驾驭体内那条气息游龙去往两座气府，只要给经脉带来暖洋洋感觉的那条火龙不敢在两座气府之前稍作停留，就意味着两缕"极小极小"的剑气肯定盘踞其中，并无意外。

这一次，陈平安觉得一缕剑气未必能够保证杀掉那个嫁衣女鬼——

那就两缕！

虽然心疼死了，但总比真的死了来得划算。

这么想着，财迷少年的脸庞就显得有些僵硬，杀气腾腾。

李槐突然发现身旁的白色驴子一直在重重踩踏地面，从最早在山路那里的急躁不安变成当下的欢快欣喜。哪怕嫁衣女鬼浮现在大门外的台阶顶部，那头驴子也只是稍稍放缓蹄子而已。

女鬼低头看了眼鲜红嫁衣，其上有几处破洞。她压下充斥心扉的滔天怒意，望向那些少年少女，飘然落地，侧身施了一个万福，嗓音娇柔道："欢迎各位登门拜访，你们可以喊我楚夫人。可惜我家郎君远游未归，只好由妾身招待你们了。"

棋墩山,有阵法遮掩景象的小竹林内,借助契机一举恢复山神神位的魏檗正望着堆积成山的断竹,全都是被阿良一刀拦腰斩断的绿竹。虽然在此次风波中,收获远远大于损失,可当亲眼看着这些汲取了棋墩山千百年灵气的绿竹支离破碎地躺在地上,仿佛一位位被腰斩的美人,魏檗仍是唏嘘不已。

他的金色耳环已经用了障眼法,平时哪怕他在自家地界显露真身,那条黑蛇也无法一窥究竟。此时他在耳畔屈指轻弹,地上那些断竹开始一根根凭空消失。

等到收拾齐整,魏檗走出竹林,看到除了战战兢兢蜷缩在不远处的黑蛇之外,还有一名横剑在腰后的年轻剑客,以及拎着酒壶仰头灌酒的“熟人”——那个被阿良的虹光撞回棋墩山石坪,最终被那名剑客背走的大骊高手,魏檗只知道他姓刘。

魏檗眼中流露出一丝疑惑。没多久之前,濒死的汉子虽然仍有些神色萎靡,可这么快就恢复行走,哪怕是修行了锤炼体魄的上乘秘术,也不至于有如此神效才对。

可是修行路上,能够走到中五境的后两境,谁没有点压箱底的本事?魏檗当然不会开口询问,道不言寿僧不言姓的规矩,自古皆然。

抹了抹嘴角酒渍,那孔武有力的壮汉沉声道:“棋墩山的土地老儿,我叫刘狱,虽然看你仍是不顺眼,但是救命之恩,以后定当回报。若是有急事相求,捏碎信符,只要我刘狱当时没有身负朝廷任务,便是在东宝瓶洲最南边的老龙城也会赶来。”

刘狱随手丢出一块羊脂美玉的牌子,魏檗接住后,笑道:“爱憎分明,行事磊落,又有这块‘兵家山庙’所独有的太平无事牌,刘狱你是风雪庙或是真武山的修士?”

刘狱冷哼道:“你管得着吗?”

刚刚从绣花江上返回的年轻剑客笑道:“刘狱是典型的刀子嘴豆腐心,别跟他一般见识。”

魏檗连忙摆手:“不敢不敢。”

年轻剑客手肘随意搁在长剑上,神色温和笑道:“刚好龙泉县临时有点事情要处置,如果不嫌弃的话,我们同行出山?虽然我之前已经通知了龙泉县县令吴鸢,照理说不会有什么波折,不过不怕一万就怕万一,毕竟落魄山一带如今有钦天监青乌先生不说,还有众多外方势力,我可不希望你跟大骊好不容易缓和一些的关系再度破裂。”

魏檗看似漫不经心道:“看之前大战的动静,该不会是你们大骊有五岳正神不幸陨落了吧?怎么,难不成我魏檗借此机会也能少少分到一杯羹?大人所谓的临时任务,不会真与我有关吧?”

看似粗犷鲁莽的刘狱眯起眼睛,年轻剑客依然云淡风轻,笑呵呵道:“放心,我不会做过河拆桥的事情。这趟龙泉之行,最后到底如何,仍是要看你魏檗的个人意愿,大骊朝廷绝对不会强人所难。至于具体事务,说实话,我是不太清楚的,只知道皇帝陛下听说了此事后,颇为重视,最后专门加上了‘以礼相待’四个字。”

魏檗叹了口气:"我可是向来吃软不吃硬的臭脾气,这么一来,我还好意思拒绝吗?真是怕了你们了。"

刘狱冷笑道:"软硬不吃才对吧?"

魏檗笑眯眯道:"过奖,过奖了。"

年轻剑客瞥了眼乖巧温顺的黑蛇,打趣道:"你倒是眼力不错,记得以后到了落魄山,别惹是生非。那边附近山头有一条你的同类栖息在山湖之中,哪怕你们要打架,最好别殃及凡人。除此之外,就没什么值得注意的了。既然如今有了大骊山灵的身份,最少可以不用担心被过路修士随意斩杀。"

那条黑蛇重重点了点头颅。自从吞下那一袋子来自骊珠洞天的蛇胆石后,黑蛇的体形不增反减,但是龙爪一般的四趾更加粗壮,一身漆黑如墨的鳞甲铮亮发光,腹部生出一条不易察觉的金色细线。

此去龙泉,暂时并无人烟,所以哪怕带着黑蛇,依旧用不着昼伏夜出。

来到铁符江之后,得到年轻剑客的点头许可,黑蛇小心翼翼地滑入江水之中,虽然极其欢畅,仍是竭力压制本能,不敢肆意摇晃身躯拍打江水。三人便站在黑蛇身躯上,好似旅人乘船,沿着铁符江轻松北上。

魏檗皱了皱眉头,轻轻拂袖,舀起一捧水在手心,晃了晃,像是在掂量分量,惊奇道:"由河变江,我是知道的,可是……"

年轻剑客为其解惑:"此处神灵成功融入铁符江后又有奇遇,惊动了其中一位青乌先生,匆忙上报给了朝廷,皇帝陛下龙颜大悦,在之前连升两级的基础上,又给提了一级。"

魏檗轻轻晃动手掌,铁符江水在手心缓缓旋转,啧啧道:"这位新晋神位的幸运儿岂不是已经走到了人间山河谱牒的顶点了? 有意思,真有意思。几天工夫就走完了同僚们数百年甚至千年的路程,此等际遇,简直就是天命如此啊。最重要的是,这位江神的上升似乎没有侵占其余水流的气数,不得不说,你们大骊的运势真是不错。"

年轻剑客第一次流露出肃容:"魏檗,你确定她的提升并未窃取这千里山水的气数,而是全部来源于昔年小小铁符河本身?"

魏檗笑而不语。昔年神水国北岳正神眼光独到,自然不是钦天监青乌先生这些"内行中的外行"能够媲美的。

大骊朝廷由于先前那一役,山河跌宕,一时间国运摇摆不定,五岳正神有三尊元气大伤,暂时只能交由青乌先生勘定此事。

年轻剑客沉声道:"魏檗,相信仅凭此事,你就能够获得朝廷的重赏。"

魏檗仰起头,清风拂面,衬托得本就好似谪仙人的他愈发飘然欲仙,眼神柔和,微笑道:"可以换成一份小小的机缘吗? 比如让一个本就有中五境资质的长春宫新进弟子在未来百年的长生桥上走得更顺畅一些?"

年轻剑客笑道:"这有何难?"

魏檗呢喃道:"我有愧神水柳氏。"

刘狱不耐烦道:"多少年前的老皇历了,哪怕是与国同寿的山水神祇也没你这般婆婆妈妈的。改朝换代,神像不崩就是天大的侥幸了,若是得以择明主而依附,继续享受香火祭祀,更是你们梦寐以求的好事。神水国柳氏就算当初对你有恩,可这都过去几百年了,该死不该死的都死绝了,你魏檗矫情个什么劲儿?"

魏檗置若罔闻,耳畔唯有江水声。

性情刚烈的刘狱气道:"一块茅坑里的臭石头! 老子竟然会欠你的人情,算我刘狱倒了八辈子霉。"

年轻剑客爽朗大笑道:"孽缘也是缘分,你们俩啊,就老老实实消受了吧。"

刘狱随口笑问道:"不知老灯笼的南下路途会不会跟那位楚夫人起冲突? 要是打起来,我估计老灯笼要吃不了兜着走。"

年轻剑客摇头道:"韩郎中外圆内方,其实脾气比你还差。楚夫人之于大骊意义重大,何况她又是那种动辄玉石俱焚的刚烈性情。希望不要有麻烦发生。"

刘狱哈哈笑道:"没事没事,一行人当中,没有那玉树临风的读书人,楚夫人是瞧不上眼的。倒是老灯笼,若是年轻个三四十岁,说不定就要被留在那座府邸当压寨郎君了吧?"

年轻剑客调侃道:"你这话,有本事到楚夫人面前说去。"

刘狱嘿嘿笑道:"她如果敢走出那片山水,我就敢这么说。"

年轻剑客感慨道:"圣人之所以称呼为圣人,就在于拥有自己的小天地,坐镇其中,可以占尽天时地利人和。"

刘狱遗憾道:"可惜大人您是剑修,剑修是没有这个说法的,要不然,大人您攻伐、杀力第一,如果再加上一方圣人小天地,攻守兼备,那么……"

年轻剑客一挑眉,笑道:"已有一剑,还不够吗?"

唯有这一刻,气势平平的年轻剑客才给人一种刺眼的感觉。

刘狱讪讪而笑。

魏檗蓦然起身望去,只见岸边有柳树横出水面,一个身披青袍、覆有面甲的女子坐在柳树枝干上。她拥有一头罕见的金色长发,随水微摇。

不知为何,魏檗没来由想起一句脍炙人口的诗句:杨花著水万浮萍。

年轻剑客看到那名女子后,轻声解释道:"铁符江正神便是她了,刚塑就金身不久,朝廷也未建立祠庙,所以暂时还有些神魂不稳的迹象。"

魏檗头也不转,问道:"她叫什么名字?"

刘狱冷哼道:"这小娘儿们名字好得很,杨花,水性杨花的杨花! 一路鸿运齐天,让人眼红的运道。出身乡野,被青乌先生相中根骨,在我们大骊京城得到了那把道家名剑'符箓'的认可,如今更是一举成为屈指可数的头等江神。就她这好命,以后那还不得升天啊。"

魏檗"哦"了一声,神色恢复如常,坐回黑蛇背部:"她属于雨师之象,难怪能够顺风顺水。有这么个实力强横的家伙当近邻,抬头不见低头见的,天晓得是好事还是坏事。"

年轻剑客虽然有些奇怪,可也想不出个所以然来。

不过雨师之象,确实是百年难遇。

魏檗一行人乘坐着黑蛇路过依依杨柳,江神杨花无动于衷。

昔年神水国诗人辈出,尤其以送别诗最为世人称颂,一经青楼女子传唱,往往风靡一洲,其中杨花即柳絮。

只不过正如糙汉刘狱所说,都是老皇历了。

魏檗不说,谁会在意? 便是说了,又有谁乐意听?

唯有儒家圣人曾有注解:杨,柳之扬起者也。

魏檗猛然转头,却不是看那杨花,而是看向比棋墩山更南方的地界。那里有一盏大红灯笼冉冉升起。

年轻剑客一手按住腰间剑柄,脸色凝重道:"看来我得亲自去一趟了。"

可就在此时,大骊边境一座巍峨大山之中,一抹白光破开山头,向北方迅猛飞掠而去,如彗星拖曳着极长的雪白虹光——竟是一把飞剑的剑气使然! 只是不见剑的主人。

剑气长且重,破开了近乎圣人地界的强大阵法,刚好落在一头白色毛驴的前方。

白色毛驴如同他乡遇故知,撒开蹄子绕圈而跑。

楚夫人明显有些错愕。作为此方山水的主人,她比任何人都要清晰地感受到这一剑之威。瞬间山根震动,水汽沸腾,若非她以气机笼罩住了身后府邸,恐怕府内近千盏灯笼就要一口气熄灭小半。

楚夫人既惊且怒,但她不是望向那柄飞剑落地处,而是死死盯住那个阴沉天幕上无法缝补的缺口。与此同时,那一袭鲜红嫁衣表面渗出一粒粒鲜血珠子,如水珠在荷叶上滚走,最后越来越多,接连成片。

楚夫人一晃双袖,仰头怒吼道:"擅闯此地者死! 大胆剑仙,我要将你的头颅摘下种在花园,让你苟活十年百年!"

有大笑声从极远处传来,最终凝聚在地面那柄飞剑之上。嗓音温醇不说,还有一种独到韵味,如世家子弟说那风花雪月,给人如沐春风的感觉,可是言辞之中却又毫不遮掩自己的冲天豪气:"姑娘稍等片刻,在下肉身尚未完全稳固,比不得飞剑速度,只是不知道姑娘的花园风景如何……"

"地方不大,风景也不如何,够种下你一颗头颅的!"

楚夫人原本惨白的脸色变成了愈发阴森的青紫色,笑容狰狞。两道猩红色水流从她嫁衣大袖之中滚滚涌向天幕缺口。

有人朗声道:"剑至秒退!"

厚重天幕剧烈一震。两股血水刹那之间在天地穹顶向四面八方炸开,像是下了一场猩红血雨。楚夫人身躯一颤,轻轻抖袖,不计其数的雨滴返回袖中。

一名身穿白袍的年轻男子从天而降,浑身萦绕着一层白蒙蒙的气息,如大湖水雾,如山巅罡风。男子束发而不别簪戴冠,双手并拢作剑,浑身有一条粗如青壮手臂的磅礴剑气,雪亮刺眼,如白色蛟龙环绕四周,迅猛游弋。那些阴秽气息和猩红鲜血一遇上这抹剑气便瞬间消散。

还不到而立之年的俊逸男人飘然落在陈平安一行人和楚夫人之间。地上飞剑嗖一下掠至他身侧,剑尖直指府门匾额"秀水高风"。

男人收起双指,那道凝如实质的充沛剑气略作停顿。他转头望去,看到背着小书箱的李宝瓶,才恍然记起有件相依为命多年的老物件已经不属于自己了,随即洒然一笑,一招手,李宝瓶的小书箱微微颠簸了一下,藏在里头的银白色小葫芦轻轻晃动,一柄长不过两寸、通体雪白的飞剑掠出养剑葫,剑气有些不情不愿地钻入飞剑之中,而飞剑又急急掠向男人眉心,一闪而逝。

男人揉了揉眉心,打趣道:"以后咱们一起四海为家便是,你又不是待字闺中的小娘子,一定要待在绣楼不可下楼。"

白色毛驴踩踏着轻快的蹄子,跑到男子身边,用脑袋亲昵地蹭着他的肩膀。他微笑伸手,抚摸着白驴的脑袋:"老伙计,好久没见啊,真的很想你。"

天幕缺口在男人强行破开闯入后已经缓缓闭上,但是为此消耗了许多山水灵气,短短工夫,楚夫人至少积攒了五十年的家底一扫而空,全部变成了无用的浊气。

她恢复平静,冷笑道:"佩剑、外放的剑气、本命飞剑,一样比一样厉害,好一个风采卓绝的陆地剑仙。你应该不是大骊人氏吧?"

横空出世的剑仙微笑道:"无根浮萍而已,名讳不值一提。"

他说完这句话后,不是转头,而是直接大大方方转过身,将后背留给了楚夫人,温声对陈平安道:"我是阿良的半个朋友。嗯,只是半个,另外半个算是他的弟子,可惜阿良不愿意认,说我性情太迂、行事太软,所以出剑从来不够快,认我做徒弟的话,他丢不起这个脸。我千里迢迢赶来,是感知到了老伙计和养剑葫里的异样。冒昧问一句,阿良人呢? 你们又是……"

陈平安解释道:"我们也是阿良的朋友。葫芦是阿良送给李宝瓶的,驴子是李槐在照顾。至于阿良的去向,相信以后你自己会听说的。"

相比楚夫人，对这位自称阿良朋友的陆地剑仙，脑子里想法一直很古怪的李槐是一点也不生疏。在他看来，阿良的朋友可不就是他李槐的朋友？至于这个人是不是神仙身份，大得过朋友关系吗？

只是那次绣花江渡船风波让李槐一朝被蛇咬十年怕井绳，不敢随便开口说话了，只是一直朝那头白色毛驴使眼色。

年轻剑仙很认真地听完了陈平安的话，然后点头道："我大致明白了。"

几乎所有人都察觉到了地面的微微颤动，如鳌鱼翻身、山脉倒塌的前兆。

楚夫人脸色大变，刚想要离去，就发现自己被一柄本命飞剑钉死了气机去向——那柄雪白飞剑不知何时已经悬停在她头顶三尺处。

楚夫人满腔怒火，怒喊道："韩郎中、绣花江神，你们两个就不管管？若是真被那尊阴神打断了此地山根，一路北去，不但是绣花江在内的三条大江，还有北边的棋墩山、铁符江、龙须河，有哪一方能够幸免于难，不受波及？"

韩郎中手持大红灯笼，站在天幕之外的空中冷笑道："楚夫人先前的气势跑到哪里去了？"

楚夫人脸色一沉。

韩郎中身旁站着的一位身披甲胄、手臂缠绕青蛇的武将神人出来打圆场，以免这二人撕破脸皮，坏了大骊气运。他沉声道："楚夫人，我和韩郎中可以劝阻那尊阴神打断山根的举动，但是我们也希望楚夫人接下来不要再有任何过激言行。"

楚夫人嫣然笑道："妾身想跟这位剑仙大人切磋切磋道法剑术，算不算过激言行？"

韩郎中气极反笑："好一个菩萨心肠楚夫人，我韩某人今天算是领教了！好好好，我大骊礼部日后必有报答！"

楚夫人嗤笑道："小小郎中，口出狂言，吓唬小孩子呢？等你做了大骊礼部尚书，才有资格对妾身指手画脚。"

绣花江神手臂上的青蛇迅速吐芯子，白雾阵阵。他显然比与世隔绝的楚夫人更熟稔大骊官场以及未来走势，脸色不悦道："楚夫人！"

楚夫人一手捂嘴娇笑，一手拎衣裙，侧身施了个万福："妾身给韩大人赔罪便是。"

韩郎中气得嘴唇铁青，不过仍是一言不发，一切以大骊山河形势的稳定为重。若非如此，以这位楚夫人肆意虐杀过路书生的残暴行径，大骊礼部岂会数十年来选择睁一只眼闭一只眼？

不过话说回来，韩郎中从不觉得大骊朝廷做错了。

山河霸业，千秋万代，死几个人算什么？是否无辜不幸，又算什么？

他若不是大骊官员，不是这个负责联系、招徕练气士的礼部郎中，依照他的性情，身为儒家门生，肯定会毅然出手，哪怕两败俱伤也在所不惜。可是他一步步走到今天这个高位，见过了动辄数万死伤的沙场厮杀，见过了大骊京城一栋栋高门府邸更换了名号，见过了一场场别国死士飞蛾扑火的暗杀，也见过了山上两位神仙一场厮杀殃及山下数百上千百姓的惨状。

在其位，谋其政。他韩某人早已不是当年那个只会书上道理的寒士书生了。他甚至为了大骊律法亲手斩杀过路见不平，只为无辜百姓向山上神仙寻仇的武人侠士。

那人死前破口大骂，说这样的大骊真是可笑至极，骂他是山上神仙的走狗。

他心平气和地告诉那人，可能三十年、五十年之后，总之肯定会有一天，大骊便不会再有这样的枉死了。那人死前吐了口血水在他脸上。

天底下哪有一刀切的简单事？

心思复杂的韩郎中望向北边，不知为何，自己那位大人并没有急着露面。

年轻剑仙不理会什么大骊郎中、水神、阴神的，他只是再次转身，面向被自己飞剑震慑住的楚夫人，笑问道："你想跟我切磋剑术？"

楚夫人笑眯眯道："若是点到即止，妾身就愿意，毕竟如公子这般年纪轻轻的陆地剑仙，妾身还是生平仅见。"

年轻剑仙挥挥手，白色毛驴赶紧跑回李槐身边。他伸手向悬在身侧的佩剑，点头道："可以。"

楚夫人眯起眼："哦？公子当真？"

年轻剑仙握住剑柄，轻声道："剑名'高烛'。"

简简单单一剑劈下，却让这方暮气深沉的小天地骤然间大放光明。

仓皇失措的楚夫人只能抬起双手遮住容颜，宽大双袖又遮住全身。

她以这样的姿势被当场一斩为二，哀号声响彻大街和身后的壮观府邸。

那些仆役丫鬟痴痴呆呆站在原地，开始七窍流血，有一些直接瘫软在地，化作一摊脓水；正在学习女红的大家闺秀，一针一针刺入自己手臂而不自知；正在砥砺武学的护院家丁站在原地，相互一拳一拳打烂对方的头颅。

楚夫人匆匆忙忙向府邸大门掠去，被切成两半的身躯之间有无数条红色丝线牵连，情景如藕断丝连，此时在空中又迅速合拢在一起。

年轻剑仙淡然道："再来。"

一剑横抹。剑光舒展平铺在空中，就像波光粼粼的水面。楚夫人如同"出浴美人"被这条水面拦腰切断，那一袭嫁衣软绵绵坠落在台阶顶部。

楚夫人化作滚滚浓烟飞入金字匾额之中，不断有血水坠落在地上，一张痛苦狰狞的女子面孔时不时从匾额表面凸出，其内传出求饶声："剑仙饶命！"

年轻剑仙两次出手，横竖两剑而已，就将不可一世的楚夫人的魂魄一分为四，只得返回那块寄托着此方小天地"山根水源"的匾额，如此方能苟延残喘。

世间有俗语,叫"寄人檐下",其实早已道破了一部分天机。凡夫俗子的屋檐下,无论是横梁还是匾额,其实往往大有玄机。

林守一心神摇曳,难怪阿良说世间练气士以剑修心性最潇洒,杀力最大,最不讲理。只可惜他林守一修行资质虽好,却不适合剑修路数。他有些遗憾,但是很快就坚定道心:以后自己若是能够凭借通天道法胜过如此剑法通神的陆地剑仙,岂不是更好?不过林守一无比清楚,眼前这位,多半就是传说中上五境的练气士了。如果说纯粹武夫一直低练气士一等,那么练气士之中的剑修,则是高出其他练气士一等的。

相传曾有人计算过,打断敌人长生桥的练气士当中,无疑以剑修最多,占据了三分之一,还要胜过杀伐果断、不沾因果的兵家修士。要知道,修行之路千千万,每条道路皆有缘法,剑修不过其中之一而已。

陈平安的想法没林守一那么复杂,只是在琢磨一件事:原来剑可以如此使用啊。

年轻剑仙一手负后,手握长剑,笑道:"事不过三嘛,楚夫人还是再接我一剑吧?"

一道身影悄无声息出现在匾额下,是个同样年纪轻轻的男子,只不过貌不惊人。他横剑在腰后,缓缓道:"风雪庙魏晋,可以了。"

魏晋笑道:"神仙台魏晋才对。"说话间,又是一剑挥出。

对面年轻剑客面无表情,伸手握住剑柄,缓缓拔出寸余便不再有所动作。

但是两名剑修之间竟然出现了一条袖珍可爱的小小山脉,山势逶迤,横挂空中。

魏晋一剑斩断山脉,但是这一剑的意气也所剩无几,便没有不依不饶地继续出剑。而几千里外,一条绵延百里的山脉突然从最高处开始向下裂出了一条巨大峡谷,如仙人一剑劈斩而出。

魏晋笑问:"你是不是墨家的那个谁?"

年轻剑客脸色不太好看,心想:阿良前辈,你就不能多说一个名字吗?

他对魏晋说道:"稍等。"然后转向依附于匾额的楚夫人,皱眉道:"楚夫人,事已至此,你能否拿出一点诚意来?"

魂魄隐匿于金字匾额的楚夫人点了点头,随后天幕渐渐消失,这是山水地界消散的迹象,性质类似市井百姓的开门迎客。

她再怎么孤陋寡闻,也总会听过此人的种种传奇事迹——出身墨家游侠一脉,是一位身份显赫的宗门巨子,投靠大骊宋氏之后,立即被大骊皇帝奉为座上宾,如今贵为大骊京城的守门人,是大骊震慑山上势力的关键人物之一。据说一有空暇,就会独自游历四方,每有山川奇观,便将其化作自己的剑意。

礼部郎中和绣花江神出现在街道上,纷纷对年轻剑客抱拳行礼,后者不过点头示意而已,可见此人在大骊的超然地位。

那尊阴神也站在了陈平安身边,煞气冲天。方才他差点拼了修为道行不要也决意打断此处山根，一旦山根碎裂，就意味着楚夫人的护身符将不复存在，会彻底失去与那些十境修士抗衡的底气。

匾额中伸出一条羊脂玉似的手臂，地上那件嫁衣晃晃悠悠飘向匾额。当楚夫人从匾额中钻出的时候，她又穿上了这袭嫁衣，先前被魏晋一分为四，哪怕她身陷命垂一线的险境仍是不忘维持嫁衣的完整，足见其对嫁衣的珍惜到了近乎魔怔的地步。

楚夫人落地后，无意间瞥见那些孩子背后的书箱，眼神瞬间变化，一身戾气暴涨，虽然竭力压抑，可这异样一展无遗。

年轻剑客叹了口气，望向在绣花江渡船上有过一面之缘的草鞋少年，语气真诚地恳求道：“能否请你们先收起三只书箱？这位楚夫人对读书人的怨念便是她当年放弃山水正神的症结所在，此中缘由，实在是一言难尽。陈平安，只希望你们能够网开一面，看在并未酿成大错的分上，此次恩怨就此揭过，如何？”

他想了想，笑道：“如果可以的话，只需要答应我施展一个障眼法就行。”

陈平安点头道：“可以。”

很快，三只翠绿小书箱就从众人的视线中消失了。当然，如果练气士凝神视之，它们便会现出原形。

年轻剑客最后重新望向魏晋，这位东宝瓶洲最年轻的上五境修士，而且还是战力可以拔高一境的剑修。

不惑之年的上五境，不管放在什么大洲，哪怕是泱泱浩大的中土神洲，一样是足够骇人听闻的天之骄子。

风雪庙魏晋和大骊宋长镜在山上修士而言的“年轻”一辈中，是当之无愧的南北双璧。如今他们一个破开十境跻身剑修十一境，一个达到传说中的武道止境第十境，果然都没有让人失望。两人“一文一武”，未来成就皆是不可限量。

年轻剑客笑问：“不知魏剑仙此次赶赴大骊，除了解决今日风波，可还有其他想法？”

魏晋笑着反问道：“若是没有其他想法，会如何？有，又会如何？”

年轻剑客直截了当道：“若是仅仅游览风光，除去大骊几处禁地，其余地方都欢迎魏剑仙莅临，如果不嫌弃，在下愿意作陪；若是趁着大骊局势动荡有所图谋，那么在下便会挡在这里，亲自试试看魏剑仙的飞剑到底有多快。”

魏晋收起手中名为高烛的名剑，悬挂腰侧：“风雪庙内，我素来最为敬重阮师，只是因为各种原因，一直素未谋面，故而接到阮师从骊珠洞天传出的太平牌信息后，便接下了一桩任务，护送这些孩子去往大骊边境野夫关。所幸中途遇到一位名叫阿良的前辈，指点了我一番剑术，才有此次闭关破境的机缘。所以我这次北上，你不用担心什么。”

年轻剑客以诚待人，魏晋本就是磊落豁达的性格，并未将他略显生硬的姿态视为挑衅,而是袒露心扉道:"如果你想要切磋剑术,我是很乐意的。之前本以为家乡东宝瓶洲已经没有继续游历的必要,听了阿良许多关于外面的说法,我便很想去倒悬山看一看,去阿良历练的地方,真正砥砺自己的剑道。"

正因为走过很多地方,见过很多人,魏晋才更加清楚"坚持"二字的可贵。

一边的老道人根本插不上嘴,也完全没胆量开口说话。毕竟,一个赫赫大名的风雪庙魏晋就足以让他感到窒息。

上五境修士,在东宝瓶洲是何等凤毛麟角的存在!须知十境修士就已是一国砥柱,无一不被君王当作镇压国运的供奉。上五境练气士,哪一个不是神龙见首不见尾?那可是能够开山立宗的存在。东宝瓶洲王朝林立,但是以"宗"字作为后缀的仙家府邸又有几座?屈指可数!

魏晋双手抱拳,对年轻剑客说道:"后会有期。"

年轻剑客亦是抱拳还礼,道:"希望将来能够在东宝瓶洲听到从倒悬山传来的关于你的消息。"

两名剑修相视一笑。白首如新,倾盖如故,即是此理。

陈平安轻声道:"走了。"

李宝瓶、李槐和林守一点了点头。

目盲老道人一咬牙,壮起胆子小心翼翼问道:"这位仙师,小道有两个徒儿被楚夫人……留在府中做客,能否让小道带着离开?小道只怕徒弟们粗鄙顽劣,会不小心坏了楚夫人的规矩……"

年轻剑客转头对楚夫人温声说道:"能否放行?"

楚夫人点头道:"既然大人发话了,妾身怎敢不从。"

这位深藏不露的京城守门人推剑出鞘寸余就能够挡下魏晋的第三剑,分量有多重,楚夫人心知肚明,总之绝不是她能够抗衡的。哪怕是巅峰时期的她,坐拥山水地界的庇护,一样毫无意义。更何况她算不得货真价实的十境,而这位墨家豪侠出身的古怪剑客,天晓得会不会跟魏晋一样,已是第十一境的陆地剑仙。

她有些恼火,眯眼望向那些少年少女。若非他们当中有人害得自己点不着灯笼,又看到了他们负笈游学的可憎模样,她怎么可能沦落到现在的凄惨处境?不说自己挨了魏晋两剑,差点就连山根水源也给那尊阴神打坏了。

魏晋牵过白色毛驴,笑问陈平安一行人:"那我们动身赶路?"

陈平安当然没有意见。

多出一个陆地剑仙的游学队伍,就这么缓缓离开。

李宝瓶来到陈平安身边:"小师叔。"

陈平安轻声问道:"怎么了?"

李宝瓶嘿嘿一笑："没什么！"

陈平安揉了揉她的脑袋。

李宝瓶与陈平安并肩而行，其实她是有些想念自己的大哥了。

楚夫人一招手，将跛脚少年和酒儿从花园随意扯出，丢在目盲老道人身边。在这之后，她眼角余光瞥去一个方向，刚好看到那草鞋少年回头望来的视线。

双方对视，少年眼神冷漠。楚夫人在一瞬间，没来由地有些心悸。

她很快就觉得荒诞可笑，迅速收回视线，不再浪费时间在一个平凡少年身上。她只是想不明白，自己为何会如此疑神疑鬼。

等她鬼使神差地再次望去，草鞋少年已经背对着她，落在队伍的最后面缓缓离去。

福禄街桃叶巷的四大姓十大族，仅是对那三十余座龙窑窑口的争夺，千百年来就充满了钩心斗角，其中不乏血腥味。只不过现在这里成了龙泉县，敞开门户，不得不抱团聚势，但是私底下，谁不在与大骊朝廷以及那些买下山头的仙家势力暗中联络？

外边有些传闻传得煞有其事，其实一街一巷并不当真。比如四姓之一李氏的龙麟凤，随着李宝瓶的先生，那位山崖书院山长的黯然落幕，就更像是一个笑话了。至于李虹的长子，福禄街所有长辈的印象，就是一个读书读傻了的书呆子；而幼女李宝瓶，则是那个从小就不着家的小疯丫头啊；唯独二子李宝箴还算有点光耀门楣的希望，听说在京城遇上了贵人，破格成为国子监监生，跟随当朝名士刘文虎学习《大礼》，在小镇引起过一阵小小的波澜。

李家书房内，一名神色疏淡的年轻人将一封来自大骊京城的书信交给父亲李虹。

李虹笑道："宝箴跟他妹妹一样，宁可寄给你这个大哥，也不愿寄给自己爹娘。"

年轻人苦涩一笑，轻声道："信上写的东西，爹您要有点心理准备。"

李虹的脸色瞬间凝重起来，抽出信纸后，粗略看过之前的寒暄问候，越到后边，眼神越是阴沉。他起身点燃一盏油灯，搁置在笔洗之中，一点点烧掉这封家书，灰烬缓缓落在梅子青色的精致笔洗之内。

李虹用了两个字，来给自己儿子的所作所为盖棺论定："胡闹。"

他又问长子："此事你怎么看？要不要听从你弟弟的建议，通过县衙将朱河、朱鹿父女祖祖辈辈落在我们李家的贱籍削去，帮忙提为平民？"

朱家父女若是成功更改了户籍，从龙泉县福禄街李氏的仆从贱籍当中划掉，获得了平民身份，子孙从此就不用世代为奴为婢，用鲤鱼跳龙门来形容也不为过。只不过宰相门前七品官，孰优孰劣，全看脱离贱籍之人的本事高低。只会阿谀之辈，当然是依附大树更为稳妥；如果有真才实学，自然是自立门户更有前途。

年轻人苦笑道："爹，您已经有主意了。"

李虹身体后仰，靠在椅背上，双手揉着太阳穴："可我还是想听听你的看法。一个家族，总不能人人想着富贵险中求。"

年轻人安安静静坐在那里，眼神明亮："真正棘手的地方，在于爹不管偏袒哪一方，都会让另外一人对家族产生隔阂，所以宝箴这次做得不对。宝箴一意孤行，不给自己和家族留退路，更不对。这么做，不厚道，对不住那个叫陈平安的泥瓶巷少年，最不对。"

李虹眼神复杂地看着长子："宝箴什么性子，你这个做哥哥的岂会不知？早知是如此两难的尴尬境地，为何当初你不随他一起去京城？"

年轻人无奈道："爷爷闭关，宝瓶离家，加上如今小镇形势翻天覆地，正是决定各大家族未来走势的关键时期，容不得我们李氏灯下黑，我走得不放心。就算要走，也要等这边形势明朗，实在不行，科举一事也可以放一放。"

听到长子前面老成持重的言语，李虹微微点头。等听到最后一句，李虹顿时急眼了，直起腰，高声道："绝对不可以！科举取士是重中之重的大骊国策，丝毫不亚于朝廷对山上势力的招徕！李宝箴性格比你急躁，离家之前，虽然在我和你爷爷跟前口口声声说离开小镇后会讲规矩，以阳谋行事，绝不会心怀侥幸、兵行险招。但结果呢？还不是来了先斩后奏这么一出，所以只能由着他胡闹。如果你再延缓科举，就等于拖慢家族的脚步至少三年！"

年轻人将一句到了嘴边的话默默咽回肚子。只要说出口，就意味着他和弟弟本就不算太好的关系会瞬间跌落谷底，甚至再无缝补修复的可能。而且说了毫无意义，因为爹在内心深处，并不否定弟弟的富贵险中求。

在错误的道路上早起奋发三年，在正确的道路上按捺住蛰伏三年，两者各自对家族未来三十年的影响、对两代人的影响，不言而喻。

年轻人走出书房后，独自走在雕花素雅的宽敞外廊上突然听到檐下一串风铃的叮咚声响。他袖手闭眼，微微仰头，听着叮叮咚咚的空灵声响，呢喃道："聪明人太多了，也不好。"

青衫读书人，名为李希圣。

没有了楚夫人暗中作祟，陈平安一行人走得畅通无阻。

山坳里有一条通往府邸的道路，原本可供两辆马车并肩而行，如今虽然荒草丛生，沾着雨露寒气，可是比起先前他们凭借破障符离开那条黄泉路后，陈平安必须手持狭刀祥符一刀一刀开辟的道路，已经要好上太多。

魏晋突兀加入队伍后，并没有开口说话。这位风雪庙神仙台的剑修一手牵着白色毛驴，一手扶住腰间剑柄，闭眼行走，心神远游。

若说下五境和中五境之间是一条鸿沟，那么中五境和上五境之间无异于一道天堑。哪怕第十境的练气士在山下俗世贵为王朝栋梁的显赫存在,仍需要如荒冢枯骨一坐数十年甚至百年光阴,最终好不容易摸到了"静极思动"的破境契机,从洞天福地、山门府邸走下山去,可到头来竹篮打水一场空,只好又返回山上继续枯坐面壁的,仍不在少数。

魏晋悄然结束风雪庙独门吐纳之术,睁开眼睛转头望去,打量着那些与阿良熟悉的孩子。只是这位白衣剑仙的心思更多还是在风雪庙的祭奠上,惭愧于因为始终无法破境,已经很多年没去师父坟头敬酒了;再就是听过阿良那些所谓狗屁倒灶的小故事后,对倒悬山充满了憧憬,对那城头满是剑修的长城更是心向往之。

魏晋叹了口气,觉得意犹未尽。若是之前在"秀水高风"匾额之下,他的肉身已经稳固,与剑意完美契合,达到浑然天成的地步,那么出剑就不会有任何瑕疵,当时挡住去路的墨家游侠恐怕出剑就不止一寸那么点距离,剑身最少也该出鞘一半。

李槐看着这个眼神飘忽的白衣神仙,很是好奇。好奇的同时,也很遗憾,觉得如果阿良在场就好了。李槐很想拍着阿良的肩膀,告诉他像魏晋这样的才是剑术高手嘛,他阿良还是差了点,以后要多跟人学。看看人家魏晋的出场,人未到剑已至,一身白衣剑气环绕,打得那个恶鬼婆娘哭爹喊娘。就这惊天地泣鬼神的出场,跟他阿良戴着斗笠牵着毛驴走在河边,能一样?

林守一发现魏晋在打量他们之后,又察觉到他的心不在焉,不露声色地扶了扶书箱,思考自己的修行事。

领教过楚夫人深不可测的术法神通,见识过两位剑修出神入化的剑术切磋,林守一心头沉甸甸的:任重而道远,自己那点修为道行,如今给人塞牙缝都不够。

魏晋收回散漫视线,停下脚步,从袖中掏出一块散发出羊脂莹润光彩的玉牌子,坦言笑道:"我不能一路跟随你们去往大骊野夫关了,需要立即去往骊珠洞天的斩龙台砥砺佩剑高烛和本命飞剑,为将来的倒悬山之行做好准备。因为阿良前辈说过,通过倒悬山去往的那个地方,如今正值百年一遇的大战,我绝对不可错过。"

魏晋看队伍中没有人接手玉牌,耐着性子解释道:"虽然你们有一尊实力不容小觑的阴神护送,可是为防再次出现今天的意外,我将这块玉牌送给你们。这是我们风雪庙和真武山独有的'太平无事牌',一旦遇到危险,只要持有者灌注真气,对其说上几句,松手后它就会自行掠向山庙,向自己的宗门发出求救信号。"

魏晋看到仍是没人接过这块意义重大的玉牌,没有怪罪这些孩子的不知天高地厚,反而笑道:"如果你们觉得让我陪着去往野夫关比起拿着一块小玉牌子更加安稳无事,我当然不会推诿责任,我只是跟你们商量商量,最后如何,还是看你们的意思。"

陈平安开口道:"剑仙前辈可以自行去往龙泉县寻找斩龙台磨砺剑锋,我们收下这块玉牌便是了。此去野夫关,本就有阴神前辈护送,加上大骊朝廷之前也答应过帮助我们，所以那三人才会出现在女鬼身边，虽然略晚了一点，可毕竟证明了他们好歹是说话算数的。"

陈平安思量片刻，认真道："今天这种大的意外，相信不会一而再再而三出现的。"

他接过牌子，转手交给林守一，小声叮嘱道："记得收好，最好别放在书箱里，离得太远了，紧急状况会不方便取出。"

林守一点点头，轻声道："我知道，会把它和剩余两张符箓一起藏于袖中。"

魏晋会心一笑，对这个草鞋少年的通情达理有点小小的意外。其实魏晋早先就有些疑惑，为何是此人在队伍中一言而决？先前在楚夫人府邸前的街道上，魏晋就已看出名为林守一的少年已经踏足长生桥，气府景象生机勃勃，壮阔且平稳，是难得的修道坯子。而且少年还是那种清高倨傲的性子，怎么愿意位居人下？关键是，少年看上去本身好像并没有觉得有什么不对。

至于那个年纪最小、虎头虎脑的家伙，既然会被阿良安排去照看白驴，福气之好，无须多说。因为不管如何，魏晋都会赠予李槐一份离别礼物。他魏晋独自游历列国，这么多年无牵无挂，种种奇遇机缘，收入囊中的好东西不在少数，大多随手散给一个个有缘人，能够留到如今的，自然是重中之重的好物件。

更何况当魏晋以清澈剑心照彻对方，扫开那份有人故意为之的雾障，才发现李槐的先天根骨竟比林守一还要好，是山庙兵家祖师们梦寐以求的头等良材美玉。

李宝瓶开口问道："这块牌子，如果遇到今天的情况，当真飞得出去吗？先前的黄泉路，还有之后前辈您用飞剑破开的那层夜幕，会不会阻挡它的去路？"

魏晋哈哈笑道："大可以放心，哪怕是十境修士的圣人地界也困不住它。此物速度极快，远胜御剑飞行。玉牌在飞掠途中，只要下山游历的风雪庙修士能够感知到它的存在，都会以秘术将其牵引到身边，然后出手相救，所以大多不用师门后援出手就可以解决危机。"

李宝瓶点头道："懂了。玉牌本身就是一种类似通关文牒的物件，如果是连阴神前辈也打不过的对手，肯定身份很不简单了。以他们的岁数和阅历，会一眼就认出这块太平无事牌，也肯定会忌惮前辈和前辈所在的宗门，所以哪怕玉牌无法及时到达风雪庙，只要祭出玉牌，就已经是一种震慑，等丁是在劝诫对方不要挑衅风雪庙。"

魏晋愣了愣，对李宝瓶的早慧和通明感到惊艳。看着一脸严肃正儿八经的她，顿时心生欢喜，自然而然就觉得亲近可爱。

魏晋又看了眼陈平安。难道只是岁数大一些，才做了三个孩子的领头羊？

魏晋视线偏移，望向帮助自己一路照看毛驴的孩子李槐。一番权衡之后，一抖手腕，手心出现一排泥塑小人儿，半指高度而已，有佩剑剑士，有拂尘道人，有披甲武将，有骑鹤女子，还有锣鼓更夫，总计五个。

魏晋递向李槐："这五个泥人算是半死之物,结合了阴阳家、墨家傀儡术和道家符箓一脉的艰深学问,我并不理解其中玄机,只知道若是温养得当,让它们熟悉你的气机,说不定哪天就会活过来,之后需要以火灵水精等五行精髓不断喂养。它们受限于小小身躯的气府、经脉等等,最高修为最多也才等同于第七、第八境练气士……"

说到这里,魏晋自觉失言,不再说话,只是笑望向李槐。

李槐不忘转头望向陈平安,后者赶紧点头,李槐这才一把搂过五个泥人,心想加上住在背后书箱里的彩绘木偶,自己就已经拥有六个小喽啰了!

魏晋翻身骑上毛驴:"那就告辞了,希望你们一路顺风。"

他虽然生性豪迈,任侠风流,却也不是那种善财童子。修行路上,大道漫漫,数面之缘,短暂接触,结下的缘分其实很难知晓是善缘还是孽缘。若无恰到好处的时机和轻重得当的缘分,以魏晋如今的浓郁气数和那冥冥之中不可预测的天意,接手魏晋赠送礼物的人,若是自身福缘不厚,天晓得会不会反受其害,半路夭折。

为何山上之人下山收徒,慎重又慎重? 很多历练和考验,会长达数年甚至十数年。

魏晋相信这些孩子,之前阿良与他们同行,肯定也不简单。

至于到底谁才是阿良最关心、最器重、最看好的人物,可能是大有来历、福气深厚的李槐,可能是天生讨人喜欢的李宝瓶,也可能是道心坚定的林守一。这三个孩子,都有可能,或者干脆就是各占其一。

只不过魏晋赶赴倒悬山是当务之急,作为志在登顶剑道的剑修,岂能错过那场百年一遇的盛会? 否则他还真想亲自陪着这群孩子去往边境野夫关。

陈平安下意识抱拳还礼。只是在绣花江渡船上第一次跟人抱拳行礼是习惯性左手覆右手,如今看那风雪庙魏晋和年轻剑客好像都是右手覆左手,如此一来,陈平安就有些别扭,生怕是自己不懂礼数规矩,连忙换了换左右手的位置。

魏晋将这个细节看在眼中,忍俊不禁,弯腰一拍老伙计的背脊:"走喽。"

白色毛驴踩着欢快的步子向前走出数步后,突然转过身,跑向陈平安,蹭了蹭少年的脸颊,这才驮着久别重逢的主人继续远游。

这一路上,说是李槐照顾白驴,可李槐那么个家伙,哪里有这份耐心和毅力,还不是陈平安默默帮着喂食、涮鼻和驱散蚊蝇?

陈平安笑着跟毛驴挥手告别。

魏晋哑然失笑,身体后仰,随着驴蹄颠簸起伏。

得嘞,敢情自己这位陆地剑仙,还不如自家老伙计来得有人缘啊。

天地寂寥,荒凉贫瘠。

天地之间,好像只剩下一堵不知有多长、有多高的城墙。哪怕从百里之外的南方遥遥望去,依然能够清晰地看到那十八个以剑气刻就的大字。

由此可见,字是何等之大,那堵城墙又是何等之高。

道法,浩然,西天。

剑气长存,雷池重地。

齐,董,陈。

猛。

长城南方数百里之外,一声好似要震破此方天地穿顶的号角声骤然响起。

无数黑影密密麻麻攒聚在一起,随着号角声响起,一点点火光亮起,最终连成一片。若是站在北方的高处举目远眺,那就是一片璀璨火海。

城头之上,一声苍老声音随之威严响起:"起剑!"

屹立于此地万年、长达数万里的长城,刹那之间,数十万柄飞剑同时离开城头向南方飞掠而去,剑气辉煌,就像洪水决堤倾泻而去。天下奇观,莫过于此。

━━━━

府邸匾额之下,年轻剑客习惯性地用手肘抵住剑柄和鞘尾,竟也不给人惫懒感觉,他轻声道:"楚夫人。"喊了一声之后,便没有了下文。

韩郎中和绣花江神竟是不约而同地放缓呼吸,肃然而立。

楚夫人冷笑道:"怎么,这位大人要跟妾身秋后算账?"

年轻剑客仰头望向魏晋的飞剑破开天幕的地方,缓缓道:"楚夫人不用说气话,我并无此意。但是接下来那些孩子离开此地,以及目盲老道师徒三人继续北行,希望楚夫人都不要节外生枝。不管楚夫人当初是有心还是无意,大骊宋氏始终感恩楚夫人,毕竟那是帮助宋氏延续国祚的举动。在那之后,大骊宋氏又是有愧于楚夫人的,哪怕是我这么一个外人,听闻那桩惨案之后,谈不上如何义愤填膺,可恻隐之心肯定也是有的。"

再次陷入沉默。楚夫人抬臂捋了捋鬓角青丝,尽显女子娇弱温柔,眯眼笑道:"接下来,大人可以说'但是'了。"

年轻剑客果真点头道:"但是,楚夫人滥杀书生文士一事,越往后推移,越是纸包不住火,就像今天这样。皇帝陛下会如何想,我不敢擅自揣摩,可我如果再一次听说有读书人在此消失,我会独自登门拜访,将楚夫人亲手带回大骊水牢。你放心,陛下念情分,但是一定更重规矩。再说了,情分再多,也有用完的一天。"他叹了口气,眼神真诚,"楚夫人,无论你相不相信,我都不希望有那么一天。"

楚夫人望向远方,一手双指轻轻捻动嫁衣袖子。她难得有心境平和的时候,柔声道:"就凭你肯那么低声下气地跟一个少年说话,我相信你。"

她停顿许久,神色转为冷漠:"我现在可以保证不残害过路书生,但是我希望你知道，一旦我无意间看到那些吟游山水的读书人，到时候未必控制得住自己。我并非向你求情，只是想跟你说一点真心话罢了。到时候该如何处置，你就如何处置，是我被你抓去丢入那座水牢，还是我先行打断此地的山根水源，你我各凭本事，后果自负！"

年轻剑客笑道："可以。"

绣花江神欲言又止。年轻剑客离去之前，对他道："不用藏藏掖掖了，你就干脆跟楚夫人实话实说吧。这么多年过去了，楚夫人其实早该知道真相。关于此事，有任何责任，都算到我头上，你不用担心朝廷怪罪。"

绣花江神抱拳沉声道："谢过大人，以后哪怕是大人的私事，在下一样赴汤蹈火，在所不辞！"

年轻剑客摆了摆手，带着韩郎中一起凌空离去。

楚夫人站在原地，看着这位深受大骊朝廷信任的江水正神，有些嫌弃。既不邀请他入府做客，却也没有当场赶人。

绣花江神大踏步走上台阶，随便坐下："知道你一向瞧不起我这个粗鄙武人，那我就长话短说了。你相中的那个郎君，并未辜负你的真心。只是大骊朝廷顾全大局，生怕你离开此地再也无法镇压以棋墩山为首的神水国残余气运，所以始终不曾告知你真相，故意让你误会那个书生。"

楚夫人大袖鼓荡，双眼通红，不断有血水流淌出眼眶。但是她神色依然平静："事到如今，你还要骗我？真当我是三岁小儿？我虽然在他离开之后再也不曾去过此处山水之外的地方，不再去宛平县城和红烛镇欣赏人间的风景，可是他当年去往观湖书院的事情，我不是聋子，路过那么多读书人，他们有不少人无意间提起过，所以我知道，我知道得很多！到最后，他爱上了另外一名女子。

"我知道，他若是爱上了谁，就一定是真心喜欢了。"

绣花江神脸色平淡："那你也应该知道，作为大骊第一位靠自己本事考入书院的读书种子，他在观湖书院被人联手陷害得很惨。先是故意捧杀，有人暗中一掷千金，雇请最有名气的青楼女子，假装仰慕他的才华，为其扬名；再让附近王朝的大儒故意将其视为忘年交，还让他的字帖每一幅都价值连城；还有诸多手段，环环相扣，让他只差半步就会成为大骊第一位被儒家学宫认可的君子。

"可是随后便有人诬陷他抄袭诗词，那名花魁诋毁他无法人道，有数位文豪硕儒联名抨击他的道德文章，冠以伪君子的头衔，骂作是观湖书院的浊流。一夜之间，翻天覆地，声名狼藉，一个原本意气风发的大才子就这么疯了。

"他疯了很长时间，沦为整个观湖书院的笑柄，大骊是北方蛮夷的说法愈发坐实。但是最后，谁都没有想到，他竟然清醒过来了。"

说到这里，绣花江神转头望向怔怔出神的楚夫人："知道他为什么能清醒吗？"

楚夫人坐在台阶上，嫁衣缓缓铺开，如同一朵鲜红牡丹："是你们大骊练气士出手？"

绣花江神笑了笑，眼神森冷，直言不讳："大骊真要出手，那也是杀了这个书生才对。"

楚夫人扯了扯嘴角，点头道："有损国威，确实如此。两国之争，无所不用其极才是情理之中的事情。"

绣花江神吐出一口浊气："那个书生之所以能够清醒过来，是因为有一名他熟悉的女子去到了他身边。"

楚夫人身躯僵硬。

绣花江神缓缓起身，走下台阶："那名女子脸上覆了一张脸皮，与楚夫人你的容貌一模一样，连你的嗓音、习性、喜好都学去了七八分。如果说之前坑害书生涉及两国之争，那么之后将书生逼到死路，玩弄于股掌之中，恐怕就是读书人之间的意气之争了。"江神大踏步离去，"总之，那书生晓得真相后，投湖死了，就这么简单。

"按照这个书生去往观湖书院之前，在大骊京城国子监与两个至交好友的只言片语来推断，他早就知道了你的非人身份，所以才执意要成为儒门贤人之上的君子。估计他认为只有如此，将来返回大骊，才有底气跟朝廷讨要一个明媒正娶。"

绣花江神早已离去，那个累累罪行罄竹难书的楚夫人依旧坐在原地，脸色安详，动作轻柔地整理衣襟袖口，这里抚平一下，那里折叠一下，乐此不疲。

在魏晋潇洒骑驴离去后没多久，陈平安身后就传来了急匆匆的喊声："恩人请留步。"转头望去，是那目盲老道师徒三人正在追赶他们的步伐。

天晓得那个性情古怪的女鬼会不会临了反悔，把他们师徒抓去洗脸锥心？按照两个徒弟的说法，府上花园真真切切"栽种"着许多读书种子，似乎还曾经有人挣扎着爬出泥土。如今看来，确是活生生被拦腰斩断的可怜人。

老道人被酒儿搀扶着一路快跑，身上那件老旧道袍上挂满了两边草木的倒刺也浑然不觉，可谓狼狈不堪。

其实话说回来，老道人虽然一手捞偏门的雷法确实镇不住楚夫人，可其实放在山下市井，那就是板上钉钉的老神仙。这趟一路北上，还真就经常被当成世外高人供奉起来，在三枝山被视为学艺不精的骗子，终究是少之又少的惨淡境遇。

老道人久经风雨，当然知道这一伙来历不明的孩子才是自己安然离开此山的关键，于是再无初见时的故弄玄虚，挤出笑脸问道："敢问风雪庙魏大剑仙何在？贫道俗名徐莹震，道号玄谷子，对魏大剑仙慕名已久，此次因祸得福，能够遇上魏大剑仙，亲眼目睹那风采绝伦的仙人三剑，实在是贫道天大的福运。"

林守一冷笑道："那位陆地剑仙已经独行北方了，老道长若是想要套近乎拉关系，不妨越过我们，说不定还能追得上。"

玄谷子讪讪而笑："错过便错过了，缘分未到，不能强求。"

与魏晋这等隐龙一般的上五境仙人相比，他自知斤两，若真到了那位风雪庙剑修身前，恐怕除了徒惹人厌之外，根本讨不到半点好。山上练气士，相对山下百姓，当然能算是凤毛麟角。可修士之间，相逢是缘，这不假，只是缘分有善恶之分，因果有好坏之别。玄谷子一路降妖除魔，为自己积攒阴德，大大小小四五十场交手，能够活蹦乱跳走到今天，可不是只靠练气士第五境修为以及那剑走偏锋的旁门雷法。

眼见着有些冷场，玄谷子赶紧左右而顾，笑眯眯道："小酒儿，小跛子，还不快给恩人们磕头道谢！"

酒儿闻言就要下跪，手持满是泥浆幡子的跛脚少年满脸阴郁神色。

陈平安快步向前，轻轻拉住酒儿的胳膊，笑道："不用不用。"

然后对那跛脚少年说道："之前在山路上，谢谢你的提醒。"

跛脚少年满脸错愕，竟是破天荒有些脸红，一时间嗫嗫嚅嚅，不知如何作答，最后干脆别过头去。他之前在小路上直面楚夫人，与她近身搏斗，捉对厮杀，虽然道行相差悬殊，可是气势半点不弱，不承想还是个脸皮子如此之薄的羞涩少年。

玄谷子心中充满惊喜，踹了跛脚少年一脚后，脸色故作悻悻然："上不得台面的玩意儿。"

随后他沉声道："各位恩人，你们出山后往南而去，约莫一天半的路程就会经过三枝山。记得莫要夜间赶路，那里有一只厉鬼以坟茔为老巢，窃据福地，汲取一户人家的祖荫灵气，否则按照命理推算，那户人家上一辈子孙就该出大官了。厉鬼道行不弱，该有练气士第四境的实力。主要是它神出鬼没，很难捕捉，又以某种不知根脚的邪门法术制造出十数位阴尸傀儡。贫道曾经与之交手，数次功亏一篑，白白浪费了数张宝贵的雷法符箓不说，还给当地乡民误认为是坑蒙拐骗之徒，实在是气人。"

林守一心神微动，听到了阴神前辈的暗中提醒，问道："道长擅长五雷正法？不知隶属何门何派？"

玄谷子有些尴尬，心想这冷峻少年真是初出茅庐，不晓得行走江湖的规矩，哪有这么直截了当问人师门根脚的，无论是山上修道仙家还是山下武人江湖，这都是犯了大忌。只不过有之前难兄难弟的可怜遭遇打底子，又有魏晋这样的陆地剑仙收尾，他就不计较这些了，小心斟酌之后，缓缓道："说来话长，恩人们别嫌弃贫道唠叨便是。贫道来自那享誉一洲的南涧国，那里道法为尊，边境上有一座'宗'字头的道家大脉，是东宝瓶洲道门的执牛耳者，占据着天下七十二福地之一的清潭福地，宗主被奉为南涧国国师不说，由于道法玄妙，神通广大，以至于附近数国君主皆亲自登山，共同尊奉这位宗主为一国头号真君，故而这位道教神仙身兼着四国真君头衔，是我们东宝瓶洲公认的十大仙师之一。实不相瞒，若是风雪庙魏大剑仙在破境之前遇到了那位仙师，还真没办法与之平起平坐。"

陈平安和林守一听得极其认真,不愿错过一个字。

人外有人,天外有天。

尤其是"真君"这个说法,小镇上出现的那个刘志茂不就号称截江真君?

李宝瓶和李槐可就没这么专心致志了。李宝瓶时不时打量一下酒儿,后者怯生生躲在玄谷子身侧,一副不敢见人的羞赧模样。

玄谷子兴致愈浓,在酒儿的搀扶下,不知不觉走到了陈平安和林守一之间,唾沫四溅道:"天底下有资格带'宗'字的宗门,一般都分为祖宗、正宗和下宗三宗,其中祖宗往往又称为祖庭。下宗则会有众多附属门派,这些门派的取名就没那么讲究了,只要不擅自带一个'宗'字,同时不与别家开山立派的门派重名,那么诸如道家宫观、佛家寺院等等,都可以随便取名,定期交给下宗一些贡奉,再跟山下朝廷搞好关系,寻一块风水宝地,在山上安心修行,尽量招徕有修行资质的弟子,就可以百年千年薪火相传下去。

"贫道出身的师门求真观曾经也是南涧国名列前茅的大门派,在百余年前败落了。到了贫道这一代,师长们几乎全部驾鹤西去,师兄弟没剩下几个,真正有出息的更是一个都无。我们求真观这一脉的五雷正法,说出来不怕你们笑话,确实不是雷法正统,主修肝胆两处的气府窍穴,学问全在'嘘、嘻'二字上,取自'嘘为云雨,嘻为雷霆'之意,一旦修成,以心眼内视窍穴,可以看到几处重要气府内生出了云雨升腾、雷声震动的神异景象,之后就可以与天地共鸣,举手投足,招引天雷,厌劾邪祟……当然,在魏大剑仙一剑破万法的大千气象面前,求真观这点旁门道法,只能是贻笑大方了。"

林守一皱眉问道:"五脏为心肝脾肺肾,五处气机攒聚如五雷,方为大道正法。道长师门为何会炼那五脏之外的'胆'作为引雷之地?"

玄谷子这次的尴尬之色绝非作伪了,重重叹了口气,满脸疲惫,无奈道:"实在是不得已而为之。五雷正法是那道法正宗的不传之秘,说句难听的话,外人哪怕得到完完整整的修行之法,又有谁胆敢擅自修行?贫道的求真观主修肝胆两地相关气府,其实哪怕是肝,也只不过是祖师爷因缘际会学到了一点皮毛,最终勉强有几分形似,而无半点神似,这就是为何世间正宗正脉极少而旁门左道多如牛毛的根源所在了。"

林守一恍然道:"原来如此。"

玄谷子由衷唏嘘道:"大道难行,难于这泥泞山路何止千百倍啊。

"正因为贫道师门不是雷法的正统真传,像那阴阳家修士一旦泄露天机,很容易遭受无形的天谴,所以贫道这一脉修行此雷法,往往挑选先天残缺的弟子加入师门,因为这些人受天道怜悯,即使频繁使用伤及肝胆本源的求真观雷法,证道长生不奢望,运气好的话,好歹也能捞一个寿终正寝。

"传说中某个大洲的雷法正宗,练气士一旦出手,雷公电母、雨师风伯、灵官云吏,种种神人皆为之驱使,帮忙助长声势。试想一下,这等天大的手笔,祭出之后,怎么能不教山河变色?"

说起这些与自己全然无关的事情,玄谷子却是满脸神采,再无半点灰心颓丧之色。

这恐怕就是修行难如登天却依然让人趋之若鹜的原因之一。

一旦踏上修行路,走上长生桥,见过或者听过山上高处的绝美风光,可长寿、会术法、呼风唤雨、搬山倒海,一切匪夷所思的壮丽风景都可以期待,如此一来,谁乐意在乌烟瘴气的山下厮混?

玄谷子叹息道:"贫道与两个徒弟这些年相依为命,游历四方,降妖除魔、捉鬼驱邪的事情也做了不少,而且也收银子。没法子,修道也要求财啊,搭建出来的长生桥本就是天底下最大的销金窟。权贵人家哪怕有邪祟作乱,可贫道既无门路,也无人帮忙举荐,当然是没机会进去的。至于地方上富家翁开设的水陆道场,只会邀请那些当地名气大的名僧老道,信不过外人。贫道擅长的师门雷法总不能拿来吓唬凡俗,以此证明自己不是骗子,所以只好落得如此下场了。捉妖成功,未必能挣多少银子;一旦失败,就一定是入不敷出。修行不易啊。"

一路走一路说,等到众人醒悟的时候,原来已经走出那座牢笼一般的山坳,不知是不是错觉,此处恢复了山清水秀的原貌,已经没有先前阴森秒气的浓重冷意。

最后陈平安发现玄谷子哪怕不再说话,也没有分别的意思,始终跟他们同行南下,忍不住开口问道:"道长你们不是要北去吗?"

玄谷子哈哈笑道:"耽误一点时间罢了,无妨无妨。救命之恩无以为报,就当是贫道带着两个徒弟为恩人们送行,无非是多走几步路的小事。"

在那之后,两伙人就这么结伴而行,一路无风无雨,顺顺利利,等到彻底走出那方山水地界后,玄谷子紧绷的心弦终于松开,随便在路边找了个地方坐下。酒儿赶紧递上水壶,跛脚少年站在玄谷子身后,回首望向那条山脉,不知在想什么。

离别之际,玄谷子从行囊里掏出保存完善的一幅绢布质地的卷轴,亲手递给陈平安:"这是一幅贫道师门流传下来的《搜山图》,上边描绘有近百种山鬼精魅,可供参考。你们是首次远游求学,必然会经过一座座雄山峻岭,说不定将来用得着。贫道早已烂熟于心,只剩一点纪念价值罢了,还不如送给你们,物有所用,方得其所。"

林守一扯了扯陈平安的袖子,后者心领神会,收下了这幅《搜山图》,同时也掏出身上仅剩的那颗蛇胆石送给了跛脚少年,只说是家乡的特产,不值钱,但数量不多。

跛脚少年想拒绝,玄谷子赶紧让他收下,说是恩人的一番好意。极为内向的跛脚少年只得默默收下,欲言又止,终究是没好意思说出"谢谢"二字。

陈平安最后笑道:"你们过了红烛镇和棋墩山后,到了龙泉县城,可以去草头铺子或者压岁铺子那边找一个叫阮秀的姑娘,向她出示这颗蛇胆石,她就知道你们是我的朋友了,说不定可以帮你们在小镇安顿下来。我到了最近的驿站就会寄信回小镇,说明一切情况。"

之后双方分道扬镳,玄谷子宁可带着两个徒弟绕远路,也不愿再走入那片山水了。

继续南下,陈平安回头望去,缓缓收回视线。

他突然有些想练剑了。

第七章
山 水 少 年

人生河流里的一场萍水相逢,往往各自打个旋儿,就会分别。

玄谷子一路沉默,这让小姑娘酒儿反而有些不习惯。

跛脚少年虽然不愿,犹豫纠结之后,仍是主动将蛇胆石递给脾气恶劣的师父。

玄谷子接过,握在手心细细摩挲片刻,破天荒地还给少年:"自己收着吧。"

跛脚少年一头雾水,望向酒儿。后者也悄悄摇头,表示自己猜不透师父的心思。

玄谷子轻声道:"小跛子,这是你的缘分,师父拿不走的,真拿了,反而不是好事。你以为那个叫陈平安的少年为何要寄信回龙泉县城? 贫道估计如果到了那什么压岁铺子草头铺子,是为师而不是你亲手拿出石子的话,咱们在那边的日子就不好过喽。虽说未必会遭人刁难,但是肯定别想顺顺当当站稳脚跟,更别提找到一座山头,去寄人篱下修行了。"

跛脚少年"哦"了一声。他就不是一个有弯弯肠子的人,不擅长想这些问题。

玄谷子揉了揉酒儿的脑袋:"你们两个,福气真不错。"

酒儿比起哥哥,心思更加细腻,问道:"师父,小姐姐他们一行人,身世是不是不一般啊?"

玄谷子点头道:"那个龙泉县,本是大骊王朝上空的骊珠洞天破碎后落地生根而成,之前有儒家圣人齐静春坐镇一甲子,如今这些孩子背着书箱,一个比一个聪明,说是去大隋书院远游,那么你说,他们会是谁的学生?"

酒儿有些羡慕:"儒家圣人的学生,真厉害。"

玄谷子嗤笑道："要不然那风雪庙剑仙魏晋破关后的第一件事就是前来相救？再说了，这些孩子身边有一尊阴神担任扈从，竟然能够威胁到那个凶狠女鬼的山根水源。这些孩子就没一个是省油的灯。"他随即感慨，"前途不可限量，不可限量啊。"

酒儿有些后知后觉，好奇问道："既然师父晓得他们有高手保护，那为啥要多此一举，告诉他们三枝山厉鬼的情形？他们根本就不用担心啊。"

玄谷子习惯性伸手掐了掐酒儿的脸颊，笑道："蠢丫头，这叫惠而不费。一枚铜钱不花就能当回好人，为啥不做？"

酒儿怯生生道："可如果人家看穿师父的心思，师父不就是画蛇添足啦？"

玄谷子哑然，摇头叹息，最后拍了拍酒儿的脑袋："师父以后要对你们两个好一点。师父这么多年，经常嫌弃你们两个出身不好，来路不正，总想着哪天能捡个天大的漏，在路边随手捡个天资卓绝的弟子，不料回头看来，倒是师父灯下黑了。"

酒儿有些害怕，这样的师父太陌生了。她脸色微白："师父，您是不是鬼上身了？酒儿都不认识了。"

玄谷子哈哈大笑，突然低声道："酒儿啊，之前师父答应一年之内不收符泉，现在跟你商量商量，从一年改为半年，如何？你看啊，师父这趟降妖除魔，真是道高一尺魔高一丈啊，被那女鬼狠狠打了一顿不说，不但幡子上少了四个字，还送出去一幅师门祖传的《搜山图》。你们做徒弟的，就不知道心疼心疼师父，孝敬一二？"

酒儿如释重负，这才是她熟悉的师父。于是她干脆利落道："半年就半年！"

跛脚少年仔细收好那颗蛇胆石，闷闷道："石头已经是我的了。"

玄谷子气不打一处来，破口大骂道："狗改不了吃屎！"

酒儿一手捂嘴偷着笑，跛脚少年也跟着笑起来。

人迹罕至处，那尊阴神露出真身，不过依然面容模糊，黑烟缭绕身躯，阴气森森。他沙哑开口："没能护住你们，还害得你们被掳去女鬼府邸，对不住了。"

陈平安实在不知如何安慰人，憋了半天才憋出一句："尽力就好。"

阴神笑容惨淡："不管怎么说，这次我难辞其咎。尤其是因为我贪图个人修行才连累你们沦落到这般田地，我实在是良心难安。如果你们出了事情，我哪怕事后打烂了此处的山根水源，与那女鬼同归于尽，也没有任何意义。"

李宝瓶笑道："小时候，我大哥喜欢给我讲一些古怪事，有一次讲到一个城隍爷的故事，说考量阴德的方式不太一样，我记得很清楚，叫'有心为善虽善不赏，无心为恶虽恶不罚'。人力有穷时，尽力又尽心了，就不用太愧疚。要不然，做人累，做鬼也累。"

阴神无言以对，被一个小姑娘传授道理，哪怕她之前展现出了君子气象，可总归是有些别扭。

李宝瓶又陷入自己的世界中去，有些懊恼，以拳头捶掌心："大哥总说这些稀奇古怪的事情，当时只当有趣的故事来听，早知道我该更用心一些的。"

陈平安欲言又止。

阴神望向陈平安，笑道："我们能不能单独谈一下？"

陈平安点头，让林守一三人先行。

阴神等到林守一他们前行出去约莫半里路，开口道："我是药铺杨老头安排来保护李槐的。"

陈平安挠挠头："我还以为你是来保护宝瓶或是林守一的。"

阴神笑道："李槐他爹李二差点打死藩王宋长镜，很厉害的。曾经有一次，李二找到杨老头，说他媳妇给人欺负了，他要出山找那户人家的老祖宗算账，一定要离开骊珠洞天，杨老头犟不过，只好答应了。结果听说后来，东宝瓶洲有一座底蕴不俗的仙家山门硬生生让李二用拳头拆掉了祖师堂，而且还是一路从山脚打到山顶。"

陈平安张大嘴巴。不都说李二是小镇西边最没出息的男人吗？甚至连他儿子李槐也从来都这么认为啊。

他疑惑问道："为什么李二不告诉李槐？"

阴神提及李二后，心情似乎好转许多："李二的性子很轴的，要不然也不会娶了李槐的娘亲做媳妇。"

陈平安开怀笑道："那以后知道了真相，李槐可得乐坏了。"

阴神问道："你不打算告诉李槐这个？在枕头驿，你就直截了当告诉宝瓶真相了，哪怕阿良劝你不要急着告诉她。"

陈平安向前缓缓而行："有关我自己的事情，我觉得是对的，当然可以自己做决定。可李槐他爹既然不愿意告诉自己儿子，我一个外人，凭什么告诉李槐真相？难道就因为我觉得这样李槐会开心一点？这样不好。"

阴神点点头，心想难怪李二当年不看好那些个天之骄子，反而更看重这个泥瓶巷少年一些，甚至为此不惜破坏规矩，想要把那尾金色鲤鱼连同龙王篓一起送给陈平安。

陈平安突然停下脚步，问道："因为我眼力很好，当时又担心你是坏人，所以我记得很清楚，阴神前辈你第一次露面的时候，第一眼看的是我，然后才去看李槐，这是为什么？只是无心之举吗？如果不愿意回答，阴神前辈可以当我没问。"

阴神如果还是活人的话，一定要口干舌燥、如坐针毡了。他当初哪里想到陈平安会如此心细如发，当时自己的视线一闪而逝，隐藏得不算浅了。

不过一想到这一路陈平安的表现，阴神就又释然了。大概这也是陈平安能够服众的原因所在。哪怕林守一如今已经跻身下五境，成为真正的山上神仙，李宝瓶还是不会听他的。李槐也一样。至于阴神自己，恐怕一样不会例外。林守一在他眼中，终究还只是一个极其聪明、资质很好的少年晚辈而已。

这种感觉很奇怪，好像泥瓶巷少年身上有一种能让人感到"心安理得"和"天经地义"的气质。他说这件事不对，队伍里其他人会觉得那就是不对了；他说这件事可行，那就可以做。

但是更奇怪的地方，在于他从来没有刻意炫耀过自己的任何长处。恰恰相反，他会向称呼自己为小师叔的小姑娘虚心请教识字和读书。他甚至从来没有把李槐当作不懂事的孩子，也愿意跟林守一待在一起聊天，听后者说外边天地的事情。

阴神最后笑道："我先不回答这个问题，总之你不用担心，我不会害你。"

陈平安小跑向前，扭头笑道："我如果不相信前辈，这个问题就不会问了啊。"

阴神缓缓逝去身影，叹了口气。跟着这帮孩子一起远游，心真累。

其实那个心性糟糕的婢女朱鹿，搁在山下王朝的一般门阀，也算不容小觑的天才了，只可惜在这支队伍里，从头到尾，都被直接甩开了十万八千里，竟是方方面面，一个也比不过。

一路行程，先是龙须河和铁符江，之后又是绣花江、冲澹江，水要多于山。可接下来一天半行程，像是"水运"都给用光了，竟是连条山涧溪水都难找。其实水也有，但是都是一些无法饮用的死水坑子。沿途更多的还是病恹恹的柳树秧子，不高也不茂，还多歪斜。一路上飞虫四起，让人总觉得浑身不舒服。

李槐有些害怕，因为那个乌鸦嘴的目盲老道人说了，他们很快就要经过一个名叫三枝山的鬼地方，那里有厉鬼，还有什么阴尸当那厉鬼的小喽啰。

一想到这个，李槐就郁闷。自己的彩绘木偶和泥人儿个头都太小了，哪怕活过来，估计打架的本事还是够呛。何况那位白衣剑仙赠送的五个泥人儿他怎么捂都活不过来。剑仙该不会是骗子吧？心底不愿意给好东西，又放不下剑仙的架子，所以就故意画了张大饼给他？

黄昏中，陈平安停下来搭灶烧饭。李槐熟门熟路地跑去拾取回一大捧干枯树枝，然后蹲在一旁，向陈平安告状："陈平安，我觉得风雪庙魏晋没阿良好。"

陈平安没搭理他。

李槐从自己书箱里拎出彩绘木偶和一个泥人儿，用木偶狠狠欺负那个持剑的小泥人儿，再让后者摆出跪地求饶的姿势，嘴里喊着："女鬼大人，饶命饶命，我魏晋知道错啦……"

陈平安哭笑不得，只好解释道："魏晋是个很好的人。"

李槐翻了个白眼，双手乱动，继续让彩绘木偶蹂躏泥人儿。

林守一坐在不远处的一块石头上，正在翻看那幅《搜山图》。这图本是玄谷子赠予陈平安的,如今又被陈平安转赠给了他。他抬头对陈平安说道:"如果我没有看错的话,魏晋好像看不起你,或者说,最不看好你。"

正在默默收拾小书箱的李宝瓶大怒:"还有这种事情?"

撅着屁股趴在地上,缓缓点燃柴火堆后,陈平安蹲着准备煮饭:"看不起我,跟他是不是好人,有什么关系?"

李槐一脸震惊:"陈平安,你咋想的? 看不起你的人,还能是很好的好人? 肯定是没那么好的好人啊!"

陈平安有条不紊地忙碌起来,自顾自说道:"魏晋那么厉害的人,还被称为陆地剑仙,可是跟我们说话的时候还是和和气气的,愿意跟我们这些孩子摆事实讲道理。你以为所有山上的神仙都是这样的吗? 不是的。我在离开小镇之前,就遇到过杀人只看自己心情、只讲自己道理的神仙,而且还不止一个。"

这些杀机四伏的往事,他也不愿多说,继续道:"要想让人看得起,得靠自己。庄稼活做得好,烧瓷拉坯拉得好,进山砍柴烧炭你力气最大,巷子与巷子之间为了争水打架,不怕挨揍,敢冲在前边,自然而然就会让人看得起。"陈平安看了眼他们,"这是在我们家乡。以后等宝瓶到了大隋书院,如果读书很厉害;还有林守一,年纪不大就成了练气士,当然能够让人看得起。至于你李槐……等年纪大一点再说,现在不用急。"

李槐急眼了:"陈平安你不着急,可我着急啊!"

陈平安问道:"每天早起跟我一起走桩练拳,你起得来?"

李槐毫不犹豫:"当然起不来!"

陈平安又问:"那教你剑炉立桩?"

李槐一脸嫌弃:"学那个做什么,我年纪这么小。"

陈平安无奈道:"现在知道自己年纪小了? 那你一开始跟我急什么?"

李槐目瞪口呆,想了半天,还是没有答案。最后在大伙儿一起围坐吃饭的时候,李槐夹了块腌菜,一大口饭下肚后,问道:"你们说,世上有没有一蹴而就的捷径法门啊? 比如今天练了明天就能变成神仙的本事。阿良说没有,早知道魏晋走之前,我该问问他有没有的,万一阿良没有他有呢? 那我就发达了啊。如果真能那样,那么这次去大隋求学,我就能踩在一把飞剑上头,嗖嗖嗖,来来回回,比陈平安走桩还快,风一样! 你们就跟在我屁股后头吃灰尘吧!"

李宝瓶板着脸问道:"谁吃灰尘?"

李槐咽了咽口水,望向林守一,然后默默转头望向陈平安,突然灵光乍现,从地上捡起那只彩绘木偶:"它吃! 它如今可是我手底下的甲字号大将! 没办法,个子最大,最漂亮,还是资历最老的功勋,随我李槐征战四方的日子最长嘛。之后那五个脏兮兮的小泥人儿,就只能排到乙丙丁戊己了。"

林守一笑问道:"那夹在那本《断水大崖》里的小东西呢?"

李槐摇头道:"它们? 我不太喜欢。"

李宝瓶一语道破天机:"你是因为不喜欢读书吧,要看到它们,得先翻开书页。"

李槐一脸"你说什么,我没听清楚"的表情。

陈平安抬头看了眼远处那座略高的三枝山,问道:"过了三枝山,到了城镇的集市,你们想要买什么吗?"

李宝瓶雀跃道:"小师叔,我想买一些杂书。齐先生说,儒家之外的诸子百家都有各自的经典,不妨多看看,这叫'他山之石,可以攻玉'。"

"陈平安,如果可以的话,我想买一副棋,最便宜的就可以了。"

"李槐你呢?"

"给我钱,不买东西,行不行? 我想攒下来。我娘亲教过我,兜里有钱万事不慌!"

陈平安反问道:"你觉得呢?"

李槐嘿嘿笑道:"我这不是心存侥幸嘛,万一你陈平安良心发现呢?"

陈平安呵呵一笑。

李槐顿时笑脸僵硬,赶紧转移话题:"那老道人不是让我们不要天黑走三枝山吗?"

林守一摇头道:"我跟陈平安还有阴神前辈商量过了,如果我们夜间赶路,那厉鬼出来伤人,就将其镇压。一开始阴神前辈会袖手旁观,先让我出手,尝试着以符箓和雷法退敌,主要是让我历练一二;如果厉鬼躲着不出来,就算了,我们继续赶路就是。"

夜幕降临,一行人缓缓登山。三枝山不高,且山势平缓,山坡很大。山上有大片无后人添土的乱葬岗,当然更多还是有子孙祭奠的坟墓,收拾得干干净净。坟头竖碑,碑上有字,碑前散落着一些没有全部烧尽的纸钱。

不到一个时辰就翻过了三枝山,除了夜风微冷,没有任何奇怪之处。

林守一有些遗憾,不过也不会强求什么。

在那之后,去往大骊边境野夫关的行程,更加顺风顺水。

经过小镇集市时,李宝瓶买了五六本杂书,有山水游记,有佛道经典,有文人笔记。

林守一买了一副棋,教了陈平安规则之后,只要有空就经常对弈,因为李宝瓶坐不住,恨不得一口气在棋盘上丢下七八颗棋子,还总嫌弃林守一下棋太慢了。至于李槐,那纯粹就是懒得动脑筋。不过跟林守一下棋最多的,竟然是那尊阴神。

李槐大概是颇有些懊恼在红烛镇花了将近十两银子买一本破书,,所以这次什么都没有买。

虽然陈平安有点想练剑,但是除了偶尔拿出背篓里那把槐木剑,并没有真正开始练。在他看来,当务之急还是要先练好拳! 等到什么时候觉得可以分心做事了,再来练剑。

阿良说过,十八停本就是许多剑修历尽千辛万苦琢磨出来的东西,勤练十八停,就当是给将来练剑打好基础。陈平安这么一想,就觉得干劲十足,浑身都是力气。

一有闲暇,或是在山巅大树枝干上,或是在临水大崖的边缘,有少年双手掐诀,独自立桩,对着山水默默修行。

有山时看山,有水时听水。

龙泉县县令吴鸢带着一个心腹文秘书郎离开了福禄街李氏大宅。

身穿官府公服的吴鸢走着走着,突然一个金鸡独立,弯腰脱下靴子,倒出其中的沙砾。那个世家子出身的文秘书郎对此见怪不怪,只是如今福禄街热闹远胜以往,暂时仍是胥吏身份的他立即帮主官遮挡一二,同时轻声说道:"那李虹先前分明已经松口了,愿意在神仙坟一事上带头退让,为何突然又改变了主意?他就不怕在大人您这边落下一个蛇鼠两端的印象吗?"

脸色疲惫的吴鸢无奈道:"多半是李虹的二儿子在京城闯出了名堂,说不定已经傍上了靠山,寄过家书密信回来,让李虹不要轻举妄动之类的。要么就是那个深居简出的大儿子提醒李虹以静制动,都不好说。总之,现在麻烦的是咱们。没办法,原本的安排大都是建立在我家先生……唉,不说了不说了,船到桥头自然直。喝酒去,先来两壶桃花春烧再说,我请客,傅公子你付钱,记在你的账上便是。"

对于这位上官赊账一事,姓傅的文秘书郎已经麻木,只是好奇问道:"小镇上都传福禄街李家二子一女曾经被某个算命先生铁口直断誉为龙麟凤来着?"

吴鸢揉了揉脸色微白的消瘦脸颊,随口笑道:"这些玩意儿你也信?在咱们大骊京城,想要出人头地,尤其是白丁寒士出身的家伙,对于名士养望、积攒口碑一事,谁没点独到心得?哪怕是高门豪阀,又好到哪里去了?你们傅家'金碧辉煌,琳琅满目'的说法,其中有没有水分,外人不知,你傅玉自己心里没数?"

被揭老底的傅玉气呼呼道:"吴大人,您好意思说我们傅家?"

吴鸢心情好转,哈哈大笑,拍了拍心腹好友的肩膀:"咱俩沆瀣一气、狼狈为奸。"

傅玉跟着笑起来:"志同道合、意气相投是不是好听一些?"

吴鸢笑骂道:"矫情了不是?当伪君子累得很,做真小人才痛快。"

傅玉摇头惋惜道:"吴大人这话说得随波逐流了。"

吴鸢哀叹一声,转移话题:"有点想媳妇了啊。"

傅玉微笑道:"县令大人,咱们龙泉县的青楼勾栏是不是也该放开禁制了?酒色酒色,只有酒不像话嘛。"

吴鸢点点头,一本正经道:"那些卢氏王朝的流徙刑徒当中,有些女子的身份正好符合,与其死在深山老林,不如给她们多一个选择。当然了,此事不可强求,关键还是看她们自己吧。傅玉，接下来你就不用陪我每天一起吃人白眼了，亲自负责运作此事。"

这下子轮到傅玉满脸惊讶，他先前不过随口一提，便疑惑问道："当真？"

吴鸢扯了扯官服领口，笑道："有什么当真当假的，那么多座山头被开辟出来，将来居住的多是仙家府邸的山上神仙，要想留住这些眼界高、钱包鼓的大爷，让他们在咱们小镇一掷千金，靠我这个马上就要丢掉督造官身份的小县令还是靠你傅玉啊？以前听我家先生的口气，那些眼高于顶的山上人对俗世女子所谓的姿容美色往往提不起兴致，因为比起修道的仙子，两者不管是皮囊还是内里都相差很大，那么山下女子可取的就只剩下她们的身份了，例如亡了国的金枝玉叶、被抄了家的豪阀女子，多少还有点诱惑。这一点，卢氏王朝那拨刑徒，不缺。"

傅玉愤愤不平道："朝廷此时有意起用新任窑务督造官，不是摘果子是什么？大人您这两个月来，一步一步走遍了六十余座山头，跟那帮老狐狸磨破了嘴皮子，从县衙到城隍阁的破土动工，到文武两庙的选址协商、前期丈量和木料准备，再到卢氏遗民的安置，事无巨细，哪天睡觉超过三个时辰？好嘛，朝堂老爷们动动嘴皮子，吴大人就是真的办事不力了？说不定四姓十族的刁难根本就是朝中有人授意，存心要让大人您的仕途起于龙泉县也终于龙泉县！"

傅玉大概是觉得最后的说法太过晦气，也不现实，闷闷不乐道："至少也会想着让大人在五十岁之前无法成功执掌一部，只能靠熬字诀，一点点熬到部堂的高位。"

吴鸢张了张干裂的嘴唇，最终还是没有说什么。

傅玉突然笑出声，吴鸢转头望去："想起什么开心的事了？"

傅玉点头道："这龙泉县城，地方是小，可是比起繁华京城，我还是喜欢这儿。烧酒、糕点，还有每天早晨的肉包子，只要想吃了，就能自己走过去买，来回一趟，最多半个时辰。有些时候心烦意乱，就坐在酒肆里，点一斤散酒，能清清静静坐上一个时辰，也不会有人凑过来喊一句'傅公子'。再来一小碗酱肉、一碟腌菜，真想日子就一直这么过下去。所以我现在就更想在这里好好做出一点成绩来，再困难我也不怕。"

吴鸢"嗯"了一声："如果只是躺着享福，被人托着平步青云，那么当官有什么意思？总得脚踏实地为老百姓做点什么。我是因为穷苦出身，知道市井百姓和乡野村民的不容易。你比我强，你是世代簪缨的傅家贵公子，能够这么想，让我很意外。"

两人并肩而行，傅玉无奈道："但是问题来了，您做了实事，老百姓也不一定念您的好。史书上，能臣干吏在地方上开拓进取，最后沦落得骂声一片、灰溜溜离开的，还少吗？百年后，朝野总算后知后觉，到头来只传下几篇歌功颂德的诗词，有屁用。"

吴鸢摇头道："这么想不对。你的初衷，在于做点让自己觉得特别自豪的事情，至于做了之后，老百姓领不领情，朝廷认不认可，你现在不用想这些，想多了，只会自寻烦恼。一个想岔，甚至可能干脆就丧失斗志了。我们儒家不同于追求道法到底有多高的道家,不同于追求佛法到底有多远的佛家……"

傅玉叹了口气。

吴鸢好像自言自语:"三教之中,道教讲究清净,是一个人的事情,天崩地裂,我得长生,就够了,不重视前生来世,反而在意今生的这副皮囊,因为需要靠这副皮囊去证道,走完长生桥。相传佛教分大小,小与道教相似,大则告诉凡夫俗子,今生苦难来世福,到底是给了人很大念想的。唯独我们儒教与世俗最近,纠缠最深,又有'近则不逊远则怨'的困境,学问越大,修为越高,反而越是束手束脚,总觉得伸个腿抬个头就要触碰到规矩的墙壁了。比如我那位先生,提出的学问宗旨,重学问更重事功,是希望能够将那些腐儒、犬儒剔除掉,有点像是要清理门户,之后会八面树敌,难免受人排挤。

"先生的想法是好的,可是万事就怕走极端。而且人皆有惰性,极有可能百年盛世之后就是五百年、一千年的世风日下。因为读书人虽然还在苦读圣贤书,一个个道貌岸然,可到最后,为的不再是圣人所谓的'养浩然之气'。如今还好,立德立功立言,儒家三不朽,圣贤君子尚且都在追求'德'字,可一旦先生的学问逐渐成为天下道德准绳,岂不是硬生生拉低到了'立功'这一层?长此以往,反而是读书人最看不起读书养德这件事,读了几个字、翻了几页书都像是可以换取多少钱似的,这该是多可怕的场景啊。"

傅玉先是愕然,很快神色剧变,伸手使劲抓住吴鸢的手臂,低声道:"吴大人!这些话,绝对不能与您那先生说,绝对不能!您不是练气士,不是修行人,不晓得大道之争的残酷,一句无心之语,一件无心之举,就可能惹来杀身之祸!"

吴鸢拍了拍傅玉的手背,沙哑笑道:"我当然没这个胆子。再者,以我那位先生的学识才智,可能根本就是我想错了想浅了,先生对我这点想法肯定瞧不上眼。"

傅玉松开手:"您千万别说漏了嘴,我可不希望哪天您像宋煜章那样,莫名其妙就……"他不再说下去,言多必失。

吴鸢转移话题:"如果以后我走错了路,不管那个时候我吴鸢当了多大的官,傅玉,你记得一定要当面骂我,最好是骂醒我。"

"放心,到时候我保管二话不说,赏吴尚书一记老拳。"

"六部尚书啊,正二品而已,小了点,小了点。"

"不小。您想啊,等我大骊占据东宝瓶洲的半壁江山,一个六部尚书还小?我看侍郎就已经很大了。反正吴大人,我可说好了,我这个人除了会出一点小主意,会谋而不善断,所以这辈子就算跟死您了,以后您当尚书,给我个侍郎当当,如何?"

两个已经身在官场的读书人,笑着走回衙署官邸。

李家宅邸内,有个青衫读书人重新拿起书本,微笑道:"关于事功一事,吴鸢你没有想错,但确实是想得浅了。"

小镇日渐繁华喧闹。少年崔瀺除了每天去荒废的学塾读书,平时依然居住在袁氏老宅,就搬一把椅子,坐在那口藏风聚水的天井旁边,经常发一次呆就是一两个时辰。偶尔去龙尾溪陈氏开办的崭新学塾逛一逛,蜻蜓点水,很快就会离开。

龙泉县县令吴鸢已经正式卸去窑务督造官的职务,接任者据说是一名上柱国曹氏的年轻俊彦,而曹氏与吴鸢未来老丈人所在的袁氏是出了名的朝堂死对头,能够一言不合就在各种场合大打出手,在黄紫公卿碰头的内廷小朝堂,两个位高权重的上柱国相互指着鼻子对骂更是家常便饭。皇帝陛下对此多是好言相劝,有些时候实在恼火,就让两个功勋大佬滚回家吵去,反正两家自祖辈起就是邻居。据说两家小孩从小就学会了隔着一堵墙向邻居家抛掷各种物件,你丢砖头我扔泥块,礼尚往来。

吴鸢这次登门,是跟先生虚心请教:"先生,朝廷吏部那边,一向是曹家把持的田地,是不是趁我没能打开局面,准备将我挪回京城某个清水衙门坐几年冷板凳?"

"不是。"少年崔瀺依然从容地坐在那把椅子上,淡然道,"曹霈的家世如何?能力如何?"

吴鸢苦笑道:"家世远胜于我,能力也相当不俗。"

"跟这样的人打擂台,刚好说明你吴鸢还是有点斤两的嘛。何况你才是龙泉县县令,曹霈只是窑务督造官,如今重新开禁的龙窑不过是做一些本命瓷相关收尾的事情而已,没你想的那么严重。曹氏是想要让曹霈踩着你往上走,现在就看你有没有本事成为曹霈的官场拦路虎了。拦不住,袁氏还愿不愿意嫁女儿,就难说了;若是拦住了,袁氏说不定会求着你迎娶那名女子。"少年崔瀺瞥了眼吴鸢,"陛下用人,亲疏有别是难免的,对待功勋之后一向优待,可归根结底,最后还是要看你们各自的真本事。"

吴鸢笑道:"听过了先生的开解,学生心情好多了。"

少年崔瀺冷笑道:"你小子心情是好多了,先生我自己怎么办?"

吴鸢装聋作哑,坚决不开口。

少年崔瀺突然莫名其妙来了一句:"阮秀与外人冲突一事,你有没有想法?"

吴鸢略作思量,很快就道:"阮秀虽然出手重了一些,可毕竟是那个自诩风流的白痴纠缠在先,她提醒过数次,不合情,但合理,挑不出大毛病。何况之前她爹大打出手,杀得骊珠洞天上空乌云惨淡,之后再无修士胆敢逾越规矩,有其父必有其女……"

少年崔瀺有些不耐烦,大概是嫌弃这个学生太笨了,竹筒倒豆子说了一大串:"我的吴大人,劳烦你去仔细查一查,为何那个白痴会有闲情逸致四处闲逛,又刚好经过阮秀所在的骑龙巷的小铺子,又又刚好一点也不知道她的身份,又又又在家族购买山头、与大骊交好的时刻如此不知轻重。如果说一两个巧合是巧合,那么如此之多的巧合,你就不奇怪?世上又蠢又色的男人是有很多,可是一个有资格代替家族在这里露面的年轻人,而且本身修行资质还挺不错,会这么霉运连连?"

他说得诙谐有趣,可是吴鸢听得神情凝重,心情绝不轻松。

说到最后,少年崔瀺又开始自怨自艾,双手狠狠揉着自己脸颊:"真说起来,我比那个色坯更惨,但我是真的不走运啊!吴鸢,你不如把脸伸过来,让先生我打几耳光出出气,咋样?"

吴鸢又不傻,明摆着是打了白打的:"先生,我看还是算了吧。"

少年崔瀺气愤道:"一日为师终身为父啊,你小子性情随我,多半也是个欺师灭祖的种。等到龙泉县的事务大致落定,你争取抽空去一趟京城,跟我……跟那个我,继续商量在披云山建造书院一事。"

吴鸢点了点头,看不出脸色变化。

少年崔瀺挥手赶人:"忙你的。"

吴鸢起身告辞。

这栋袁氏老宅里,除了那个面容精致的沉默少年,在吴鸢一趟秘密出行后,还带回来一个名叫夏余禄的刑徒少年,十四岁,身材修长不输青壮,玉树临风,是一等一的好皮囊。不知为何,少年崔瀺让他改名于禄,他哪怕十分不情愿,也只能默然接受。

于禄大概是从水深火热的苦难之中脱身,也可能是天生性情开朗,有事没事就打扫这栋袁氏祖宅,从一楼到二楼,最后甚至爬上屋顶去翻修旧瓦,如果不是少年崔瀺嫌弃他聒噪,喊到跟前大骂了一通,估计他连老宅墙壁也能粉刷一遍。

家里的碗碟花瓶,全部被于禄擦得纤尘不染。吴鸢每次登门拜访恩师,都能够看到于禄在那里瞎忙活。看到自己后,除了微笑之外,就是站在远处,抱着扫帚,耐心等待自己离去。礼貌送客之后,于禄就会开始做那清扫脚印、擦拭椅子之类的仆役活计。于禄的乐在其中,让吴鸢百思不得其解:这少年该不会是家国破灭、举族沦为贱民刑徒,所以刺激过大,导致脑子有点拎不清了吧?

在于禄适应了老宅清净且忙碌的生活后,袖子里多出一封密信的少年崔瀺又悄然带着一个陌生人回了宅子。那是一个身材苗条却面容黝黑的少女,姿色只能算是中下,一天到晚都神情僵硬,唯独那双眼眸还算秀气。

哪怕是面对大骊国师,少女也一样面无表情,既无畏惧也无讨好,这让于禄心生佩服。听说她也是刑徒移民之后,于禄便想着对她殷勤热络一些,只可惜少女对他不理不睬,做起家务事更是笨手笨脚,纰漏百出,打碎碗碟不是一次两次了。最后于禄实在是无法忍受了,就让她坐着休息,大小事务,从买菜淘米、下厨做饭,到清洗外衣,全部由于禄一人包办。少女倒是毫不客气,每天就大大咧咧地坐在椅子上,比主人少年崔瀺还更像是主人。于禄的好心好意,少女似乎并不领情,也不正眼看他,反而偶尔眼角余光瞥过,那张平庸脸庞的眼眸之中还会透出淡淡的讥讽意味。

少年崔瀺重重拍了拍手掌:"三个都过来。"

玉树临风的高大少年于禄、身材极好的少女、容貌精致无瑕的沉默少年站在了少年崔瀺面前。

少年崔瀺歪着脑袋望向三人，最后视线停留在于禄身上："于禄，你一开始就是我争取来的棋子。"

说完又转向少女："至于你，是那位娘娘志在必得的囊中之物。不过如今她失势了，混得有点凄凉，给撵到长春宫修心养性去了。身在大骊京城的那个我呢，掌握了竹叶亭后，便顺势近水楼台了一回，将你送到了我这里，算是把你带出了火坑，你该谢我才对。按照那位娘娘一贯物尽其用的行事风格，你落在她手里，将来下场未必能比那个杨花好。你以后打算姓甚名谁？还是学于禄，干脆全部改了？"

少女嗓音柔媚道："国师大人，我只要还姓谢就行。"

少年崔瀺想了想，哈哈笑道："哦？那不如就姓谢名谢好了，这个名字多占便宜啊，谢谢，你还不谢谢我？"

少女依旧面无表情，但是眼眸之中燃起了怒火。不论她如何尽力遮掩，都无法隐藏起来。

少年崔瀺伤感道："我以后也不叫崔瀺了，你们喜欢的话，就叫我崔东山吧，或者喊我公子也行。"他满脸心灰意冷，"于禄、谢谢，你们收拾一下行李，明天我们就动身，顺着南下驿路去往边境野夫关。"

两人都未质疑什么。

少年崔瀺，或者说崔东山，看向那个满脸期待的精致少年："你啊，就留在这里吧，要么去陈氏学塾读书也行，随你自己。"

少年满腹委屈，刚要壮起胆子祈求同行，崔东山已经瞪眼怒目："滚蛋！"

少年吓了一跳，快步离开。

崔东山站起身，走到二楼一间小书房，开始提笔写信。

"过犹不及，大骊朝廷太过推崇文人，使得许多沽名钓誉之辈以诗歌作为进入官场的敲门砖。必须改一改如今大骊京城的风气，绝对不能够让满朝公卿到贩夫走卒一味崇尚艳辞丽赋的浮浅学风，必须重经义、重时务、重实际，必须牢牢拿捏住'事功'二字，哪怕大骊宋氏改朝换代，不管谁来坐龙椅，都不能丢了这份你我成就大道的根本。

"只有撼大摧坚，徐徐图之，才是正理。

"国子监务必掌握在手中，适当时候可以收回钦天监的安排，换取对国子监的完全掌控……"

写到最后，崔东山突然将毛笔狠狠摔在地上："如今写这些有什么用啊，我又不是我了。你这个站着说话不腰疼的家伙，还有脸皮让我'暂不联系，自己保重'，你倒是把家底分一半给我啊！不愧是老崔瀺，一毛不拔的铁公鸡啊！你在京城享福，老子却要去给人当学生,老天爷,你怎么不直接打个雷劈死我啊……"

眉心一点朱砂痣的少年大哭起来,伤心欲绝。

拂晓时分,一辆马车停在袁氏老宅门外,于禄和谢谢各自背着包裹等在马车旁,崔东山打着哈欠走出宅子,身上穿着一袭质地考究、手工精良的象牙色白袍。他身后跟着那个容貌精致如瓷器的少年,少年一脸恋恋不舍。

于禄忍不住问道:"公子,我们这是要去哪里?"

崔东山懒洋洋道:"带你们远游求学,去大隋逛逛,你们两个本来就是山崖书院的学生。"

于禄和谢谢这两个卢氏王朝的遗民刑徒面面相觑。

车夫是个大骊驻留龙泉县城的大谍子,眼观鼻鼻观心,纹丝不动坐在驾车位置上。崔东山上了车,弯腰掀起帘子后,突然转头道:"去把王毅甫喊过来当车夫,你继续留在县城,负责盯着骑龙巷和杏花巷两处地方的动静。"

那谍子点点头,一言不发地下车离去。

约莫一盏茶工夫,一个高大男子大步流星走来。于禄目不斜视,神色从容;谢谢眼神冷冽,似乎不太喜欢他。

王毅甫,正是那个奉命亲手拧掉宋煜章头颅的男子,昔年卢氏王朝的沙场猛将,既没有沦为大骊阶下囚,也没有成为新王朝的座上宾,更没有重掌兵权,而是成了那位娘娘的鹰犬,随着她被"贬谪"到长春宫去结茅修道,王毅甫的主人就从大骊娘娘换成了眼前的这位少年国师。

因为是走驿路官道,马车不小,足以容纳三人,可崔东山仍是让于禄和谢谢坐在外边,他独自霸占着宽敞车厢。没过多久,车厢内就传来琅琅读书声。堂堂大骊国师,享誉一洲的围棋圣手,却每天都要朗诵这些蒙学内容,实在是让人觉得好笑。

马车由东门驶出小镇,崔东山掀起帘子,看了眼东门口附近的新建县衙。那里尚未完全竣工,只是有了个雏形,在衙署胥吏督促下,小镇青壮忙碌着,使得整个东门都尘土飞扬。崔东山眼神阴沉地放下帘子。

离开小镇后,沿着驿路驶出大概一个时辰,崔东山让王毅甫停车,独自走向一座小山坡。观湖书院的君子崔明皇在此等候已久,见到这位被驱逐出家门的祖辈后,毕恭毕敬地作揖行礼。

崔东山站在山顶回望小镇,只可惜如今境界大跌,修为低微,哪怕穷尽目力也无法见着那边的风景了:"尊奉披云山为大骊北岳一事还需要酝酿,一时半会儿很难成功。但是在披云山建造新书院势在必行,最多半年就会有结果。放心,你这次冒了这么大的风险,差点连命都丢了,我肯定不会过河拆桥,一个书院副山长是跑不掉的。之后大骊肯定会倾尽国力将这座崭新书院打造得比山崖书院更像是儒家七十二书院之一。"

崔明皇松了口气后，眼神坚毅，承诺道："绝不会让老祖失望！"

崔东山对此不置一词，继续说自己的："我将那个瓷人少年留给你，到时候你把他安插进新书院，不出意外的话，他的修行会很顺利，可能会以一种吓人的速度跻身中五境，你做好心理准备。但是你最好将他雪藏起来，不要太早浮出水面。我从瓷山千挑万选选出了那些碎瓷，好不容易才拼凑出这么个神魂俱备的瓷人，这少年能够从一堆破瓷片变到现在这样活灵活现，与人无异，既是我毕生心血的凝聚，也有很大的运气成分，所以你务必多上点心。说句不吉利的话，这已经相当于是我在跟你托孤了。"

崔明皇心情激荡，弯腰抱拳道："老祖放心，我崔明皇一定将其视为己出！"

崔东山神色有些疲惫："在小镇这边，除了藩王宋长镜之外，其余两拨谍子死士，你能够随便使唤，我已经帮你打过招呼了。没事的时候，多跟杨家铺子的杨老头聊聊。那个老不死的东西，做事最是公道，从不谈什么好坏、正邪、敌我，你争取能够让老头子答应跟你做买卖。

"至于阮邛，我劝你别去自讨没趣。福禄街和桃叶巷的四大姓十大族如今七零八落，人心涣散，你多留心李家，嗯，就是李希圣所在的李家。至于那个心比天高的二公子李宝箴，如今靠山一倒，虽说算不上被一夜之间打回原形，但是也算领教过我们大骊京城的波谲云诡了。这对兄弟之间，你选谁都行，不过只能选一个。

"还有吴鸢，你自己看着办吧，就事论事，不要交心就行。"

崔东山说到最后，分明是青葱少年的俊美相貌，却给崔明皇一种耄耋老人、万事皆休的错觉。他试探性问道："你那个学生吴鸢，难不成是？"

崔东山耷拉着双肩向山下走去，点了点头，有气无力道："他是娘娘的人。她就喜欢挑选这类人，出身不太好，但是聪明、有抱负、能隐忍，只是各有各的致命缺陷，易于她掌控。"

崔明皇恍然大悟道："难怪，老祖宗您那次在袁氏祖宅泄露天机，我总觉得不对劲，后来才想明白，是因为吴鸢在场的缘故。"

崔东山叹了口气，并没有藏掖真相，打开天窗说亮话："当时在袁氏老宅，我给了他一次机会，之前芝麻绿豆大小的琐事，他把消息全部传递出去，我懒得计较。可他如果走出宅子后，将那件事情泄漏给那位娘娘，那他就死定了。弟子欺师灭祖，那么先生打死学生，也是天经地义嘛。"

崔明皇默然无语。

崔东山拍了拍这位家族晚辈的肩膀："我对你寄予很大期望啊，不然不会跟你讲这些的。"

崔明皇苦笑道："诚惶诚恐。"

"行了,你就别送了。"

崔东山加快步伐走下山,走出十数步后,转头笑道:"你我都是聪明人,你肯定在想我能这么给吴鸢挖坑,一定不会放过你。事实上……你没有猜错,确实是这样的,不过陷阱在哪里,需要在哪天做出生死抉择,得你自己去琢磨。"

崔明皇没有惊慌失措,更没有委屈无辜,反而斗志昂扬:"该读的书,差不多已经读完了,以后人生的乐趣就在于此了。"

崔东山转过身,望向山脚那辆马车,双手拢在袖子里,啧啧道:"果然三种弟子都得有啊,你崔明皇、吴鸢、瓷人,齐全了。以后就看我们师徒四人各自的造化了。"

走着走着,崔东山打了个激灵,呢喃道:"如果哪天知道了真相,以泥瓶巷那个小子的脾气,一定会打死我的啊,说不定眼睛都不会眨一下。"他满脸焦虑和悲伤,"关键是师父打死徒弟,还他娘的天经地义啊。不行不行,我不能混得这么凄惨,得想个法子……"他突然眯眼笑起来,顺带着走路也开始大摇大摆,哈哈大笑,"可以把脏水全部泼给大骊国师嘛,我是崔东山,不是崔瀺!"

他当下寄居的这副身躯,可以视为一件极其珍稀的重宝,天生无垢,但是先天痴呆,不到六岁就魂魄游离散尽,经过多年秘法炼制,已成为一个易于魂魄借住的客栈。当初因为骊珠洞天太过重要,涉及他的大道契机,他必须亲临此地,所以就搬出了这具身体,分出魂魄进入其中。如此一来,等于世间出现了两个崔瀺,一老一少,老崔瀺待在大骊京城当他的国师大人,运筹帷幄于千里之外;少年崔瀺则莅临小镇,躲在袁氏老宅,以防意外发生。当然,内心深处,崔瀺未必没有亲眼目送齐静春走完最后一程的意思,他想堂堂正正打败齐静春一次。

只可惜他如何都想不到,先是输给齐静春,输得一败涂地,之后更惨,被分明已经死在学宫功德林的老头子找上门,随随便便就切断了他与本体的联系,还罚他每天读那几本破烂书。可笑的是,这些书没有一本属于老头子编撰的圣贤经典。最后老头子更是做出一个荒谬至极的决定,要他崔瀺给那个姓陈的少年当学生!

我崔瀺能跟他陈平安学什么?学烧瓷还是学烧炭啊?

那个老头子到底是怎么想的?天晓得!就是字面意义上的那个天晓得。

老头子虽然一辈子最高的俗世功名不过秀才而已,但在儒教文庙曾经排在第四高位啊!那会儿老秀才真可谓如日中天,要不然人都没死,神像能硬生生给人搬进去竖起来?老秀才自己拦都拦不住。

不过崔瀺总觉得当时老头子其实偷着乐呵,根本就没真想着去拦。

总之,这桩公案注定会消失于正统青史和稗官野史,并且随着时间推移,仅剩的蛛丝马迹也会一点一点消失。

通往大骊边境野夫关的必经之路上,一辆马车停在驿站外的路边,崔东山站在车顶上,面朝北方,翘首以盼。王毅甫坐在驾车位置上,像往常一样闷不吭声。

于禄在清点行囊里的物件,谢谢最闲散惬意,坐在王毅甫身边,和于禄背对背,正晃荡着双腿,一颗颗嗑着瓜子。

崔东山一跺脚:"总算来了!"

王毅甫没有转身,轻声道:"殿下,以后保重。"

于禄点头笑道:"王将军也是如此。"

王毅甫"嗯"了一声,正要开口,嗑完一大把瓜子的少女拍拍手,云淡风轻飘出一句话:"王大将军没必要跟我这种刑徒贱民客套寒暄了。"

王毅甫苦笑道:"是我们对不住你的师门。"

谢谢双手叠放在膝盖上,仰头望向蔚蓝天空,笑道:"那你就跟那些魂飞魄散的死人说去。我既没有参加那场大战,事后也没有自尽,相反活得还不错,很快就是新山崖书院的学生了,所以王大将军你跟我说这个,挺没意思的。"

于禄突然说道:"王毅甫,不用理她,她就是个没长大的孩子而已,心里有气,又不知道跟谁发泄,这个时候谁好说话她就刺谁。"

谢谢笑道:"哟,还当自己是贵不可言的卢氏太子啊,还有资格教我做人?"

于禄微笑不言,继续低头收拾行李。

王毅甫一阵头大。若非担心这两个孩子的安危,他又怎么可能答应大骊娘娘,为她效命。

陈平安一行人沿着驿路边缘南下,然后就看到了一个脸熟的白衣少年飞奔而来,那种热情,简直比一个怀春少女面对心仪情郎还来得夸张。

眉心朱砂痣的白衣少年笑容灿烂道:"陈平安,虽然听上去很像个玩笑,但我其实是很认真很严肃地告诉你,从今天起,我就是你的学生了!你不认我做学生的话,我就死给你看!等我死了之后,你记得帮我立起一块碑,碑文就写'陈平安弟子之墓'!"

陈平安呆滞了很久才缓过来,问道:"你的真实姓名叫什么?"

少年开怀大笑:"崔东山!"

陈平安点头道:"那我在碑上帮你再添这三个字。"

少年对此并不意外,开始循循善诱:"我晓得先生您老人家不放心,觉得我是心怀叵测之辈,但是您可以考察我一段时间再来决定要不要收下我做开山大弟子。我崔东山呢,修为如今是不高,但是见多识广,学问还是有一些的,对于大隋的风土人情更是了如指掌。此去大隋,有我在和没我在,必然是一个天一个地的境况。"

眼见着陈平安依旧无动于衷,崔东山毫不气馁,滔滔不绝道:"再说了,我这趟拜师学艺并非空手登门,而是带了一笔极其丰厚的拜师礼,比如那中五境修士游历天下,几乎人手一册的《泽被精怪图》。我这一册更是珍稀贵重,天然孕育出了五六种精魅。

"再有一套文房四宝,笔是那藏着一条吃墨鱼的紫管笔,写字也好,绘画也罢,用完后便无须清洗,那条小鱼儿会自行帮忙吃干抹净。如何,是不是很神奇?算得上是一等一的文人清供了吧?墨是三锭松涛墨,以手指轻敲,就会发出松涛阵阵的悦耳响声,写出来的字,哪怕是蘸墨极少的枯笔,墨香同样能够滞留数年之久。砚台是别洲一位无名老僧遗留下来的古砚,名为'放生池',大有玄机,您不动心?纸张则是那金石笺,一国皇帝敕封山川神灵,都希望用上此纸,才显得正统。"

少年讲到这里,深吸一口气:"最最最重要的一样压箱底宝贝,是一柄半死不活的本命飞剑!它品相绝佳,锋利无匹,最大的好处是它不用后继者养炼剑气、开拓剑意,几乎拿来就能用。我当初侥幸得到后,之所以珍藏多年也未将其炼制,非是不看重,实在是我不走剑修的路子,生怕暴殄天物……"

说到后来,原本兴高采烈的崔东山嗓音越来越低,因为他发现对面的陋巷少年随着自己报出的拜师礼越来越丰厚,拒绝的眼神反而越来越坚定。他满脸幽怨,双手捧在胸前,可怜兮兮地试探性问道:"真不行啊?我是诚心诚意跟您拜师的,您要不信的话,我可以发誓啊,如果我对您有半点坏心,就天打五雷轰!"

陈平安摇头,斩钉截铁道:"不行!"

陈平安第一次看到这个少年,是在阮师傅的铁匠铺子,他还误以为少年是县令大人的书童。第二次,自称"师伯崔瀺"的少年主动搭讪,跟陈平安说了许多稀奇古怪的内幕。之后一路跟随陈平安去了泥瓶巷,还偷走了宋集薪的春联。

虽然始终没有从少年身上察觉到类似云霞山仙子蔡金简的杀意杀心,但是陈平安绝对信不过此人,希望能够敬而远之,哪里想到如今都快走到了大骊边境,还被他死皮赖脸追了上来。陈平安又不傻,黄鼠狼给鸡拜年,还能图什么?

崔东山不露声色地瞥了眼陈平安的发髻,那支碧玉簪子已经消失不见。

照理说,按照之前约定,老头子会帮自己铺垫一二的,至少不会揭穿自己的大骊国师身份,更不会将自己算计陈平安和齐静春的事情泄露出来。至于老头子为何如此大度地放过自己,甚至为何要在这个分明大局已定的时候走出功德林,崔瀺根本就懒得去计算推演。跟真正的圣人比拼这个,实在是不自量力。尤其当下神魂分离,崔瀺无论是修为和心力都已经大不如前,害怕自己一旦推演到深处,不小心触及老头子订立的规矩根本,会沦落到这副皮囊原主人的境地,变成一个彻头彻尾的白痴。

崔东山问道:"陈平安,你们在红烛镇枕头驿一带,难道就没有遇到一个穷酸老秀才?他没有跟你讲清楚大致缘由?"

陈平安皱了皱眉头。

崔东山仔细打量着陈平安，觉得眼前少年神色不似作伪："好吧，那我只好使出杀手锏了。不过事先说好，陈平安，我拜师如此心诚，你却如此推托，那么接下来的拜师礼就要减半了。我最后给你一次机会！"

陈平安二话不说就要转身，崔东山赶紧从袖中掏出一枚黑色棋子，高高抛向驿路旁边的无人处，对阴神道："这是杨老头交给你的消息，捏碎之后，你就知道这件事情的脉络，然后你来帮我证明清白，告诉陈平安我绝不是贪图什么才来拜师，而是真心要跟他定下师徒关系。"

那尊阴神没有显露真身，黑色棋子在空中砰然碎裂，瞬间化作齑粉。

很快，林守一就神色古怪地来到陈平安身边，窃窃私语道："阴神前辈说杨家铺子的杨老头要你相信这个叫崔东山的家伙不会暗中使坏，去往大隋书院的路上，大大方方让他做牛做马，随意驱使便是了，这样的弟子门生，不收白不收，不用白不用。还说此人今后与你荣辱与共，生死相关，不敢对你心怀不轨。"

陈平安点了点头，看向新弟子的身后问道："他们是……"

崔东山笑逐颜开："他们啊，傻大个叫于禄，福禄的禄；小黑妞叫谢谢，姓谢名谢。也不知道谁给她取的这个名字，真是绝了。"

随后，崔东山露出瞎子也不会当真的悲苦脸色，唉声叹气道，"两个都是卢氏王朝的刑徒遗民，身世可怜得很。谢谢之前就曾在山崖书院求学过一段日子，于禄运气差一点，离乡没多久，我们大骊就发起了那场大战，两人只得各自返回家乡。如今家国破灭，书院学生的身份便成了他们的保命符，如果我不把他们带出来，以后肯定会死在你们龙泉县西边的大山里，要么被某位山上神仙一个不顺眼就打死，要么每天风餐露宿，早早气力衰竭，不到三十岁就活活累死。所以他们如今颇为感恩戴德，一定要称呼我为'公子'，我怎么劝都劝不动。唉。"

不承想，谢谢笑眯眯道："既然我们的称呼反而成了公子你的负担，那我以后就不喊'公子'了。"

好在于禄没有雪上加霜，微笑道："我还是继续喊吧，习惯了。"

崔东山转头呵呵笑道："谢谢姑娘，我谢谢你啊。"

林守一缓了缓，好像又得到阴神暗中传授的锦囊妙计，轻声说道："杨老头说这两人咱们最好是收下，有百利而无一害。如果实在不喜欢姓崔的，以后可以用来当替死鬼，但凡有灾有难，全部让他顶上去就是了。他身上藏着一件方寸物，家底厚实，经得起糟蹋。"

一直竖起耳朵偷听的崔东山勃然变色，跳脚大骂道："杨老头，你个老乌龟王八蛋，有你这么坑人的吗？"

陈平安压低嗓音笑问道："如果收下这两个人，以后就算是你们的同窗吗？"

林守一苦笑道:"可能是吧,其实我和李宝瓶都不清楚山崖书院的真正情况。当初马老夫子带着我们离开小镇,也没说过这些。"

李槐一直偷看那个名叫于禄的高大少年,觉得他像是个容易打交道的家伙,肯定比脾气暴躁的李宝瓶以及性情冷淡的林守一要更好说话。

于禄背着沉重行囊,发现了李槐的视线后,笑着点头行礼。

李宝瓶则时不时与谢谢对视,一次又一次。与上次遇上玄谷子师徒三人的情况刚好相反,李宝瓶跟酒儿可是一下子就看对眼了,可对于眼前这个姓名古怪的少女,则一点都喜欢不起来。

谢谢虽然面带笑意,看不出任何真实情绪,可是对于矮自己大半个脑袋的李宝瓶,内心亦是不喜。

初次相逢的小姑娘和少女之间,这种奇妙情绪,应该与任何道理都无关。

陈平安望向崔东山,说道:"于禄和谢谢可以加入我们,但是你不行。"

崔东山收敛一切神色,生硬问道:"为何?"

陈平安答道:"因为我觉得你不是好人。"

驿路这边,没有一个人觉得这句话滑稽可笑,哪怕是最没心没肺的李槐,都感受到了一股山雨欲来的压力。

于禄扭头望向后边,远处尘土飞扬,马蹄整齐踩踏地面,地面传来一阵阵沉闷的震颤,大地如同被狠狠鞭打的身躯,奄奄一息,只能默默承受。

一股大骊铁骑的浑厚军威扑面而来,哪怕是一支只有三四十轻骑的队伍,仍是散发出一种粗砺慑人的杀伐气息,这让于禄情不自禁地眯起了眼睛。

这边崔东山伸出双掌,做了一个气沉丹田的姿势,尽量心平气和道:"我之所以来这里,是有个老秀才一定要我跟你学做人。你不收我做学生,没关系,我就以于禄和谢谢的公子这个身份跟随你们一起远游求学就是了,你们当我不存在,咋样?"

陈平安点头道:"只要你别来惹我,不说什么先生学生的怪话,就可以。"

崔东山刚要说话,大骊骑军带着轰鸣声一闪而过。

一直观察这支骑军所有细节的于禄早已低头,还不忘用手臂遮挡风沙尘土。

谢谢更是早早挪步到了驿路外。

气势雄壮的大骊骑军呼啸而过,崔东山默然站在原地,恰好穿着一袭纤尘不染的白衣的他如今满身尘土,还张着嘴巴,却一个字都说不出口。

李槐只觉得这一幕真是惨不忍睹,小声道:"惨是惨了点。"

崔东山后知后觉地抬手抹了把脸,眼神恍惚,呢喃道:"这日子没法过了。"

按照阮邛订立的规矩,如今闲散修士过境,若无大骊朝廷的特许,只要是经过原先骊珠洞天的上空，一律不可凌空而渡或是御剑飞行。在那拨声名赫赫的练气士付出了一条条性命之后，如今大骊诸多山上势力都默认了这个不太讲理的规矩。

风雷园修士刘灞桥在地界外降下飞剑，付过银子，乘坐驿站专门提供给修士的豪奢车马赶赴县城，找到龙尾郡陈氏开办的新学塾，发现好友陈松风正在亲自为十数个蒙童授课。陈松风发现站在窗外的刘灞桥后，就想要找人帮自己给孩子们授课。刘灞桥赶紧摆手，示意自己等着就是了。

半个时辰后，陈松风快步走出课堂，和刘灞桥并肩而行，看了眼他的佩剑，好奇道："这就是大骊京城锁龙井里的那把'符篆'？"

刘灞桥翻了个大白眼，双手抱住后脑勺："宋长镜那个王八蛋，说好的将符剑留给我，等着我去拔出来，结果我这北行一路上全是在说大骊京城有人拿走了符剑的消息，我还不信，以为是宋长镜使出了兵书上的障眼法，故意帮我铺路呢，结果等我到了京城，好嘛，当真已经被一个叫杨花的厉害娘儿们给捷足先登了！"刘灞桥越说越气，"我去找宋长镜讨要说法，你猜怎么着？宋长镜只是让人递话给我，让我有本事自己去找杨花，把符篆抢回来。我这辈子就没见过这么不要脸的止境宗师！后来听小道消息说，如今这娘儿们就在你们这的铁符江当了一位享受香火祭祀的江水正神。这就是命啊。"

陈松风愣了愣："你这趟来龙泉县城，是想从那位江神手里拿回符篆？"

刘灞桥摇头晃脑道："我刘灞桥是那样的人吗？"

陈松风更加疑惑："那你来做什么？"

刘灞桥叹气道："不过是返回风雷园的路上稍稍绕路，就到了这里。之前听说了关于龙泉县的很多事情，其中就有你们龙尾郡陈氏在此开设学塾，就想着来见你一面。我还真不是冲着杨花和那把符篆来的。"

陈松风微笑道："我在这边为蒙童授业解惑，起先很不适应，恨不得一拍桌子就拂袖离开，如今倒是好一些了，经常告诉自己，就当是砥砺心性好了。"

刘灞桥点点头："静下心来做学问确实挺好的。对了，之前那场始于红烛镇一带、止于大骊京城的变故，你听说了吗？"

陈松风点头道："当然有收到各种传闻，但是家族内部众说纷纭，不同渠道传来的内幕消息相互矛盾，到最后也说不出一个所以然来。"

刘灞桥嘿嘿笑道："你难道忘了，我当时就在大骊京城。你想不想知道真相？"

陈松风摇头道："不想。我又不是修行中人，对于你们这些事没什么兴趣。"

陈松风之前也曾负笈游学，跟随游人登高作赋不是一次两次了，不算是文弱书生，可当初跟随颍阴陈氏女子一起进山，最后他的脚力和体力连一个陋巷少年都不如，以至于被陈对嫌弃地踢出队伍。

卖了个关子却没有人捧场，刘灞桥当然不太开心，揭短道："年纪轻轻，暮气沉沉，活该你被陈对那个小娘儿们瞧不起。"

陈松风大笑道:"喂喂喂,打人不打脸啊,揭人伤疤算什么英雄好汉?"

刘灞桥一脸神神秘秘,压低嗓音:"那你想不想知道有关倒悬山的一个惊天大消息?"

陈松风毫不犹豫道:"说!"

刘灞桥打趣道:"啧啧,你才说过自己不是修行中人,也会好奇这个?"

陈松风神色疲惫,字斟句酌,缓缓道:"倒悬山传出的任何消息,只会跟那个天下有关。那个地方的动静,有可能会决定整个天下的格局。哪怕我们东宝瓶洲只是被最小的涟漪波及,我们早一点知道,说不定就能早些做出一点正确的应对,哪怕最终只是获利一点点,也好过什么都不做。"

刘灞桥对此亦是无能为力。各有各的身份立场,有些时候旁人的安慰再好听,终究有一些站着说话不腰疼的嫌疑,刘灞桥也不愿意当这种言语上的朋友。在这位风雷园剑修心目中,真正的朋友,就是你飞黄腾达的时候,见不着我刘灞桥的影子;可当你有了大麻烦,需要有人站出来的时候,甚至不用你说什么,我刘灞桥就已经站在你身边了。事后,麻烦解决了,不用道谢。若是我刘灞桥死于这场麻烦了,你都不用愧疚。

刘灞桥伸手指了指东北方向:"其实我知道的也不多,只知道位于咱们天下最东北的那个大洲算是剑修最后的地盘了,几乎大半剑修在当地两位大剑仙的号召之下火速赶赴倒悬山。不知为何,两位大剑仙只在这些剑修经过骊珠洞天上空的时候短暂撤去了气机遮蔽,才让我们东宝瓶洲得以惊鸿一瞥,见识到剑修如蝗群过境的绝世风采。"

陈松风笑道:"如蝗群过境?这可不是什么好说法。"

刘灞桥哈哈笑道:"不中听怎么了,你想啊,有比这个更恰当的说法吗?蝗群过境,寸草不生,气势多足啊。"

陈松风犹豫了一下,仍是坦诚相待,说出一个秘密:"陈对曾经说过,大约每过百年,就会有一场大战发生在那堵城墙之下。"

刘灞桥点了点头,显然之前就知晓此事:"所以我想着去出一份力。退一步说,也存了以战养剑的私心。结果风雷园很快就回信飞剑一把,从师祖到师父再到师兄,全部把我骂得狗血淋头。"

陈松风幸灾乐祸地大笑起来。

刘灞桥突然问道:"那个叫陈平安的家伙还在小镇吗?"

陈松风摇头道:"不在了。如今这少年可了不得,据说一人独占了好几座山头,其中名叫落魄山的地方还有大骊朝廷刚刚敕封的一位山神坐镇其中,是货真价实的大财主了。你对他不是观感很好嘛,以后重逢,大可以让他请你喝酒吃肉。"

刘灞桥抹了抹嘴,道:"他带的腌菜是真不错,当时差点咸死老子,但我在大骊京城顿顿吃着山珍海味,越吃越怀念那腌菜的滋味。"

陈松风没好气道:"你顿顿吃腌菜试试,看你会不会想念大骊京城的山珍海味!"

刘灞桥笑道:"那还是顿顿大鱼大肉好了,偶尔来一餐腌菜就行,要不然面黄肌瘦的,以后万一真见着了我家苏仙子,吓着了她,那多尴尬。"

陈松风问道:"我一直想不明白,以你刘灞桥的家世和修为,那正阳山苏稼再出类拔萃,一旦抛开风雷园和正阳山的世仇关系,你跟她怎么都算是般配吧,为何你连跟她打一声招呼都不敢?"

刘灞桥用心想了想:"可能是怕她一见到我,就不喜欢我了吧。"

陈松风愈发纳闷:"但是你和苏稼如果连面都不见,她不一样不喜欢你?"

刘灞桥转过头对着陈松风挤眉弄眼,笑嘻嘻道:"不一样的。只要一天没见面,我就对将来的那次见面充满期待和希望。"

陈松风摇头道:"你真是无聊啊。就不怕下次见面,你是去参加苏仙子的婚礼?"

刘灞桥如遭雷击,伸手搂过陈松风的脖子,凶神恶煞道:"陈松风你找死啊? 童言无忌,童言无忌……老天爷别搭理这家伙,月老更别当真啊……"

过了边境野夫关,就算离开大骊国境了。在到达大隋之前,还要先穿过大隋附属黄庭国的西北地带,大概有一千二百里路程。

大骊市井百姓喜欢说大骊官话,对于东宝瓶洲的正统雅言往往并不熟稔,而文风更加浓郁的大隋和黄庭国,几乎人人都会说本洲雅言,差别只在地方口音轻重而已。

一辆马车缓缓跟在一支队伍后头,车夫是于禄,崔东山一天到晚坐在车厢内闷头大睡。而谢谢已经完全融入这支陈平安领头的求学队伍,反而与于禄、崔东山的关系越来越疏远。她能够跟林守一磋棋术,说是切磋,其实就是碾压,其貌不扬的少女下棋杀力极大,动辄屠龙,杀得林守一几乎局局丢盔弃甲。她也能跟李槐天马行空胡乱闲聊,陪着李槐一起用彩绘木偶和五个泥人儿来排兵布阵,一大一小玩得不亦乐乎。谢谢唯独不愿跟李宝瓶说话,当然,后者同样如此。

陈平安对她和于禄都客客气气的,只是始终不搭理崔东山。这一路行来,崔东山用尽了法子凑到陈平安跟前嘘寒问暖,晓之以理动之以情,甚至撒泼打滚耍无赖,就差没有抱住陈平安的大腿号啕大哭了,还试图用礼物诱使李槐等人,让这三位"开国元老"帮忙求情,结果都吃了闭门羹。气急败坏的他威胁陈平安,说再不答应收他做徒弟,他就要跟陈平安玉石俱焚了。结果陈平安撂下一句"你可以试试看,你叫崔东山,我叫陈平安,墓碑只会有一块,谁活下来,谁帮忙写对方的名字",让白衣少年立即吃瘪,差点憋出内伤来。他倒是想一巴掌拍死这个姓陈的,可他一旦心生此念,手心就要被老秀才的不知名术法像用鸡毛掸子抽一样,那叫一个红肿啊。

黄昏临近,马车缓缓行驶于山岭道路上,白衣少年难得掀起车帘,坐在车夫于禄身后,朗声道:"前边那位陈平安陈大哥陈大爷陈老祖宗!这座山叫横山,咱们可要小心一点。黄庭国之前,此地归属于后蜀国,根据一位后蜀文豪的笔札《蜀国琐碎闻》记载,横山有一座青娘娘庙,庙前有一棵不知年龄的古老柏树,许愿极其灵验,后人便因此建立神庙。相传前朝大臣为国殉难,家眷逃散而尽,只有年幼女儿不肯离去,提剑自刎,鲜血浸染柏树根部,她的魂魄因此依附于老柏,在那之后,多有古怪发生。不过好在种种传闻多是善终之事,各位不用太过紧张,只当是游览一处有故事的风景名胜就好了。"

陈平安心一紧。在嫁衣女鬼楚夫人闹了那么一次之后,如今他一听到鬼怪神灵,难免就会有些一朝被蛇咬十年怕井绳的滋味。

其实不仅仅是他,李宝瓶、李槐和林守一,甚至那尊阴神,就没有谁敢掉以轻心。

所以他们在暮色笼罩山岭之前就停步不前,选择一块山腰空地作为夜宿之地。

一顿简陋却饱腹的晚饭之后,李宝瓶借着篝火的光亮,开始翻阅那本最喜爱的山水游记。林守一一般不会当着于禄、谢谢的面拿出《云上琅琅书》,只会打开《搜山图》,欣赏那些惟妙惟肖的山精鬼怪。而李槐就要继续捣鼓他那些小玩意儿了,往往只有谢谢愿意陪他一起,今天也不例外。

但于禄今天很奇怪,竟然主动开口请求和林守一手谈一局。林守一自然不会拒绝,而且感觉很有意思。先前与谢谢对坐而弈,大概是棋力悬殊较大,就像是大山压顶,林守一虽然心态控制得很好,但每次谢谢离开后,他独自复盘,还是会有些沮丧。但是跟性情温和的于禄下棋,发现这个卢氏遗民出身的高大少年下棋下得跟他的性格差不多,温温吞吞的,既没有不堪入目的昏招,也没有让人眼前一亮的神仙手,四平八稳。下了两盘,林守一都输了,都是棋差一招而已,两次都是在于禄最后一手落子之前,棋盘上仍是势均力敌,胜负晦暗不明。

两个少年对弈时,崔东山双手负后,瞥了眼棋局,翻了个白眼就不愿再看,可是兜了一圈,又实在没有去处,便只好一次次重新回到棋局附近,要么站在林守一身后翻白眼,要么站在于禄身后翻白眼,最后实在是受不了,对默默复盘的林守一道:"于禄那个貌似忠良的小坏蛋这是故意遛狗呢,你小子就半点察觉不出来?你想不想下赢于禄和谢谢?你只要有我一成功力,就保证能下十局赢十局!"

林守一抬起头微笑道:"等你先当了陈平安的学生再说吧。"

不过林守一眼角余光还是忍不住瞥向那个藏拙的高大少年,后者朝他微微一笑,眼神清澈,然后低下头,开始不厌其烦地收拾那点行李。

崔东山双手捶胸,痛心疾首。

远处,一棵大树横出去的树枝上,陈平安站在上边,树枝被压出一个弧度。他轻轻吐出一口浊气,缓缓闭上眼睛,日复一日地练习立桩剑炉。

山风拂面。如山在呢喃,而少年无言。

横山山巅，有一座并未悬挂金字匾额的小庙，庙外有一株参天老柏，郁郁葱葱，古意浓浓。小庙内外灯火辉煌，挂起一盏盏灯笼，庙外有十数名仆役丫鬟模样的男女，三三两两扎堆，窃窃私语。

庙内有五六名男子正在饮酒，满脸红光，笑声朗朗，一只只开封的酒坛散乱满地。这些男人应当是正儿八经的士族出身，言谈不俗，抨击时政，纵横捭阖。其间还有男子喝到尽兴，干脆就袒胸露腹，高高举起酒杯，转身望向神龛里的那尊青娘娘泥塑像，大笑道："你是神仙也好，鬼魅也罢，我都不怕，你只要敢显露真身，我就敢邀你共饮杯中酒！哈哈，青娘娘，你今夜如果真愿意走下神坛，以后传出去肯定是一桩美谈，香火只会越来越鼎盛不衰，我先干为敬！"

浑身酒气的男人打着酒嗝，颤颤悠悠，仰头灌了口酒，大半洒落在身上和地面。

周围好友不断调侃打趣，酒壮色人胆，更有人扬言要将这位青娘娘神像抱下来，神人共春梦一场，这才算真正的美谈。这番大不敬的言语，惹来更大的欢畅笑声。

小庙内一声叹息，悄不可闻。

一阵微风飘拂，众人喝酒正酣，并未察觉异常。

半山腰，练习剑炉的陈平安心神一动，低头望去，谢谢拎着一根树枝姗姗而来。

陈平安正要离开枝头，就看到谢谢抬头嫣然一笑，摇晃树枝，嗓音天然柔媚："你不用下来，我们可以在上面聊天。"

只见她开始轻灵奔跑，脚尖一点，高高跃起，踩在一棵大树上后，身形向后弹射而去，踩在了另外一棵树上。如此反复，身形不断拔高，数次踩踏，她就来到了陈平安所立大树附近的树枝上，一看就是个练家子。

谢谢侧身坐在树枝上，晃着双脚，微笑道："你是武夫，我是练气士，咱们不太一样。在眼高于顶的练气士看来，习武之人就是那种没有修道天赋的人，之所以练武，不过是退而求其次的无奈选择，由于你们武道分出九个境界，所以又被取笑为下九流，有点类似修士以清流自居，把武夫视为低贱胥吏，其实到最后双方两看两相厌，都觉着碍眼。"

陈平安问道："谢姑娘为什么要跟我说这些？"

谢谢将手中树枝横放在腿上，开门见山道："崔东山估计实在是走投无路了，逮着一座小庙就胡乱烧香。他私底下找到我，说只要能帮他在你面前讲几句好话，哪怕你依旧不答应收他做学生，也会送我一件宝贝。我当然眼馋他的那柄无主飞剑，但他不肯，只愿意在事成之后送给我一支竹笛。他给我看了一眼笛子，是名副其实的鱼虫笛，曾是卢氏王朝的宫中秘藏，是一座山门最早与卢氏开国皇帝结盟的契约信物之一。我是女人嘛，当然喜欢世上一切漂亮养眼的东西，这不，我就来找你了。"

有人打搅，陈平安就不再练习立桩，跟谢谢一样坐在树枝上，坐姿端正，与她对视："谢姑娘你继续说，我在听。"

谢谢笑道："已经说完了啊。之前聊纯粹武夫和山上修士的差异，不过是生怕冷场，想要抛砖引玉来着。说实话，崔东山一次次在你这边撞墙碰鼻子，我冷眼旁观，会觉得很解气，真轮到自己跟你谈事情，就头疼了，唯恐你什么都不听就拒绝我，那么即将到手的鱼虫笛可就要长翅膀飞走喽。"

陈平安点头道："如果崔东山问起，我会证明谢姑娘你已经求过情。如果可以的话，谢姑娘能不能说一些关于武道的事情？"

谢谢眯眼打量着陈平安的脸庞，像是要一眼看穿他的根脚，柔声道："武学一事，我就是道听途说而已，没什么不可以说的。之所以晓得这些皮毛，还是因为练气士的下五境。养气炼气，其实仍是没能逃出皮肉筋骨体的范畴，这也是为何被称为'下五境'的理由。"她伸出一根手指，凌空指了指陈平安身上几处，"人身三百多座气府窍穴，相互接连，如山脉绵延。你们武道入门第一境的泥坯境是找到那一口气，然后帮它找到最适合栖息温养的气府窍穴，天赋高低，在这里就能够体现出来了。这些，总该有人跟你说起过吧？"

陈平安回答道："之前大致听人说起过这些，但是我不介意多听几遍，所以谢姑娘你继续说，不用管我是不是听过。"

谢谢下意识轻轻拍打着树枝，微微扬起下巴，望向比陈平安更高的地方："所谓的武道天才，一是极其年幼就能够找到那股气息；二是它选中的气府窍穴不是什么生僻位置，而是一些关键穴位，先天就占据优势，就像有人占据了荒郊野岭的小土包，或是无人问津的乱葬岗，有人则占据了水陆要冲的红烛镇，还有人直接占据了大骊京城，三者景象自然是不一样的；三是这一口气本身的粗细、浓淡、长短皆有高下之分，否则任你气府位于大骊京城，却没有本事挖掘潜力，就没有意义了。这么形容，你能不能理解？"

陈平安道："还是能理解的。"

"之前崔东山所谓的那把本命飞剑是指我们练气士当中的剑修在本命窍穴之中温养出来的飞剑，与剑修神魂融为一体。本命飞剑出窍杀敌，即是实质之剑；返回窍穴，便化为虚无之物，很是玄妙。我师父曾经说过，其实人的气府窍穴可以视为天底下的洞天福地，先天具有'方寸'神通，如果后天苦修，一经打通其中关节，本命飞剑也好，其他法宝也罢，任它体形大如山峦，一样都可以容纳其中。

"你们武道的第二境，就在于以本命窍穴作为起始点，开始向四周拓展道路，将一条条原本崎岖狭窄的经脉变作宽敞的驿路官道。为何世间有那么多武学门类？就在于这开山开道的法门不一样。起始于何处、走哪条道路、如何走捷径，各家皆有秘不外传的秘籍，比如武夫练拳所开经脉，与刀枪剑戟是大不相同的。陈平安，我看得出来，你如今就在第二境打基础,难怪每天都要勤勤恳恳练拳走桩立桩,以你的速度,我相信很快就可以跻身第三境。对了,我可以知道你的本命窍穴在哪里吗?"

陈平安摇头道:"不可以。"

谢谢皱了皱鼻子,嘀咕道:"小气。"不过她一想到崔东山的凄惨遭遇,立即觉得陈平安这样的性格,拒绝自己才是正常的。他这样的脾气,说难听点,叫茅坑里的石头,又臭又硬;说好听点,则是心性坚韧、雷打不动。

陈平安突然问道:"谢姑娘为何说我很快就可以到达第三境?"

谢谢脱口而出道:"你们习武之人只凭一口气,归根结底是以伤害体魄的代价来换取杀力,只要想着延年益寿,就必须要早早跻身第六境才能够每天滋润魂魄神意,反哺身躯;要是在二、三境界耽搁太久了,那一口先天真气就会越来越衰竭,每次与人厮杀,身受重伤,就是一次元气奔泻,所以练拳把自己练死的蠢人,世上不计其数。便是豪阀世族的练武之人能够用名贵药材浸泡体魄,以此疗伤,仍是治标不治本,无法真正裨益一个人的魂魄。虽说武学不高,不得证道长生,可一旦走到武学顶点,跻身第九境甚至是传说中的真正止境第十境,那么活个一两百岁还是不难的。"

陈平安反驳道:"这样说不全对。天资好的人可以求快,像我这种资质差的,越着急越容易出错,还不如踏踏实实一步一步来,一步不走错,那么每一步就都有用。何况我习武不是为了追求那些很高的境界,就只是……强健体魄而已。"

陈平安话到嘴边,变了一个含蓄的说法。其实准确说来,他是在用练拳来吊命。被蔡金简以歹毒手法暗中打烂了长生桥后,除了修行之路阻塞断绝,唇亡齿寒,陈平安这副体魄也不好受。之后棋墩山一役,折损严重,好不容易增加出来的那点寿命一扫而空。好在一路南下,靠着每日大量的走桩站桩,陈平安又积攒下一点家底,已经能够清晰感受到身体的好转,如同一栋破屋子四面漏风的身躯,缝缝补补,终究还是有用的。

谢谢笑道:"习武进展快慢因人而异吧,你如果觉得稳扎稳打更好,我想也没有问题。"

谢谢作为练气士,对于习武之事本就一知半解,很多时候会习惯将修行套用在练武上。虽然她的眼界比朱河更高,但是诸多细微,肯定不如身为五境武夫的朱河来得准确透彻。更何况朱河被福禄街李氏老祖亲口称赞为"明师",评价远在名师之上,足可见朱河的厉害。不过朱河受限于偏居一隅的小镇李氏,与山下江湖绝大多数武夫一样,坚信第九境的武道宗师已经走到了尽头,所以把第九境誉为止境。而事实上,九境之上还有第十境,这九、十之间,一境之差,比第六境跟第九境的差距还要大。

武学武学,不跟大道沾边,哪怕肉身淬炼得比佛家金刚不败还坚固,仍是很难有大的成就,至少这寿命短暂就是一个实实在在的天大瓶颈,想要打破是痴人说梦,无一人可以例外。

正因如此,在练气士看来,山下的习武之人才会矮他们一大截,一辈子就是在山脚小打小闹,最多来山腰逛一圈,就是他们的止境了,能有什么大出息大气候？反观上五境的修道之人,哪一个不是长寿无疆、有望大道？

陈平安好奇地问道："谢姑娘,你们练气士作为逍遥自在的山上神仙,也需要跟习武之人一样锻炼体魄？"

当初在小镇上,宁姚提醒过他,云霞山蔡金简、老龙城苻南华这些人,哪怕在小镇被术法禁绝的规矩束缚下,体魄坚韧的程度仍旧远超俗人,一拳打死他陈平安很轻松,而他陈平安如果不是打在要害,就很难击杀对方。

听到"逍遥自在"四个字后,谢谢扯了扯嘴角,灵动双眸之中满是苦涩。藏好这点灰心情绪后,她耐心解释道："养气炼气才是最重要的,体魄只能算是顺手为之。嗯,这么说也不太妥当,怎么说呢……一只瓷碗装不下十斤酒,但是瓷碗大小的方寸物却能够装载百斤千斤的酒。我们练气士就是要牵引天地元气来浇筑、砥砺身躯体魄的皮肉筋骨血,把那只瓷碗铸造得牢固一些。练气士的皮囊如果太过纤柔脆弱,肯定会坏了长生大事。"

说完这些,谢谢就没有聊下去的心气了,开始沉默,借着月色,扭头望向横山之外。

陈平安不去打搅她的思绪。"交浅言深"这四个字,肚子里没什么墨水的陈平安当然说不出来,可是这个道理,他懂得。

所以如今他体内窍穴和气息游走的景象,他绝不会向外人透露半个字。

对阿良传授的剑气运转十八停,更是守口如瓶。

事实上,体内如火龙游走的那股气机一改先前犹豫不决的局面,终于选择了两座气府作为栖息之地,一上一下。其中一座"府邸",正是棋墩山亲手斩杀白蟒的那缕剑气消失后的窍穴所在。剑气离去,那股气机如获至宝,迅速入驻其中,停留时间远远多于下丹田附近的那座窍穴。然后陈平安配合杨老头早年传授的吐纳法子,尽量让每一次走桩立桩的呼吸走过或者靠近那十八停经过各大窍穴。

陈平安每一次练拳,旁人一眼就可以看到。但是陈平安近乎执拗的呼吸方式,旁人就未必能够看出其中的巨大努力了。

姚老头生前有一番话,能够让他死死记住一辈子:

"该是你的,就拿好别丢。不该是你的,想都别想。"

以前陈平安一穷二白,想得更多的是后边那句。如今有了些家底,并且开始有所追求,那么前一句话就开始派上用场了。

我陈平安要把每一件能做好的事情做到最好！他经常这么默默告诉自己。

这一路南下,草鞋换了一双又一双,哪怕见过了很多新鲜风光,可那些最早知道的道理,大的小的,反正来来去去就那么几个,一个都没丢。

仿佛是从小穷怕了,在别人眼中可能很空洞无用的道理,在两手空空的陈平安这里反而尤为值钱，且随着岁月的推移，只会愈发值钱。为人处世的时候，会想它们；四下无人的时候，也喜欢拿出来嚼一嚼。

儒家蒙学经典之一的《礼记》有言：天命之谓性，率性之谓道，修道之谓教。道也者，不可须臾离也；可离，非道也。

之前有一天李宝瓶给陈平安解释这一段圣人教诲，平时从不露面的崔东山走出马车，默默来到两人身边，听完之后，又默默离开。不过当时李宝瓶照本宣科，讲得笼统刻板，陈平安更是听得云里雾里，两人很快就跳过此节。

此时，谢谢冷不丁出声道："不用管我，陈平安你先走好了。"

陈平安点头道："崔东山说这座横山极有可能存在精魅，这么晚了，谢姑娘你自己小心一些。"

谢谢笑道："我现在虽然是下五境的小修士，但是生死关头的自保手段还是有一点的，不用担心。"

陈平安顺着树干滑到地面后，以《撼山谱》的走桩缓缓前行，张弛有度。

原本很简单的外家拳架，硬生生给少年练出了一点行云流水的内家气象。

谢谢握住树枝，轻轻拍打膝盖。

崔东山神出鬼没地站在附近高枝上，正是陈平安原先剑炉立桩的地方。他脚下的树枝轻轻晃荡，身形随之高低起伏。

崔东山面朝大山之外，随手一挥，一支竹笛旋转飞向谢谢，后者伸手接住，低头望去，眼神复杂，问道："一路走来，将近两旬时光，连国师大人都没能看透陈平安的心性？按照您的吩咐，我跟陈平安瞎聊，想到什么说什么，可是这能聊出什么来？"

崔东山眺望远方，轻声道："陈平安看到我的时候，整个人的精气神会本能地收缩起来，就像一座关隘，看到狼烟示警就要闭关戒严。平时他和李宝瓶三人交往，相对会真情流露一些，可是还不够，需要有人跟他聊一些有分量的家常话。"

谢谢试探性问道："国师大人想要确定陈平安的真正底线在哪里？"

崔东山答非所问，满脸痛苦神色："老头子在我神魂上烙印下了一些文字。我暂时只知道它们会极端放大我的某种情绪。发乎情，看似自然而然，回头看来真是让人惊悚。如果不是杨老头提醒了我，我可能至今都觉得理所当然。"

谢谢笑道："是要国师学会以诚待人？"

崔东山没有转头，脸色冷漠道："小丫头，我劝你别说风凉话，我的忍耐是有底线的。他陈平安我是奈何不得，要不然他早死上一百次了。至于你这种只能随波逐流的小家伙，死了都没人立碑上坟的可怜虫，我现在如果真的想踩死你，就是一脚的事情。"

谢谢默然。

崔东山一手负后，一手拧转手腕："于禄比你聪明讨喜太多了。"

　　谢谢再不敢胡乱说话。可能是这一路走得太过安稳，身边这个少年的言行举止又太过荒诞，才让她心生轻视而不自知。

　　崔东山眼神迷茫，自言自语道："道法高，佛法远，儒家规矩大，可谓各自的立教根本了，其余诸子百家，怎么跟这三家争？又如何能够立教？难道就真没有一点点机会了？真要我学齐静春，从老头子的学问门户里头硬生生靠着见识学问独立出来？可问题在于，当初我就这么做了，甚至觉得找对了道路，可老头子你一巴掌就给我拍死了。你到底想要我怎么样？你倒是说啊！"

　　崔东山再一次情不自禁地满脸泪水。

　　此情此景，落在一旁的谢谢眼中，就再没有半点滑稽可笑的意思了，反而恨不得自己是个聋子，什么也没听到。

　　崔东山流着泪转过头，笑道："你又欠我一条命了，记住，以后都要还的。"

陈平安返回牛皮帐篷那边，顿时有些头大，因为队伍中多出了一张陌生面孔。

她一袭白裙，肌肤胜雪，嘴唇乌青，气质幽幽，不似活人。

女子坐在篝火旁，正在跟林守一下棋。而那尊面容模糊的阴神就盘腿坐在一旁，盯着棋盘上的局势。

李宝瓶也蹲在一旁，小姑娘可没有观棋不语的觉悟，不管是林守一还是陌生女子，谁落子她都要点评一二。唯独于禄守着那辆马车，没有靠近篝火。

陈平安有些发愣，这到底是什么情况？

李槐快步跑到陈平安身边，小声道："这个姐姐很光明磊落的，一见面就坦白自己是来自山顶青娘娘庙的鬼魅，因为生前最喜欢下棋，加上现在小庙那边聚集了一大堆探幽寻奇、饮酒作乐的文人雅士，她被吵得心烦意乱，就往山下散步，刚好看到林守一在那里复盘，就忍不住想要对弈一局，她愿意拿出一部孤本棋谱赠送给林守一作为酬谢。阴神前辈一番盘问之后，觉得问题不大，就答应她了。"

陈平安下棋没有悟性，加上因为怕出错，下得慢，所以林守一有了谢谢和于禄两个棋友之后，就不爱找陈平安手谈了。陈平安清楚自己不是下棋的料，也就不去精深研习了。倒是林守一，经常在休息的时候独自打谱，枯寂得像是得道高僧，一看就是家学熏陶出来的。

陈平安走到篝火旁，没有靠近棋局，添了一把柴火。正在对局的林守一也抬起头望向陈平安，冷峻少年的脸上带着些歉意。毕竟跟随他们一起远游的阴神在楚夫人那场风波之后跟他们详细解释过,不被朝廷纳入山河谱牒的各路香火神灵,修为再高、口碑再好,都只能被划入鬼魅阴物一类,比他这种无依无靠的孤魂野鬼好不到哪里去。

陈平安摆摆手笑道:"没事没事,你们继续。"

女鬼下棋极为入神忘我,双指捻住一枚黑子,抵住下巴,眉头紧皱。

显而易见,女鬼的棋力不会太高,要不然不至于被林守一稳占上风。

陈平安独自坐在距离篝火稍远的地方,偷偷瞥了眼阴神,后者微笑点头,示意不用担心,这个女鬼掀不起风波。陈平安这才彻底放下心来。

这尊阴神本该在大骊野夫关外就会跟他们分别,然后原路返回龙泉县城。但是他临时改变主意,说再送一送,不为杨老头的命令吩咐,只为一点私心。

陈平安不明就里,看阴神的态度十分坚决,就答应了下来。

陈平安又开始练习剑炉。等到他再次睁开眼,发现阴神就坐在身边,背对着下棋观棋的那些人和鬼,笑望向陈平安。

陈平安问道:"有事吗?"

阴物"嗯"了一声,缓缓道:"我马上就要回去了,先跟你道个别。"

陈平安点了点头。

阴物突然又喊了他一声,他有些摸不着头脑,猛然瞪大眼睛,看到一张略微熟悉的脸庞。

露出一张真实脸庞的阴神赶紧伸出手指做了噤声的手势,很快就又恢复之前容貌模糊晃荡的古怪景象。阴神以秘术在少年心湖响起心声,柔声道:"小平安,谢谢你这么多年帮我照看着小璨,还将那条泥鳅送给了小璨,我实在是不知道该如何报答你,真的。如果可以的话,我愿意把这条命交给你,但是我做不到……"

陈平安眼眶有些泛红,然后咧嘴笑起来。

心善的少年由衷为顾璨感到高兴。可怎么也忍不住,他自己有些伤心。

阴神伸出拳头,作势捶了心口一下,笑道:"陈平安,我相信你,总有一天你会走到最高最远的地方!"

陈平安不知如何作答,这尊阴神的身影已经悄然逝去。

这一年,陈平安十四岁,崔东山十五岁,林守一十二岁,李宝瓶九岁,李槐七岁,于禄十四岁,谢谢十三岁。

谢谢回到篝火旁,林守一和青娘娘正在收官,她只略瞥了眼棋局便伸手靠近篝火烤火。

陈平安劈砍出一截截树枝,搭建好三顶简陋帐篷,来到李宝瓶身边,小姑娘便打着哈欠跑去睡觉。除此之外,李槐和林守一共用一顶帐篷,谢谢也有独属于她的帐篷,于禄往往睡在马车车夫那个位置,毯子半铺半裹就能对付一夜。当然,队伍在绝大多数时候都能顺利找到住处,或是客栈旅舍,或是山林之间的道观寺庙。

曾经在一个风雨夜,借着依稀灯火,他们好不容易找到一户富贵人家,主人竟然是黄庭国的前任户部侍郎。建造别业隐居山林的古稀老人颇为好客,看到李宝瓶这些负笈游学的小读书人大为开怀,哪怕知晓他们来自可谓半个敌国的大骊,依然热情款待。对于饮食,老人更是恪守圣人"食不厌精、脍不厌细"的教诲,让陈平安这帮小地方的土鳖大开眼界。之后大家相处下来,老人好像与李宝瓶和于禄格外投缘,知道李宝瓶喜欢阅读游记之后,不但赠送了几本书楼私藏游记,还一定要亲自带着他们去往一处风景名胜。那是当地极为著名的一条江畔大崖,崖面平整如镜,上有不知存世多少年的古老摩崖石刻,所刻字体从未见于经传,晦涩难懂,历史上无数文人骚客来此瞻仰奇景。石刻拓片在黄庭国和其上国大隋王朝流传极广,但仍然没有人研究出那些文字的真正寓意。

崔东山当时只是远远瞥了眼石崖,就说那是雷部天君亲手刻就,天帝申饬蛟龙之辞。老人哈哈大笑,显然不信。历朝历代的诸子先贤,那么用心去钻研也不敢妄下定论,一个十四五岁的少年郎随口言语,黄庭国的老侍郎不当回事,也是情理之中。

离开老侍郎的别业宅邸后,每次陈平安在荒郊野外用土灶捣鼓出来吃食,就会发现众人的眼神不太对劲,尤其是李宝瓶还此地无银三百两地来了一句:"小师叔,你做的东西很好吃,真的,不比那个老侍郎家的饭菜差!"

李槐也有些犯困,跟林守一打声招呼就先去帐篷睡了。林守一并无睡意,与那位青娘娘继续在棋盘上争输赢。之后,林守一跟陈平安说要陪同青娘娘去趟山巅小庙取回那本藏于小庙夹壁当中的珍贵棋谱。大概是怕陈平安担心,少年笑着解释说青娘娘本想独自往返一趟,是他主动要求一起前去。

陈平安不好多说什么,只是让林守一自己夜路注意安全。

大概是山上独有的规矩,青娘娘双脚不着地,飘荡缓行,并且身前出现了一点绿莹莹的鬼火荧光点亮四周。她一边走一边与林守一相谈甚欢,故而这一幕非但不让人觉得惊惧,反而有几分李宝瓶那本山水游记上所谓"秉烛夜游,乘兴往来"的风流诗意。

谢谢离开后,崔东山孤零零地站在高枝上。大山之中偶有夜鸮声响起,凄厉瘆人。这种鸟被黄庭国百姓称为"流离鸟",是不祥的征兆,往往与"报丧""噩耗"联系在一起。

一道黑烟穿过树林,飞掠到白衣少年身旁,悬空静止。

崔东山收回一团乱麻的思绪,开口道:"要走了?"

阴神点头道:"杨老头赏赐下来的那些护身符,确实能够防御阳气罡风和城池关隘带来的魂魄损伤,不过以大骊野夫关为终点,来回一趟,刚好用完。我私自护送到横山其实已经很勉强了，说不定到了绣花江和宛平县城一带，就要开始难熬起来。"

阴神的面容如湖水涟漪，如灯火摇曳，不停变换，模糊不清。他感慨道："虽然不知道杨老头跟您做了什么买卖，但是我希望到达大隋那座书院之前，国师大人能够跟陈平安他们善始善终。"

崔东山在阴神这儿还算客气："我尽力而为。"

阴神突然笑问道："国师大人，信不信善恶有报？"

崔东山摇头道："从来不信。你如果是想劝我积德行善，那我也反过来劝你一句，道不同不相为谋，与其担心我会不会护住你家恩人陈平安，还不如担心自己妻儿在你看顾不到的远方，能否不被书简湖的截江真君刘志茂当作两颗棋子肆意摆布。"

阴神叹息一声，无奈道："人力尚且有穷尽之时，何况是我这种天地憎恶的阴物。"

崔东山笑道："大道无绝路，不过是难易之别。聚阴为鬼，聚阳为神，跟是不是人没关系，你如今又不是没有封神的机会，那些山泽精怪的修行之路才是真正坎坷。"

阴神沙哑笑道："确实如此。"之后沉默许久，始终没有离开的意思。

崔东山问道："怎么，还有话说？我知道除了报恩，你本身也很看好陈平安。但你肯定不清楚，我一开始就这么认为了，比谁都更早一些，只是这其中涉及大道内幕，不好跟你细说。你只需要知道，我当初虽然身在大骊京城，可在陈平安身上投注的视线和关心，不比杨老头少。"

阴神摇头笑道："与此无关。"

崔东山皱眉道："我现在心情不太好，有屁快放。"

阴神不以为意，缓缓道："先生的事功之说，利国利民，我很钦佩。儒家内部虽有非议，贬多于褒，可我生前便坚信千百年后如何，那只能是后世子孙自求多福的事情，都不如当下以学问泽被苍生，获得太平盛世来得重要。"

崔东山有些讶异，挑了挑眉头，忍不住转头问道："不承想你还支持我的学问？"

阴神做出一个出人意料的动作，竟是学那儒家晚辈门生面对先贤夫子之时，毕恭毕敬作揖行礼，低头朗声道："顾某这一拜，不拜什么大骊国师，敬先生崔瀺不只做那束之高阁的道德文章。"

一直到那尊阴神早已神游数百里之外，崔东山才缓缓回过神，脸上悲欣交集。

最后他向前走出一步，脚下树枝弯曲弧度更大，双手猛然抖袖，负于身后，再无半点颓然神色。

少年有振衣千仞岗之浩然气势。

林守一返回之时，脸色铁青，手中攥着一部泛黄古书，坐在篝火旁。

陈平安问道："怎么了？"

林守一咬牙切齿道："一群斯文败类！这些出身黄庭国士族的读书人，在小庙内聚会酗酒也就罢了，竟然还做出那等无礼行径！厚颜无耻，斯文扫地！如果换成我是青娘娘，早就将这群恶心人的家伙打出山去了！"

陈平安问道："不管发生了什么，青娘娘她自己是不是什么都没有做？"

林守一点了点头。

陈平安说道："那你就入乡随俗。"

林守一抬起头，有些疑惑不解。但当他看到那张微黑的熟悉脸庞时，没来由地心静了下来，叹了口气，轻声道："我明白了。"

一旦露宿荒郊野岭，守夜一事必不可缺。在红烛镇枕头驿之前，是陈平安守前夜，朱河身为五境武夫，体魄雄健，更能熬夜，便负责守后夜。如今朱河离去，就变成了林守一守前夜，陈平安守后夜，尽量让篝火不熄，防止意外发生。

瓷器烧窑，盯着窑火是比天还大的事情，陈平安做了那么多年窑工学徒，虽然被姚老头视为天赋不行，不愿传授压箱底的烧瓷手艺，可对于比拼耐心毅力的守夜，他实在是太占优势了。且还能趁守夜的工夫，练习《撼山谱》走桩立桩，偶尔还能编织草鞋，或是掏出小巧的斩龙台，帮李宝瓶磨砺那把狭刀祥符。

随着剑炉立桩的渐入佳境，尤其是体内那条气机火龙最终选定了两座气府作为栖息之地，每当陈平安双指掐诀如剑炉之际，心神随着一次次呼吸吐纳缓缓沉浸，整个人就会陷入一种半睡半醒的玄妙境地。虽然今年春寒延续极长，暑气迟迟不来，可陈平安每次守后半夜，哪怕篝火不小心熄灭，依旧不会感到什么湿气寒意。每次收起剑炉，起身以走桩舒展筋骨，整副身躯暖洋洋的，白天赶路不见丝毫疲态。

今夜陈平安继续盘腿坐在篝火旁，勤练剑炉，体内那股气息很快就沿着丹田处的气府，像是逆流而上的鲤鱼，一点点奔向龙门。然后在剑气离去的那座窍穴稍作停留，如羁旅之人在驿站旅舍下榻休憩，又如登山之人在半腰换气，之后就会一鼓作气，继续冲刺，绕至后颈，最后直冲眉心。

陈平安睁开眼后，吐出一口浊气，站起身，轻轻蹦跳了几下，快速转头望去，看到于禄走下马车，缓缓走来，怀里捧着一些谈不上如何干燥的树枝，蹲在篝火旁，学着陈平安搭建"火炉"，小心翼翼添加着柴火，火势很快就大起来。

于禄伸手靠近火堆，轻轻搓着手，转头笑道："陈平安，我以后能参与守夜吗？你要修行这拳法立桩，最好不要分心。我身体其实还可以，相信你也看出来了，所以你如果愿意相信我的话，可以把天亮前的两个时辰交给我。"

陈平安摇头道："于禄，你的好意我心领了，不过暂时还不需要你来守夜。"

于禄知道陈平安的言下之意，是还不放心把所有人的安危系挂在他身上。他没有恼羞成怒,点头道:"有需要的时候,可以吩咐我,我也想为大家做点什么,否则心里过意不去。"

陈平安看着那张火光映照下的脸庞,棱角分明,眼神明亮,能够让人清晰感受到他的善意。陈平安笑道:"好的。"

于禄随口道:"按照时间,如今算是已经入夏了,不过这气候却还是暮春的样子。"

陈平安附和道:"今年是有些怪。"

于禄闲聊几句后便起身告辞,陈平安目送他离去。

按照林守一私下的说法,于禄下棋,看似杀力不大,从无神来之笔,实则比起大开大合、血溅四方的谢谢,更厉害。

陈平安早就发现,于禄做事情极为细心,滴水不漏。林守一也说,于禄做事,简直比最老到熟练的衙署老胥吏还要来得稳当。

陈平安对此深有体会。比如,只是看陈平安编过一两次草鞋,于禄很快就能自己编了,还编得有模有样。又比如,每当陈平安钓鱼的时候,于禄就会站在一旁,默默看着陈平安在什么时辰、什么水段下钩,如何抛竿如何起竿,钓着了大鱼又该如何遛鱼,如何在大鱼第一次见光的时候小心摆头脱钩,等等。之后有一次,陈平安有事要去忙别的,于禄就问能否让他试试看。从陈平安手里接过鱼竿后,从未有垂钓经验的于禄,鱼获竟然还不错。

对于这一切,陈平安什么都没有说,只是看在眼里记在心里。他觉得这个连姓名都不知真假的高大少年如果是个好人,一定会很好;万一是坏人,那实在无法想象。

一夜无事。

除了陈平安身边渐小的篝火,远处车厢内,早早点燃起一盏灯火,亮了一宿,不知崔东山在翻看什么书籍,如此入迷。

天蒙蒙亮,陈平安开始屏气凝神,来到这座横山半腰的视野最开阔处,伴随着旭日东升,开始打拳。李宝瓶和林守一陆续加入其中,唯独没个定性的李槐打了一会儿就跑开了,于禄和谢谢对此见怪不怪。崔东山掀起帘子,站在马车上,看着他们一板一眼地打拳,开始的时候会嗤之以鼻,随着时间的推移,这位少年国师却越来越专注。

一行人吃过了早餐,开始沿着山路往山顶走去,路过那座载入地方县志的青娘娘庙。庙里那棵与小庙相依为命的老柏,若是只看绿荫大小,不谈机缘深浅,已经能够媲美骊珠洞天的那棵槐树。

林守一本以为陈平安会继续赶路,但是没想到陈平安去庙里看了看,然后把他和李宝瓶、李槐都喊进去。原来小庙内遍地狼藉,酒气冲天,那尊立于神龛的泥塑像,李槐扬起脑袋怎么看都不像昨夜与林守一下棋的女鬼。林守一这一路行来,与那尊阴神打交道最多,知晓许多内幕,便解释给李槐听,说许多地方的老百姓感恩于庇佑一方的显灵神祇,立像祭祀,享受香火的那尊金身往往失真,与真实容貌甚至可能毫不相似,但这不会影响到供奉神灵的香火。

花了小半个时辰将小庙内清扫整洁,陈平安他们才继续动身。离去之前,林守一独自站在神坛脚下,向这位赠送给自己一部孤本棋谱的青娘娘拱手拜别。

与此同时,崔东山带着于禄跨过门槛。他环顾四周,然后走到神坛前,看了眼积满灰烬的小香炉。那是个质地普通的铜炉,可能是经过了数百年悠久岁月的沉淀,铜炉表面光亮熠熠。炉内烧到末梢的香火密密麻麻簇拥在一起,由此可见此处小庙虽然不曾纳入黄庭国山河谱牒,已经称得上香火鼎盛了。

崔东山突然开口道:"于禄,遇庙逢祠,就拜一拜,这是与山水结缘的善事。"

于禄虽然不解缘由,仍是象征性地低头弯腰拜了三拜。

谢谢站在门外,腰间系着那支竹笛。

离开横山地界之后,队伍来到黄庭国一座郡城。陈平安几人好在之前就见识过野夫关的雄伟风貌,加上三江汇流的红烛镇也足够繁华,如今对于外方天地的高城大镇已经有些心理准备。不过李槐仍是有些束手束脚,就连经常拿在手上的彩绘木偶也偷偷藏回了小书箱内。

陈平安等人的户牒记录是大骊王朝龙泉县,入城手续办理得尤为顺畅快速。

黄庭国的上国虽然是大隋高氏而非大骊宋氏,但是随着大骊吞并掉整个一洲北部的广袤疆土,南下之势已成定局,黄庭国这些年对于外出游学的大骊文士一向优待,只差没有当成过路的活菩萨供奉起来了,毕竟说不定哪天,黄庭国这一国之地就变成了大骊王朝的一州之地。

卢氏王朝作为昔年东宝瓶洲北方疆域的霸主,如今不但山河破碎,就连皇室宗亲也被一律贬为刑徒贱民,鲜血淋漓的前车之鉴历历在目。

陈平安在入城之前就仔细问过当地百姓,城内外有什么风景名胜。因为陈平安希望李宝瓶他们这趟负笈游学,在确保人身安全的前提下,尽可能多看一些名山大川、道观寺庙和古城遗址,而不是走马观花,以至于最后到了大隋书院,什么都没有看过,只有风餐露宿和匆忙赶路。

像这次入城,陈平安就要带领他们去游历那座被誉为黄庭国最古老的城隍庙,那里的壁画绘有十八层地狱的场景,传言能够让人仿佛身临其境,极其著名。

一行人问过了路,沿着一条宽阔大街往那座城隍庙走去。

后方突然喧闹起来,陈平安转头望去,有些震惊,看到了一幅在大骊国境内绝不可能出现的新奇画面:只见有一伙器宇轩昂的年轻男女,人人衣衫飘逸,在一名白发老人的带领下大摇大摆地穿街过市,其中竟然有人以巨大黑虎为坐骑,有人身后跟随两丈余长的赤红大蛇,还有人背负着一张巨大牛角弓。

街道上的人迅速向两旁躲避,有些不知轻重的孩童更是直接被父母半牵手半拖曳带离街道,躲入两侧店铺。那条并无主人刻意约束的赤红大蛇摇头晃尾,在首尾两处还披覆有猩红甲胄,衬托得这头山上仙人豢养的灵宠愈发不可一世。它并非在一条直线上前进,时不时就会游弋向铺子附近,偶尔停下身形,头颅昂扬,对着瑟瑟发抖的郡城百姓耀武扬威。其中有胆小稚童在大蛇近在咫尺的凝视下号啕大哭,吓得他爹娘赶紧捂住他嘴巴。

大蛇继续前行,只是蓦然一个甩尾,砸在那个原本已经松了一口气的父亲脸上。男子整个人在空中旋转了几圈,重重坠地,呕出一口鲜血后,挣扎着起身,带着脸色雪白的妻儿一起仓皇逃走。

站在远处的陈平安看到四周路人有的幸灾乐祸,有的战战兢兢,有的啧啧称奇,唯独没有人觉得那畜生的伤人行径有何不妥。

林守一捏着袖中符箓,站在陈平安身旁,李宝瓶和李槐站得靠近店铺。

崔东山乘坐的马车在于禄的驾驭下同样偏离原先道路,停在靠近路边的地方。

那一行黄庭国山下百姓眼中的山上仙师们很快就来到陈平安这一行人身边,那名白发老人嘴唇微动,之后所有年轻人便齐齐望过来,眼神有挑衅有好奇,不一而同。不过那条红蛇的主人总算一声轻喝,将那条横行无忌的畜生喊到身边。

显而易见,负责此行下山历练的师门长辈方才已经提醒过他们,在山下遇到了同道中人的山上势力,不可太过蛮横无理。

老人与陈平安他们擦身而过的时候,还高人风范地微微一笑,向林守一点头致意。

双方就这么相安无事地分开,井水不犯河水。

崔东山走出车厢,一脚踹开其实并未挡路的谢谢,跳下马车,用陈平安听得到的嗓音淡然道:"大骊之外,都是这样的。"

陈平安看到那伙人远离之后,才有佩刀的官府中人出来维持秩序,其实不过就是过个场露个脸而已。他问道:"官府不管吗?"

崔东山笑道:"要么不愿管,要么不敢管,要么恨不得为山上仙师们做点什么。"

陈平安转头望向李宝瓶和李槐,轻声道:"继续赶路。"

崔东山不再乘坐马车,夹在四人和那辆马车之间缓缓而行。

少年白衣,眉心朱砂,大袖飘摇,神仙丰姿。

临近城隍庙,街上多是来此烧香的善男信女。街道两旁有许多贩卖特色吃食和孩童玩物的摊子,陈平安给李宝瓶和李槐一人买了一串糖葫芦,然后两个孩子就开始比拼谁的更大。事实证明,李槐运气更好一些,然后李槐就开始欢快蹦跶,高高举起那串糖葫芦,绕着陈平安和林守一兜圈子飞奔。

李宝瓶默默吃着糖葫芦，然后悄悄伸出一条腿，李槐一不留神就给绊了一下，摔了个狗吃屎，手里的那串糖葫芦滚出去老远，所幸绿竹小书箱绑缚得还算结实。李槐坐在地上撕心裂肺大哭起来，李宝瓶扬起脑袋，故意左右张望，被好气又好笑的陈平安打赏了一个重重的栗子。陈平安去把双脚乱晃的李槐搀扶起来，重新给他买了一串糖葫芦。李槐破涕为笑，接过干干净净的糖葫芦，又捡起那串沾满泥土的，一手一串，左右摇晃着，只是离李宝瓶远了一些。

李宝瓶翻白眼道："幼稚！"

很奇怪，李槐好像不管怎么被李宝瓶欺负，都不曾记恨过这个同窗求学的小姑娘，甚至连生气都谈不上，最多就是受了委屈，自己伤心自己的。这一点，陈平安和林守一都想不明白，林守一只能解释为一物降一物，李槐就需要李宝瓶来收拾。

崔东山很早之前就脱离队伍，独自在一个杂物摊子前驻足不前。于禄想要停车等候，白衣少年并不领情，头也不抬，挥手让于禄跟上陈平安他们，他则左挑右选，有些嫌弃，就打算离开，从头到尾一句话都没说。

摊主是个神色怠懒的年轻人，对询问价格的客人爱答不理，所以生意愈发冷清，当下眼见着崔东山的富贵气态像是郡城内一等一的豪门子弟，立即变了脸色，慌慌张张从凳子上站起身，低头哈腰说这十数件老物件都是家里祖上留下来的传家宝，至少也该有两三百年的历史，只是如今家里遭逢大难，急需银子，否则他打死也不会拿出来卖。

年轻人一看就是被酒色掏空了身体的，看那少年不管自己如何鼓动唇舌，就是不开口说话，索性一屁股坐回板凳。他哪有胆子强买强卖，郡城内那一撮豪门世族出身的老爷少爷，哪一个不是吐口唾沫就能淹死他的？更何况，听说那些人府上几乎年年都有山上的仙师出入，每次都要大开仪门，阵仗之大，比逢年过节还夸张，爆竹放得震天响，恨不得整座郡城的人都晓得他们家里迎进了神仙贵客。说不准，他的小摊上来的也是一位仙呢。

崔东山突然问道："桌上物件打包一起，十两银子够不够？"

年轻人使劲摇头，哭丧着脸道："这位公子，真不是我狮子大开口，这些宝贝真是我家一代一代流传下来的好东西。我家族谱上明明白白记载着，祖上做过后蜀吉庆朝的太子少傅，这样的老祖宗留下来的东西，哪怕一件卖个七八十两银子也不过分吧？"

年轻人满脸涨红，拿起一件半寸长的琉璃人，小心翼翼地递给崔东山，只可惜此物色泽暗淡，卖相不佳："公子，您好好瞅瞅，这件琉璃美人，若是眼力好一些，连它的眉毛都能看清楚。还有那衣襟上的褶皱，称得上是纤毫毕现啊。退一万步说，这等稀罕的琉璃物品，哪怕琉璃本身的品质确实不高，卖个三四两银子不算昧良心吧？加上其他大大小小的宝贝，公子的十两开价委实是低了。公子您行行好，价格再提提？"

崔东山板着脸思量片刻："那就十一两？"

年轻人差点被自己一口气憋死,呆若木鸡,痴痴看着这位满身神仙气的白衣少年,最后叹气道:"公子您就别逗我玩了。"

崔东山哈哈大笑,问道:"认识雪花纹银吗?"

年轻人愣愣点头,苦笑道:"自然认得。小的父辈那一代也算阔绰发达的家门,这城隍庙大街隔壁街道有十数间铺子都曾是小人家的产业。"

崔东山从袖中掏出一锭银子,拍在桌面上:"二十两大骊官银,折算成你们黄庭国的那种劣质银子,怎么都该有二十五两了,够不够包圆这一桌子破烂东西?"

年轻人从家里偷出这些家当,心理价位本就是二十两银子左右,一听崔东山此话,立即笑逐颜开,赶紧拿起那颗银锭,悄悄掂量一番。又唯恐少年反悔,藏好银锭后,两手扯起桌沿下的布角猛然一提,三两下就卷成了一个包裹,往崔东山身前一推,笑得合不拢嘴:"这位公子,都归您了。"

崔东山提着包裹打趣道:"要是卖给我假货,回头找你麻烦,让你一件一件吃进肚子里去。"

年轻人赔笑道:"小人是我们郡出了名的老实人,做生意从来童叟无欺,公子只管放一百个心,这笔买卖保证公子只赚不赔。"

崔东山追上陈平安等人,临近马车后,将包裹随手抛给谢谢,再来到陈平安身边,指着不远处城隍庙的醒目屋顶,介绍道:"这座黄庭国最大的城隍庙,相传在前朝西蜀末年统辖数州城隍,所以屋檐覆有绿色琉璃瓦,规格极高,一般城隍阁庙肯定不敢铺盖这种名贵瓦片。它原址并不在此处,改朝换代之后,洪氏掌国,才移建现址。其实这座城隍庙的原址是个不错的地方,有老水井,是一口灵泉,灵泉散发出来的灵气有助于修行。如今那处被黄庭国一座山门改造成了客栈,专门接待修行中人和朝野上下的富贵人家。这种地方,在山下俗世,可遇不可求。"

陈平安问道:"贵不贵?"

崔东山想了想:"对你来说,死贵死贵。"

陈平安瞥了眼身旁正在凝望城隍庙翘檐脊兽的林守一,轻声问道:"怎么个贵法?"

崔东山笑道:"一人一晚最少白银百两吧。最靠近那口水井的院落价格,估计会翻一番还不止。"

身为大骊国师的崔瀺当初掌握着王朝一部分谍报系统,专门针对大骊和周边国家的山上势力。像黄庭国这座郡城的大小内幕,城隍庙的变迁历史,属于必看的谍报内容之一。至于为何了解原址客栈的具体价格,只是他在闲暇之余权且用来解闷的消遣罢了,而且说不定入宫觐见皇帝陛下的时候,还能当作一个君臣对弈时的有趣谈资。

陈平安压低嗓音问道:"一枚金精铜钱换算成银子,有多少两?"

崔东山伸手指了指越来越近的城隍庙,不说话。

陈平安疑惑道:"什么意思?"

崔东山笑道:"我的意思就是——值这么大一座银山。"

陈平安微微张大嘴巴,看了眼占地广袤、建筑绵延的城隍庙,偷偷扶了扶自己身后的背篓——突然感觉有点沉啊。

崔东山将这个细节看在眼里,却不动声色。

陈平安犹豫了半天,在即将进入城隍庙之前,停步问道:"我能不能跟你借银子?"

崔东山好像一直在等陈平安这句话,双手拢在袖中,笑眯眯点头道:"当然可以啊,你可以把我看作是一个百宝童子,要钱有钱,要法宝有法宝,只有你想不到的,没有你要不到的。"

陈平安下定决心,缓缓道:"那我们今晚就住在那间客栈,之后不管住多长时间,一切开销暂时由你垫付,事后你报给我一个数目,利息你来定,将来回到龙泉县,我就连本带利一起还给你。行不行?"

崔东山一只手抽出袖子,摆手道:"利息就算了,到时候还给我本钱就行。给人方便就是给自己方便嘛。"

正在此刻,李槐手里拎着半串糖葫芦,突然蹲下身,瞪大眼睛凝视着崔东山的靴子。原来其上站着一只通体雪白的小蚂蚱,被李槐死死盯住后,原本想要顺着袍子向上攀缘的,立即僵硬不动了。

李槐看着这小玩意儿,好奇心大起,就要伸手去逮住它。银白色小蚂蚱受到惊吓,再不敢继续装死,立即动作灵敏地蹦跳起来,前爪钩住崔东山外袍的细密丝线,飞快奔跑,迅速来到崔东山腰间,最后一个弹跳,挂在袖口底下,微微晃荡。

崔东山笑脸如常,右手腕一拧,双指捏住蚂蚱,轻轻虚握于手心,往左袖口塞去。

更惊奇的一幕出现了,那只活蹦乱跳的雪白蚂蚱在他手心如冰雪消融,瞬间变成了一颗银锭,只是银锭竟然还会蠕蠕而动。

在袖中藏好银锭或者说蚂蚱,崔东山环顾四周。于禄和谢谢神色平淡,而陈平安这伙来自骊珠洞天的小土包子则一个比一个震惊。

崔东山显然不愿多说什么,转头对于禄说道:"你和谢谢去请一些香,等下我们进了城隍庙用得着。最好顺便买个香筒,样式素雅一点的,要不然香筒的钱我可不付。"

于禄带着谢谢离开,陈平安一语道破天机:"崔东山,这颗银锭是你先前购买那包物品的钱吧?它怎么变成蚂蚱跑回来了?"

崔东山一脸无辜:"我分明付过了钱,银货两清,可是银子自己长脚,非要跑回来找我,我也很为难啊。"

李槐还蹲在地上,一脸艳羡,啧啧道:"真是好东西啊,我要是有了这么一颗银锭,走遍天下都不怕。"

崔东山低头笑问道："你喜欢？想不想要？这小家伙叫虫银，没什么用处，就是好玩。这种精怪诞生的缘由不得而知，反正许多王朝的大型银库一百年都未必能够出现一只虫银，而且就算出现了，都不大，变幻出来的顶多就是大一点的碎银块，像我袖中这么大个头的，很少见很少见，所以我才愿意带在身边。而且它水火不侵，哪怕承受万钧之力也不伤分毫，任你切割成数十块，只要堆放在一起，它一样可以很快恢复完整面貌。李槐，你要的话，我可以送给你。"

李槐站起身，一本正经回答道："我只有一个姐姐，叫李柳，可她暂时还算是阿良的媳妇。"

崔东山知道这个小兔崽子的言谈风格："白送要不要？我对你姐可没想法。"

李槐问道："那我以后带着陈平安他们顿顿吃香的喝辣的，每次付完钱它是不是都能自己跑回来？"

崔东山笑眯眯点头，抖了抖袖子，将那颗银锭抖落出袖口，递给李槐。

李槐想要接过银锭，动作略微停顿，转头望向一旁的陈平安。

陈平安说道："吃饭当然要付钱，不能变着法子赖账。崔东山怎么样，我管不着，但你李槐是齐先生的弟子……"

李槐立即双手放在身后，紧紧贴住屁股，对着崔东山摇头道："唉，还是算了吧。"

陈平安继续道："李槐，我话还没说完。虫银可以收起来，人家好心好意送你好东西，你先收下来再说。至于以后如何使用，那就以后再按照规矩来。"

李槐眼睛一亮，一把抢过崔东山手中的银锭就要往自己怀里塞，想了想，赶紧转过身，背对众人，打开小书箱，把银锭往里边一丢。

崔东山悻悻然收回手，无奈道："真是终日打雁，教雁啄了眼。"

于禄已经买来一只做工精良的黄杨木香筒，除了谢谢要照看路旁的马车，其余一行人走入城隍庙，各自敬完香后，看到了主殿一副楹联：

临死去只落得孑然一身，赴阴司始问子孙安在。

到头来徒留下千古骂名，来地府方知万事皆休。

城隍爷居中高位，两侧有下辖佐吏依次排开，声势浩大，仅是拥有将军头衔的泥塑神像就多达八尊，分别是阴阳司、速报司、注寿司在内的八司主官。崔东山还说东宝瓶洲最高规格的城隍庙也就止步于此了，但是天底下最大的某座城隍阁拥有二十四司之多，就连检簿司、驱疫司和学政司都有，几乎可以媲美一座小国的朝堂。

林守一看得津津有味，李宝瓶倒是兴致不高，李槐胆子最小，就只敢紧紧跟在陈平安身边。

众人仔细看过了主殿内墙上的著名壁画十八层地狱，觉得不虚此行，之后便走出主殿。后殿是一座类似县衙判案的大堂，城隍爷端坐于大案之后，左右站立有文武判官,堂外楹联却只有一半:"心诚则灵,无须你磕头,速速退去",下联空白一片。

李宝瓶这下子来了兴趣,开始自己瞎琢磨下联内容,可是怎么都不满意,皱着眉头,不愿认输。

崔东山和于禄也都站在空白楹联下方,陈平安则带着林守一和李槐在门口向大堂内张望。里边有的塑像匍匐磕头,有的塑像披戴枷锁,有的塑像则低头下跪。

一个并未携带家眷的青衫老者看到了李宝瓶这一伙人醒目的绿竹书箱,会心一笑,来到崔东山附近,一起仰头望向空白楹联,笑问:"诸位小夫子可曾想到好的下联?"

崔东山置若罔闻。李宝瓶一旦认真想事情就会专心致志,是真的没听到。唯独于禄微笑答道:"想到一些,但自己都不满意,实在是太过狗尾续貂,就不献丑了。"

老者爽朗大笑,抬手指了指楹联:"关于这对联,郡城一直流传着一条不成文的规矩:无论是人是鬼,是精魅还是古怪,只要谁能够写出服众的下联,就可以成为这座老城隍的贵客。"

于禄疑惑地问道:"老先生,如何才算服众呢?"

崔东山懒洋洋道:"扪心自问。"

李宝瓶刚解决好脑子里的一茬问题,凑巧听到这一问一答,便下意识补充道:"夜深人静,良知清明,扪心自问,脱口而出。"

白发苍苍的青衫老者缓缓点头。

虽然李宝瓶最终没能想出合适的下联,但是那位老者仍是执意要将他们一路送出城隍庙,自己站在门槛内,向众人微笑告别。

离开这座古老城隍庙后,陈平安向人询问那间客栈的所在,结果人人茫然不知,好像郡城根本就不存在这个地方。他只得望向崔东山。

崔东山笑问道:"不然还是算了?我也是听来的小道消息,未必当真。再说了,真要没这么吃金吞银的地方,你都不用跟我借钱了。"

陈平安看了眼林守一,后者一头雾水。

陈平安执着道:"你们先慢慢逛逛集市,我再问问看。"

背着背篓的草鞋少年独自快步小跑向前,在队伍远方,问过一人又一人。

崔东山走向马车,神色隐隐不悦,忍不住腹诽:你陈平安哪怕背着一座金山银山,可这是花钱如流水的勾当,最后还是给别人作嫁衣裳,至于如此殷勤吗?

弯腰掀起车帘子的时候,崔东山转头看了眼蒙在鼓里的林守一。眼神阴郁的少年,在这一刻,突然有些嫉妒。

陈平安最后只问到了城隍庙旧址,没有谁听说过崔东山嘴里的那间客栈。这座郡城是黄庭国北部的大城,要赶到老城隍旧址,几乎要走过半个郡城,等到众人循着最后一名行人的指点发现了一堵朱红高墙时,已是临近黄昏,又花了很久的时间才好不容易找到一条入口不显眼的巷弄,勉强能够通过两辆马车。

越往巷弄走,越给人别有洞天的感觉,脚底下青砖路的缝隙之间,时不时散发出一阵浅淡的雾气,飘入两侧高墙后,悠悠然汇聚,如清泉在墙面缓缓流淌,隐约间有流水声响。

崔东山见陈平安他们疑神疑鬼,解释道:"这条巷子是这间客栈的招牌之一,名为行云流水巷。接下来进了宅邸大门,应该马上就能见到一座明月影壁,影壁中栖息有来历不明的精魄,形态不定,大体上与月相相符,阴晴圆缺,全部在影壁上显露出来。不过真正值钱的影壁还得是日月合璧,如果万一能加上点星象,恐怕'宗'字头的仙家府邸都会舍了颜面出手疯抢。"

巷子尽头是一扇大门,门上雕刻有两尊彩绘门神,比青壮男子还要高大,威风凛凛,身材魁梧,皆披挂金色甲胄,一人骑虎持剑,一人乘蛟扬刀,皆瞪目怒视小巷。因为是阳刻木雕,而不是普通人家的纸质,所以给人一种呼之欲出的强烈压迫感。

李槐偷偷咽了口唾沫,觉得自己还是露宿山头更加自在舒坦一些。

大门缓缓打开,一名生有一双桃花眸子的美妇人扭动腰肢跨过门槛姗姗走出,身后跟着两名梳着双鬟的妙龄女子,腰间各自悬佩有一把青鞘长剑。她们没有跟随妇人走向那拨客人,而是站在门口。

美妇人施了一个仪态万方的万福:"奴家刘嘉卉,嘉奖的嘉,花卉的卉,诸位贵客喊我嘉卉就可以。敢问贵客们可是要在我们秋芦客栈下榻?之前可有预约?"

她在说话的时候,视线直直望向那个让人眼前一亮的白衣少年。只是那俊美少年无动于衷,十分无礼。她内心虽然有些不悦,脸上仍是笑意不变。

可门口两名婢女就有些明显的怒气了。

郡城之内,谁敢对自家夫人如此不敬?就连身为一方封疆大吏的郡守大人,若是在郊游或是烧香的时候遇上夫人,也会以礼相待,客客气气喊上一声"刘夫人"或是"二当家",一旦有事需要秋芦客栈帮忙牵线搭桥,更会当面尊称为"刘仙师"。

刘嘉卉的眼角余光迅速瞥了一下神色冷漠的林守一,并未察觉异样,便继续凝神望向崔东山,柔声问道:"这位公子,可是觉得奴家和秋芦客栈有何不妥?到了此处,才觉得大失所望,名不副实?"

崔东山有些不耐烦,伸手指了指身边的陈平安:"你拜错菩萨了,管钱的正主儿是这位。"

刘嘉卉心中讶异,赶紧单独给陈平安施了一个万福,算是赔礼道歉。不等她说话,陈平安看了眼大门,收回视线后,深吸一口气,下定决心:"我们人比较多,房间够吗?"

刘嘉卉嫣然一笑:"够,怎么不够。虽然马上就是本郡三年一度的水神庙祭祀大典,各方仙师都来为郡守大人捧场,秋芦客栈生意还算可以,但是各位贵客大驾光临,寒舍蓬荜生辉,哪怕奴家把自己的小院子腾出来,临时搬去住别处的客栈旅舍,也绝不敢让贵客们扫兴而归。"

最后陈平安要了一座名为清露的大院子,位置最靠近老城隍的那口老水井,算是秋芦客栈的天字号院落,之所以空闲到现在,实在是价格太过高昂,不按人头算钱,反正一天就是两千两银子。

下榻秋芦客栈的人中,不乏获得练气士身份的修道之人,但是修行一事,若是不会精打细算和燕子衔泥,没有底蕴雄厚的家族和靠山,或者自己没有日进斗金的生财手段,手头就会极其拮据,跟市井百姓想象中富可敌国的仙师完全是两回事。

秋芦客栈那口老井,确实是灵气流溢的泉眼所在,可对于练气士而言,为此付出一天两千两银子,是绝对不划算的亏本买卖。所以这栋院子,更多是富甲一方的地方权贵用来招待官场大佬和江湖豪侠的砸钱手笔。

刘嘉卉亲自带着这拨外乡贵客穿廊过道,最后来到清露院。院内角落生长有一大丛芭蕉,有一只半人高的石头水缸,豢养着一群五颜六色的鲤鱼,水面上的水莲花,有小荷才露尖尖角。

刘嘉卉笑着指了指石桌上的一只铜铃,道:"若是有事,你们只需要轻轻摇晃铜铃,就会有手脚伶俐的丫鬟赶来院子。推开这栋院子的后门往北行去三十余步,可以看到一座凉亭,名为止步亭,搁放有三张蒲团,仙师可以在亭子里吐纳灵气。水井那边不对外开放,希望你们谅解。"

陈平安点头道:"我们记下了,不会越过止步亭,擅自去往老井。"

刘嘉卉眯起那双天然春意的桃花眼眸,笑容真诚,柔声道:"将心比心即是佛心。"

李宝瓶好奇问道:"刘夫人,你们大门那边不是应该矗立有一堵影壁吗?"

刘嘉卉叹了口气,不愿细说其中内幕,含糊带过:"先前出了点小事情,影壁失去了月相异象,便干脆拆掉了。"

四间屋子,李宝瓶和谢谢一间,李槐和陈平安一间,崔东山和于禄一间,最后一间留给已经身为练气士的林守一。

进入此地后,林守一真真切切感受到神清气爽,那种玄妙感觉,就像是之前在大雨中赶路,每一步都要从泥泞中拔出脚来,如今放晴之后,道路干燥不说,还换了一身干净衣衫,走在路上的感觉,自然会惬意轻松,仿佛整个人都脱胎换骨了。

林守一有些纳闷,隐于闹市的郡城之中,竟然还有这么一块裨益修行的福地?按照刘夫人的说法,秋芦客栈的生意并不差,可他们一路行来,并未遇到任何其他客人。

陈平安在刘嘉卉离开后,先把背篓放在屋内,从背篓里拿出一只阴沉木盒,里头并排陈放着四支样式最为简单的玉簪子,其中两支是羊脂玉质地,温润细腻。另外两支是碧玉和黑玉质地,连同盒子在内,一共花了陈平安一百两银子。

在寻找秋芦客栈的途中，路过一间玉石铺子，陈平安本打算只是进去随便看几眼，长长见识，开开眼界就好了，结果一眼就看中了它们。当听店主说出那个令人咂舌的价格后，打定主意不多想什么。可是崔东山数次暗示他一定要买下这盒子玉簪，最后干脆就扬言若是陈平安不出手，他崔东山就要买下了。陈平安一咬牙，便跟那家伙商量好，与住宿钱一样，先记在账上。

于是陈平安欠了崔东山第一笔钱：一百两银子。不多，但绝对不算少。

店主赠送了陈平安一柄玉匠专用的小刻刀，同时给他解释了三种玉材的软硬异同，下刀应当轻重有别，陈平安一字不差默默记在心里。

之前齐先生赠送的碧玉簪子不翼而飞，他跟李宝瓶说过，以后有机会的话，自己会再买一支簪子，还是刻上那八个字：言念君子，温其如玉。

如今不过是从一支簪子变成了四支而已。

李槐把小书箱放下后，一个后仰倒在床上，满脸陶醉道："真是神仙住的地方啊，爹娘和姐他们就没这个福气。"

他记起一事，赶紧起身，蹲在墙角打开书箱后一番摸索，干脆将彩绘木偶和泥人儿在内的物件全部挪出来放在脚边，把脑袋伸入空荡荡的书箱，然后猛然转头望向陈平安的背影，委屈道："崔东山果然不是个好东西，那颗银锭不见了！陈平安，咋办啊，我可以去讨要回来吗？"

陈平安将木盒和刻刀都放在桌上后，正怔怔出神，满脸严肃，如临大敌。

听到李槐的抱怨后，陈平安转头笑道："虫银如今是你的东西了，如果真的在他那里，你当然可以要回来。"

李槐急匆匆跑出屋子："我找崔东山算账去。"

陈平安提醒道："记得跟人好好说话。"他走过去关上门，又坐回桌旁，双指拈起那柄狭小精致的玉工刻刀，默默感受着它的重量。

除了自己那支玉簪要刻那八个字外，其余三支玉簪，他打算分别送给李宝瓶等三人作为将来到了大隋书院的离别赠礼。其上就刻他们的名字：宝瓶。守一。槐荫。

他也只能想出这么三组题字了，虽然一点也不雅致，可至少能保证不出错。

林守一突然一把推开门，怒气冲冲道："陈平安，你是不是失心疯了？整整两千两银子，就为了在这里住一晚上？"

陈平安茫然转头，看着极为陌生的少年。

林守一身旁，果然出现了一个双手拢袖、笑容欠揍的白衣少年。

林守一气得嘴唇颤抖，伸手指着陈平安："两千两银子！你陈平安是郡守老爷的儿子还是更了不起的皇亲国戚？"

陈平安皱了皱眉头，轻轻放下刻刀，站起身，正要说话，林守一已经转身大步离去。

李槐蹑手蹑脚溜进屋子,手里抓着那颗银锭。这个孩子根本不敢蹚这趟浑水,坐在床沿,脸色有些苍白。

陈平安瞥了眼崔东山,重新坐回凳子上。

崔东山斜靠房门,还不忘煽风点火:"好心当成驴肝肺的滋味,不好受吧?"

陈平安不理睬他。

崔东山想了想,走入屋内,坐在陈平安桌对面,单手支起腮帮,笑望向陈平安,继续火上浇油:"你说林守一会不会把你的私人腰包当成了你们这支队伍的共有财产,所以你这次花钱明明是为了他的修行,但是性格早熟且对财物早有概念的林守一,在一番权衡利弊之后,仍然觉得自己亏了,所以才朝你发火? 我觉得这种可能性是有的。"

陈平安脸色没什么变化。

崔东山笑嘻嘻道:"是不是觉得我就是个搅屎棍? 那你可就错怪我了。打个比方,先前我为了买下那一包破烂儿,支付那颗银锭,不过虫银落入陌生人手里便会伺机化作蚂蚱、蜻蜓之流,重返主人身边,所以你会认为我是以术法坑骗别人,对不对? 错啦,大错特错! 那人就是个孤注一掷的赌棍,观其气数,是个不知惜福的夭寿短命鬼。如果我真给了他真金白银当赌资才是害他,说不定最近几天就会惨遭横祸。如今暂时没了银子去赌,这个败家子又得从家里偷东西出来贱卖,反而可以让他多活几天。"

陈平安终于开口:"从你下车开始,介绍城隍庙,再顺嘴说起这个秋芦客栈,其实是在给我下套吧? 但我想不通,损人不利己的事情,做了有什么意义?"

崔东山两根手指轮流敲击桌面:"曾经有个年龄比你稍大的人,手里藏着一枚印章,刻着'天下迎春'四个字。"

说完这句话,他就陷入了沉思。

陈平安问道:"然后?"

崔东山回过神,揉了揉眉心红痣,想到这一路行来的古怪气候,愈发确定一件事情:应该就是如自己猜测,齐静春送给赵繇的那方印章意义重大。只可惜少年一经试探就选择明哲保身,向自己双手奉上了印章,那么印章蕴含之物就会自然而然重归天地,难怪今年的暮春气候如此漫长。

但是崔东山觉得事情又不该这么简单。

不管齐静春还有没有后手,在老秀才的安排下,他这个"崔瀺"已经跟陈平安的命数捆绑在了一起。虽然被陈平安拖累,害得他也跟着一起前途渺茫,但是他仍然不愿破罐子破摔,而是激发起旺盛的胜负心,希望能够将陈平安一步步引领到自己的那条阳关大道上,而不是被这个没读过书的小泥腿子带到他那条破烂道路上去喝西北风。这就像是两人在拔河,力气不是腰膂手臂上的力气,而是心力心气。

崔东山心情渐渐好转,跟眼前这么个家伙比拼心志和韧性? 我好歹曾是成功跻身十二境的顶尖修士,更是名动中土神洲的棋坛宗师,跟一个孩子下棋,想输都难吧?

而对面的陈平安,已经完全忽略了他。

因为陈平安开始拿起刻刀和玉簪子,动手雕刻第一个字了。

夜色渐浓,秋芦客栈正门外的那条行云流水巷响起一阵阵悦耳的蹄声,刘嘉卉独自站在门外,腰间悬挂两块虎符状的黄金饰品。

一辆马车停在门外,走下一名身穿文士青衫的中年男人,不怒自威,隐约透出几分儒将风采。只是男子此时神色疲惫,见到刘嘉卉后方才露出笑意:"让你久等了,咱们进去说话。"

刘嘉卉神色不冷不热地转身带路。

男子瞥了眼她腰间的虎符,皱眉道:"需要如此紧张?"

刘嘉卉冷笑道:"我这里就是间小客栈,比不得大人的郡守官邸。这不,前两天刚刚被人拆掉了招牌影壁,只能忍气吞声不说,如今罪魁祸首还带着一大帮徒子徒孙来我这儿住下来,我一样只能乖乖捏着鼻子、赔着笑脸伺候这些仙师大爷。这一切都得归功于郡守大人你治理有方……"

男人微微加重嗓音:"行了,嘉卉,我知道你心里有气,但是现在我也好不到哪里去。为了这场祭祀水神庙的大典,我从凌晨一直忙到现在,嗓子眼都在冒火了。之所以到你这里休息片刻,而不是直接返回郡守官邸,就是图一个耳根子的片刻清净,不是来听你抱怨唠叨的。"

刘嘉卉眼神幽怨,可终究是识大体知进退的,很快就收拾好自己的那点小女人情绪,转移话题:"你为了这场祭典忙活了足足半年,要排场有排场,老刺史大人身体有恙,虽然不能亲至,他的心腹别驾大人却是赏脸露面了的,加上那些个享誉朝野的文豪、名僧和隐士,算是撑足了面子;至于里子那更是有了,咱们郡里私底下的资助,在别处供奉两位江河水神都够了吧?"

男人点了点头:"道理是这么个道理。"

刘嘉卉小声问道:"那咱们这位寒食江神大人,这次终于对你青眼有加了? 答应助一臂之力,帮你争一争刺史位置?"

男人双手负后,熟门熟路地走入一处雅静院落,摇头叹息道:"那个散修实在出现得不是时候。牵一发而动全身,他要为那枉死的百姓报仇,便来你们秋芦客栈,找到了那位灵韵派的修行之人,一场大战,将灵韵派修士打成重伤,连累你们客栈的影壁都毁坏根本。其实如果事情只到这里,我还能控制局势,比如我身为一郡主官,可以上报朝廷,将罪名安在那名散修头上,把惹事在前的灵韵派修士摘出去,以此安抚在我们黄庭国根深蒂固的灵韵派;但是我同时会暗中放那散修一马,至少在本郡境内的追捕围剿只是一些外紧内松的表面功夫，以此拖延时间，让他趁机远走高飞。既然是散修，那么四海为家，想必不是什么难事。"

说到这里，男人流露出一丝懊恼："可这事偏偏发生在寒食江祭祀大典举办之前，万众瞩目不说，谁不知道这位江神成为神祇的初期，是靠着灵韵派的一位祖师爷相助才站稳脚跟的？这份香火情，灵韵派小心维系了两百多年，从来没有麻烦过江神任何事情，反而在这两百多年里，一年一次携带重礼登门拜访，除去一次山门浩劫，就从来没有断过，所以你觉得江神大人对于这桩惊动郡城的风波，会偏向谁？"

刘嘉卉看着不断绕圈踱步而不愿落座的男人，递过去一杯热茶，打趣笑道："我的郡守大人，能不能坐下说话，你再这么晃荡下去，奴家就要眼花头晕了。"

男人坐下后，自嘲一笑道："那名散修的隐匿位置，我是在三天前知晓的，本想着能拖一天是一天，不管怎么样，拖到祭祀大典之后再说，说不定还能留下一条性命。嘉卉，你知道今天水神庙内，那位寒食江神在现出金身本尊后，对我说了什么吗？"

刘嘉卉摇头，她当然猜不出一尊正神的心思。身为秋芦客栈的主事人，她所在的师门其实比起灵韵派并不逊色太多，只是每一个声势较大的山上门派各有其固定地盘，黄庭国北部的三州之地，灵韵派是大小十数个修行门派的执牛耳者。

但不管是面对刘嘉卉的出身门派，还是在黄庭国北地山上山下，都可以横着走的灵韵派修士却对君王亲手敕封的一江水神极为敬畏。

毕竟黄庭国不是大骊宋氏、大隋高氏这样的大王朝，黄庭洪氏自开国起，就是大隋的十二藩属之一，能够敕封的山岳、江河正神，屈指可数。

说句难听的，哪怕大隋放开禁锢，由着黄庭国洪氏去大肆封赏、敕令山水神祇，黄庭国也没有这份底蕴。一来疆土有限，二来又被那些"藩镇割据"的山上仙家掌握了绝大部分灵气出众的山水福地。所以掌控一地水运的江河正神，对于郡守甚至是刺史而言，是需要竭力拉拢讨好的重要角色。

男人放下茶杯，双手轻揉太阳穴："寒食江神当面告诉我，在我知道那名散修藏身之地的前一天，他就已经查出来了。虽然我不愿秉公执法，但他既然身为寒食江神，就要遵守不可轻易干涉世俗官场的规矩。加上我这些年治理本地，还算勤勉有功，万一下任郡守是个昏官，闹出诸多需要别人擦屁股的麻烦，会对他静心修行有碍，因此他不会给朝廷打小报告。"

刘嘉卉脸色微白："这位江神的言下之意，是不会帮助你再往上走一步了？"

男人苦笑道："这还是建立在我今晚就将那人缉捕归案的前提之上。"

刘嘉卉有些后悔："我方才不该跟你撒气的。"随即又愤懑，"这寒食江神数百年来有口皆碑，真到了涉及自身利益的时候，还不是一样帮亲不帮理？那散修所伤之人不过是灵韵派的三代弟子，就敢在城隍庙见色起意。先在城外杀害夫妇二人，后来得知跑掉一个孩子,更是连夜追杀,庄子上下满门三十余口被他杀得一干二净,此等惨绝人寰的行径,凑巧被那名散修无意间撞破,在给那家人报仇之前,很聪明地选择大肆散播消息,就连你们衙署门口都张贴了告示,做完这些,这才找到秋芦客栈,跟那名凶手大打出手。郡城内外都是他江神的眼线,岂会半点不知?"

男人反而不如妇人这般委屈愤懑,只是轻声感慨道:"天理国法人情,修行之人追求的是天地大道,国法人情如何,摆在练气士面前,算得了什么? 在我这个正四品官员手上,就没用;对这位寒食江神,国法不是全然无用;在老刺史手上,有一点用;只有到了皇帝陛下手里,才有一些用处。"

刘嘉卉小声嘀咕道:"如果你的这个郡守官身是在大骊王朝呢?"

男人眼神一凛,重重一拍椅把手:"刘嘉卉,不得胡说! 大骊国势再强,也是蛮夷出身,若大骊宋氏真有一统北方的一天,那必是我东宝瓶洲北方斯文正脉的断绝之日!"

刘嘉卉气呼呼道:"你要真是铁骨铮铮,怎么不干脆忤逆江神的意愿,誓将那名散修庇护到底? 我就不信这位江神号称手眼通天,就真的能够在黄庭国北方遮天蔽日。实在不行,大不了我搬出师门势力,干脆跟灵韵派这条地头蛇掰掰手腕好了!"

男人伸手指了指她,气笑道:"多大岁数的人了,还这么幼稚可笑。你以为大骊皇帝能够有今天的声势,是一路顺心顺意走过来的? 我们一郡之地尚且如此,试想大骊王朝那么广袤的版图,又会如何权衡利弊? 身为一国之君,其中的龌龊和隐忍,绝对是你我无法想象的。"

刘嘉卉闷不作声。

男人喝了口茶水,背靠着椅子,尽显疲态,扯了扯领口,自言自语道:"我是儒家门生,故而修身齐家,必然会尽量恪守规矩。可我还是黄庭国官员,辖境内有百万黎民,需要帮助他们过上衣食饱暖的太平日子,所以我不会事事以仁义道德来为官做人。因为我需要低头哈腰跟仙家势力求人求法宝,来抵御各种旱涝天灾;需要登门送礼,祈求那些个眼高于顶的山水河神尽可能将气运多截留一些在自己郡内。山下寒庶百姓也好,豪绅大族也罢,吃了亏,被仙师们欺辱,我只能缝缝补补,拆东墙补西墙,尽量安抚。"他闭上眼睛,"如果不是这样蝇营狗苟,我早就辞官或是丢掉官帽子了。如此一来,那名散修在张贴第一份告示的时候,就会被某个主动跟江神通气的郡守大人带着兵马和修士一起拿下。如果不是这样,那名散修死后,会连一块墓碑都没有。当然,人都死了,死后有没有墓碑,有没有人记住他生前做过的善举,又有什么区别呢?"

这位郡守大人站起身,来到窗口,嗓音低沉:"黄庭国嘉露二年,也就是十年前,包括贺州在内的三州于夜间子时震动不止,以贺州最为严重,茅屋城墙祠庙皆倒,死者六万余人。此后一月,或半旬或数日一动,直至年关,包括寒食江在内北部所有大江大水波涛汹涌,仅仅我郡就淹死了近百人。嘉露四年,南方茂州又有移山之异。嘉露八年,西南衡州水网纵横，泊船无数，于中秋夜骤起大火，火势绵延千余舟船，万余人尸骨残骸皆为灰烬。"他脸色凄然，嘴唇微动，"这一些天灾，当真是天灾吗？老百姓不知道真相，我知道啊。我甚至知道，那名散修在被捕身死之前，一定会骂我是灵韵派和寒食江神的走狗，恨我比恨他们更深。"

刘嘉卉欲言又止。

男人脸色逐渐平淡起来："我已经可以确定，在那名散修死后，郡城之内，很快就会有几家豪阀故意散播流言蜚语，说我为了讨好灵韵派，便辛辛苦苦找到了那名修士的藏身之处，将其围剿击杀。"

刘嘉卉叹了口气："多半是如此了。"

男人笑道："我说这些，不是说给你听的，是说给我自己听的……"

秋芦客栈那口老水井之中，虽然不断有白色雾气袅袅升起，然后四处流散，但其实水位极低，内壁布满幽绿青苔。突然，水位哗啦啦迅涨，与井口持平，一个披挂甲胄、手持短戟的高大男子一步踏出。男子两腮各自生有一缕长须，除此之外，与常人无异。

他环顾四周，根本没有把凉亭里正在静坐吐纳的少年放在眼里，身形拔地而起，瞬间落在郡守大人下榻的院落，朗声道："魏郡守，那名散修的头颅已经被我亲手砍掉，当时还有众多看戏的外人。可恨那厮生前不知好歹，对魏郡守破口大骂，难听得很，魏郡守好些见不得光的隐私都被那厮说了个一干二净。而且他竟还敢往我家大人身上泼脏水！我实在气不过，本想给他一个痛快的死法，实在是替魏郡守打抱不平，便先戳了他几个窟窿才砍掉他的脑袋。此间事了，我回去后，会跟大人禀明情况。放心，决不让那家伙死前的混账话坏了您与我家大人的情谊。"

这位寒食江神的嫡系下属说完就走，毫不拖泥带水。

刘嘉卉呆呆站在院门口。

按照郡守的说法，就那名散修的行事风格和风骨性情来看，死前痛骂他一句"走狗"，很正常。可如此当着灵韵派以及本郡众多势力的面，喋喋不休揭短不止，就很不符合情理了。因为他们是有过私下接触的，双方的心思都心中有底。如果说男人身为郡守，变节出卖修士很奇怪，那么散修多此一举的临终遗言，也很不正常。

"我之前所想，仍是小看了他。"站在窗口的魏郡守比刘嘉卉更快理解其中门道，轻声道，"山下有侠气。"

大骊境内，所有朝廷敕封的山水正神，落入百姓眼中的事物，无非就是一尊泥塑金身和一座祠庙，哪怕是五岳大神亦是如此，没有例外。

但如果是在大骊之外的东宝瓶洲其他地方，别说是铁符江、冲澹江这样的大江正神,恐怕就是龙须河婆这样的不入流神祇,只要能够跟当地官府搞好关系,加上附近没有强势的仙府门派,就都能够光明正大地建立山水府邸,而府邸规格,与世俗朝廷的黄紫公卿无异,甚至犹有过之。

寒食江神,作为黄庭国屈指可数的神祇之一,便在寒食江一处方圆百里内并无城镇的江段,耗时多年,打造出了一座悬挂"大水"匾额的豪奢府邸,占地千亩。只不过对外宣称,此地主人是黄庭国开国元勋楚氏之后,因生财有道,才有了这份天大家业。

今夜,这座府邸灯火辉煌,莺歌燕舞,觥筹交错。

府邸两壁挂有一盏盏长明灯,此物在山上府邸也是不可多得的珍稀宝贝,贵不在造型奇巧,而是那一滴龙涎香。长明灯多用于帝王密室陵墓等地,只需要一支寻常蜡烛,然后向灯芯上滴上一滴取自深海龙香鲸油脂的灯油,若是品质足够好,灯火就能够百年不灭,而且异香长存,可凝神,不输上品檀香。

有青袍男子高坐主位,手持白玉酒盏轻轻晃动,酒液呈金黄色,且凝稠芬芳。

男子的袍子胸口绣有一块圆形补子,是一条金黄色团龙。

堂上二十几名远道而来的客人都是身份不俗的修行中人,不过面对这个青袍男子,仍是显得谦恭有礼,而且不仅仅是客人敬重主人这么简单,他们的眼神脸色之中,偶尔还透露出一丝忌惮。

秋芦客栈。

屋内,崔东山已经离去多时。借着明亮灯光,陈平安刻完了第一支白玉簪子,抬头望向趴在对面的李槐:"你是喜欢刻'李槐'两个字,还是'槐荫'?"

李槐心事重重,闻言后笑道:"随你,都行。"

陈平安拿起那支墨玉簪子:"那用这一支?颜色跟'槐荫'比较配。"

李槐点了点头,然后鼓起勇气问道:"陈平安,你会不会因为生气,就一拳打死林守一啊?我觉得林守一虽然当上了那什么练气士,可他跟你打架的话,我估计就是一两拳的事情。其实吧,林守一这个人脾气是差了点,比较闷葫芦,弯弯肠子比我们多一些,可他没啥坏心啊……"

陈平安哭笑不得:"想什么呢,我怎么会跟林守一打架。"

李槐怯生生补了一句:"万一林守一主动找你打架,陈平安,到时候你出手可以,教训一下他就行了,记得下手千万别太重啊。林守一是富家子弟,可不像我皮糙肉厚,被李宝瓶揍几下完全没事情,我觉得他经不起打的。"

陈平安不知如何解释一些有关人心的事情,只得说道:"我会注意的。"

李槐这下子彻底放心了,立即满脸笑容,起身跑去小书箱那边,拎出彩绘木偶和那颗银锭,又回到桌旁坐下,让木偶踩在银锭上后,随口问道:"林守一先前跟我说,天底下的州郡大城,都会按照儒教为王朝订立的礼制建造城隍阁,县城则有城隍庙,郡守、县令这些父母官牧守阳间一方,城隍爷司职阴间治安,巡守辖境,防止鬼魅邪秽暗中作祟。陈平安,你说我们之前去的那座城隍庙,规模都那么大了,还设立在郡城里头,怎么还叫庙呢?不应该是叫城隍阁吗?再说,咱们白天在城隍庙逛了那么久,会不会其实已经碰到了城隍爷,只是我们没认出来?"

陈平安想了想:"这些你得去问那个崔东山。"

李槐使劲摇头:"我不喜欢那个家伙,神神道道,古古怪怪的。"

另一间屋内,一大一小两个姑娘,隔着一盏油灯相对而坐,一个擦拭竹笛,一个双手环胸,虎视眈眈。

李宝瓶说道:"谢谢,你晚上喜欢打呼,鼾声如雷。我晚上睡在自己帐篷,离你那么远都能听得到。"

谢谢抬起头,微笑道:"不好意思,我睡觉不打呼。"

李宝瓶一挑眉:"你怎么知道自己睡觉不打呼?"

谢谢用手指肚轻轻摩挲着竹笛,故意模仿李宝瓶的挑眉动作:"因为我是练气士,你们眼中的山上神仙啊。"

李宝瓶高高扬起下巴,问道:"那你有小书箱吗?"

谢谢无言以对。

大胜一场的小姑娘从书箱里拿出一本书——是她最钟情的那本山水游记,写奇山异水,写山精鬼怪,写书生狐仙——开始挑灯夜读。

小姑娘看得专注入神,时而皱眉,时而恍然,时而雀跃,时而怔怔。

谢谢都看在眼中,下意识伸出一根手指,在脸颊边缘轻轻滑动。

林守一闭眼坐在小亭内,静心凝神,呼吸吐纳,仔细感受着天地之间的"水流",大浪淘沙,取其精华,去其糟粕,将那些仿佛随水漂流在水井四周的水气精华,星星点点,一一采撷,收入窍穴之中。

哪怕老水井那边传来不小动静,少年依旧无动于衷。好在从那口水井里浮水而出的精怪鬼魅目标显然不是他林守一,双方互不干涉。

林守一在棋墩山上一眼相中的《云上琅琅书》是一部修行五雷正法的道家秘典,涉及下五境的具体修行。虽然只有一些泛泛而谈的笼统言语,但是落在善于演算推衍的林守一手中,效果奇佳。

很快,林守一体内数座气府传来鼓胀之感,但他仍是不愿收手作罢。一路跋山涉水,从没有感受过如此浓郁的清灵气息,林守一不愿错过。半个时辰过后,林守一脸色红润,像是饥饿难耐的凡夫俗子,面对大鱼大肉,不知节制,一口气吃撑了。

冷不丁有人一巴掌拍在林守一肩头,林守一打了个饱嗝,顺势吐出一口浊气。真是名副其实的浊气,污秽腥臭。那名不速之客赶紧挥动雪白大袖,驱散这一口后天积攒的污浊秽气,埋怨道:"你小子真是胆肥,不怕把自己活活撑死啊?"

林守一愕然,疑惑道:"练气士吸纳隐藏于天地之间的灵气,不是多多益善?"

崔东山没好气道:"如谢谢所说,一只酒杯如何放得下千斤酒。多多益善?按照你这个说法,立教称祖的那些家伙早就把几个天下的灵气都给吞进肚子里了,哪里还有其他练气士的机会?当然是要循序渐进,开掘出多少洞府,就吸纳多少灵气。"

林守一心中有些后怕,抬起手擦拭额头汗水。

崔东山盘腿而坐,望向那口灵气升腾的老水井。只不过这幅仙气缥缈的画面,唯有登堂入室的练气士或是武道宗师才能够看得到,对于市井百姓而言,哪怕把脑袋伸进水井里,也只是觉得比别处更阴凉一些。

崔东山扭头笑道:"我救了你一命,你借我一张符箓,如何?是借,以后我会还的。"

林守一犹豫片刻。

崔东山扯了扯嘴角:"放心,不是最宝贵的那四张,只是一张很好却不算最好的金粉符箓。"

林守一点头道:"可以。"

崔东山打了个响指,从林守一怀中滑出一张金色符箓,飘落在崔东山手心。崔东山低头端详,目露赞赏。

符纸,是符箓派这一支道家大脉的根本之一,世间普通符纸是黄表纸,再往上一层,就是被称为"黄玺"的硬黄纸,为天下道门所常用。其中还有一些特例,类似有"雨过天晴"美誉的青色符纸,以及一些色彩缤纷的彩色符纸,许多是天子专用的谕旨御制之物,往往用以节庆时分封赏文武大臣,寻常富贵门户再有钱也买不着。

不过符纸未必拘泥于黄纸这类纸张,道教真人和陆地神仙无须实质符纸就能够凭空画就一张灵符;而兵家也有杀、镇字符;儒家也有经籍内容,相较兵家稍稍复杂,且字体多是正楷,其中又有七八位书法宗师不同的字体之分,有"八正""正九"等诸多说法;佛家以结印见长,符箓虽然也有,相对较为少见。

林守一好奇问道:"这是什么术法神通?"

崔东山将那张金粉符箓小心翼翼放入袖中,随口道:"等你到了中五境就会明白了,届时练气士可以将心意凝聚成心弦,道行高低,修为深浅,会决定心弦数目的多寡和粗细。所谓的隔空取物,就是如此。"

林守一如今是练气士三境巅峰,数月之间如此神速,可谓一步登天。

这一切,既因为少年本是天生修道的坯子,也因为阿良的那一壶酒。

有钱人喜欢跟山野樵夫购买大蛇,剖胆入酒,药效惊人。

那么以一位飞升境大妖的妖丹浸泡而成的药酒,其中蕴含的玄机,可想而知。

崔东山站起身,笑眯眯道:"阿良是你修道登山的领路人,要好好珍惜这份机缘,如果你不珍惜,我会……"

林守一直截了当问道:"会如何?"

崔东山改了说法,笑道:"会不高兴的。"他原本想说的是"会宰了你的"。

林守一在那股鼓胀之感渐渐退去后,又开始闭目凝神,利用自己这副身躯去藏风聚水,去搭建属于自己的长生桥。

崔东山脚尖一点,跃出凉亭,走向那口老水井,双指拈住金粉符箓。

林守一低声喊道:"崔东山,你要做什么?"

崔东山满脸玩味笑意,走到井口处,面向亭中林守一,高举双指,轻轻晃动指间符箓,向后退去,整个人滑入井中,随之默念道:"避水。"

第九章
千奇百怪

虽说天色昏暗，其实时辰并不算晚，加上秋芦客栈这院子布置得精巧雅致，李槐东摸摸西捏捏，就没有半点睡意，趁着陈平安雕刻玉簪，他干脆搬出那只魏檗赠送的木匣横放在桌上，将彩绘木偶连同魏晋赠送的五个泥人儿全部放入其中，再把那本购自红烛镇的《断水大崖》也丢进去。

"搬家"之后，这只由娇黄阴沉木打造的长匣犹有空闲余地。木匣呈现出红色，魏檗说是因为在泥土里埋了无数年，色泽由黄逐渐变红，木头非但没有腐朽，反而生出异香。李槐此时把脑袋凑到木匣上，仔细闻了闻，那股清香照旧，不比在枕头驿拿出来闻的时候差。

李槐开始掰手指算他的宝贝。离开家乡小镇远游求学，一路风餐露宿，他李槐靠着吃苦耐劳，还是小有收获的，除了那只最珍贵的绿竹小书箱，还有这娇黄木匣和木偶、泥人。其实《断水大崖》里头还豢养着几只很值钱的蛊鱼，以及被阿良一巴掌拍进书里的那尾青冥鱼。只不过李槐不爱读书，很少翻阅这本花了陈平安将近十两银子的书。

这会儿，看着聚精会神在簪子上雕琢文字的陈平安，李槐想到自己花了人家这么多钱，却没有怎么翻，当初还信誓旦旦地告诉陈平安自己一定会看，就有些愧疚，于是从木匣里拿出《断水大崖》，随便翻开一页，开始默念文字，打算让自己的良心好受一些。

李槐一拍脑袋，记起一事，赶紧伸手探入领口，摸到姐姐李柳亲手缝制的口袋，拈出一只油纸袋，朝陈平安晃了晃，咧嘴笑道："陈平安，知道这是啥吗？"

陈平安小心放下簪子和刻刀，揉了揉眼睛，问道："是什么？"

李槐满脸得意扬扬，从油纸袋里抽出一张折叠整齐的纸张，解释道："当初学塾里不断有人离开，最后只剩下我、李宝瓶、林守一、石春嘉和董水井五个。先生在最后一堂课上给了我们一人一张字帖，上头就写了一个'齐'字，要我们用心临摹，说是功课。后来先生也没把原帖收回去，这趟游学，我娘亲觉得先生这个字吧，虽然写得整齐凑合，却还不如隔壁家春联上头的大字来得墨水重、劲道足。可好歹我和齐先生师徒一场，留下来算是当个念想，就让我姐偷偷在衣服里边缝了口袋，装进油纸包。我后来问李宝瓶和林守一，李宝瓶说早不知道被她丢到哪里去了，林守一则说在家里放好了，怕带出来容易遗失毁坏。"

李槐将折叠的纸张打开，轻轻抹平褶皱。只见那个小幅"齐"字帖，方方正正，巴掌大小。李槐盯着那个字看了片刻，抬起头认真说道："陈平安，这个'齐'字送给你吧，我留着也没用。再说，我经常丢三落四。"

陈平安摇头笑道："你如果怕弄丢了，在到达大隋书院之前，我可以暂时帮你保管。但这既然是齐先生交给你的功课，那你作为齐先生的弟子，就应该好好珍藏，哪怕齐先生不在了，不用临摹，可就像你娘亲说的那样，字帖自己留着，好歹是个念想。"

李槐点点头，随手将那幅字帖放入书页之间，然后合上《断水大崖》，丢入木匣。殊不知，隐匿在不同书页里的三条蠹鱼和那尾青冥鱼纷纷离开原先位置，透过字里行间的那些缝隙迅猛游走，最终飞速进入那幅"齐"字帖，名副其实的如鱼得水，欢快至极。

相比于李槐一路走狗屎运的大丰收，林守一其实也不差：一大摞品秩有高有低、材质有优有劣的古老符篆，一部《云上琅琅书》，一幅绘有百余种山精鬼怪的《搜山图》。

至于李宝瓶，更有名刀祥符和银白色养剑葫。东西不多，就两件，但皆是世间修士垂涎三尺的仙家重器。

唯独出力最多的陈平安，好像到头来，反而就只有那颗略显枯萎干瘪的淡金色莲子，都不知道它有什么用处，如今更是跟崔东山欠下了一屁股债。

李槐趴在桌上，老调重弹道："林守一家里很有钱，只是那个私生子的身份很尴尬，所以这家伙可能心思比较敏感。陈平安，你别跟他一般见识。"

陈平安点点头："我回头找他说开了就没事了。"

李槐没来由冒出一句："好人和老实人就是吃亏，我爹是这样，你也是这样。陈平安，要不然以后你还是别当老好人了，多为自己想想，用不着事事忍让别人。否则你没怎么样，认你做小师叔的李宝瓶就先气死了。"

提起李宝瓶，陈平安忍不住笑问道："宝瓶总欺负你，你怎么从不还手？"

李槐一脸天经地义地脱口而道："我不敢啊，我又打不过她！"

陈平安哈哈大笑，辛苦雕琢文字的那份疲惫顿时一扫而空。

李槐看着快乐大笑的陈平安，也跟着开心笑起来，因为印象中陈平安是不太这么笑的,平时的陈平安不论做什么说什么,总是很收敛拘谨,生怕做错说错。

李槐随即想起自己爹好像也是这个德行:嘴巴抿抿,就算是开心;眉毛耷拉下来,就是不太开心。

李槐犹豫了一下,还是打算跟陈平安说一点藏在心底的心里话。脑袋搁在桌面上的孩子伸了伸脖子,压低嗓音,神秘兮兮问道:"知道我为什么总让着李宝瓶吗?"

陈平安开玩笑道:"你喜欢她?"

李槐翻了个白眼:"怎么可能,我才这么点年纪!再说了,我又不是林守一和董水井那两个色坯,每次我姐来学塾帮我带东西,那两个家伙眼珠子都瞪得掉地上了。尤其是董水井,每次找借口去我家玩,我姐不在的时候就病恹恹的,我姐一回家就跟打了鸡血似的,恨不得给我家挑满两大水缸的水。我娘呢,喜欢董水井多一些,觉得他人老实,跟我爹一样。我姐呢,估计应该是更喜欢林守一,斯斯文文,更像个读书人嘛。"

说过了林守一跟董水井的坏话,李槐脸色黯然地转回正题:"学塾里边,所有人都笑话我爹,说我爹是小镇最窝囊的男人,是入赘的,没出息;成天不务正业吃软饭,更没出息,傻里傻气的。龙生龙,凤生凤,老鼠儿子会打洞,所以他的儿子,也就是我,读书果然最没用,每次先生考试,我都是垫底。"李槐咧嘴,笑眯起眼,"李宝瓶的家世是学塾最好的,但是连同林守一在内,她跟谁都不一起玩,每天就跟一阵风似的,飞来飞去,永远是最晚一个来上课,下课第一个消失。她虽然会嫌我吵,喜欢有事没事就揍我,但是她从来不笑话我爹。有一次我爹来学塾找我,所有人都嫌弃,只有李宝瓶愿意给我爹带路,还喊他李叔叔,让我爹开心了好多天呢。每次有人故意当着我面拿我爹当笑话讲,李宝瓶总会阻止他们,不许他们说我爹的坏话。"

陈平安感慨道:"原来是这样啊。对了,李槐你有最讨厌的人吗?"

李槐愣住:"没有啊,每次回到家,吃一只香喷喷的肥腻大鸡腿,听我娘亲用鸡毛蒜皮的事情训斥我爹和我姐,我所有的不开心就都没啦。"

陈平安直接用手指捻了捻灯芯,让灯火更明亮一些,笑道:"你厉害。"

李槐疑惑道:"我有什么厉害的?我还觉得你不怕烫很厉害呢。你上山下水可以不穿草鞋,会砍柴会钓鱼,那才厉害。李宝瓶那么野的丫头,很小的时候就喜欢爬上树,在上面乱喊,再扑通一下摔在地上,却从来不哭,自己站起来。为了怕走路一瘸一拐被家里长辈看出来,她还会故意拖延到很晚才回家——连她种天不怕地不怕的人都觉得你是天底下最了不起的人。"

陈平安再次拿起刻刀:"等你长大一些,就会知道自己为什么厉害了。"

李槐听不明白,望着那些簪子,愈发眼馋:"什么时候把簪子送给我们啊?"

陈平安停下刻字的动作:"到了大隋书院吧。"

李槐问道:"那幅《搜山图》你怎么送给林守一了?我看得出来,你也挺喜欢啊。"

陈平安举起一支玉簪子,借着灯光,仔细凝视簪子上的细微纹路:"我怕好东西我拿不住。你们又不是外人,送给你们,我不心疼。"

李槐哪壶不开提哪壶,试探性问道:"一晚上开销两千两银子,也不心疼?"

陈平安放下玉簪和刻刀,收起放回盒子,板着脸说道:"我得出去走走,多走几步看看风景,就当是赚回几两银子了。"

李槐扭头看着陈平安的背影,偷着乐呵。等到陈平安关上房门,他便默默告诉自己,以后一定要把某件最好的东西送给陈平安。

因为这个家伙,一路走来,走过那么多的山山水水,光是陪着胆小的自己去远处撒尿拉屎,然后站在不远的地方陪自己说话,就不知道多少回了。

陈平安不敢四处乱逛,走向那座凉亭,不出所料地看到林守一坐在那边。他不敢打搅这位队伍之中最早脱颖而出的山上神仙,远观了一段时间,正要转身离去,就看到林守一站起身,朝他招了招手。

陈平安走入凉亭,发现当下的林守一,相较于走入秋芦客栈之前的他,好像多了些飘逸风采。

林守一挑了一个不尴尬的话题:"崔东山跟我借了一张符箓,就打破客栈的规矩,走出这座凉亭,跳入那口老水井,消失不见了。"

陈平安轻声道:"崔东山是死是活,我管不着,也不会管。"

林守一憋了半天,转头望向水井那边:"入住秋芦客栈一事,我知道你是好心好意,但你应该事先跟我打招呼的。"

陈平安点头道:"以后我会的。"

林守一转过头,小心打量着他的脸色和眼神:"就这样?"

陈平安反问道:"不然?"

林守一自嘲道:"我还以为你会跟我讲道理,或是直截了当卷起袖子打我一顿再说,我其实已经做好打不还手骂不还口的准备了。"

陈平安摇摇头,不说话,斜靠着凉亭柱子,望向那口水井,却看不出什么名堂。

林守一看着陈平安:"对不起。"

陈平安笑着摆摆手,盘腿坐好,眼睛不眨地使劲盯住老水井。

林守一如释重负,随即纳闷问道:"你在做什么?"

陈平安一本正经道:"我要把银子看回来!"

已是修行中人的林守一赶紧伸手使劲揉着脸颊,只为了不让自己笑出声来。

寒食江畔,大水府邸。

主位上的青袍男人望向堂下客人，看到不断有人起身举杯敬酒，说着歌功颂德的言辞，他的脸上难免流露出一些志得意满的神情。

方才就有一位享誉朝野的文豪再一次起身敬酒，说本郡这么多年风调雨顺，一切都要归功于他这位水神老爷，言语之中，一郡民生好与坏，跟那个魏姓郡守毫无关系。关键是，拍这种略显赤裸的马屁的还不止一人。在座有一人，身穿黄庭国从三品官服，毫不犹豫地起身敬酒，附和那位文豪，满嘴溢美之词。身为从三品高官，一州别驾，此次祭祀大典官阶最高之人，面对高坐主位的他，一样口口声声"水神老爷"。

一旦成为享受香火的神祇，生前姓名、家族皆为隐讳。至于能够面见神祇之人，为尊者讳，一般都需要注意这一点，不会指名道姓。

"老爷"这个说法，是一个比较稳妥的通俗称呼，至于为何如此，众说纷纭，其中一个说法最言之凿凿，说是道祖的三位亲传大弟子当中，有一人喜好称呼恩师为"老爷"，道祖欣然接受，于是便流传至今了。

寒食江神缓缓收回视线。堂下左右两侧坐着他的四名心腹，追随他征战四方，长的有三百多年，短的也有百余年，其中一个幻做人形之前，本尊是一尾鲜红鲤鱼，与大骊冲澹江的某位鲤精野修称兄道弟，关系莫逆。

不过这个鲤鱼精此时有任务在身，位置空着。

一个是水蛇修炼成精，使用一对铁锏，是他无意间获得的仙人遗物，每次与人厮杀，嗜好以铁锏打烂对手的头颅。他喜好吞食童男童女，只是受寒食江神的约束，只偶尔出去觅食，不敢太过肆无忌惮。

还有一个是拦水蛤蟆出身，天资最好，但是生性懒惰，境界反而最低。他天赋异禀，动辄就会在大江大河的岔口吞下大量江水，只要不合上嘴巴，就能一直汲水不停，永远不会撑爆肚皮，故而谁也不敢欺辱，深受寒食江神的器重。曾经有两名联手犯上作乱的河流水神聚集了许多势力试图推翻寒食江神的位置，他便奉命偷偷上岸潜入一条河水源头，然后现出真身，体形如同一座山头，硬生生吞掉了河水源头，迫使那个河神不战先降。另一个河神因孤立无援，最后被寒食江神打烂祠庙和金身，碎块全部沉入寒食江底部某处，永世不得超生。

最后一个与其他三个有些格格不入，美髯儒衫，文质彬彬，若非脸色黑青，异于阳间活人，怎么看都像是书香门第里的中年儒生。

此人虽然从不以战力著称于这座大水府邸，却是公认的首席军师，始终躲在幕后，为水神老爷出谋划策，也不喜欢拉帮结派，特立独行。

大堂上端茶送酒的美婢丫鬟，一半是人间美色，还有一半涂抹特殊脂粉，以此掩饰死尸之气的女子，则是落水身亡的水鬼。

不管是溺水而亡还是投水自尽，自然不是谁都能成为水鬼的，必须是死后戾气难消,以及死前的先天体质和身亡的时辰都恰到好处,魂魄侥幸得以凝聚不散,才有被大水府邸收为丫鬟的可能性。成为水鬼的有些受那罡风摧残,也会不断烟消云散。

比如那多在金秋时节吹拂的拍魂风和吹魄风,五行之中金主杀,两股风一在白天,一在黑夜,轮流飘荡,是鬼魅的天敌之一,俗世所谓的"魂飞魄散"正是它们干的。两风一般只对阴物产生威胁,但若是活人极其体弱、福泽纤薄,也有可能被此风伤及。

再有所谓"秋后问斩",官府一般都在秋后行刑即是此理,为的就是防止厉鬼横生。

除此之外,凡夫俗子听过就算的一阵阵春雷声,对邪秽阴物而言,当真好似催命鼓,更是一道道难熬的关口。

由此可见,若说做人不易,做鬼好像同样不算容易。

大水府邸的四名心腹大将之外,便都是登门恭贺的客人了。

寒食江神看得最顺眼的人物,当然是那个如今大名鼎鼎的文豪,当年不过是个不小心失足落水的穷酸秀才。可惜此人实在不是做官的料,哪怕有他这位水神老爷扶持帮衬,依然只做到六品言官就混不下去了,最后干脆对外宣称辞官归隐,在黄庭国北方的贺州山野之中建造了一栋豪华府邸,当起了逍遥自在的山林宰相。辞官后,经过二十多年的经营,已经被誉为黄庭国北方士林的斯文宗主,一直为寒食江神鼓吹造势,仅是关于寒食江的诗词就多达二十余首,每隔两三年就会邀请大量文人骚客在寒食江上举办诗会,一掷千金,美酒佳肴、花魁美婢,极尽士人风流。

至于文豪之子在黄庭国庙堂一路高升,根骨平平的孙子却成为修行之人,这些事没人愿意深究,或者说也没这个胆子去刨根问底。

这位自号黄老道人的文坛宗主,此时正在跟别驾大人相谈甚欢,笑声爽朗。

别驾,是一州名义上的三把手。头把交椅当然是刺史,然后是驻守当地、手握兵权的将军。黄庭国武将势弱,庙堂上文重武轻,所以别驾的官威往往凌驾于一州将军之上,别驾的存在意义,更多还是皇帝用来掣肘和制衡刺史。

此时,所有人下意识停下言语声,转头望向门口方向。只见两颊生有两缕长须的披甲男子大踏步走入堂内,抱拳大笑道:"回禀老爷,那个不知天高地厚的散修已死,脑袋给我亲自砍了,绝无意外。"

寒食江神先瞥了眼堂下一名白发老人的神色,发现腰插短戟的披甲男了欲言又止,便笑道:"有屁就放。"

此人正是通过老水井去往秋芦客栈的男子,本尊是一尾赤色鲤鱼。他咧咧嘴,乐呵呵道:"那年轻散修死前抖搂了好些个丑闻,有老爷您的,还有一些郡城里大门大户的。当然更多的还是那姓魏的郡守的,难听得很,祖宗十八代都给来来回回骂了好几遍,如果不是我出手快,恐怕那姓魏的家伙小时候是不是尿过裤子的事情都要给他说出来了,不出意外,明天郡城里头就会满城风雨,全是魏郡守的笑话。"

寒食江神明显有些惊奇："哦?"

鲤鱼精正要说话,寒食江神摆摆手,示意他赶紧回到座位,不要废话。

听到散修暴毙于郡城内的消息,场中有一个满脸病容的年轻人立即掩藏不住自己的开怀笑意,频频倒酒痛饮。

寒食江神猛然抬起头望向门口,眼神阴沉。

有一名玉树临风的白衣少年悄无声息地站在了门外,正在伸手拍打袖子,弹去一些水珠。最后少年一步跨过高大门槛,左右张望,嬉皮笑脸道:"人不人鬼不鬼神不神,奇怪奇怪真奇怪。"

大煞风景。白衣少年的突兀出现,实在是不合时宜。

在座的客人都是心眼活络之辈,迅速打量了一眼寒食江神的难看脸色,便心中了然,转头望向那少年的眼神就都十分令人玩味了。

在黄庭国北部地界,山水难分,谁不卖大水府这块金字招牌的面子? 还有人竟敢砸寒食江神的场子,而且还是大摇大摆来的,当真是老寿星吃砒霜——活腻歪了。

坐在文弱书生上首,以水蛇之身修炼成精的阴柔男子,面对那名不速之客,眼神炙热,翘着兰花指,缓缓提起一只酒杯。容颜俊美的童男童女一向是他的心头好,只是忍不住心中惋惜:眼前少年多半是死路一条了,折了水神老爷的面子,他可不敢擅自掳回府邸享用,只能寄希望于搬走尸体,做那今晚宵夜的盘中餐了。他嗓音尖锐,微笑道:"这杯中酒,为我寒食江大水府独有的金玉液,修士喝一杯,抵得上洞天福地苦修一旬;俗子喝了,祛病消灾,半点不难。还剩下半杯,你要不要尝尝看?"

崔东山跨过了门槛,不再继续前行,只顾着四处张望,根本就不理睬这个臭名昭著且凶名赫赫的水中精怪。

水蛇精怒极反笑,吐出天生极长的舌头舔了舔嘴角,最后嘿嘿笑着:"敬酒不吃吃罚酒,死去!"他手腕一抖,半杯金黄色酒液泼洒而出。

醒目的酒液在空中先是骤然停滞,之后分散开来,数十滴酒水一起破空而去,直扑崔东山,速度快过百步之内的强弓箭矢,响起一阵嗡嗡呼啸声,声势骇人。

若是躲避不及,崔东山定然会满身窟窿。

光凭这一手驭水神通,就让在座的一些年轻练气士由衷感到心惊。

几乎所有人都觉得大局已定,那个白发苍苍的老人亦不例外。当他第一眼看到少年之后,便目露诧异,只是很快轻轻摇摇头。初生牛犊不怕虎,可是大水府这座龙潭虎穴哪里是你说来就来,说走就走的? 可惜了,白白浪费了这副姿容气度。

东宝瓶洲北方皆知黄庭国这座小庙堂,洪氏皇帝的科举取才要先看字写得漂不漂亮,之后才看文章内容好不好,两者若是都不错,那么最关键的事情就要来了:陛下会看殿试举人之中,谁的相貌最为堂堂正正,英俊潇洒!

老人当初在郡城大街上早就见过包括崔东山在内的游学队伍。他略通道门相术，观那白衣少年气象，应该只是皮囊优秀而已，远远不如当时站在箩筐少年身边的另外一人，那个面容沉静的青衫少年才是货真价实的修道美玉。

老人不再看那结局注定惨淡的少年，转头望向对面一名知根知底的年轻修士，眼神满是阴霾。后者敏锐察觉到师门长辈的视线，微微退缩，只是很快就想起，自己找着了真正的大靠山，今时不同往日了，便挺直腰杆，还坦然笑着举起一杯酒，对老人皮笑肉不笑地视而不见。

老人修养好，可他身边两名年轻人看到这一幕则当场愤懑不已，对那名得意忘形的师门叛徒怒目相向。

独自一人坐在对面的灵韵派修士正是之前那场风波的罪魁祸首，在灭人满门的惨案尾声，被路过的散修撞见。他在灵韵派内门弟子中资质平平，更不擅长杀伐，敌不过精通捉对厮杀的散修，便火速逃入城内，之后还有闲情逸致在秋芦客栈悠悠然住下，其中估计也有拿客栈和刘嘉卉做护身符的意图。

那名仗义行事的散修查到他的行踪后，冒着被秋芦客栈视为敌人的风险执意闯入，与那灵韵派修士再战一场。结果打烂了那堵月相影壁不说，还被灵韵派修士故意带向附近的市井巷弄，法宝、术法一通乱甩，伤及无辜百姓不下二十人，从此给了郡城豪阀向官府施压的借口。散修被认定是寻衅在前，先把他打杀了再说，至于隐情如何，人都死了，无人声张，即便有一些风言风语，也就只是空穴来风嘛。

那些不愿被官府记录在册的散修野修一向不受各国待见，虽不敢将之视为过街老鼠，但都希望敬而远之，千万别来自家辖境撒野捣乱。这些无根浮萍一旦跟地头蛇起了冲突，只要不是修为通天的过江龙，当地官府和江湖势力肯定选择站在熟人一边。

叛出师门的年轻修士仰头一口喝光了大半杯酒，擦拭嘴角后，低下头，快意笑道："老子在灵韵派就算苦修百年都没希望跻身中五境，如今被水神老爷青眼相加，大道有望，所以老子从见到那位军师第一眼起，就打定主意要自立门户了，千载难逢的机会，可遇不可求！还管那点没卵用的师门名声做什么，能当饭吃吗？就算能当饭吃，又如何？老子我可从来吃不到大头，只是吃你们这些家伙剩下的残羹冷炙罢了。"

他打了个酒嗝，自顾自笑起来，无人看见他眼底的那抹无奈。

他缓缓夹起一块鲜美鱼肉，眼角余光瞥了一下大水府的儒衫军师，喃喃道："人不为己天诛地灭，何况那么大一个机会摆在我面前，我一个下五境的小修士，有几条命去拒绝水神老爷的打赏恩赐？"

对面的那位白发老者是灵韵派外门大长老。灵韵派分内外门，老人掌管外门，其实内门诸多俗世事务也一并交由此人负责。此次参加寒食江神祭祀庆典，是老人带队下山，主要是为了帮助几名嫡传弟子砥砺心性，去大致了解山下的世道风俗，以及借此机会接触其他势力，能够结下一些善缘是最好。

今晚跟随老人一同参加宴会的两个年轻人俱是灵韵派的年轻翘楚，一人身后有那条两丈长的赤红巨蛇蜷缩成团，一人身旁有巨大黑虎匍匐在地。

两人比邻而坐，便有了一些龙盘虎踞的不俗气象。

就在几乎所有人都以为白衣少年必死无疑的情况下，他的表现让人大吃一惊。

他站在原地纹丝不动，任由那些金玉液分裂而成的酒水滴激射而至。

但是那些来势汹汹的水滴撞在白衣少年衣衫上，便如一阵雪花撞入一顶熊熊大火燃烧的火炉，瞬间消散不见。

寒食江神点了点头，自言自语道："水法不侵，有点意思，难怪敢来捣乱。"

他身体微微前倾，望向军师，笑问："是少年身上那件袍子有玄机，还是另有古怪？"

军师从少年身上收回视线，转头答道："应该不是袍子的关系，我猜测此人身上藏有道家上品避水符箓，寻常水法道术很难打破那张符箓的天然禁制。"

寒食江神哑然失笑："这小娃娃该不会是觉得有张符箓傍身，就能够在我大水府邸横行无忌吧？"

军师笑道："多半是还有其他凭仗。"

一直怠懒无聊的寒食江神稍稍坐直身躯："巴不得。"

然后他笑着吩咐水蛇精，言语之中并无半点责怪，道："丢人现眼了吧。我准许你上场厮杀，但是不可以使用那对铁锏，省得又要看到头颅炸裂的场景。你是痛快了，但是恶心到客人，你可吃罪不起。"

水蛇精笑眯眯站起身："谢过老爷恩赏。"

崔东山后退几步，原来是要坐在门槛上休息。落座后，对那个绕出几案的水蛇精摆了摆手："别急别急，先别急，等我先把话说完。"

堂下黄老道人和别驾大人面面相觑。寒食江神更是捧腹大笑，举杯痛饮。

宾客之中，有两人大大方方坐在灵韵派叛徒的上首位置，年纪都在三十左右，意气风发，锋芒毕露。看到崔东山这一手风采后，依然不屑一顾。

这两人分明是两名大名鼎鼎的剑修，一人哪怕饮酒也背负长剑，一人则横剑在案，距离握剑的右手最远不过数尺距离。虽然看不出两人各自的本命飞剑是否温养得气候大成，但是剑修公认是练气士当中杀力最大、修为最为厚积薄发的，哪怕是中五境的修士也不敢小觑任何一名下五境的剑修。

因为剑修每升一境，飞剑的威力就会叠加，修为增长远胜寻常练气士。

尤其是在下五境之中，一旦让剑修成功跻身中五境，脆弱不堪的本命飞剑就会迎来翻天覆地的变化。每一位已经跻身或是有望跻身中五境的剑修，尤其是年纪轻轻的剑修，都将是各方势力的座上宾。

山上流传着一句脍炙人口的话语："中五境之中，甲子老练气，百岁小剑修。"言下之意，就是六十岁的中五境神仙已经算不得是天才的人物了，但是百岁高龄的剑修仍是惊才绝艳的练气士！

背负长剑的剑修是散修，相传得到一位游方高人的真传，属于道家一脉，赐下一柄削铁如泥的神兵利器，篆文为"手刃"。

横剑在案的剑修则是伏龙观掌门真人的关门弟子。

伏龙观的道统，属于道教丹鼎派的外丹一脉，采集天材地宝，筑炉炼丹，服药食饵，助长修行。镇山之宝是一方古砚，名叫老蛟砚，是东宝瓶洲十大名砚之一。砚台边缘有一条微小高龄的瘦蛟盘踞而眠，鼾声轻微。

相传，上古蜀国是蛟龙四伏之地，兴风作浪，各地都留下了仙人斩杀妖龙恶蛟的传说。这条酣睡在古砚上的小老蛟，便是躲过一劫的遗留古种。

伏龙观掌门弟子此次前来，是想要代表师门跟朝中有人的寒食江神暗中商议，试图将伏龙观由"观"升格为"宫"。

道家仙门，想要获得一个"宫"字作为门派后缀殊为不易，这就像一国君主敕封真君，数目是有定额的，绝不是随便拎出个道士，得到了君王认可，就能获得这份殊荣，一定要东宝瓶洲的道家宗门派人前来审议勘定，才能确定那人有无资格胜任一国真君。

崔东山咳嗽一声，坐在门槛上朗声道："我今天来这里，是要教你们做人……嗯，也顺便教做神做鬼的。唉，有点累。"

他才刚把话起了个头就满脸意兴阑珊，自己先觉得无聊了，以至于后边三句话说得有气无力：

"为人，则秉一口浩然气，顶天立地大丈夫。

"当神，既然争了那一炷香，就要泽被苍生，哪怕神道已崩，也要证明香火不绝，吾道不孤。

"做鬼，天地不要我生，我偏偏要在罡风春雷之中证长生。"

本来还算有那么点嚼头的豪言壮语，从他的嘴里说出来后就完全变了味，显得十分无病呻吟。

崔东山叹了口气，撇撇嘴，自言自语道："阿良大哥，这话你说还行，我是真不行啊。"他叹气复叹气，重新站起身，"算了，不玩了不玩了，还是办我自个儿的正事吧。"

随后，他转头望向一处无人的地方，说道："屁大本事就敢学别人行侠仗义，真当自己是阿良啊？这下好了吧，魂飞魄散，灯火飘摇，如果不是碰上精于神魂之术的我，你这会儿在哪里当孤魂野鬼都不晓得，明天能不能见着太阳，还得看你祖坟冒不冒青烟，何苦来哉？"

紧接着，他又伸手指了指前方所有人："实不相瞒，在我眼中，在座的各位都是蝼蚁。"

鸦雀无声。

崔东山问道："不信吗？"

片刻之后，寒食江神手中酒杯砰然碎裂。

整座大水府邸，只有他看到了白衣少年身后仿佛有一尊高达数丈的圣人神像立于神坛之上，浩然之气充满天地，正在俯瞰脚下的蝼蚁众生。

他嘴唇颤抖，咽了咽口水。

十一境，还是十二境？

难道真是一位儒家圣人大驾光临，而且还不是一般的书院山长之流？

高坐主位的寒食江神咬紧牙关，差点把牙齿磕碎。他坐姿僵硬，身躯紧绷，必须双拳紧握，重重捶在椅把手上，才能强忍住那股起身求饶、下跪磕头的冲动。

黄庭国不过是大隋藩属国之一，眼前这位皮囊貌似稚嫩的不速之客绝不可能是土生土长于此的人物。数百年辛苦经营，对于黄庭国的大佬练气士，他早已烂熟于心，谁能招惹敲打，谁该拉拢示好，他可谓胸有成竹。

儒家七十二书院，每一座书院的山长至少都是十境修为。上五境大神通练气士往往神龙见首不见尾，所以距离俗世王朝相对近一些的十境练气士书院山长就已经有资格被世俗尊称一声"儒家圣人"，此外还有佛家的"金身罗汉"，道家的"陆地神仙"，皆是朝野通用的敬称。

这一小撮顶尖练气士，就像那祠庙里的神像，神位够高，但又不算太远，烧香磕头都拜得到，而那些个隐于云雾的上五境老神仙，你提着猪头都找不着庙。

寒食江神眼眶逐渐通红，浮现出一抹淡金色光彩。他仍是竭尽全力不眨眼睛，死死盯住白衣少年身后。视野中，神坛之上，一位气态威严的老者身着一袭雪白长袍大放光明，丝丝缕缕的光线仿佛蕴含着大道至理。

每一缕光线，细看之下，皆由一闪而逝的无数金色文字接连穿起，写有一条条儒教礼仪规矩。这尊圣人法相高冠博带，大袖宽广如鸟翼，无风自摇，腰间悬挂有一枚熠熠生辉的玉佩，如袖珍小巧的一轮人间明月。

做不得假了，千真万确的圣人气象！

寒食江神的身世其实大有渊源，自幼耳濡目染，知晓诸多秘闻内幕，刚好是一个识货的，因此看到这场景，便惊恐万分。若是换成山门普通的中五境修士，说不定就要当成是坑蒙拐骗的某种障眼法了。

寒食江神终于眨了眨眼睛，不得不偏转视线，由于刺痛产生的泪水缓缓滑出眼眶，不过很快就消散了。他自然不愿在这些下属及宾客面前流露出丝毫退缩怯意。漫长的修行生涯，他能够走到今天这步，稳稳坐在这个煊赫高位上，光靠好根骨好机缘而没有坚忍不拔的心性作为支撑，恐怕所有风流早就被寒食江的滔滔江水一冲而散了。

曾经有人教育过他:圣人学问,钻之弥坚;圣人神像,仰之弥高。

如今这浩然天下,不再是那年代久远不可考据的上古蜀国。那个时候的古代蜀国版图之上蛟龙众多,不服天地管束,传言只有杀力惊人的远古剑仙才喜欢来此磨砺剑锋,御剑翻江倒水,以斩杀蛟龙为傲。如今这浩然天下,儒教圣人订立的规矩越来越烦琐缜密,仪轨越来越稳固。

齐静春不是死了吗?如今把持骊珠洞天的圣人应该是从风雪庙脱离出来的兵家阮邛。那么这少年到底是何方神圣?看样子是善者不来来者不善的架势。

不管如何,就是天王老子到了自家地盘,自己也绝无引颈就戮的道理。

寒食江神强行驱散心头阴霾,深吸一口气,左拳微微抬起,轻轻一敲椅把手,看似轻描淡写,但是整座大水府邸都随之一震,与府邸相邻的那段寒食江毫无征兆地骤起大浪,层层叠叠,使劲拍打两岸。

堂内所有人的身形都随之一晃,两名年轻剑修的鞘中长剑更是不堪重负,哧哧作响,挣扎不已,作困兽之斗。

唯独崔东山纹丝不动,身后那尊法身神像更是稳如山岳。

他微微抬头,望着远处坐北朝南的寒食江神,嘴角满是讥讽之意。

大水府邸虽然临江而建,事实上府邸底下另有玄机,早已凿出深广水道,故而与寒食江气运紧密相连,本身就是一处大型法阵。虽然它不如一些顶尖仙家的护山大阵或是王朝京城的护城大阵,可道行极深的寒食江神只要位居其中,不擅自离开这块地界,就可以拥有类似一方小天地的玄妙加持。

能够破例做到这一点,除了机缘之外,跟寒食江神的奇异血统有莫大关系。

一般练气士只要跻身十境后,一旦坐镇主场,便能够坐拥天时地利人和。儒教学宫书院、佛教寺庙和道教宫观,以及兵家的古战场遗址就是那一方小天地的主人,其他修士进入其中,等于寄人篱下,就不得不入乡随俗,按照主人规矩行事。

大堂内针落可闻,气氛诡谲。

这位寒食江神能够看到门口的异象,可是其余人都蒙在鼓里,一个个只觉得丈二和尚摸不着头脑。怎么那白衣少年口出狂言之后,咱们这位水神老爷就开始发怒了?难道那个不知天高地厚的俊逸少年实则出身于与大水府邸世代交好的仙家豪阀,所以才敢如此嚣张跋扈?

水蛇精虽然已经走出放满珍馐佳酿的几案,本该将那少年擒拿,可此时也停下了脚步。没有点眼力的话,如何在寒食江神手底下当差做事,这个行事向来狡诈奸猾的水蛇精已经意识到事情不太正常。

寒食江神终于开口笑道:“来者是客,敢问有何指教?”

他悄然引来一段寒食江蕴含的江水气势,震动整座府邸的气机,试图以此来试探那尊神像的虚实。毕竟再如何眼见为实,不亲手验证一二就要在自己家里向一个外人低头,生性倨傲的他万万做不到。

一旦那尊神像法相出现丝毫波动,寒食江神不介意亲手打烂少年的脑袋。

胆敢在大水府邸装神弄鬼,骗到他头上来,不是找死是什么?

只可惜那尊神像不动如山,这让他震惊之余,迅速收敛了所有侥幸心理。

修行路上,逆流而上,应当勇猛精进不假,遇强敌则愈挫愈勇更是正理,但绝不是要修行之人死脑筋,冥顽不化,半点不知变通。

崔东山一手负后,一手虚握拳头放在腹部,仍是一副欠揍至极的嚣张模样,扯了扯嘴角,冷笑道:"你已经出手一次了,现在该轮到我了吧?"

寒食江神脸色难看。那水蛇精实在是受不了这少年嘴脸,大步向前,背对自家水神老爷,抬起一臂,驾驭一支铁锏飞掠到,尖声细气道:"忍不了,不能忍!便是老爷你事后重罚,属下也要把这小子的脑袋打得开花,再将他的脑浆收集起来,混入酒杯里的金玉液,那么琼浆玉液这个说法就算齐全了。"

寒食江神脸色阴沉:"青,不得对客人无礼,速速退回座位。"

手持铁锏的水蛇精非但没有听命行事,反而步伐更快:"老爷莫要再菩萨心肠了,恶客登门,不懂礼数,就让属下来告诉这小子,如何来做咱们大水府的座上宾!"

在寒食江神出声阻拦后,水蛇精就晓得自家老爷的真正心思了。如果真不愿自己冒犯贵客,以老爷看似内敛实则暴戾的性子,早就随手一袖子将自己打出大门外了,哪里会故意说那些虚头巴脑的客套话。

水蛇精心想,今晚运气不错,虽说让那条蠢鲤鱼抢走了头功,但是自己若是能够在众人面前给老爷长长脸,以自家老爷在外人跟前一贯出手大方的脾气,一坛子大水府特产的金玉液是跑不掉了。

这条好不容易修炼成人形的水族精怪肯定不知道,他那位赏罚分明的水神老爷这次存心是要他送死,只为了尽量合情合理地再探一次虚实。

这一下子,所有宾客都充满了好奇和期待,之前如同云遮雾绕的打机锋,让人实在提不起兴致。哪怕白衣少年只是个绣花枕头,并无后手,那么见识一下水神老爷麾下大将的杀人场景也不错。

"积土成山,风雨兴焉。"崔东山从头到尾都懒得去看那个水蛇精,笑眯眯的,像是应付学塾教书先生让背诵经典的功课,显得十分慵懒随性。只是说完这一句莫名其妙的言语后,少年神情猛然间凝重起来,从一个玩世不恭的浪荡公子哥,摇身一变,成了另一个极端迂腐的儒生,浑身散发着大义凛然的气息。

少年抬起一脚,重重踏下,大喝道:"积水成渊,蛟龙生焉!"

他身后的法相神像也随之高高抬起一脚,迅猛踩下。

寒食江神在这一刻动弹不得,连呼吸都困难,满脸惶恐,喉咙微动,想要说出求饶的软话,可一个字都无法说出口——如遇天敌。

任你修为深湛,境界高远,一旦遇上,同样毫无还手之力,只能乖乖束手待毙。

那无比威严庄重的"蛟龙生焉"四个字如春雷炸响,一遍一遍在寒食江神的耳边反复爆绽,心湖之上,更是如被人直指,掀起了一阵阵无法掌控的惊涛骇浪。

他胸口的金色团龙像是被仙人画龙点睛,竟然变成了活物一般,那件青色长袍则像是青色湖泊,金色游龙在其上疯狂乱窜,没有半点蛟龙游水的优哉游哉,只有癫狂和痛苦。半臂长短的金色蛟龙在四处乱撞的过程中,原本明亮的金色光彩逐渐暗淡无光,而且不断有金色丝线如纤细羽毛从青袍之上剥离,飘落在地上,化作灰烬。

崔东山笑着向前一步,再次抬脚:"小小池塘爬虫,也敢三番两次试探大爷我?你之前试探两次,我就两脚将你寒食江踩成三截,看你以后怎么统御大小江河十八条!"

就在少年即将第二次踩踏地面的瞬间,寒食江神屁股底下的座椅砰然碎裂,化作齑粉。这位不可一世的一江正神踉跄起身,一只手死死捂住胸口那条金色蛟龙,不让其继续像一只无头苍蝇般乱撞,另外一只手高高抬起,艰难一拍而下,嘴角满是血迹,沙哑含糊道:"忤逆命令,冒犯贵客,死不足惜!"

砰然一声,水蛇精的头颅就那么炸裂开来。

尸体倒地后,恢复真身,是一条体态纤细的斑斓水蛇。那支仙人遗物的法器铁铜坠落地面的声响,在空荡荡的大堂之上格外清脆且刺耳。

此时崔东山的脚底板距离地面还不到半寸了,寒食江神顾不得擦拭嘴角,站直身体,便要弯腰赔罪。

原本已经停下踩踏动作的白衣少年眼神熠熠,做了一个缓缓收脚的动作。

但是刹那之间,少年再次默念道:"蛟龙生焉。"

一脚踏地!干脆利落!

神像自然而然也是跟着踩上一脚。

崔东山这一脚是踩在大水府邸的青砖地面上,而他背后神像一脚下去,可就是踩在寒食江的气运之上了。

寒食江神捂住金色蛟龙的五指已经刺入胸腔之中,哪怕痛彻心扉,仍是不愿松手。

此乃他证道曙光所在,既是心志毅力之凝聚,更是心结症结所在,死也不可松手!

崔东山松开紧握的拳头,抖了抖袖子,动作无比潇洒飘逸,缓缓上前,绕过那条可怜水蛇精的尸体,抬头望向主位,抬起脚踩在那支铁铜上,嬉笑道:"这位水神老爷,是不是很意外?"

七窍流血。面容凄惨的寒食江神稳住摇摇欲坠的身形,歪头吐出一口血水,然后低垂头颅,瞥了眼胸前那条哀鸣不止的暗金色蛟龙,缓缓抬起头。这位几乎有两百年光阴不曾亲自出手杀敌的水神老爷眼神恍惚,喃喃道:"这位真仙,就不能放我一马吗?仙师再来一脚,我便与死无异了啊。"

堂内众人全然不知到底发生了什么,一个个呆若木鸡。

在他们看来近乎无敌的一尊江水正神,就这么被人玩弄于股掌之中了。

崔东山又开始无聊地左右张望,视线停留在那名军师身上,后者立即作揖行礼,甚至长久时间都不敢直腰起身。不愧是读书人出身,懂得审时度势,伏低做小。

崔东山又望向那个真身为拦江蛤蟆的胖子,后者二话不说跪地不起,使劲磕头,大嗓门喊道:"叩见真仙!"

唯独那身形魁梧的披甲鲤鱼精瞪大了眼睛,与白衣少年直直对视。

崔东山不等寒食江神出声呵斥属下,就已经率先笑道:

"宰了。我数三声。三——一!"

显然他有意要诈,明摆着要再来一脚。

这一点,他是跟某人学的。

不料那寒食江神更加杀伐果断,只见眨眼过后,他便站在了鲤鱼精身后,一只抓住后者心脏的手掌从后背一直透出胸腔。他缓缓抽回鲜血淋漓的手臂,按住死不瞑目的鲤鱼精的那颗头颅,轻轻一拨,将尸体推开,那颗心脏很快变作一颗鹅卵大小的赤红丹丸,被寒食江神往嘴里一丢,迅速咽下。

崔东山还算说话算话,悻悻然收起那只脚,笑望向灵韵派一老两小:"认不认得我?"

灵韵派外门长老慌乱起身,抱拳低头道:"先前是我们有眼无珠,还望仙师恕罪。斗胆恳请仙师去我们灵韵派做客……"

不等他说完,崔东山又开始发号施令:"那就把眼珠子挖了吧。"

下一刻,寒食江神手中便多了一双眼珠子,长老双手捧住脸庞,不断有鲜血从指缝间渗出。长老竟是使劲咬住嘴唇,拼命不让自己喊出声来。

崔东山斜眼看着那两个脸色苍白的灵韵派年轻俊彦:"算你们两个小崽子运气好,这里是黄庭国,而不是在大骊版图上。"

两名前途远大的年轻修士略微松了口气,但随后就听少年道:"但是你们运气也有不好的地方。灵韵派从掌门到一干长老几乎都是一根筋的蠢货,铁了心要效忠黄庭国洪氏,所以你们一起去死吧。"

这一次,寒食江神犹豫了。

崔东山双手负后,嗤笑道:"你们大水府邸此次设局,除了试探本地郡守是否足够聪明之外,你心怕是早就有了定论:灵韵派与黄庭国洪氏皇帝有千丝万缕的关系,属于一根绳上的蚂蚱。你不愿陪着愚不可及的灵韵派和黄庭国洪氏一起葬身于大骊铁蹄之下,才有意借此机会跟他们斩断当年的那点香火情,省得将来大骊兵马南下,洪氏覆灭之余,连累大水府邸被战火殃及。这种拙劣伎俩,也就灵韵派这种土鳖傻瓜看不透。有眼无珠,真是有眼无珠,说得好,不过还是得死。"

寒食江神脸色阴晴不定,但随即哈哈大笑,心情畅快许多,将那灵韵派三人一巴掌一个,瞬间拍烂头颅,三人竟是半点术法神通都来不及施展。

崔东山缓缓前行,走向大堂主位,其间路过两名年轻剑修,脚步不停,转头笑道:"一个是来历不正的散修,是生是死,先不急,看我稍后心情的好坏。还有一个是伏龙观掌门真人的关门弟子,身份凑合,勉强有那么点分量。让我想想,你之所以来这里,该是为了那个'宫'字吧?被我猜出答案很奇怪吗,你小子别一脸吃到屎的表情行不行?你再这样,水神老爷就要让你的脑袋开花了。"

两名剑修如坐针毡,哪里见识过这种惊心动魄的场景,这会儿当真是连想死的心都有了。

崔东山继续前行,突然停步不前,望向那名给人印象就是"谄媚"二字的文豪黄老道人,笑道:"你在竹叶亭的丙等密档上真名应该是叫唐疆,对吧?这么算来,在黄庭国蛰伏了蛮多年了,辛苦辛苦,确实没啥功劳,就只有一丁点儿可有可无的苦劳。嗯,那就拿出你刚刚收到的那封谍报,把上头布置给你的任务跟你的水神老爷一说,这下子你们哥俩才算真正是一条船上的兄弟了。"

唐疆此刻再无半点趋炎附势的神态,一身气势恬淡沉静,抱拳道:"竹叶亭丙等死士唐疆,见过……"说到最后,他有些尴尬,不知该如何称呼眼前这个喊破自己身份的大人物。

能够知晓竹叶亭这种规格机密的人,在大骊王朝内屈指可数,所以唐疆不再遮遮掩掩。何况退一万步说,如果白衣少年真是大骊死敌,他唐疆身份泄露,更是死路一条,就看是死得痛快还是痛苦了。

崔东山灰心泄气地摆手道:"算了,如今喊我什么都没啥意义。"

而后,他死死盯住那个两腿打战的一州别驾大人,一言不发。

别驾多是当地郡望权贵出身,洪氏皇帝觉得以此才能制衡外来做官的刺史,双方相互牵制,任何一人都无法形成藩镇割据的局面,这又是黄庭国的一桩怪事。

崔东山略作思量,伸手指向别驾大人,后者已经下跪磕头:"只求这位大骊仙师开恩,小人做牛做马都愿意的,若有半点假话,天打雷劈!"

崔东山用手指点了点他:"起来吧,你不用死,走出这座大水府邸后,你去找那个上了岁数的老刺史,直接问他想不想继续当刺史大人,只不过是从黄庭国的刺史换成我们大骊王朝的。如果他识相,点头答应了,自然是最好,以后你们还是同僚;如果不答应,那你就宰了他。记住了,到时候将这位老刺史的脑袋送往郡城内的秋芦客栈,去找紫阳府修士刘嘉卉,你什么都不用说,她自然会明白一切。"

谁都知道大骊南下是大势所趋,如今只不过稍稍加快了步伐而已。

崔东山看着那个眼泪鼻涕糊一脸的别驾大人,摇头道:"真是可怜,赶紧滚吧,别在这里碍眼了。"

别驾大人立即起身。

崔东山突然问道:"开心不开心?"

别驾大人吓得面无人色,一动不敢动。

崔东山挥挥手,示意那家伙赶紧滚蛋,然后不再看他,径直走向主位,一抖袖,凭空出现了一张做工古朴的白玉椅子。

他坐在椅子上,被鸠占鹊巢的寒食江神毕恭毕敬站在堂下。

崔东山眼神望向大门之外,懒洋洋道:"除了那个欺师灭祖的灵韵派修士,其余无关人等比蝼蚁还不如,麻烦水神老爷全杀了,让他们黄泉路上好做伴。"他拿起一壶酒,抬起手,晃了晃,"对了,你们要不要喝过了一杯金玉液再上路?"

堂下有人终于大声谩骂起来,有人吓得瘫软在地,有人开始狂奔逃窜。

崔东山开始仰头灌酒,一手握住酒壶,另外那只手死死攥紧,掌心传来一阵阵钻心刺痛。

一次次鞭打都打在了神魂之上,少年任由酒液倾洒,毕竟他身上还有那张避水符箓,那些酒水顺着白衣滚落地面,就像是那些在雨中歪斜的荷叶叶面。

崔东山轻轻向前抛出酒壶,背靠白玉椅,仰起头后,脸庞有些扭曲。他在心中默念道:"老头子,臭秀才,老不死的东西!老子哪怕魂魄分离,仍是崔瀺,你有本事就干脆打死我啊!是谁说人性本恶的?不正是你吗!"

他扭转脖子,像是在跟人对话,一如之前在门槛外初次露面:"我不杀你的仇人,你是不是很失望?你以为我是要为你讨回公道,没想到我比他们还要十恶不赦,是不是更失望?"

崔东山不等那魂魄给出答案,就一挥衣袖,将其残余魂魄彻底打散。

他自从在大骊边境野夫关的驿路露面后,这一路行来,怎么可能是陪着一群孩子游山玩水。

堂下杀戮四起。崔东山吃痛的那只手悄然放于腹部,无恙的另外一手则捂住嘴巴,打了个哈欠。

江山易改,禀性难移。

秋芦客栈,凉亭不远处的老水井,有个草鞋少年安安静静坐在那里,像是在等人。

他所住屋内,李槐已经呼呼大睡,桌上灯盏已熄。

先前少年收起了一张张山河形势图,有大骊南方州郡的,也有大隋版图的,都是阮秀转赠给他的。他将这些地图重新放回背篓后,坐在桌旁又开始思考同一个问题。

阮姑娘绝对不用怀疑,可是眉心有痣的少年及衙署县令吴鸢曾经一起出现在铁匠铺子。而这些地图,听阮姑娘当时的无心之语,正是县衙署慷慨奉上的。

自己一行人一路南下,野夫关外相逢,两拨人会合,一起进入黄庭国,所见所闻,神神怪怪……

最后,陈平安再一次走向凉亭,来到水井边,坐在井口等人。

大水府邸,愁云惨淡,堂下鲜血淋漓。

原本歌舞升平的一座热闹大堂,此时没剩下几个人了。

崔东山依旧高坐白玉椅,神游万里。

寒食江神站在堂下,正在以水法神通驱散满身血迹和血腥味。那些大水府妙龄婢女,无论是寒食江的落水鬼还是活人,都已被他解决干净。

君不密则失臣,事不密则失身。寒食江神威震黄庭国北部十八条江水,将这片小江山打造得铁桶一般,这么点道理,当然深有体会。

大水府邸的军师正襟危坐,既不喝酒也不吃肉,像一尊毫无生气的泥菩萨。那只身材臃肿的拦江蛤蟆神色萎靡,老老实实坐在位置上,像是被今天这桩惨案给吓到了。

大骊竹叶亭死士唐疆坐在原位,一手持筷一手持杯,吃着渐冷的佳肴,依然津津有味。多少年没有这般痛快了? 他这副腰杆如果再弯个几年,真就要彻底习惯给人当走狗孙子了,估计哪怕大骊的铁骑碾碎了黄庭国疆土,他也已经不知道如何堂堂正正做人了吧?

那个叛出灵韵派的修士虽然没死,可是已经汗如雨下。

除此之外,还有两名幸运儿活了下来——正是那两个出身迥异的年轻剑修。崔东山先前给了他们一个活命的机会:大堂上还有两头灵韵派修士留下的畜生,他二人如果能够在不用佩剑的情况下,只以本命飞剑各自斩杀一头畜生,就可以从此成为大水府的真正贵客。

崔东山甚至答应他们可以与寒食江神称兄道弟,这份殊荣,无疑会帮助两人鲤鱼跳龙门,一跃成为黄庭国北方炙手可热的权势角色。尤其是那个伏龙观练气士,之前不过是掌门真人的爱徒之一,从今往后,多半是内定的下一任掌门,无人敢争。

两名剑修皆是三境巅峰,本命飞剑的威势还十分力弱气短,与两头畜生的厮杀险象环生,只能算作惨胜,都负伤不轻,好在本命飞剑折损不多。

崔东山怔怔出神,无人胆敢打扰。

可总这么冷场也不是个事儿,寒食江神只好轻声问道:"真仙?"

崔东山回过神,看了一圈,对两名剑修说道:"既然赢了,就说明你们有资格继续行走大道。先下去养伤，大水府会给你们最好的丹药，以及提供炼剑所需的一切材料。那个野路子剑修，你以后就在大水府当一名末等供奉好了；至于伏龙观的剑修，你回去后，告诉你那个贪财好色的师父，伏龙观升宫一事，从郡州两级官场到寒食江府邸，以及某几位朝中阁老都会帮忙，在家等好消息就是了。"

两人欣喜若狂，感恩戴德地告辞。

崔东山转头对唐疆道："回去后不用画蛇添足，你和其余谍子死士继续蛰伏便是。"

唐疆迅速起身领命，刚要离去，只听那白衣少年没好气道："就不晓得顺手牵羊，拿走几张桌子上剩下的大水府金玉液？"

唐疆有些犹豫，崔东山不耐烦道："就当是大骊欠你的，不拿白不拿。"

唐疆那张毫不出奇的脸庞上没来由绽放出一股异样神采，抱拳转身，大踏步离去。跨过门槛后，背对着主位上的白衣少年，这个男人高高抱拳，始终不敢转身，红着眼睛望向远方，朗声道："这位大人，大骊从不欠唐疆分毫！哪怕只能远远看着我大骊蒸蒸日上，国势鼎盛，啧啧，这份滋味，好过那金玉液何止千百倍！"

崔东山笑骂道："哟呵，这马屁功夫还真有点炉火纯青啊。只可惜老子不吃这一套，滚滚滚。"

门槛外，那个早已不再年轻的大骊男人，在异国他乡，脚下生风，放声大笑。

崔东山望着空落落的大堂，说道："我姓崔，来自大骊京城。"

蛤蟆精一脸茫然，寒食江神微微发怔，只有军师火速起身，恭谨作揖道："拜见国师大人！"

寒食江神满怀震惊，心悦诚服道："原来是大骊国师亲临寒舍。"

后知后觉的拦江蛤蟆再一次匍匐在地，只管磕头，砰砰作响，诚意十足。

崔东山问道："那名魏姓郡守有无隐藏的背景？将来会不会成为一块拦路石？"

寒食江神摇头道："那魏礼只是黄庭国南方寒族出身，官场上并无大的靠山，否则也不至于在本郡与我如此虚与委蛇，只能拗着自己的那股子书生意气来奉承大水府。"

崔东山一手托着腮帮，一手屈指敲击椅把手，缓缓道："大骊之前吞并北部各国，讲究一个势如破竹，不降者杀无赦，宋长镜率军屠城、挖万人坑的事情没少做，这是立威。可是接下来南下就不能这么一味痛快了。黄庭国是第一个较大的拦路石，所以不能搞成一个千疮百孔的烂摊子，毕竟整个东宝瓶洲观湖书院以北、大骊野夫关以南的王朝邦国都盯着事态的发展呢。魏礼这种忠臣孝子以后会越来越多，关键就看是魏礼这拨人占据一个国家的庙堂要津更多，还是那位别驾之流更多了，不同的情况，大骊边军的攻势就会有轻重、急缓之别。"

堂下军师微微点头，崔东山突然望向他："你来评点一下魏礼。"

军师笑道："魏礼很聪明，又不够聪明。如果真的足够聪明，就不会在之前的风波里试图捣糨糊两边讨好，既想着良心上过得去，又想着官运亨通。天底下可没这样的好事，至少在我大水府辖境内不会有。"

他伸手指了指那个战战兢兢的灵韵派叛徒："此人被我稍稍威逼利诱……"

崔东山打断他的话，笑道："稍稍？这话说得轻巧了，毕竟一样米养百样人，可不是谁都能够像你隋彬一样对旧国忠心耿耿，铁骨铮铮，大义当前，慷慨赴死，不但自己死，还要拉着全家人一起死。"

隋彬脸色如常，抱拳道："国师大人谬赞了。"

崔东山抬抬手，示意隋彬继续先前的话题。隋彬娓娓道来："本郡作为大水府的老巢，这几百年里发生了那么多事情，比如我们暗中让大水决堤，致使某郡发生旱涝灾害等等，不但那姓魏的心知肚明，之前那些刺史和郡守其实未必就没有怀疑，只是一直没有铁证，加上忌惮水神老爷的威势，这才一直相安无事。只说那郡守官邸的档案库，走水了很多次，大火烧掉的东西，上边写了什么内容，反正我们大水府肯定是不愿意公之于众的，倒不是怕什么官府围剿，只是传出去名声不好听罢了。"

说到这里，他转头望向寒食江神，微笑道："咱们老爷，还是爱惜羽毛的。"

寒食江神气笑道："你这隋彬，就这么挖苦自己的救命恩人？当年你的残余魂魄游荡在河水之上，若不是我将你的阴魂收起，重塑身躯，你这会儿都不知道投胎多少次了。"

隋彬不过是笑着做出讨饶状，竟是半点不怕一方水神的滔天威势。

他弯腰拿起酒杯，喝了口酒，这才重新说道："那魏礼有野心又有本事，靠自己走到郡守高位，还愿意低头隐忍，这样的人，一旦脱离掌控，当了刺史，以后入京高升为一部主官，尤其是礼部，成了黄庭国皇帝的嫡系心腹，加上早年在地方上积攒了一肚子委屈，就不怕他一发狠，矛头一转，对准我们这座大水府邸？所以我告诉水神老爷，这种官员可以用，但只要此人心胸之中还有一口……正气，就绝不可大用。"

崔东山斜眼看着他："好一个诛心。你如果当年不是做官，而是去山上修行，说不定有希望跻身第十境。"

隋彬洒然笑道："世间苦无后悔药啊。"

崔东山站起身，抖了抖袖子，从袖口中滑出半截香，这让堂下的人神妖鬼感到纳闷：这位以少年形象现世的大骗国师，此举是葫芦里卖什么药？

崔东山将那一截燃烧大半的香火立在空中，悬停静止，然后打了个响指。

香火点燃，烟雾袅袅。

那些烟雾并未消散于空中，而是缓缓凝聚成一名年轻女子的曼妙身形。

隋彬脸色剧变，终于无法保持先前的止水心境："怎么可能？"

寒食江神眯起眼，眼角余光打量着心腹军师，虽然惊讶少年国师的玄妙神通，但更多还是隔岸观火的轻松心态。

女子身形逐渐稳固，面容愈发清晰，最终飘落在堂下，是横山那座青娘娘庙中所祭祀的女子，曾经跟林守一下过棋，最后被崔东山要求于禄敬了一炷香。

须知崔东山是连小镇杨老头都要由衷称赞一句"精通神魂之术"的人，因此必然是他以独门秘术将那女子"偷"了出来。这种不被朝廷认可的淫祠神祇，尤其是女子，神位极其低微，道行浅薄，一般情况下，是绝无可能擅自离开地界的。

隋彬蓦然大怒，脸色愈发铁青，伸手指向那女子，手指颤颤巍巍，儒雅脸庞变得极其狰狞："不知廉耻的孽障，你还有脸面离开横山？忘记你的誓言了吗？真是孽障，负家国负忠孝，万般辜负的孽障！"

年轻女子看到隋彬后，满脸惶恐惊惧，怯生生道："爹……"

喊出这个字眼后，她便羞愧难当，掩面哭泣起来，可怜无助。

崔东山盘腿坐在椅子上，幸灾乐祸道："意不意外？"

他随即转头望向寒食江神，哈哈笑道："我看过一本《蜀国琐碎闻》，其中就写到了横山青娘娘庙，说携带家眷的某位前朝大臣在横山古柏那里殉国自尽，家眷不愿跟着一起死，便逃光了，只有小女儿跟着父亲提剑自刎，鲜血抛洒到古柏树上，魂魄得以寄居其中，最后成了横山的青娘娘。这故事可歌可泣，可歌可泣啊。"

寒食江神挑了一张空位坐下，笑道："讹传罢了，事实与传闻刚好相反。当隋彬决意在那座小庙不再逃亡，要以死明志后，举家便跟随这位亡国侍郎自尽而死，女眷大多悬梁，其余不乏撞墙、吞金的，唯独小女儿不愿死，跑出小庙之外，被隋彬追上，一剑刺死在了古柏树下。她成为一个怨灵，不过一点灵光不散，死后还算良善，对凡夫俗子多有阴荫庇护，这才得以在那本《蜀国琐碎闻》上有了好名声。

"后来，她父亲成了我麾下的鬼魅，在我的推荐下，当上了横山附近一条河流的河伯。不知是隋彬心生愧疚还是怎的，暗中找人修建了一尊泥塑金身，他女儿那原本已经快要被罡风、烈日冲散魂魄的怨灵这才得以存活至今。"

崔东山啧啧称奇，隋彬怒意更甚："禽兽不如！我隋彬一生光明磊落，我隋氏家风纯正三百年，最后怎么会有你这么个孽障！"

崔东山恢复身体歪斜、手托腮帮的懒散姿态，看着堂下那对父女反目成仇的凄凉画面，突然说道："隋彬，差不多就可以了。"

隋彬震怒之下，顾不得少年是什么国师不国师的了，反驳道："我隋彬管教女儿，有何不妥？"

崔东山淡然道："因为我觉得够了，这个理由如何？"

"隋彬，不得无礼！你再敢多说一个字，我就打烂你的牙齿！"

寒食江神在今晚是第一次主动为属下求情，再次起身，低头祈求白衣少年："恳请国师大人不要跟隋彬一般见识。"

崔东山跳下椅子，伸了个懒腰："走了走了，再不回去就要被人猜疑喽。"

他绕过大案走下台阶，双手拢袖，对那始终不敢抬头见人的女子嘿嘿笑道："别听你爹的混账话！你这般岁数的柔弱女子可不就是学学琴棋书画啊、春心萌动就躲在闺楼上偷偷想一想情郎啊才对嘛。什么山河破碎、家国覆灭啊，本来就是你爹这样的男人没用处。所以是他隋彬臭不要脸，竟然还好意思拉着你一起陪葬，你羞愧什么？应该是你爹羞愧得上吊自杀才对。放心，以后有水神老爷罩着你，你爹骂你一句，你就让水神老爷抽他一巴掌。"

隋彬呆若木鸡，寒食江神一阵头大。

女子壮起胆子抬起头，飞快看了一眼她爹的面容，便又垂下头颅，呜咽起来，小声道："爹，是女儿不孝。"

崔东山气得快步走去，一巴掌拍在女子脑袋上，笑骂道："你个没出息的。"

寒食江神眼见着这位大骊国师就要离去，赶紧尾随其后，轻声问道："国师大人今夜不在这里休憩？"

崔东山说道："这么大杀气，我害怕。"

寒食江神哭笑不得。

走到门槛的时候，崔东山先看了眼两两无言的父女，才对寒食江神说道："你运气比她好多了，有个不这么迂腐刻板的亲爹。"

寒食江神愈发低眉顺眼："国师大人已经见过我父亲了？"

崔东山点头道："他老人家还请我们吃了几顿山野时令佳肴。说实话，比你这大鱼大肉搭配庸脂俗粉要好太多了。"

寒食江神笑道："我岂敢跟父亲相提并论。"

崔东山停下脚步，拍了拍这位水神的肩膀："我那两脚的折损，等到大骊吃了黄庭国，只会补偿你更多。那张白玉椅子，对你们这一族还算有点用处，送了了。"

低头弯腰的寒食江神沉声道："愿为国师大人效死！"

崔东山显然并未当真，让寒食江神不用相送，独自走出大水府邸，跃入寒食江之中。不见他的手脚有任何动作便能够灵活游弋，身姿飘逸，像一条上古时代就生活在占蜀国版图上的白色蛟龙。

他最后顺着水流来到老城隍旧址的那口水井底下，没有立即去往近在咫尺的秋芦客栈，而是停下了身形，长时间一动不动，双手负后，站在井中抬头观天。

井口突然有人开口询问："你怎么不上来？"

崔东山笑道："我不敢。"

陈平安道："你上来。"

崔东山摇头道："我不。"

陈平安心平气和道:"我们好好聊聊,先讲道理,不会一开始就打打杀杀。再说了,我就会那么一点蛮力,真要打架,打得过你崔东山?"

崔东山使劲摇头:"我就不!"

陈平安皱眉道:"为什么?"

崔东山大声道:"我怕热,井底下凉快些。"

陈平安深吸一口气,站起身,绕着古井缓缓而走。

下边很快传来声音:"陈平安,你别装了,你不认我是学生,可我认定你是我先生啊,所以我打不能打你,杀不敢杀你,一旦你执意要动手,我肯定吃闷亏。还有,你那一身杀气都快装满这口老井了,我这要是还上去挨揍的话,我傻啊?"

崔东山笑呵呵说着话,脚踩在微漾的水面上,伸手摸向老井内壁,幽绿青苔柔滑冰凉。

虽然嘴上的言语轻松随意,可是他此刻的心情一点都不惬意,简直比起在大水府邸装大爷更加耗费心神和所剩不多的家底。因为从江底沿着地下水来到井底后,他第一次意识到,上边那个姓陈的小子竟然真的能够威胁到他的性命。虽然不清楚陈平安隐藏了什么惊世骇俗的手段,但是他的直觉一向很准。

陈平安脚下在绕圈子,但是不愿跟那家伙兜圈子,直截了当问道:"那些出自县衙署的形势图,你是不是让县令吴鸢偷偷动了手脚?"

崔东山喊道:"喂喂喂,陈平安,你说什么,我听不太清楚。"

陈平安点头道:"那就是了。"

崔东山顿时急眼了:"啥?还有这样的道理?"

陈平安道:"我只问你一个问题,你会不会伤害李宝瓶他们?"

崔东山没有直接回答这个问题,而是反问道:"我说了答案,你会相信我吗?"

陈平安毫不犹豫道:"不会。"

崔东山气得跳脚:"那你问个屁啊!"

上面的少年不再说话,崔东山竖起耳朵听了听,没有动静,顿时有些慌张,一肚子委屈,神情悲壮,心想:他娘的,真是虎落平阳被犬欺啊,换成今夜大水府邸,随便拎出一只蝼蚁丢在你陈平安面前,你再这么嚣张试试看。

只可惜人在屋檐下,不得不低头啊。崔东山赶紧伸长脖子嚷嚷道:"陈平安,陈公子,陈兄弟,陈大爷,陈老祖宗!您死活不乐意当我的先生,不当就不当,可是我们无缘无故又无冤无仇的,能不能别这么不讲道理?不讲情分的话,咱俩稍微讲一点江湖道义也行啊!"

上面终于有了回应:"我答应过齐先生,要把他们安全送到大隋书院。"

崔东山彻底沉默下去。水井旁,在这句话过后,亦是无声无息。

陈平安一直不信任崔东山，对他戒心很重。

姓崔的从一开始就心怀叵测，这点毋庸置疑，瞎子都看得出来。

比如这次，姓崔的先以那座城隍庙为引子，水到渠成地牵扯出秋芦客栈，看似好心好意，实则用林守一的修行抛出诱饵，让他陈平安主动要求寻找老城隍旧址。

出了大骊野夫关后，这一路上，相较之前的磕磕绊绊，实在太过顺遂。林守一安心修行，李槐就是没心没肺的，李宝瓶虽然嘴上不说什么，可是朱河、朱鹿这对父女的事情让她有些受伤。而且她一路行来，是负笈游学最名副其实的一个，经常会思考一些稀奇古怪的问题，而且相较已是练气士的林守一以及天赋异禀的李槐，李宝瓶才是求学路上最吃苦头的那个人。

至于谢谢和于禄，本就是崔东山带入队伍的，另当别论。

陈平安虽然一天到晚比谁都忙碌，除了照顾三人的衣食住行，赶路的时候需要不断走桩练拳，空闲的时候就以立桩剑炉滋养身躯、缝补漏洞，但是不管是在棋墩山的厮杀之中，还是面对朱鹿在红烛镇枕头驿的阴险刺杀，或是遭遇嫁衣女鬼楚夫人后的身陷险境，以及之后黄庭国的跋山涉水，陈平安始终没有忘记一件事：护送李宝瓶三人去往大隋求学。

今夜在凉亭，林守一离开之前提醒了一句，说崔东山此人想要从他陈平安身上索取的东西不一定非是实物，可能是一些很大很空的东西，涉及修行之人的大道。

李宝瓶也曾无意间说起过姓崔的下棋很厉害，她和林守一最多推算后边几步棋，但是姓崔的可以计算得很深远，远到让她、林守一、谢谢和于禄都无法想象，很可能在起手的时候就想到了中盘，甚至是收官。

陈平安在林守一离开凉亭后，看着那口老井，越来越觉得心结难解。

他想来想去，非但没有捋清楚脉络，反而脑子里一团乱麻。最后他实在没办法，开始尝试着把所有烦琐复杂的事情都暂且搁置，把一切都倒推回最开始的地方。

比如说家乡小镇，又比如说第一次见面。

然后陈平安想起了一个局外人——县令吴鸢。

有县令就会有官署，而他身上那一张张大大小小的形势图，真正的来源，是那座衙署，而不是阮秀姑娘。

陈平安回到屋子后，开始摊开那些地图，这一看就是整整一个时辰。

依然找不到确切的真相，但是隐约之间，陈平安看到了一条线。

这条线在各幅地图上加在一起，兴许都不足一丈长度。

但是这点长度，却让陈平安他们辛辛苦苦走了这么久。

崔东山举起双手："怕了你了。我对天发誓行不行？我崔东山保证不会伤害李宝瓶、李槐、林守一他们三个小屁孩！"

"崔东山,"陈平安犹豫片刻,"你是认真的?"

崔东山胸脯拍得井口都能听到响声:"相信我一回!"

就在此时,一个清脆嗓音欢快响起:"小师叔!你果然在这里!"

李宝瓶一个迅猛冲刺,呼啦啦飞奔到凉亭,一个起跳飞跃,两条纤细胳膊在空中使劲摆动,咚一声,双脚几乎同时落地,笔直站在凉亭外,身体歪来倒去,摇摇晃晃,最后站定,看看离着老水井还有点距离,继续飞奔。

陈平安张了张嘴巴,啼笑皆非,快步向她走去,问道:"怎么,睡不着?"

李宝瓶老气横秋地叹了口气:"那个谢谢睡觉打呼,吵得很。"

陈平安笑着不说话。

李宝瓶立即老实说道:"好吧,我承认她睡觉不打呼,是我自己做噩梦吓醒了。"

陈平安转头瞥了眼水井口,收回视线后,笑问道:"做了什么噩梦?"

李宝瓶摇头道:"我从小就几乎每天都做梦,可醒来后,从来不记得做了什么梦,只记得大概是好梦还是噩梦。"

陈平安拉着她走回凉亭坐下。

李宝瓶滔滔不绝道:"小师叔,我们离开小镇,走了快有小半年,根据地图显示,路程已过大半。时间过得真快啊,比我跑得还要快了,对吧? 唉,大隋如果在咱们东宝瓶洲的最南边就好了,我还能跟小师叔看看大海的光景。小师叔,你说铁符江、绣花江的江水就那么大了,那么大海该是多大的水啊!听我大哥说那边有座老龙城,在城头上朝南边望去,那浪头高到十几层楼。你说吓不吓人?"

陈平安笑道:"如果走到那么远的地方,要磨破很多很多双草鞋。不过我们这次是去山崖书院的,听说到了大隋境内,山路就很少了,到时候你们就不用再穿草鞋了,都买舒适的靴子穿。"

李宝瓶低头看了眼自己脚上的厚实草鞋,抬起头,咧嘴笑道:"到时候我跟小师叔穿一样的靴子,就是大小不同而已。我们说好了啊。"

陈平安打趣道:"怎么,嫌弃小师叔不穿靴子,继续穿草鞋,到时候给你们丢人?"

李宝瓶一脸惊讶,瞪大眼睛:"哇,小师叔你如今都会跟人开玩笑了!"

陈平安愣了愣。

李宝瓶坐在长椅上,晃荡着那双踩着小草鞋的脚丫,仰起头,无意间发现檐下挂着一串小风铃,没来由说道:"小师叔,我总觉得先生在想念我们。"

陈平安点点头。

李宝瓶脑袋靠在朱漆亭柱上,闭上眼睛,侧耳聆听。

仿佛是世间最后一缕春风吹动着檐下铃铛,叮咚叮咚叮叮咚……

李宝瓶等了很久,结果都没能等到第二串风铃声,猛然间跳下椅子飞奔离去,一边跑一边转头挥手："小师叔,我先去睡觉啦!"

陈平安笑着摆了摆手,然后返回老水井那边。

崔东山始终待在原地,既没有从井底离去,也没有出现在井口。

第十章
请破阵

龙泉县西边山脉绵延，其中有一座山头叫落魄山。一个名叫傅玉的文秘书郎，作为县令吴鸢的头号心腹，之前在县城与外人起了纷争。吴鸢不愿在这个关头节外生枝，更不希望有人拿此做文章，便让傅玉负责盯着落魄山山神庙的建造，事实上算是避风头来了。在一个月明星稀的深夜，这名大骊豪族出身却沦为浊流胥吏的京城年轻人，独自一人找到了一个在落魄山搭建竹楼的奇怪家伙。

那家伙看到傅玉后，笑问道："不应该是那位崔国师的学生吴县尊亲自来找我吗？"

傅玉脸色淡然，开门见山地解释道："吴鸢是娘娘安插在他先生身边的棋子，而我是国师大人安插在吴鸢身边的棋子。"

俊朗的外貌，世家子的风范，漠然的眼神，再加上冷冰冰的措辞，与傅玉在衙署一贯给人的温文尔雅的印象有着天壤之别。

傅玉一语道破天机后，伸出一只手掌，摊开在对方眼前。

魏檗从傅玉手掌中拿起一枚黑色棋子，伸手示意傅玉坐在一把竹椅上，满脸笑意："明白了。那么咱们就一个漫天要价，一个坐地还钱，在这明月清风之下，行蝇营狗苟之事？"

傅玉看着这位昔年的神水国北岳正神，点了点头，对于魏檗的冷嘲热讽，没有恼羞成怒。他坦然坐在小竹椅上，转头看了眼夜色里远未完工的竹楼。竹楼不大，耗时已久，却只搭建了一半还不到，因为魏檗并未花钱雇用小镇青壮男子，也不愿意跟龙泉县衙署打招呼，借调一拨卢氏刑徒，始终亲力亲为。

如今只有落魄山在内的几座山头不设山禁，樵夫村民依然可以进入落魄山砍柴。其余山头都有各路神仙在让人打造府邸，热火朝天，每天山头上都会尘土飞扬。

传言落魄山有深不见底的山崖石穴，周边可以看到一条巨大的碾压痕迹。在落魄山建造山神祠庙的衙署胥吏和青壮百姓，很多人都说看到过一条身躯粗如井口的黑蛇经常会去溪涧那边饮水，见着了他们，那庞然大物既不畏惧退缩，也从不主动伤人，自顾自汲水完毕、游弋离去。

魏檗给自己打造了一柄精致素雅的竹骨纸扇，坐在竹椅上，跷着二郎腿，轻轻扇动阵阵清风。

今年整个夏季几乎没有几天酷暑日子，如今就要入秋，让人措手不及。仿佛是李宝瓶在地上跳着炭笔画出来的方格，一下子就从春天跳到了秋天。

傅玉犹豫了一下，先说一句题外话作为开场白："虽然阵营不同，可吴大人是个好人，以后更会是一个好官。"

魏檗满脸不以为然，笑了："那也得活着才行。"

傅玉脸色有些难看。

魏檗对此故意视而不见，竹骨纸扇缓缓摇动，山风徐徐而来，他鬓角发丝被吹拂得飘飘荡荡，真是比神仙还神仙。魏檗懒洋洋道："我手里头能拿出来做交易的东西就那么点，不如你先说说看我能得到什么。"

傅玉深吸一口气："成为大骊北岳正神！"

魏檗神色从容，微笑道："如果我没有记错的话，你们的北岳正神在那场大战之后依然安然无恙啊。大骊皇帝总不可能随随便便就拿掉这么一个重要的神位吧？"

傅玉放低嗓音："之前陛下提议将此处的披云山升为新的大骊北岳，后来被搁置，但是近期有了新的进展，陛下决定大刀阔斧地推进此事。"

魏檗问道："当真？"

傅玉点头："当真。"

魏檗玩味笑道："是不是仓促了些？别说大隋高氏，你们大骊连黄庭国都还没拿下，就开始把北岳放在一国版图的最南端了？"

傅玉沉默了。他嘴巴很严实，绝不轻易评价皇帝陛下的决定。

魏檗收起折扇，思考许久，感慨道："大骊画了这么大一个饼给我啊。"

他站起身，用折扇拍打手心，转头瞥了眼竹楼。

"哈哈，你们大骊皇帝眼光真不错，我魏檗可是被阿良捅了一刀还能够活蹦乱跳的存在。所以当这个北岳正神，绰绰有余。"

最后，他凝视着傅玉，眯眼道："好了，你可以说说看，到底要我做什么？"

这一刻的魏檗，不再是那个在棋墩山石坪初次露面的白发苍苍土地爷，也不是那个手捧娇黄木匣的俊美青年,更不是那个在山路上与某个少女擦肩而过的可怜人。

傅玉有些紧张,因为眼前这位,极有可能是未来整个东宝瓶洲最有分量的北岳正神,没有之一。

红烛镇往西两百多里的绣花江上游,江水中央有一座小孤山,俗称馒头山,山上土地庙的香火只能算凑合。

一个五短身材的汉子"走出"那座掉漆严重的泥塑神像,落地后,伸手从香炉里拎起一个朱衣童子,才巴掌高度,是这座土地庙硕果仅存的香火童子。汉子将他放在自己肩头,开始向外走去。江水滚滚,汉子直接踏江而走。

睡眼惺忪的朱衣童子趴在肩头,破口大骂:"你大爷的,干吗打搅大爷睡觉?之前那趟围剿无功而返,你整个人就有点怪怪的,是不是见过了诱人的红烛镇船家女,又没钱睡她们,把你给躁的?"

汉子难得没有拾掇这个嘴欠的香火小人,语气沉闷道:"我们去红烛镇找到那条鲤鱼精,送给他一颗来自骊珠洞天的蛇胆石,他很快就会成为冲澹江的水神。你要是愿意,以后就跟他混好了,水神祠庙的香火,怎么也比我这屁大的土地庙要旺盛……"

朱衣童子先是错愕,然后大怒,跳起身来,一巴掌一巴掌狠狠打在汉子脸颊上。只是对方好歹是一位货真价实的土地爷,这种程度的拍打对他来说无异于挠痒。这个香火小人一边蹦跳一边破口大骂道:"你大爷的,不许侮辱大爷我!"

朱衣童子最后颓然坐在汉子肩头,伤心哽咽。

汉子咧嘴笑道:"不愿意去享福就算了,喜欢留在家里受罪,就继续在这混吃等死好了,我才懒得管你。"

朱衣童子闻言后立即擦拭眼泪,破涕为笑:"金窝银窝不如自家草窝嘛。对了,你可别误会,我对你和那座破庙没有半点留恋,大爷只是舍不得那只香炉!"

汉子不置一词。

朱衣童子沉默片刻,轻声问道:"你是咱们州任职土地爷最久的,好些跟你辈分相当的昔年同僚,如今最差也是城隍爷了。你明明跟他们关系不差,好多人想要来拜访,你为何死活不愿意见他们?"

汉子显然不愿提起这一茬,沉默不语。

跟他相依为命的朱衣童子却不愿就此放过自己主人,喋喋不休道:"咱们的邻居,那个绣花江骚婆娘,每次偷偷看你,一双眼眸春水汪汪的,连大爷我都快把持不住了,你为何偏偏如此铁石心肠?她手底下那些虾兵蟹将若是晓得你也是有这么些关系的,哪里敢成天欺负咱们。只要是通了灵性的水族,有事没事就往咱们这边吐口水,气死老子了!害得我每次去城镇逛荡,族类从来都不爱带我玩,嫌弃我出身差,是穷光蛋泥腿子。都怪你!"

汉子心情不错,笑道:"子不嫌母丑,就你废话多。"

朱衣童子翻了个白眼,气哼哼道:"这些年我也听了许多小道消息,有说是你当初惹恼了大骊京城礼部的大人物,人家拖家带口来烧香祭祀的时候,你不好好供奉起来也就罢了,还对他们很不客气。还有说是你祸害了某个仙家府邸的黄花闺女,使得情关难过,耽误了大道,门派掌门就给大骊朝廷施压,要你守着破庙当一辈子的土地爷。再有……"

汉子笑道:"行了行了,陈芝麻烂谷子的糊涂账,我都已经忘了,你瞎猜什么,皇帝不急太监急的。"

朱衣童子一个蹦跶就是一耳光甩在汉子脸上:"你说谁太监呢?"

汉子对于小家伙的以下犯上不以为意,突然从怀里掏出一颗晶莹剔透的嫩绿石子放在肩上:"这就是传说中的蛇胆石,让你见识见识。水族,尤其是蛟龙之属的水族,一旦吞食下腹,只要能够撑着不死,修为境界就能够突飞猛进,而且没有后患,等同于仙家一等一的灵丹妙药。"

朱衣童子赶紧双手扶好那块"半人高的巨石",好奇地问道:"谁给你的?为啥他不直接送给化名李锦的那条锦鲤?"

汉子摇头道:"当时懒得问,现在懒得猜。"

朱衣童子双手捧脸,欲哭无泪:"苍天老爷啊,我怎么摊上这么个不知上进的主人啊!天可怜见,作为补偿,赏给我一个活泼可爱、国色天香、知书达理、出身高门的小姑娘做媳妇吧!"

汉子取走蛇胆石,打趣道:"就凭你?下辈子吧。"

朱衣童子怒气冲冲地爬上汉子的脑袋,坐在乱糟糟的头发之中,安静了片刻,就开始扭来扭去。

汉子问道:"你干啥?"

朱衣童子气呼呼道:"你刚才的话太伤人了,我想拉泡屎在你头上。"

"三天不打,上房揭瓦!"汉子一怒之下,抓起小家伙,就往对岸猛然丢掷出去。

朱衣童子在空中翻滚,欢快大笑:"哇哦,感觉像是仙人在御剑飞行啊!"

踏江前行的汉子气笑道:"小王八蛋玩意儿。"

一道滚滚黑烟从地底涌出,出现在悬挂"秀水高风"匾额的恢宏宅邸前,凝聚成人形。原本死气沉沉的大宅,千百盏灯笼同时亮起,红光冲天。

一名脸色雪白的女子从府内飞掠而出,悬停在匾额之前,厉色怒容道:"你还来做什么?怎么,先前你失心疯,差点坏我山根水源,是没打过瘾还是如何?"

不知为何,楚夫人已经不再穿那件鲜红嫁衣。

阴神说道:"你想不想离开此地?如果想的话,你需要付出不小的代价,比如换我来做这座府邸的新主人。"

楚夫人一手捧腹大笑:"失心疯,你这次是真的失心疯了。"

阴神面无表情道:"你知道我不是在开玩笑。你就不想去观湖书院,从湖底打捞起那具尸骨?就不想寻找蛛丝马迹,为他报仇?已经拖了这么多年,再拖下去,估计当年的仇人都已经舒舒服服地安享晚年,然后一个个陆续老死了吧?"

楚夫人骤然沉默,之后问了一个关键问题:"就算我愿意交出此处,你凭什么让大骊朝廷认可你的身份?"

阴神敷衍答道:"我自有门路,无须夫人操心。"

悬浮空中的楚夫人转身望向那块匾额,又转头望向远方的山路。

曾几何时,就在那里,有名身材瘦削的读书人,在雨夜背负着一只破旧书箱蹒跚而行,兴许是为了壮胆,他大声朗诵着儒家典籍的内容。

进京赶考的穷书生,他的眼神很明亮。

楚夫人飘然落地,问道:"这块匾额能够不更换吗?"

阴神点头道:"有何不可?至多百年,我就会将这座府邸原封不动地还给夫人。"

楚夫人缓缓前行,与阴神擦肩而过,就这样走向远方。

她自言自语道:"山水相逢,再无重逢。"

又转头笑道:"府邸枢纽就在匾额。我已经放弃对它的掌控,之后能够取得几分山水气运,就看你自己的本事了。"

阴神疑惑问道:"你不恨大骊王朝?他们为了让你继续坐镇此地气运,故意对你隐瞒了实情。"

楚夫人一言不发,飘然远去。

黄庭国北方山林之中有一座别业,虽山水险峻,但由于附近的江畔山壁之上有晦涩难解的摩崖石刻,每一个字都大如斗笠,使得游人不断。加上这栋宅子修建了一条可供马车通行的宽阔山路,所以算不得人迹罕至,时不时就会有人路过借宿或是休息。

别业主人是一个精神矍铄的古稀老人,身份相当不俗,是黄庭国的前任户部侍郎。老人一向好客,无论登门之人是达官显贵还是乡野樵夫,都会热情款待。

今夜月圆,山林和江水之上铺满月辉。一个提着一盏昏黄灯笼的老人,腋下夹着一本泛黄古籍,独自从宅院走出,下山来到并无一艘野舟渡船的渡口,从袖中掏出一件拇指长短的小木舟模子,轻轻抛向小水湾中。在距离水面还有一丈高的时候,小木舟突然变大,最后变得与寻常舟船无异,轰然砸在水面,溅起无数水花,在寂静深夜里,声势尤为惊人。

老人登上小舟，却没有木桨可以划水，便抬起手中灯笼，松开手指后，去抽出腋下书籍。那盏本该坠落的灯笼诡谲地悬停在空中，散发出柔和的洁白灯光。

老人盘腿而坐，一手捧书一手翻书，小舟自行驶出小水湾，去往水流相通的大江。他翻书的速度极其缓慢，今夜的江水破天荒地格外平静，小舟几乎没有任何晃动。

当他乘舟来到那处石壁下，才抬起头，望向那些无人能解开谜底的古老文字。

准确说来，其实有人在不久之前给出正确答案了，是一名大骊王朝的白衣少年，看着不过十五六岁，却能够一语道破天机，说那是"雷部天君亲手刻就，天帝申饬蛟龙之辞"。哪怕老人见过了无数次春荣秋枯，那一刻内心仍是惊涛骇浪，只是脸上没有流露出来而已。

老人收回视线，心情复杂，微微叹息一声。

树欲静而风不止。

被一叶扁舟压着的大江水面之下，所有鱼虾蛇蟹龟等一切水族活物，几乎全部匍匐在江底，瑟瑟发抖。

老人收起灯笼和书籍，人与舟一起沐浴在静谧月色里。他又变出一只酒壶，不急于马上喝酒，而是环顾四周，唏嘘道："吹灭读书灯，一身都是月。"

"古来圣贤皆寂寞，唯有饮者留其名。喝酒喝酒！"老人哈哈大笑，开始饮酒，一口接一口。小小酒壶瞧着不过一斤半的容量，但是老人已经喝了不下百口酒。

最后老人喝得酩酊大醉，脑袋晃晃悠悠，随手将那酒壶丢入大江，便向后倒去，扑通一声，直接躺在小舟之内呼呼大睡。

小舟继续逆流而上。突然，小舟头部微微上翘离开水面，然后整条小舟就这样离开了大江，向高空飘荡而去，越来越高。

小舟穿破了一层又一层云海，大江早已变成了一根丝线，整个黄庭国变成了一粒黄豆，东宝瓶洲变成了一寸瓶。

当老人悠悠然醒来，已经不知小舟离开大地有多远，距离天穹有多近。

小舟轻轻摇晃，又来到一条大河，只是不同于人间，这条大河仿佛没有尽头，群星璀璨，无比绚烂。

老人神色悲怆，嘴唇颤抖，喃喃道："酒呢？"他重新躺下，闭上眼睛，像是记起了最不堪的回忆，满脸痛苦，一遍一遍重复呢喃，"我的酒呢，我的酒呢，酒呢……"

醉后不知天在水，满船清梦压星河。

一名潇洒儒士站在大江畔的石崖之上，等待那一叶扁舟的返回。

此人正是观湖书院的崔明皇，作为东宝瓶洲最著名的两大儒家君子之一，他曾经亲身参与过骊珠洞天收官。他在收到两封密信后就赶来此地,要跟国师崔瀺和小镇杨老头一起,与这条老蛟做笔买卖。

因为大骊如今拥有世间最后的半条真龙。

这是最大的筹码,其实也是唯一的筹码。

老城隍旧址,秋芦客栈。

井口和井底,站着两名貌似年龄相近却身份绝对悬殊的少年。

陈平安轻轻跨上井口边沿,微微前倾,望向幽幽的水井底下,喊了一声:"崔东山。"

崔东山双手负后,仰起头,笑眯眯道:"怎么,终于想通了?"

陈平安继续说道:"我们第一次见面,你自称什么来着?"

一瞬间,崔东山猛然警觉,头皮发麻,心湖沸腾。

紧接着,一条雪白虹光从井口撞入井底!

剑气如瀑布倾泻,布满整个水井。

这副皮囊正是血气方刚的年纪,多少影响到崔瀺的一部分心性,加上古井之内,身体往下沉入水底的速度注定快不过剑气临头,他早已退无可退,便也没有半点退缩,一手在身前掐诀,一手掌心朝向井口,祭出了一份可谓压箱底的保命符。

只见少年洁白如玉的掌心出现一面镜子,镜面仅比井口略小一圈,镜面之上散发出一层淡黄的光晕。

有些白虹剑气顺着镜面边缘,流泻而下,井水瞬间蒸发干净。

整个镜面则挡住了绝大部分剑气,一撞之下,镜面绽放出绚烂的刺眼电光。

砰一声,崔东山身形往下一坠,下落半丈有余,整条手臂颤抖不已,然后被剑气镇压得慢慢弯曲起来,最后手掌逐渐下降到与脑袋持平。

他的脑袋开始歪斜,转为用肩头扛起古镜,同时用双手使劲托住镜子下方。

脑袋可以歪斜,可若是镜子倾斜,被剑气浇灌一身的话,那么就不只是被烧掉一具价值连城的无垢身躯这么简单,而是自己这个"少年崔瀺"也要就此身死道消,世间只留下那个大骊国师崔瀺。

天然生就一具最上品"金枝玉叶"骨骼的身躯,所有关节都发出黄豆爆裂的沉闷声响。崔东山脸庞狰狞,肩头被镜子底部磨出血痕来,脸色苍白,井底的身形被一寸寸往下压去,仍是嘶哑笑道:"老子也有今天?老秀才、齐静春,你们两个王八蛋害人不浅!一个害我从第十二境掉到第十境,一个害我从第十境掉到第五境!有本事就让你们的徒弟和师弟干脆让我彻底沦为凡夫俗子!有本事就来啊!我不信一道二境武夫用出的剑气就能打破这一口雷部司印镜!"

陆地剑仙一剑使出,往往气冲斗牛,起于大地,光耀天空。

陈平安这一剑，因为是往水井底下使出，相对不显山露水，可是井底通往大江的水道已经遭了大殃，连累远处江畔的大水府邸都开始气运摇晃。

寒食江神本以为今夜遭遇是因祸得福，正在跟隋彬、拦江蛤蟆两名心腹喝酒庆祝，结果天降横祸，来了这么一下。"大水府"匾额上三个金字已经开始龟裂出一丝丝缝隙，害得他赶紧掠空来到大门口，伸手扶住匾额两端，以免金字就此崩碎，使得自己身上的一江气运随之流荡离散。

井底，眉心有痣的俊美少年以肩抵镜，满脸痛苦道："陈平安！你这次要是杀不掉我，我崔瀺就算拼着半条命不要，上去后也要亲手宰掉你！将你的魂魄一点一点剥离开来，让你生不如死一百年！"

在小镇上，姓崔的偷过了宋集薪家墙上的春联，陈平安之后到了杨家铺子后院，曾经跟杨老头说起过绣虎、师伯这些称呼，但是老人并未说话，陈平安便没有刨根问底，只当是杨老头对此不熟悉，或者完全不感兴趣。

因为眉心有痣的少年之前在牌坊楼下自报姓名的时候，说的是两个字，还说第二字很晦涩生僻，所以陈平安从头到尾只确定了一个"崔"字。

后来陈平安想起一件事，宁姚姑娘曾经无意间说起过，大骊有一个绰号"绣虎"的家伙下棋很厉害，是唯一能够让大隋国手视为大敌的人物。

陈平安问过李宝瓶三人可曾听说过"绣虎"，三个跟他一样在小镇长大的孩子俱是摇头不知。陈平安后来还问过阴神这个问题，可是阴神分明知道答案，却说自己有规矩要遵守，不能说，一旦违反那些约定，就会平地起阴雷，让他魂飞魄散。陈平安当然不愿强人所难，就将这个问题搁置起来。

陈平安看阴神对待崔姓少年的态度，从头到尾，疏离而平静，至少没有把他当作敌人，就放心了一些，觉得崔东山也好，棋士绣虎也罢，不管贪图自己什么，终究是"两人之间的捉对厮杀"，哪怕自己"下棋"输了，大不了祭出剑气来个玉石俱焚，一缕不够，就再来一缕，万一两缕剑气用光都杀不掉白衣少年，那就只能听天由命了。

但是当陈平安看出地图上那一条线后，心中的不安越来越强烈，很怕起始于其实比衙署还要更远的源头的这条线，有着自己无法想象的阴谋。比如好端端的齐先生突然逝世，之后学塾的马夫子在带领李宝瓶他们去往山崖书院的途中暴毙，而他陈平安最后反而成了小镇最有钱的人，坐拥五座山头！

姓崔的白衣少年今夜进入水井之前，在屋子里，亲口说起过一方"天下迎春"印章，而陈平安手里刚好有一枚齐先生赠送的"静心得意"。

一定与齐先生有关，一定与李宝瓶三人有关，说不定就是会死人的局面！

陈平安在小镇已经亲身经历过修行之人的冷酷无情，他实在无法想象，一旦可爱的李宝瓶、胆小的李槐和聪明的林守一死在自己眼前，而自己又能无为力，到时候自己心中会有多少悔恨。

陈平安下棋下得又慢又不灵气，这水平自认给林守一提鞋都不配。他虽然最后也没有梳理出完整的来龙去脉，但既然已经想到最坏的结果，那么就绝无可能让下棋厉害至极的"绣虎"步步为营，否则在此人收网的时候，他哪怕身负两缕剑气，都无法改变结局。

如果只是谋划他陈平安身上的物件，或是林守一所谓虚无缥缈的大道，陈平安不会有这么大的决心——那么就先下手为强！

此时此刻，陈平安使出这一缕剑气之后，剑气栖息的那座气府便什么都没有了，于是身躯自己孕育的气机乘隙疯狂涌入其中。这一去一来，带动附近窍穴的气血一起出现剧烈动荡，让陈平安心口出现一阵绞痛，痛得他跌坐在井口沿上，赶紧大口喘息。

由于受到古镜的阻挡，剑气虹光在水井内久久没有散去。陈平安死死盯住水井底下，赶紧调整呼吸，试图强提起一口气——失败——再次尝试，如此反复。

少年两眼通红，两耳嗡嗡作响，心脏有如擂鼓，体内所有经脉像是暴雨过后的一条条江河溪涧一同奔泻起来。只剩下一个念头的少年摇摇晃晃站起身，在心中告诉自己："再来，一定要再来一次，一定要让最后这一缕剑气做到在气府内蓄势待发，要不然一旦那人犹有余力反扑，会害死所有人的！我答应过齐先生，他们一个都不能出事情，我一定要说到做到……"

意识模糊的草鞋少年凭借着一股执念，一步跨上井口，紧接着是另外一只脚。

不管上半身如何晃荡，陈平安的两只脚如扎根在井口之上。

可惜这一幕，无人得见。

少年双指并拢作剑，颤颤巍巍，指向水井底下。

东宝瓶洲西边，一处大海之滨，有个穷酸秀才正打算离开东宝瓶洲，返回极其遥远的中土神洲，临时感知到某处的情况后，无奈道："你这娃儿，真是年纪越小越作死啊。教不严，师之惰。罢了罢了，自己拉的屎自己擦屁股。

"让我看看在哪里……黄庭国北边，还没到大隋……咦？距离那条江很近嘛。很好很好，之前凑巧去过那雷崖，可以省去很多时间。

"本事太大，本领太多，也不好啊，做选择的时候就是麻烦。容我想一想……嗯，就用道家缩地成寸好了。"

老秀才颠了颠背后行囊，唉声叹气，伸出脚尖，在身前撮出一堆沙土，一番念念有词，然后一脚将那个小沙堆踩平。

与此同时，老秀才身形消失不见。转瞬之间，出现在了那座写有"天帝申饬蛟龙之辞"的古蜀国遗址的大崖之上。前后脚轻轻踩在山顶，站稳后看了眼远方，老秀才神色满是自得，感慨道："没了这副皮囊当累赘，是要厉害一些。"

整座山崖轰隆隆摇晃起来，一条大江之水更是宛如一块铺在桌面上的绸缎被人一手扯住使劲抖了几抖，附近江水每隔数十丈距离就涌起高达数层楼的大浪头。

老秀才不愿因此坏了两岸风土，赶紧伸手往下压了压，如有恶蛟兴风作浪的江水一瞬间就安静了下来。

这个时候，老秀才才发现崖畔最边缘的地方有一老一小两个儒士模样的游客正瞪大眼睛望向自己，只得尴尬笑道："月色不错，月色不错，我就不打搅你们欣赏风景了，你们就当我没来过。"

老秀才随即眺望远方一眼，点点头："是那里了，还好不远。"

他一脚刚要跨出，神色突然凝重起来："咦?"

以这座江畔大崖为圆心，约莫十里之外的圆线之上，一道道剑气凭空出现，凝聚成一个惊世骇俗的巨大圆形剑阵。

触及剑气丝毫者，必成齑粉。这是观湖书院崔明皇的第一感觉。

雷池绝对不可逾越。这是从星河之中返回人间的老人此时脑海里的想法。

然后两人面面相觑，面上都是苦笑和惊疑。

老秀才叹了口气，有些头疼，嘀咕道："这是弄啥咧?"

有女子嗤笑的嗓音响起，只闻其声不见其面："怎么，只准你们有帮手，就不许我家小平安也有啊?"

崔明皇此刻相当头疼。在别处，他崔大君子怎么都该是一等一的神仙，被尊为座上宾，阿谀之词能够听得耳朵起茧子。可惜在今夜在此地，他却沦为最不起眼的那只蝼蚁，甚至有可能连蝼蚁都不如。这种糟糕的感觉，让习惯了高高在上的他满腹气闷，不得不默念儒家经典，压抑杂念。

他看了眼那个乘舟从天上星河返回人间的老人，老人如今台面上的伪装身份是黄庭国前任户部侍郎，实际上是一条年纪大到吓人的老蛟。

老蛟此时比崔明皇要镇静许多，一手捻须，饶有兴致地观看那座剑气牢笼，自言自语，啧啧称奇。

崔明皇此行是奉国师之命悄然南下，要来跟此地蛰伏的老蛟商议秘事。人骊国师想要这位暂时化为黄庭国前任户部侍郎的老人出任建造在披云山的新书院的首任山长，而他崔明皇依旧是之前约定的副山长，再加上一位声望足够的大骊文坛宗主，三人共同执掌那座填补了山崖书院空缺的新书院。相信以大骊皇帝的野心和魄力，尚未命名的披云山新书院一定会比齐静春的山崖书院更加规模宏大、文气郁郁。

至于原本答应他的观湖书院的新山长位置，据说大骊皇帝私下另有补偿。

崔明皇在收到国师崔瀺的密信之前，根本不知道小小黄庭国的小池塘竟然还隐匿着这么一条大蛟,以蛟龙之属得天独厚的坚韧身躯、天生掌握的水法神通,哪怕是十境修为,战力也绝对不输十一境练气士。

密信里披露,自那场惊天地泣鬼神的斩龙一役之后,以蛟龙众多著称于世的上古蜀国,山川江河之中,血流千万里,处处是蛟龙的残肢断骸,惨不忍睹。

随后在漫长的岁月长河里,这条高龄至极的老蛟隐蔽得极好,一直不断幻化相貌,当过将相公卿、贩夫走卒、武将豪侠,可谓历经人世百态,山河沧桑。

老蛟对于繁衍生息并不感兴趣,子嗣极少,整个黄庭国周边山水,不过是一女两子而已。其中幼子正是大水府的寒食江神,而长女则是秋芦客栈刘嘉卉所在紫阳府的开山祖师,只不过她的真实身份,对外一直秘示不人,哪怕是紫阳府第一代嫡传弟子,知道此事的人也寥寥无几,如今随着那些紫阳府老祖的逝世,真相早已湮灭。至于老蛟的长子,性情纯良,异于蛟类,且自幼喜欢云游四方,如今杳无音信,还在不在东宝瓶洲都难说。

背着行囊的穷酸老秀才刚刚从海滨以道家缩地成寸的神通来到这里的山顶,如何都没有想到会被人拦阻,关键是麻烦还真不小,因为被冲天而起的剑气城墙阻绝了天地气机,哪怕是自己都暂时无法感应外边,这让老秀才愈发愁眉苦脸。

他揉了揉下巴:"我的个乖乖,如今外边的婆姨都这么厉害啦?"

他又叹了口气,抬起手臂,屈指虚空一叩,轻声道:"定。"

天地瞬间万籁俱寂,再无江水滔滔声,也无阵阵山风撞上剑壁的细微粉碎声。

这十里山河之内,光阴不再流逝。儒圣气象,浩浩荡荡。

崔明皇由惊惧变成狂喜,开始在心中大声朗诵圣人教诲,以此增加自身的浩然之气。这对一位志在成圣的儒家君子来说,是千载难逢的际遇。

这一刻,就连见多识广的老蛟都给震惊到了,下意识后退数步,跟那个其貌不扬的老秀才拉开距离,哪怕这点距离根本无济于事,为的就是表露出一个谦恭态度。

在上古蜀国时代,斩龙之前,老蛟尚且年幼,听族中长辈说起,文庙神位仅仅在至圣先师之后的一位儒教圣人曾经跟四方龙王订立了一条不成文的规矩:蛟龙在岸上陆地,需要见贤则避,遇圣则潜。

曾有仅次于四方龙王的湖泽大龙自恃身处大湖之中,当着游历岸边的圣人的面兴风作浪,故意将浪头抬高到比岸边城池良田还要高的天空,恫吓沿岸的百姓,以此挑衅圣人。此举意思是:我不曾上岸,不曾违反规矩,你便是儒家圣人,能奈我何?

当时还年幼的老蛟刚刚觉得此举大快人心,结果就听长辈心有戚戚然说出了后边的惨事。当时那位儒家圣人便伸出一根手指,说了一句类似今晚老秀才瞬间移动时的言语,以指点江山定风波的莫大神通,将那条真龙定身于空中,令湖水倒退数十里,于是真龙便等同于擅自上岸了,并且遇圣人而不潜,所以圣人将其剥皮抽筋,镇压于水底一块大如山岳的湖石之下,罚其蛰伏千年不得现世。

那一次,长辈语重心长地叮嘱年幼晚辈,那些个儒家圣人,尤其是在文庙里头有神坛神像的,脾气其实都不太好,要不然为什么会有"道貌岸然"这个由褒到贬的说法?

老蛟当时疑惑询问:"儒家圣人此等行径,不是不守规矩吗?"

长辈愤懑回答:"蠢货,你忘了规矩是谁亲手立的?"

此刻崖顶的老蛟不知记起了什么陈年往事,有些感伤,喃喃道:"龙蛟之流,替天行道,行云布雨,贵不可言,几乎可算是听调不听宣的割据藩王,最终沦落至此,几乎绝种,怨不得圣人们,实在是野心使然,咎由自取。"

老秀才"咦"了一声,转头望向古稀文士模样的老蛟,微笑点头道:"知过能改,善莫大焉。难怪上次途经此地,看过了大好风光,仍是觉得缺了点什么,原来是你的缘故。嗯,还有位君子。君子啊,小齐当年……好吧,相逢是缘,可惜暂时顾不上你们。去。"

老秀才一番自言自语,然后手指轻轻向外一抹,老蛟和崔明皇便被强行搬出山崖之巅。

一人一蛟落在远处江面上,各自摊开手心低头一看,然后几乎同时手掌紧握,藏好了各自手心的那些个金色文字,不愿公之于众。

山崖剑阵之中的老秀才环顾四周,大笑道:"藏藏掖掖,可算不得英雄好汉!"他又很快察觉到自己这话说得没道理,嗫嗫嚅嚅,一时间不知该如何给自己解围。

山崖临水那边出现了一个身材高大的白衣女子,手里撑着一枝大荷叶,权且可以视为一把荷花伞。不过荷叶荷柄皆是雪白色,与白衣白鞋相得益彰,纤尘不染。

老秀才看到荷叶之后,皱了皱眉头,迅速开始心算推衍,最后神色黯然,喟然一叹,抬头望向天空,久久不愿收回视线,喃喃道:"最后一趟是去了那里啊。想当年那个朝气勃发的少年,口口声声'君子直道而行,宁折不弯,玉石俱焚',到头来……难为你了。"

老秀才望向那高大女子:"陈平安如果打死了少年崔瀺,不是好事。"

高大女子微笑道:"这样啊,可我管不着,你有本事出了剑阵再说。道理什么的,跟我讲没有用,你去跟我家小平安说,可能还有点用处。"她言语一顿,冷笑,"可前提还是你先要走出去。那两个家伙能被你顺利送出去,是我懒得拦而已。"

老秀才无奈道:"我在世的时候,本来就不擅长打架,如今就更不济了,你何必强人所难。再说了,陈平安和少年崔瀺,如今一个是我……半个弟子吧,一个是半个徒孙,你说我更帮谁?我这趟去那边,虽说是帮崔瀺活命,可归根结底,还不是为了陈平安好?"

高大女子点头道:"道理是很有道理。"

随即又摇头:"可我这趟出来,根本就不是为了跟人讲道理的啊。"

老秀才愈发无奈:"看在你家小平安的分上,给我一个例外呗?我就是一个教书匠,你不听道理,我就是空有一身本事没了用武之地。而你又是四个天下最会打架的几个人……几把剑之一……说剑也不全对,算了算了,不纠结这个称呼,总之这样对我很不公平啊!"

高大女子手持古怪大伞,脸色漠然:"破阵吧。"

老秀才万般无奈,只得小心翼翼问道:"你知道我是谁吗?"

高大女子嘴角翘起:"知道啊,文圣嘛。"

老秀才愕然,心想敢情是知道自己底细的,还这么不给面子,这就有点过分了啊。

如今的浩然天下,儒教教主这位老人家是天底下所有儒家门生尊奉的至圣先师,坐在文庙最高最正中处。接下去就是分列左右的儒教第二代教主礼圣和为整个儒家文脉继往开来的亚圣。

礼圣获得至圣先师最多的赞誉和嘉奖,被儒家视为道德楷模、礼仪之师,制定了儒教最严谨繁密的一整套规矩。亚圣公认学问之深广最接近至圣先师,而且别开生面,让儒家得以真正成为天底下唯一的"帝王师学"。

再接着,便是眼前这位居文庙第四高位的文圣。当然,这已是陈年往事,如今这个位置已经空悬很久,因为神像一次次被降低位置,最后连文庙都待不下去了,被搬了出去。堂堂第四圣人,从儒家道统里卷铺盖滚蛋,这也就罢了,最后连神像都没能保全,被一拨性子执拗极端并以卫道士自居的儒家门生打得粉碎。

老秀才伸手绕到身后,拍了拍行囊,行囊消失不见。

他又耐着性子问道:"不然咱们有话好好说,不打行不行?"

高大女子略作思量,点头道:"那我就客气一点?"

老秀才欣喜点头,笑呵呵道:"如此最好。"

一瞬间,那座剑阵的剑气愈发浓烈磅礴,那股不可匹敌的剑势简直拥有割裂天地大道的迹象。

相传,上古剑仙众多,豪杰辈出,敢不向三教祖师低头,肆意纵横各大天下,以止境剑术、至境剑道、无敌剑灵仗剑人间。

高大女子扯了扯嘴角:"请文圣破阵!这么说,是不是客气一些了?"

老秀才一跺脚,气呼呼道:"唯小人与女子难养也,古人诚不欺我!"

高大女子拧转那枝不知何处摘来的雪白荷叶,杀机重重。虽然她脸上笑意犹在,可怎么看都寒意森森:"打不过就骂人,你找削?"

原先遍布于十里之外的圆形剑阵瞬间收拢,变成只围困住河畔山崖这点地方。与此同时,剑气愈发凌厉惊人,剑气凝聚而成的剑阵墙壁让天地间无形流转的虚无大道都被迫显现出来,黑白两色激烈碰撞,火光四溅,最终一起归于混沌虚无。

老秀才缩了缩脖子,灵光乍现,立即有了底气,大声道:"打架可以,但是咱俩能不能换一个打法？你放心,我这个要求能够顺带捎上陈平安,保证合情合理,合你心愿!"

高大女子沉默不语,突然看到老秀才在可劲儿给自己使眼色。

她犹豫片刻,点头道:"可以。"

客栈内,井口上,陈平安双指并拢作剑,指向井底。

第一缕剑气造就的虹光在老水井内渐渐淡去大半,不再是那般让人完全无法直视的耀眼刺目。借着光亮,陈平安依稀可见这一缕"极小"的剑气在离开气府窍穴后凝聚实质,如同一场暴雨,疯狂砸在一块"地面"上,而这块承受暴雨撞击轰砸的地面好像是一块圆镜的镜面。

陈平安当然不会知道,那叫雷部司印镜,来历不凡,大有渊源!

在上古一位职掌雷法的天帝陨落后,雷部诸神随之趁势而起,瓜分掉了万法之祖的雷霆权势,各自掌握一部分雷霆威势。再往后,就更加处境不堪,除了司职报春的那位雷部神祇之外,其余众多神灵早已沦为山水河神之类的存在,要么受三教圣人约束敕令,不得跨出"雷池",要么经常被类似风雪庙、真武山之流的兵家势力,或是一些道家宗门,以雷法符箓、请神之术将其呼之即来挥之即去。

而这面雷部司印镜的主人曾是雷部正神之一,虽然屡遭劫难,从镜面到内里早已破败不堪,里头的雷电光华几乎消磨殆尽,但绝不是中五境修士能够打破的。

古井内的白衣少年,身形已经被镇压向下一丈多,仍是用双手和肩膀死死抵住镜子底部。被剑气冲撞,镜面震动不已,不断崩开碎裂,但是很快又被镜子内蕴含的残余雷电自动修复为完整原貌。

剑气攻伐如铁骑凿阵,镜面抵御如步卒死守。

两者相互消磨,就看谁更早气势衰竭。

崔东山咬紧牙关,满脸鲜血,模糊了那张俊美容颜。此时已经没有多余力气撂狠话,他只能在心中默念:"熬过这一场剑气暴雨,我上去后一定百倍奉还! 一定可以的,剑雨气势由盛转衰,我只要再坚持一会儿,陈平安你等着!"

虽然井底少年心气不减,可这般浑身浴血的模样,实在是凄凉了一些。

哪怕是叛出师门的惨淡岁月,一路游历,离开中土神洲,去往南边那个大洲,最终选择落脚于疆域最小的东宝瓶洲,昔年的文圣首徒崔瀺,远游不知几个千万里了,一路上何尝不是逍遥自在,妖魔鬼怪、魑魅魍魉,有谁能让他如此狼狈?

要知道,成为大骊国师之前的游士崔瀺,曾经有句难登大雅之堂的口头禅,只凭喜好斩妖除魔一番之后,就会来一句:"弹指间灰飞烟灭,真是蝼蚁都不如。"

扛着镜子的崔东山身形继续下坠,只是幅度逐渐变小。

镜子还能支撑下去,可是镜子外围不断有剑气流泻直下。被持续不断的剑气浸透,少年的身躯已经摇摇欲坠。他只得心念一动,从袖中滑出一张压箱底的保命符箓。此符珍藏多年,此时用出,少年心疼到脸庞都有些狰狞。

金色符箓先是粘在白衣袖口之上,然后瞬间融化。很快,那一袭白衣的表面就流淌满金色符文,细听之下,竟有佛门梵音袅袅响起,白衣如水纹滚动,衬托得他宝相庄严。

若说金粉、朱砂是画符最主要的材料,那么,另一些可遇不可求的材料一旦制成符箓,符箓蕴含的种种效果就会妙不可言。比如崔东山这一张,就是以一位西方佛国金身罗汉的金色鲜血作为最主要的画符材料,而且这位得道高僧差点就形成了菩萨果位,因此血液呈现出金色,浇注在金粉之中,在符箓之上书写《金刚经》经文,即可化为一张佛法无穷的金刚护身符,便是陆地剑仙的倾力一击都能够抵挡下来。

这让崔东山如何能够不心疼?

祭出这张价值连城的保命符后,少年心中略作计算,便轻松算出剑气至多让镜面崩碎,而镜子本身不会损坏,以后只要每逢雷雨之夜去往电闪雷鸣的云海之中接引雷电进入镜面,过不了几年,这面雷部司印镜就可以恢复如初。

如此一来,崔东山心中大定,略微歪斜手臂,胡乱擦拭了一下脸上鲜血:"奇耻大辱,差点坏了我这副身躯金枝玉叶的根本!"

他闭上眼睛,开始默默蓄势。

这道剑气将散未散的某个关键瞬间,就是他杀上井口的时机。

他当然不会等待剑气全部散尽,一旦被上面的陈平安发现自己没死,那泥瓶巷的泥腿子说不定还真有后续的阴招险招。

毕竟,此时的自己,无论是修为还是身躯,都经不起任何一点意外"推敲"了。

真是大道泥泞,崎岖难行!

少年心中大恨。

当初小镇之行,是国师崔瀺自认为的收官之战,因为涉及证道契机,他不惜神魂对半剥离,寄居于另外一副身躯,以少年形象大大方方离开大骊京城。

原来以为哪怕断不掉文圣先生、师弟齐静春这一脉文运,也能够以泥瓶巷少年作为观想对象,借他山之石可以攻玉,砥砺心性,补齐最欠缺的心境,从而帮助自己一鼓作气破开十境,便有望重新返回十二境巅峰修为。甚至可借助大骊推广自己的学识,只要自己的事功学问能够遍及半洲版图,甚至一洲之地的儒家门生皆是我崔瀺之弟子,裨益之丰,无法想象。

在当时看来,不管如何计算,崔瀺都能够立于不败之地,无非是获利大小的区别。

但是如何都没有想到,齐静春真正选中的嫡传弟子,不是送出春字印的赵繇,不是送出仅剩书籍的宋集薪,甚至不是林守一这些少年读书种子,而是那个名叫李宝瓶的小姑娘，是一个女子！女子如何继承文脉？女先生，女夫子？就不怕沦为天下人的笑柄？不怕被儒家学宫书院里的那些老人视为头号异端？

更没有想到，齐静春代师收徒，将他崔瀺和齐静春两人的恩师——文圣的遗物，转赠给了少年陈平安。

如此一来，不但文脉没有断绝，薪火相传到了李宝瓶这一代，而且使得原本欺师灭祖叛出师门的崔瀺，重新因为陈平安，再次与文圣绑在一起。

这使得误以为胜券在握的崔瀺心境瞬间彻底破碎，加上无形中的文运牵引，一跌就跌到了第五境修为。所幸之后跟杨老头达成盟约，习得一门失传已久的神道秘术，补全了崔瀺本身钻研的一桩秘术漏洞，得以快速温养魂魄，修为才如枯木逢春，开始回流上涨。但这种秘法存在一个致命缺点：积攒而成的修为是"假象"，用完一次就会被打回原形。除非一口气突破十境，跻身上五境之后，就可以"假作真时真亦假"。虚实不定，真假混淆，便是另外一番天地。

到达秋芦客栈的时候，崔东山的"假象"境界其实已经重新临近第九境，这才有机会以兵家"请神"的手段请出一尊儒家圣人的金身法相，这才让寒食江神吓得肝胆欲裂。境界是假的，手段是真的。否则以寒食江神统率北地水运数百年的阅历和城府，怎么可能被崔东山驯服得像条溪涧小鲇？

井底处，从井口倒下来的暴雨剑气犹然咄咄逼人，剑光被镜面撞得四处飞溅。

崔东山几乎已经双脚踩在井底水道的底部，井水及与大江相通的城中地下水早已被剑气蒸发殆尽。

崔东山在心中开始倒数。

他不想杀陈平安，千真万确，至少暂时是如此。

因为他更像是在拔河，希望将少年拉扯到自己的大道之上。至少短期之内，他不但不会祸害陈平安，反而会尽可能帮助陈平安增长修为，最多就是悄然改变陈平安的心性，春风化雨，潜移默化，最终让他成为自己的同道中人。万一陈平安运气不错，将来有希望继承自己的衣钵，自己也不会拒绝。

但是崔东山是真的想杀李宝瓶。因为这个小女孩以后一旦成长起来，遭受的骂名、排挤越多，他的大道修为就会越受到影响，因为他毕竟与陈平安犹有牵连。这不论是对追求尽善尽美的国师崔瀺还是崔东山而言，都是绝对无法忍受的事情。

崔东山觉得这根本就是一场无妄之灾：我哪怕再像一个居心叵测的坏人，可若是要杀你陈平安，何苦来哉一路装孙子？分明于你是无害的。

你陈平安凭什么因为一点猜测，就要对我痛下杀手？

凭什么你自己觉得我会对三个孩子包藏祸心，就可以出手杀人，丝毫不拖泥带水？

那齐静春一向推崇君子，为何被齐静春看重的你偏偏如此不讲道理？你小子算什么正人君子？老头子又凭什么让我跟你学做人？我崔瀺曾是文圣首徒，曾经传授齐静春学问，论在儒家道统之中的地位，我崔瀺高出贤人君子何止一筹？而你陈平安如此凭心做事，老头子的眼光真是一如既往的糟糕啊。

齐静春帮你挑来挑去，还不是等于帮你挑了第二个我？

双脚触及石板的崔东山继续在心中倒数，伺机而动，心胸间同时涌起一阵快意：

哈哈，如此更好，这意味着我脱离困境后，慢慢折磨你之余，至少会让你陈平安留着一条性命，这样你以后跟随我走那条大道，会走得更加自然顺畅。这么说来，你小子的运气不算太差。

再者，那个死老头子在我身上种下的文字禁锢，只针对你陈平安一人，不许我对你有任何歹念，否则就要受那鞭笞诛心之苦。除此之外，倒是不曾约束其他行径。这与老头子的学问勉强算是一脉相承的，讲究事事追本溯源。正本清源之后，方可在道德文章、为人处世上开枝散叶。

将来我崔瀺要你亲眼看着齐静春的嫡传，那个叫李宝瓶的小姑娘是如何死在你面前的，并且要你晓得何谓大道之争，她又是为何而死的！

时机已到！崔东山抵住镜子的双臂早已血肉模糊，深可见骨，只是毫不在意："剑气如虹是吧？瀑布倒挂是吧？给老子起开！"

可是就在崔东山自以为得逞的前一刻，就只有这么一点毫厘之差，双脚扎根，稳稳站在井口上的草鞋少年终于蓄势完毕，但其神魂摇荡，五脏六腑无一处不痛入骨髓，所以只能轻轻颤声道："走。"

第二道瀑布倾泻而下。

你大爷的陈平安，老子就被你害死在这里了。

这是崔东山当时唯一的念头。

陈平安在井口摇摇欲坠。

在这之前。

陈平安今夜第二次坐在凉亭里，当时他和做噩梦惊醒的李宝瓶在凉亭对坐，有一缕无缘无故的清风吹拂小凉亭。

他记起一事，有些心酸，同时跟李宝瓶一起闭上眼睛，仔细聆听檐下铁马风铃声，在心中默默告诉自己："齐先生，如果檐下风铃的声响是偶数，这事就放一放，忍着那个姓崔的；可如果是奇数，我就出手了。"

叮咚，叮咚，叮叮咚。

第七声之后，再无声响。

于是在李宝瓶离开凉亭后，少年站到了井口边沿上。

更早的时候，在陈平安离开小镇之前。

那次在杨老头的提醒下，陈平安拿着雨伞离开杨家铺子，去追那位登门拜访杨老头并送给他两方山水印的学塾先生。

一大一小走在小街上。

"君子可欺之以方。这句话，你可以说给杨老前辈他们听。

"以后遇事不决，可问春风。嗯，这句话，你只要留在心头就好了，以后说不定用得着。但是我希望用不着。"

说完这句话后，双鬓霜白的读书人难得不像在学塾传授学问时那么古板严肃，眨了眨眼，望向少年，和煦笑着。

在陈平安带着李宝瓶一起离开小镇时。

某位青衫儒士的最后一点魂魄在去过了天外天某座大洞天之后回到人间，与草鞋少年和红棉袄小姑娘并肩而行了一段距离便停下了脚步，望着那位师弟和自己弟子的背影，不再相送。

读书人最后默默挥手作别之时，随着他轻轻挥袖，有一股春风萦绕少年四周，悄无声息，久久不散。

井中。

连同那面雷部司印镜一起，崔东山被狠狠砸回井底，整个人蜷缩在一起，躺在干燥至极的青石地板上，尽量躲在镜面底下。

虽然竭尽全力在作最后的垂死挣扎，可其实他心底已经万念俱灰了。

镜子剧震不已，带给下面的白衣少年巨大的冲撞力，以及剑气流淌过镜面后的剑气"水流"带给少年身躯的巨大灼烧感，都让他开始意识模糊。

就在闭眼的瞬间，老秀才烙印在他神魂之上的禁锢竟然消失不见了。

白衣少年精神一振，如树木久旱逢甘霖后焕发出勃勃生机。崔东山哪里还敢留有余力，此时不拼命更待何时："哈哈，天助我也！老头子，你竟然也会出现这种纰漏！老不死的你也会有弄巧成拙的一天，真真正正是天助我崔瀺，天无绝人之路！"

只见一个个充满浩然正气的金色大字被满脸痛苦扭曲的崔东山一点点从神魂之中剥离而出。这种让人意念无处可躲的痛楚，可比千刀万剐还要来得恐怖。

可是崔东山头脑愈发清明，"圣人教诲，以文载道"，他驾驭那些暂时无主的金字去撞击那道剑气瀑布。

金字与剑气相互撞击，竟然没有半点声势可言。但越是如此沉默，越是让人惊骇窒息。

不再是任何气力、威势之争的范畴了,而只是另一种形式的大道之争。

这条瀑布,终究是一缕"极小"剑气罢了。而那些金字,也只是被人临时借用而已。

两者僵持不下,最后竟然像是要凑巧打出一个势均力敌的局面。

好似两军对垒,落得一个两败俱伤,皆是全军覆没。

崔东山在察觉到机遇之后,不再束手待毙,而是开始小心翼翼坐起身,然后一点一点蹲起,最后总算是弯腰站立起来了。

他向一侧挪步,镜面瞬间歪斜,将最后的剑气全部倒向井口内壁另一侧,之后干脆随手丢了那面古镜,双脚点地,整个人冲天而起,然后身形瞬间消失不见,只有愤恨至极的阴沉嗓音不断回荡在古井之内:"你现在就算有第三道剑气也来不及了!"

陈平安站在井口,双手剑炉立桩,在最后一道剑气离去之后,就准备以拳法迎敌。

那部《撼山谱》,曾在开篇序文里头清清楚楚开宗明义:"后世习我撼山拳之人,哪怕迎敌三教祖师,切记,我辈拳法可以弱,争胜之势可以输,唯独一身拳意绝不可退!"

与此同时,雅静小院内,李宝瓶在屋内再度惊醒,不是做噩梦,而是被一把槐木剑给拍醒的。

迷迷糊糊的李宝瓶蓦然瞪大眼睛,之前破窗而入的木剑在空中迅速刻画了一个"齐"字,然后嗖一下飞掠向门口。李宝瓶以迅雷不及掩耳之势跳下床,靴子也不穿了,赤脚奔跑,打开屋门后,跟着木剑来到小师叔住的屋子。因为陈平安尚未回来,所以门没有闩,被飞剑一下子撞开了,李宝瓶跟着飞剑冲入其中,看到它指了指那只背篓。

李宝瓶在飞剑的指点之下,从背篓里掏出一块印章,打开后发现是那方小师叔只给她偷偷看过一次的"静心得意"印。飞剑这才使劲"点头",迅猛飞向屋外。

李宝瓶握紧这方先生送给她小师叔的静字印,跟着当初莫名其妙出现在背篓里的槐木剑一路飞奔到凉亭,随后跃出凉亭,跑向小师叔所站的井口。

刹那之间,李宝瓶手中的印章挣脱开她的掌心,迅猛掠向井口,高过她小师叔的脑袋,然后沉闷至极地啪一下。

井口上方,有人歇斯底里:"又来? 齐静春你大爷! 阴魂不散,你他娘的有完没完?"

就看到一个莫名其妙出现在井口上空的白衣少年,额头上被一方印章重重砸中,整个人倒飞出去,摔在地面上。

一身修为点滴不剩的崔东山在昏死过去的前一刻喃喃道:"齐静春,算你狠,我认输。"

陈平安瞪大眼睛,只见那块"静心得意"印在砸中白衣少年的额头后,先是一个反弹,然后在空中凝滞不动,最后像是被人牵线一般给扯了回去。只不过那边扯线之人的力气小了点,静字印在空中晃晃悠悠,高高低低,速度不快。

陈平安追寻着它的轨迹,看到自己和李宝瓶之间悬停着那柄槐木剑,有一个身高跟尾指差不多的金衣女童四肢趴开躲在飞剑下边,手脚死死箍住木剑。此时,那模样玲珑可爱的金衣女童好不容易爬起来站到了剑身上。它晕头转向,脚步跟醉汉似的晃来晃去,看来这趟御剑飞行的经历,对于它来说算不得如何美好。

那方静字印落在木剑上,有些沉,一下压得剑尾翘起,金衣女童整个人滑向印章,手忙脚乱。

李宝瓶之前同样没有察觉到金衣女童的存在,此时见着了,只觉得有趣,便脚步欢快地飞奔过去,双膝微蹲,双手托住槐木剑首尾两端,近距离凝视着那个试图躲避的小家伙。金衣女童愣了愣,似乎天性十分羞赧,伸手捂住脸庞后,双脚并拢,笔直蹦跳起来,落地后身形竟然没入了槐木剑,就此消逝不见。

陈平安不明就里,不愿在这件事上纠缠不休,沙哑提醒道:"宝瓶,木剑丢给我,印章你先收好。"

李宝瓶立即收起好奇心,知道当务之急是收拾那个姓崔的家伙,便抓住印章,轻喝一声,向小师叔使劲丢出槐木剑。

只是小姑娘的力道有些掌握不准,槐木剑有些偏离陈平安所站位置。

"转过身去!"陈平安跟李宝瓶吩咐一句,随即脚尖一点,一步跨向老水井的左侧井口,踩在边沿上,精准握住木剑后,继续向前一大步,落地后,对着白衣少年心口就是一剑刺下。

就在此时,陈平安手中的槐木剑露出金衣女童的上半截身子,泫然欲泣,充满了后悔愧疚,对他使劲摇头摆手,仿佛是要阻止陈平安杀人。

可是陈平安从接剑到出剑极其果决,一气呵成,等到金衣女童现身的那一刻,木剑剑尖已经抵住白衣少年的心口。陈平安因为常年烧瓷拉坯的缘故,对于力道的掌控堪称精微,哪怕有心收手,可是从体内气机运转、手臂肌肉伸缩到木剑携带的惯性冲劲,都容不得陈平安改变结局。

背负棉布行囊的老秀才突然横空出世:"还好还好,真是差点就给人阴了一把。"

随着他出现,崔东山像是被人拎住脖子往后一拉,瞬间站定。虽然仍是晕厥状态,却腰杆挺直,站如青松,顺势躲过了陈平安的穿心一剑。

迅速后退的陈平安一手横剑在身前,一手将李宝瓶护在身后。

老秀才看着少年握剑的手法,感到生疏而别扭,大概就像是看山野樵夫握毛笔吧,怎么看怎么不对劲。他感慨道:"就是你啊。"

陈平安如临大敌,丝毫不敢掉以轻心,轻声道:"宝瓶,你等下一有机会就跑,不用管我。"他发现李宝瓶扯了扯自己的袖子,三番两次,心中有些惊奇,侧身低头望去,"怎么了?"

李宝瓶脸色僵硬,抬起手臂,指了指陈平安身后,张了张嘴,口型像是在说两个字:

“有鬼。”

腹背受敌？陈平安心弦紧绷，等他望去，瞬间满脸呆滞。眨了眨眼睛，又眨了眨，确定自己没认错后，背对着老秀才和白衣少年，既不敢明着说什么，以免给人偷听了去，反而害了这位神仙姐姐；可又实在着急，欲言又止，像是热锅上的蚂蚁。

李宝瓶偷偷握住小师叔的袖子，看了眼那个和颜悦色的老秀才，又转头看了眼那个神出鬼没的女鬼。

与上次见着的那个嫁衣女鬼不同，今夜这个身穿白衣白鞋，手里提着一枝雪白色的……大荷叶？李宝瓶有些犯嘀咕，外边世道的女鬼都这么清新脱俗吗？想当年，大哥曾经被自己胁迫，不得已说了好些个鲜血淋漓的鬼故事，那里面的红粉骷髅、水鬼河妖等精怪鬼魅，可都是动辄剖人心肝吃人血肉，模样和作态都是极其骇人恐怖的。

哪里会像眼前这位啊，比先前那个嫁衣女鬼还要美丽动人。

她身材高大，却依旧苗条，满头瀑布似的黑亮青丝从身后绕至胸前，用金色丝巾挽了一个结，显得尤为娴静端庄。

李宝瓶只觉得眼前的高大女子真是又高又好看，让她十分羡慕。小姑娘悄悄踮起脚尖，很快又灰心泄气地踩回地面。

高大女子的眼中仿佛只有陈平安，她笑眯眯道：“等下我们要跟人打架，不用怕那个老头子，只会一点挨打功夫而已。”

“放心，这位姐姐不是坏人，是我们自己人！”

陈平安先安慰身边的李宝瓶，重新抬头后，终于忍不住小声问道：“不是说不能离开小镇吗？万一被各方圣人察觉，你怎么办？”

高大女子抖了抖手腕，手中那枝荷叶轻轻晃荡，语气温和缓慢，有一股让人心安的气度：“你知道有个地方，叫莲花洞天吗？”

陈平安猛然记起宁姚，点头道：“以前有人跟我说起过，那里是道教祖师爷散心的地方，虽然只是三十六小洞天之一，但是那里的荷叶，哪怕最小的一张，荷叶叶面都要比咱们大骊京城还要大。”

高大女子莞尔笑道：“没那么夸张，像我手里这枝荷叶，若是现出它的本相，就是差不多方圆十里多一些的大小。当然，那里最大的荷叶肯定比大骊京城要大许多。这些荷叶能够遮蔽天机，简单说来，就是让三教圣人和百家宗师都没办法发现我的动向。”

她看到陈平安满脸疑惑，微笑解释道：“我们见面那次，当时我手里还没有这件好东西，是齐静春离开人间之前去了趟天外天，找到道祖，跟那个老不死的一番讨价还价，才帮我讨要了这把荷叶伞。至于齐静春付出了什么，我不清楚，毕竟‘静’这个本命字犯了忌讳，在道教的道统内部有很多人对此心怀不满，所以可以肯定，齐静春那趟莲花洞天之行，代价不会小。”

说到这里，便是高大女子的眼神也出现一抹恍惚，有些由衷佩服那名儒家门生。

在齐静春从天外天返回人间后，他们有过最后一场闲聊。

"这张荷叶？"

"是我去了趟天外天，从那座莲花洞天摘下来的，能够帮助你离开此地，同时不会惊扰天地大道，不用担心圣人探询。"

"好事是好事，但是你就不怕陈平安有了我在身边，变得肆无忌惮，以至于变成你齐静春不喜欢的那种人？"

"陈平安什么心性，我齐静春心知肚明，所以从不担心陈平安仗势欺人，就算你从头到尾都护在他身边，我齐静春都不担心。"

"你就这么看好陈平安？"

"你说呢，他可是我的小师弟啊。"

"你跟陈平安是平辈，然后我认他做主人，所以你齐静春的言下之意是？"

"哈哈，不敢！"

想到这些，高大女子在心中微微叹息。

可惜天地之间少了个齐静春。

天不怕地不怕的李宝瓶破天荒地怯生生说话："姐姐，你生得真好看。"

高大女子点头笑道："是的，比你好看多了。"

不但毫不客气，言语还伤人！

李宝瓶有些呆滞无言，陈平安满头冷汗。

在陈平安身后，同样是一场重逢。

老秀才瞪着已经清醒过来的崔东山，少年回瞪过去，心想老子现在光脚的不怕穿鞋的，还怕你作甚？

老秀才先望向高大女子，后者点头示意无妨。

老秀才这才望向崔东山，恼羞成怒道："你崔瀺不是很聪明吗？那现在咱俩来复盘好了。你有没有想过，为何我会突然失去对那些文字的控制，让你能够从神魂之中剥离出来，又恰好跟那缕剑气蕴含的道意打了个旗鼓相当，相互消磨殆尽，使得你当时冲出井底，有机会对陈平安使用杀招？你有没有想过，到最后你可能会被陈平安一拳打死，陈平安同时又被你重伤？"

崔东山脸色阴晴不定，最后赌气一般撇撇嘴，故作无所谓道："无非是儒家某一脉的圣人出手，有什么稀奇的。就连齐静春都心甘情愿自己走进那个死局，落得一个束手待毙，我崔瀺被算计一次又怎么了。"他越说越火大，伸手指向老秀才，"老头子你还好意思说这些？你最寄予希望的齐静春死了，心性最不坚定的蠢货马瞻也死了，还有那个姓左的，就干脆彻底消失了，我崔瀺一样沦落至此，归根结底，还不是因为你？天底下就你文章写得最好,立意最深,济世最久,行了吧? 人家亚圣,听好喽,是亚圣,文庙第三高的那一位,他提倡'民为贵,君为轻,社稷次之'! 你厉害啊,偏要说天地君亲师。亚圣说人性本善,好嘛,你又说人性本恶! 你大爷的,亚圣怎么招你惹你了?"

崔东山气得跺脚,这个习惯性动作其实与老秀才是一脉相承的。他的手指几乎就要指着老秀才的鼻子了:"更过分的是,人家亚圣年纪比你大不了多少,人家说不定还待在人间好好活着呢,老头子你怎么就这么一根筋呢? 你逮着至圣先师或是礼圣老爷去骂架啊,指不定亚圣还会帮着你。你非要跟亚圣唱对台戏,我服气!"

老秀才默不作声,只是轻轻擦拭少年喷他一脸的唾沫。

自家人打擂台,唱反调,小门小户的话,关起门来,吵架红脸根本不算什么。

可要知道,一位亚圣,一位文圣,这场惊动整座儒门和所有学宫书院的"三四之争"太过惊涛骇浪了。两大圣人,尤其是在文庙前两位早已不现世的前提下,几乎可以说,就代表着整个儒家,那个为浩然天下订立规矩的儒家。虽说谈不上出现分崩离析的迹象,但是那几个隔壁邻居的当家人,见微知著,洞见万里,能不偷着乐?

之后,儒家内部出现了一场隐蔽至极的赌约。失败者,愿赌服输,自囚于功德林。

老秀才输了,于是就待在那里等死,任由自己立于文庙的神像被一次次挪窝,最后粉身碎骨。

但是当最得意的那名弟子远去别洲,力扛天道,身死道消,老秀才为了破开誓言,不得不跟所有圣人,而不单单是儒家圣人做了一个谁都想不到的约定。毕竟圣人誓约若是可以轻易反悔,那么这座规矩森严的天地恐怕早就面目全非了。

他主动放弃那一副身躯,放弃儒教圣人的诸多神通,只以神魂游走天地间。

老秀才等到崔东山双手叉腰,低着头气喘吁吁,问道:"骂完了? 是不是该我说说道理了?"

崔东山凭着一口恶气直抒胸臆后,想起这个老家伙当年的种种事迹,便有些心虚胆怯了,开始一言不发。

老秀才叹气道:"齐静春的棋术是谁教的?"

崔东山立即昂首挺胸:"老子!"

老秀才面无表情,缓缓道:"我曾经跟你们所有人说过,跟人讲理之时,哪怕是吵架,甚至是大道辩论,都要心平气和。"

崔东山立即噤若寒蝉,低声道:"是我……他齐静春下棋没悟性,输给我几次就不肯再下了。"

老秀才又问:"那你的棋术是谁教的?"

崔东山不愿说出答案,老秀才昂首挺胸道:"老子!"

崔东山一肚子委屈,恨得牙痒痒:老头子你懂不懂什么叫以身作则?

老秀才缓了缓口气："你在教齐静春下棋的时候,棋力跟我相比,谁高谁低?"

崔东山勉强道："我不如你。"

老秀才问道："那你知不知道齐静春学会了下棋,很快就赢过了我?"

崔东山愕然,倒是不怀疑老秀才这番言语的真假。

老秀才再问道："知道齐静春私底下是怎么说的吗? 他对我说:'师兄是真喜欢下棋,胜负心又有点重,我又不愿下棋的时候骗人,如果师兄总输给我,那他以后就要失去一件高兴事了。'"

崔东山梗着脖子说道："就算是这样,又如何?"

老秀才哀其不幸怒其不争,训斥道："你就是死鸭子嘴硬。从来知错极快,认错极慢! 至于改正,哼哼!"

崔东山怒道："还不是你教出来的!"

老秀才瞪了他一眼,沉默片刻,惋惜道："马瞻的背叛,可能比你崔瀺的谋划更加让小齐失望吧。"

崔东山嗤笑道："马瞻这种人,我都不稀罕说他,心比天高,命比纸薄。如果说我好歹是为了大道契机,为了香火文脉,那他呢? 就为了什么书院山长、学宫之主这么点虚头名利,就舍得同窗之谊,甘心做别人的棋子,也真是该死。老头子,当初你给了齐静春一句临别赠言:'学不可以已。青,取之于蓝,而青于蓝。'这句话广为流传,我是知道的,但是你给了马瞻什么?"

老秀才淡然道："天地生君子,君子理天地。可惜了。"

不知是可惜了这句话,还是可惜了马瞻这个人。

崔东山讥讽道："马瞻带着那些孩子离开小镇后,起先与我的一枚棋子相谈甚欢,颇为坦诚相见,就提到关于离开骊珠洞天还是继续留下一事,他与齐静春出现过一场争执,齐静春最后对他说了一句很奇怪的话,让马瞻有些惊吓。那句话是:'君子时诎则诎,时伸则伸也。'马瞻这个蠢货,在齐静春天翻地覆慷慨赴死之后,还顺着私心,做着一院山长的春秋大梦,只有到自己快要死的时候才开了窍,总算确定齐静春当时在学塾,其实早就知道他的所作所为了,只是一直不愿揭穿而已,仍是希望他马瞻能够好好照顾那些孩子。马瞻真是后知后觉,两次被拖延敷衍后,终于知道万事皆休,他这辈子总算唯一一次激起了那么些男儿血性,以失去来生来世作为代价伤了我那枚棋子,才使得那些孩子能够返回小镇,最终多出这么多事情来……"说到最后,白衣少年越来越有气无力。

老秀才唏嘘不已。

骊珠洞天诸多人和事,尤其是齐静春坐镇的最近一甲子,天机被隔绝得更加严密。齐静春、杨老头,以及一些幕后人物纷纷暗中出手,使得这座小洞天变得扑朔迷离,变数极多,就算是老秀才都极难演算推衍,不敢说推演出来的真相就一定是真相。

高大女子的温和嗓音轻轻响起:"聊完了?"

老秀才脸色有点难看,重重叹气,眼角余光瞥见那女子正望向自己,只得磨磨叽叽地摘下背后行囊,掏出一幅卷轴,轻轻解开绑缚卷轴的线绳。

陈平安一头雾水。

高大女子走到他身边,笑道:"等下你可以出剑三次。"

她眯起眼,望向荷叶外的天空,缓缓道:"等下我会恢复真身,你不用奇怪。"

最后她好像记起一事,歉意道:"忘了说两个字。"

陈平安抬起头。

高大女子收敛起笑意,毕恭毕敬称呼道:"主人。"

图书在版编目(CIP)数据

剑来3：清梦压星河 / 烽火戏诸侯著. —杭州：
浙江文艺出版社，2020.4（2025.9重印）
ISBN 978 - 7 - 5339 - 6060 - 5

Ⅰ.①剑… Ⅱ.①烽… Ⅲ.①长篇小说—中国—当代
Ⅳ.①I247.5

中国版本图书馆CIP数据核字（2020）第042539号

策划统筹　　柳明晔
责任编辑　　徐　旼
特约编辑　　李　烨
营销编辑　　俞姝辰　徐轶暄
封面绘图　　白衣巷九
责任印制　　张丽敏

剑来3：清梦压星河

烽火戏诸侯　著

出版　　*浙江文艺出版社*
地址　　杭州市环城北路177号
邮编　　310003
网址　　www.zjwycbs.cn
经销　　浙江省新华书店集团有限公司
印刷　　杭州杭新印务有限公司
开本　　710毫米×1000毫米　1/16
字数　　318千字
印张　　16.25
插页　　2
版次　　2020年4月第1版
印次　　2025年9月第24次印刷
书号　　ISBN 978-7-5339-6060-5
定价　　42.00元